花城
年选系列

比时间更久

中国小说学会 主编
毕光明 编选

2022中国短篇小说年选

SPM 南方传媒 | 花城出版社

中国·广州

图书在版编目（CIP）数据

比时间更久：2022中国短篇小说年选 / 中国小说学会主编；毕光明编选. -- 广州：花城出版社，2023.1
（花城年选系列）
ISBN 978-7-5360-9817-6

Ⅰ. ①比… Ⅱ. ①中… ②毕… Ⅲ. ①短篇小说－小说集－中国－当代 Ⅳ. ①I247.7

中国版本图书馆CIP数据核字(2022)第221880号

出 版 人：张　懿
责任编辑：李珊珊　欧阳蘅
责任校对：汤　迪
技术编辑：凌春梅
封面设计：张年乔
封面绘画：鲤清鹤白

书　　名	比时间更久：2022 中国短篇小说年选 BI SHIJIAN GENG JIU：2022 ZHONGGUO DUANPIAN XIAOSHUO NIANXUAN
出版发行	花城出版社 （广州市环市东路水荫路 11 号）
经　　销	全国新华书店
印　　刷	佛山市迎高彩印有限公司 （佛山市顺德区陈村镇广隆工业区兴业七路9号）
开　　本	787 毫米 ×1092 毫米　16 开
印　　张	20　1 插页
字　　数	300,000 字
版　　次	2023 年 1 月第 1 版　2023 年 1 月第 1 次印刷
定　　价	65.00 元

如发现印装质量问题，请直接与印刷厂联系调换。
购书热线：020 - 37604658　37602954
花城出版社网站：http://www.fcph.com.cn

目　录

1	潘向黎	兰亭惠
19	范小青	看见
35	韩东	诗会
56	沙石	曾经的音乐
70	钟求是	比时间更久
88	徐则臣	玛雅人面具
99	程永新	他乡
121	李晁	雾中河
140	林森	虚构之敌
162	蒋一谈	说文解字
182	曹军庆	本报通讯员
198	付秀莹	纸船
209	路内	体育课
221	叶昕昀	最小的海
251	第代着冬（苗族）	火车来了

265　　朱辉　　　　玉兰花瓣

280　　学群　　　　哐当哐当

289　　王新梅　　　泰山石

302　　张凯　　　　梁园遗老

兰亭惠

潘向黎

兰亭惠是一家在市中心开了二十年的餐厅，专门做粤菜。

粤菜在上海人心目中一向有地位，其他菜系走马灯似的此起彼落，粤菜始终稳稳地占据人气榜三甲。广东人到底会吃，而"懂经"的上海人到底也多。和它并列冠军的是川菜，本邦菜只能是探花。说起本邦菜，上海人的叫法也有意思，鲁、川、粤、苏、闽、浙、湘、徽八大菜系都明确说出地名，唯独上海菜，偏偏不叫"沪菜"，叫作"本邦菜"。说什么在上海话里"本邦"就是"本地"的意思，其实多少透出了大上海各省交会、八面来风的派头，各菜系都是前辈，名声也响，但毕竟都少不了到上海滩来争一席之地，而上海菜，就在家门口做大做强，"本邦"二字，表面上本分低调，但这份气定神闲好整以暇，不经意间就衬出了别家的劳师远袭。

正因为上海滩是这样各菜系兵家必争之地，加上上海市中心高昂的店铺租金，一家餐厅开了二十年，这可不是一件容易的事情。想了解一家餐厅的口碑，要到手机里"大众点评"之类 App 上查看？老上海人可不是这样做的。在老上海人心目中，即使是陌生的餐厅，只消把它的地段和开了多少年头说出来，就已经是不着一字尽得风流了。若不是菜式、服务、环境俱佳，有一批老客人追捧，新客人也不断慕名而来，是很难做到屹立二十年不倒的。

所以，兰亭惠这样的餐厅当然可信。当然也有缺点，就是价格的门槛。订餐软件上显示：人均400元，那大概是家族聚餐或者比较随便的同事聚餐吧，实际上，如果是请客，人均500~600元才够像样。要是上燕鲍翅海参，人均就会很轻松过千。

就这样，兰亭惠的十个包房还经常是满的，不预订很难坐进去。顾新铭和汪雅君事先订了一个小包房，等他们五点一刻到了兰亭惠，跟着服务员来到包房门口，一抬头，见这个小包房名字叫作"鸿运当头"，不约而同地站住了，汪雅君说："不好意思，能不能换一个包房？"服务员有点奇怪，对讲机和不知道什么人商量了一下，说："其他包房客人还没有到，我们调整一下，可以的。"于是带他们到另一间，他们一看，这间叫做"清风明月"，互相交换了一下眼色，顾新铭说："就这间。"

于是，这对五十多岁的上海夫妻，就在颇有名气、价格颇有门槛的兰亭惠一个叫作"清风明月"的小包间坐了下来。包间里的布置自然是中式的格调，红木或者仿红木的桌椅，青绿山水瓷餐具，同款的瓷筷搁上整整齐齐地排着两双筷子，一双是红漆木筷，一双是黑檀木的。旁边有沙发、茶几和衣帽架。难得的是，这里的沙发坐上去有足够的硬度，不颤颤悠悠，靠垫也够饱满，很得力地支撑起整个腰部，不露声色地让人坐得既松弛又不累腰。这才是真的让人坐的，而不是摆出来让人看的沙发。真正好的餐厅和过得去的餐厅，差距往往就在这些细节上。

服务员先送上来两个放在影青兰花瓷托里的热毛巾，然后给每人斟了一杯茶，看汤色，应该是普洱。然后把一大本、黑缎封面、沉甸甸的菜单递了过来，含笑说了声"两位先看看，需要点菜的时候按一下呼叫铃，我们马上来为你们服务"，就先出去了。

好餐馆就是这样，不急，总是给客人留余地。这个余地，既是心理上的礼遇，也是做生意的技巧。寻常日子难免忙碌，进了餐厅，先让人休整和放松一下，从容之后才能进入"吃饭"的状态，在对的状态下再点菜，点菜的人也愉快，餐厅也愉快——因为心情好的人往往会点更讲究的菜。另外，经过二十分钟以上的等待和喝茶——尤其是消食去腻的普洱茶，再看那些撩人食欲的照片，食欲更容易旺盛起来。过去有个口号叫作"多快好省"，那么这时候点菜，容易点得多、点得快、点得好，唯独不省。

喝了一盏茶，汪雅君略带愁容地说："我们要不要先点菜？"

"先点。等她来了好说话，你说呢？"

"也是。可是……"

"你担心什么？"

"不要我们菜点好了，结果她不来哦。"

顾新铭停了几秒钟，说："不会，她会来的。"

顾新铭就按了呼叫铃，这回进来了一个领班模样的人，态度更加殷勤得体，见多识广的样子，于是双方有商有量，顾新铭一口气点好了冷菜、按位上的汤、小炒、主菜，汪雅君刚想问："是不是差不多了？"只听领班说："再加一个蔬菜，差不多了。你们才三位。"顾新铭说："好，要不要甜品？"汪雅君说："我不要了，胖。"顾新铭就说："那就先这样，等一下客人到了，再让她看看要什么甜品。"领班说："这样最好了。"就出去了。

静了一会儿，汪雅君说："现在是五点四十，时间还早……约好是六点。不过幸亏我们到得早，不然只能坐那间包间，就蛮尴尬。"

顾新铭说："这种时候，请客的人一定要早到的。事先电话里、微信里再怎么说，总不如自己来看看，七七八八、边边角角有什么问题，到了才能发现，也才来得及调整。"

汪雅君说："还是你有经验。这些地方，听你的总没错！"

顾新铭看了妻子一眼，心里觉得舒坦多了。在这种时候，如果只是说一句"对呀"或者"还真是这样"，却忘了赞美男主人，那只是及格。大部分上海女人都不会只是及格，她们会明确归功于丈夫——不过，大概率，她们只会说前一句，但是他顾新铭的太太还会加后面一句。一个"总"字，与其说是在一个很长的时间跨度中认可和抬举丈夫，不如说更多的是显出一个妻子对丈夫的欣赏和信赖是长期的，近乎"始终不渝"的意思了。

不管怎么说，自己选人的眼光比儿子强多了。

服务员轻轻敲了两下包房的门，然后打开，司马笑鸥到了。

司马笑鸥长得眉清目秀，小巧白皙，介于职业和休闲之间的米色套装显得她身材苗条而气质大方。城市里白领女郎从大学毕业到三十五岁是看不出年龄的，要不是顾家夫妇知道她今年二十九了，猜测她的年龄是困难的。

顾新铭和汪雅君都站起来迎接她，态度热情而有轻微的不自然。不自然并不是因为热情是假的，而是因为想充分地把热情表现出来，却要把热情背后的愧疚藏起来，可是彼此都知道这愧疚就是热情的一部分来源，所以很难藏得天衣无缝。而且，似乎也不应该把这份愧疚藏得天衣无缝？不好拿捏。毕竟面对这种局面，他们也没有经验。

司马笑鸥的脸色比想象中的要好，她似乎不是来赴这样一个滋味复杂、注定不会轻松愉快的宴会，而是参加一个商谈合同具体条款的工作晚餐，表情的主调是礼貌，还有着理智的清醒和一点不那么在意的清淡，还有一丝不易察觉的戒备——似乎在防范谈判对方在表面友善之下的算计。

"小鸥来了，快坐，快坐！"

"路上顺利吗？服务员，倒茶！"

"顾伯伯好，汪阿姨好。"司马笑鸥说，表情和声调都很正常。

三个人坐在旁边的沙发上，喝了几口茶，这时候冷菜上来了，汪雅君说："冷菜上来了，我们边吃边聊？"

顾新铭让汪雅君坐了主位，然后自己和司马笑鸥分坐在她的两边，这个他们事先没有商量过，就自然而然这样坐了——因为这样，便于汪雅君就近给客人布菜和倒饮料。

桌上的冷盘有四个：一个冻花蟹，一个卤水小拼盘，一个四喜烤麸——这是本邦菜，兰亭惠也有几个融合菜，多少有几个本邦菜和川菜的菜式，四喜烤麸是上海家常菜，本来上海人下馆子不会点这个，但是做起来挺麻烦，现在许多人也都偷懒在餐厅里吃了；一个桂花山药泥——山药泥自然不成形，为了好看，用模子压出了一朵朵花的形状，上面浇了糖桂花和蜂蜜，雪白花朵上面有两种深浅不同的黄色点缀，看上去精致讨喜。卤水拼盘是在六种里面自己选的，他们选了卤水掌翼和猪脷——广东人真有趣，为了讨口彩，猪舌永远叫作猪脷，因为"舌"谐音是"蚀本"的"蚀"，而"利"就是"一本万利"的"利"了。

汪雅君看着猪舌，心想：名字叫得好听有什么用？有些事情，蚀就是蚀，亏就是亏。就拿小鸥来说，恋爱了两年，然后分手，两年的青春，伤透的心，怎么看都是女孩子蚀本呀。

上海话猪舌也不叫猪舌，而叫门腔。顾新铭心想：如果真是吃什么补什么，那今天自己和汪雅君确实应该多吃门腔，变得会说话一些，才好。

世界上，人和人的关系不但最复杂，也最难以预料。就说眼前的司马笑鸥吧，和他们是什么关系呢？两年零一个月之前，他们就是陌生人。两年前，她成了他们的儿子顾轻舟的女朋友。一年半前，她和他们正式见了面，他们也都认可和喜欢这个女孩子。半年前，他们已经把她当成了自己的准儿媳，高高兴兴地谈论起婚房和婚礼的问题。那个时候，是他们和这个姑娘的人生轨迹最靠近的时刻，几乎再进一步就成为一家人了。但是三个月前，顾轻舟突然说和她不合适，死活分了手。于是，现在，他们其实已经没有关系了。

不要说司马笑鸥，就是汪雅君和顾新铭都觉得非常突然和难以接受。顾新铭对太太说："大概儿子看上别人了。不然不会这么绝情。"汪雅君说："小鸥这么好的姑娘，这死小鬼还要哪能？""哪能"是上海话，"怎么样"的意思。顾新铭说："我找他谈谈。"

他找了一个中午，特地到顾轻舟的单位门口，和儿子单独吃了一顿午饭，然后傍晚回到家对太太说："看样子，只能让他去了。"汪雅君说："那么他是有别人了吗？""可能吧，但好像没那么简单。他反正拿定主意了。"汪雅君不接受——"这是什么话？我找他谈！"顾新铭说："你是他妈妈，你和他谈可以，但是你不要激动。"汪雅君血压有点高，控制血压的药又时吃时不吃。

当天晚上母子谈话很快进入对抗模式。顾轻舟喊："她爱不爱我,你比我清楚?"汪雅君说："就是比你清楚!你这个没良心的!你要是看上别人就承认,不要敢做不敢当!"顾轻舟气势低了一些,说："我要怎么和你说呢?我们这一代,和你们不一样,大家都是脑子很清醒,在做一个选择。""那你为什么不选择小鸥?她哪一点配不上你?""她好多地方都比我强,问题是这一点你们知道,她自己也知道,我们在一起我有一种学渣被要求上进的感觉,我不喜欢。""你不爱她!如果你爱她,为她上进上进有什么问题?啊?""是,我发现我不爱她,按照你们的标准,我可能从来没有爱过谁。""你!你不要和我耍无赖噢我告诉你,我直接怀疑你有问题,你是不是有新的女朋友,把人家肚子搞大了,所以要急吼吼和小鸥分手,赶紧去娶人家?""拜托,老妈,这是上世纪的故事了好吗?我遇到更合适的,换个女朋友也很正常,但是因为你说的原因结婚,你觉得我会那么土吗?""你!"汪雅君有点头晕,顾新铭赶紧进来把母子分开了。

　　花了两三个星期,夫妻俩终于弄明白了,顾轻舟确实有了新的女朋友,这位是正宗上海人,李宝琴,二十五岁,大学本科学历,小公司文员,工资只拿来自己吃饭和零花的,父母是挣足了钱退隐江湖的生意人,所以这姑娘的名下,有价值两千多万的房子一套,地段好,房型好,保时捷一辆,结婚时还有丰厚嫁妆。唯一缺点是,这姑娘年轻而不貌美,长相乏善可陈,开足了美颜也很一般。夫妻俩一致认为:完全不如司马笑鸥。不漂亮不说,这种家庭出来的,就是个地主家的傻闺女,娇气加刁蛮,已经够顾轻舟受的,而且什么也不懂,什么也不会,其实是没法一起过日子的。顾新铭说:"结婚是终身大事,可要选对人。"顾轻舟说:"都说结婚选对人,可以少奋斗二十年,如果选她,我可以少奋斗三十年。"夫妻俩一起失声说:"你真的要选她?"顾轻舟说:"如果结婚,我就选她,可是我还不一定想结婚呢。"汪雅君说:"你到底和小鸥有没有谈恋爱啊?现在有没有爱上别人啊?我怎么听来听去,都没有什么感情呢?"顾新铭说:"儿子,我也不是很明白,不过作为老爸,我要提醒你:婚姻对男人也是大事情,你要理智。"顾轻舟说:"你们两个人商量好了再来和我搞脑子,好不好?一个要我讲感情,一个要我讲理智。就很搞笑。"

汪雅君觉得头晕,只能坐下了:"儿子,不要说人家小鸥想不通,你总要让妈妈理解你呀。哎哟,我怎么会生了你这个儿子!"顾轻舟听见母亲带了哭腔,停住了要离开的脚步。顾新铭说:"你和爸爸妈妈好好谈谈。不管选哪一边,另一边至少不要出人命。"顾轻舟转过身来,带着不耐烦和无奈说:"出什么人命啊?你们不要以为司马笑鸥爱上了我,她也是——在可能的范围里选中了我而已。如果有更好的男人出现,她一样会头也不回走开的,你们不知道吗?"顾新铭说:"可是你们互相选中了,对方没有改变心意,你改变了呀。"顾轻舟说:"因为李宝琴出现了,而且她主动追我了呀。"汪雅君:"你有女朋友,她怎么可以这样?""奇怪,为什么不可以?如果谈恋爱了就不可以换人,那为什么要谈恋爱?都相个亲,然后直接去民政局好了!你们讲点道理好吗?"顾新铭问:"她能让你要和小鸥分手,说明你动心了,那么你看上李宝琴什么呢?是她家有钱吗?"顾轻舟说:"在有钱的家庭长大的人不一样,她做人不那么起劲,不会什么都很在乎很紧张,也不要求我上进,大家在一起很轻松,可以一起享受人生。另外,她们家有钱,也是个优点啊,结婚的房子、车子都是现成的,将来我不用按揭,你们留着钱养老,有什么不好呢?我就想不通,你们到底生什么气?!"顾新铭说:"人生哪有这么便宜的事情?儿子啊,你太年轻了!"汪雅君说:"没有爱情的婚姻是不道德的呀,儿子。"顾轻舟像听到好笑的段子那样,一下子笑了起来:"你的老校长恩格斯说的,对吗?"再次转身走了。汪雅君对着他后脑勺喊一句:"她父母有没有文化?还宝琴呢,不知道这是《红楼梦》'金陵十二钗'的一个吗?那种家庭,那种长相,怎么好意思叫这个名字!"顾新铭说:"好了好了,名字不是重点,至少没有叫宝钗吧。"汪雅君说:"哪怕她叫林黛玉,我也不要!我就是认定了小鸥做儿媳妇!"

外面的防盗门咣当一声关上了,顾轻舟出去了。顾新铭说:"看来他是真的拿定主意了。"汪雅君说:"我反对!我们怎么对得起人家小姑娘?怎么对人家父母交代?谈得好好的,该做的、不该做的都做过了,然后莫名其妙就分手？人家肯定要骂我们上海人没家教不像样，说这家父母都睡着了吗？儿子这样也不管？"顾新铭叹了一口气："我知道你反对，我也反对呀。我当面和他说了：爸爸妈妈都喜欢小鸥，你要分手，她伤心，我们舍不得，你放掉她也很难再找到这么好的了，希望你珍惜。其实你和她结婚，是我们家高攀，要不是你是上海人，有主场优势，估计你打破头还娶不上人家呢。他说：不是你们要和她结婚，是我在选人过一辈子好吗？当初你们谈朋友，你们结婚，我干涉过吗？"汪雅君忍不住笑了，然后笑容一敛，更生气起来："这什么话？！他跟谁学的，三十岁的人了，讲话这副不正经的腔调！"顾新铭长叹了一口气，说："你也知道他三十岁的人了，所以，我们反对也反对过了，后果自负的警钟也敲过了，也没办法了。"汪雅君一时不知道怎么回答，愣了好久，茫然地问："格么哪能办？"顾新铭说："让他去！"汪雅君想了想，也说："烦死了，让他去！让他去！"

上海话说"让他去"的发音很像普通话的"娘遗弃"，最后的一个字唇齿摩擦得厉害，听上去咬牙切齿，有愤恨，有无奈，更充满了鄙视和不屑的味道。

司马笑鸥是贵州人，自己一个人大学考到了上海，从此留在上海打拼，如今在一个大公司里有一个很不错的位置，年收入比当公务员的顾轻舟丰厚。她皮肤雪白，五官立体而精致，虽然一米六二的身材不够高挑，依然算得上是个漂亮姑娘，而且一看眼睛就知道很聪慧，智商情商双在线的那种。接触下来，明显要比顾轻舟成熟，有一种离家早的人特有的懂事和干练。顾轻舟虽然比她大一点，但从小到大没有离开过上海，其实反倒是温室里的花朵。司马笑鸥对未来的公公婆婆也是要温度有温度，要礼数有礼数。过年的时候，在回贵州之前，小年夜先请吃饭，双手送上一盒茶叶（是顾新铭喜欢的正山小种）和一盒燕窝，一看盏形和成色，汪雅君就一边惊叹一边笑着责备："哎呀，你这戆小姑娘疯了吗？这个太贵了！自家人，一定要送么，也送点碎的吃吃好了！"初六，一回上海就来拜年，再送大冬天里最好的鲜花和进口车厘子。去年，连他们两个过生日也有表示，顾新铭生日收到一个精致的栗子蛋糕，汪雅君生日收到一瓶法国大牌的脸部专用精油,司马笑鸥说可以滴两滴在面霜里,加强对面部皮肤的保养,又不麻烦。汪雅君惊叹说:"真是用心啊!精油滴在面霜里头,我还没有这样讲究过呢。"顾新铭开玩笑说:"人家小姑娘出手这么大方,你不要开心得太早,你等着,以后他们房子的首付你是跑不掉了!"说这话的时候,汪雅君刚洗完脸,先不回答,从容地用无名指轻轻地往眼睛下方点上几点芝麻大小的眼霜,用无名指轻轻地抹开,然后用三个手指弹钢琴一样点匀了,才说:"你以为吓得死我啊?不是准备好了吗?首付我们来,按揭让他们自己来。过两年要是生孩子,正好我们也退休了,可以帮他们带。"顾新铭说:"还是要请个阿姨的,不然你吃不消。"汪雅君说:"嗯。都这么晚了,睡觉吧。你怎么还在喝茶?"顾新铭说:"这是小鸥送的茶,还没喝透,不能浪费。"

那时候,这两个人,第一次有了要做公公婆婆的感觉,第一次以满意、喜悦、期待的心情准备迎接一个家庭新成员加入。当然,上海家长在孩子婚嫁时必须拥有的万事俱备、运筹帷幄的骄傲感,他们也有了。

而现在,把他们联结在一起的顾轻舟不在这里,他甚至都不知道父母要请司马笑鸥吃饭,只有他们三个人——一对心愿落空,还要来对曾经的准儿媳道歉、安抚的夫妇,以及一个因为受了伤害而随时可能拂袖而去的女孩子,坐在这个包间里,面对着四个冷盘,虽然是兰亭惠的招牌菜,但是看上去冷冰冰的。

"小鸥,吃呀,吃呀!"汪雅君用公筷往她碟子里搛菜,注意把每样菜摆放得整齐,互相之间保持距离,免得串味。

顾新铭看见汪雅君用调羹舀了一勺混合了金针菜、香菇、黑木耳、花生的烤麸往司马笑鸥的碟子上送,突然脸色一凝,眉头皱了起来,坏了!百密一疏,自己犯了一个错误,这道菜不该点。"烤麸"除了是上海家常的冷盘,也是过去上海人婚礼上必备的一道菜,因为烤麸的谐音是"靠夫",结婚后凡事依靠丈夫,"夫"能够一辈子"靠"得住,这是新娘一方的强烈心愿,往往也是新郎新娘两家的共同心愿,因此"四喜"是例行的口彩,"烤麸"(靠夫)才是真正的祈愿和祝福。司马笑鸥是被分手的,对她来说,顾轻舟根本靠不住，所以今天的席上出现这道菜，就大大的不妥了。顾新铭此刻只能舒开眉头，装出若无其事的样子，心里安慰自己：司马笑鸥毕竟是外地人，又年轻，应该不知道上海人这些"老法"的规矩和说法，如果真是这样，那就太好了。对天发誓，今天，他们两夫妻可是世界上最在乎司马笑鸥情绪的人了。

司马笑鸥慢条斯理地吃了一朵山药糕，一片卤水猪腼，一个冻花蟹的蟹钳——蟹壳事先都是夹破了的，所以用筷子轻轻拨几下，四分五裂的蟹壳很简单就脱落了，一点不费事就可以吃到完整的蟹肉了。兰亭惠就是兰亭惠。最后是四喜烤麸，司马笑鸥没有吃，不知道是不喜欢吃，还是知道那个说法所以拒绝碰它。汪雅君这时候也发现问题了，看了顾新铭一眼，整整齐齐的衣服下面，两个人身上都出汗了。

这时候汤来了。一人一盅橄榄瘦肉螺头汤，打开汤盅盖，就闻到香味。"小鸥，喝汤！"喝一口，又清鲜又甘甜，连这三个没心思真吃饭的人也觉得好味到熨帖。"这道汤清热解毒、润肺滋阴，对人很好的。"顾新铭说。他真心希望，这道汤，或者说这种心理催眠，能在上海凉爽而干燥的秋天，从嘴巴到喉咙再到五脏六腑，为遭遇感情挫败的女孩子提供一点帮助。

三个人静静地把汤喝完，居然没人说话，好像突然一丝不苟地遵守起"食不言"的古训似的。

然后上了牛排。虽然每人一份，这个牛排小得出奇，只有成年人手掌心大，还比手掌心窄，但是服务生上菜的时候，领班特地进来介绍了一声："这是和牛牛排，请趁热用。我们的配方是专门研制的，所以建议贵宾自己不再加任何调味，就这样享用。"看了这个阵仗，自然知道这道菜身价是高的，再一看上面的雪花纹，用刀一切感觉到那种质感，就知道不是骗人的，切一小方放到嘴里，果然是和牛。顾新铭说："是和牛，和我在日本吃过的差不太多。"汪雅君问："这不是日本来的吧？听说国内没有真正日本进口的和牛。"领班笑了一笑，说："请三位吃起来，边吃边听我说——如果有人说他们端出来的是日本进口的和牛，您不要相信，我们这是澳洲和牛。虽然不是日本进口的，但是我们是正规渠道进口的，而且是真正的有等级的和牛，像今天这个牛排，绝对是 M6—M7 等级的，绝对香，雪花分布很好，也不会太油。"顾新铭点头说："我刚才一吃，就知道不是日本和牛，不过东西是好东西。我就喜欢你们这样，有一说一，不要吹，不要浮夸。说的人踏实，听的人也踏实。"领班说："我们也最欢迎您这样的客人，见多识广，上海人说叫'懂经'，而且又客客气气。"顾新铭说："哈哈您客气，您客气。你们会做生意！"领班说："欢迎您多来！这是我的名片。"司马笑鸥没说什么，只是娴熟地用刀叉把小小的牛排切成四五块，然后一块一块送进嘴里，同时似看非看地听着，但她明显比刚进来的时候松弛了，神情深处的那一丝戒备也找不到了。

领班走后，汪雅君对司马笑鸥说："这牛排还不错，就是太小了，你年轻，可以多吃点肉，要不要再来一份？"

司马笑鸥说："不用不用，我不减肥，不过也要控制体重的。"说完这句话，她脸上有了一点笑影子。

"是啊是啊，你们这一代比我们好，从小有控制体重的意识，所以身材比我们这一代好多了。"

"哪里，阿姨您和顾伯伯都保养得好。"司马笑鸥一半被迫一半真心地说。其实这话本来是真心的——她过去和顾轻舟说过，上海人到底不一样，你爸爸妈妈身材、风度都很好，打扮也很得体，可是今天不是说这种话的心情和氛围，却又出于场面需要不得不说，于是一句真话刚说出口，就死了一半，好像是不合时宜的恭维。当她自己意识到连说一句真心话都这么尴尬，不由得叹了一口气。

顾新铭和汪雅君几乎同时叹了一口气。顾新铭有点可怜汪雅君，于是决定自己先开个头，他记得读过一本《如何有效交谈》之类的书，里面说，在面对容易引发争执和不愉快的谈话时，一定要用"我""我们"来开头，哪怕不得不说"你"，也不能说"你怎么生气了"，要说"我觉得你好像生气了"；不能说"你误会我了"，要说"我不是这个意思，但我表达得不好，好像引起你的误会了"。总之是要主动担责的意思。于是他说："小鸥啊，伯伯和阿姨也不能做什么，今天就是想请你吃个饭。"司马笑鸥浑身微微一震，马上垂下了眼帘，好像不愿意让人看见她的眼神。

汪雅君赶紧说："我们心疼你，可我们也插不上手。你也知道，孩子大了，爹妈简直成了弱势群体，根本管不了。你相信我，要是打他能把他打听话，我早就用家法打得他趴下了。"

司马笑鸥似笑非笑地说："还不至于。"这句话有点微妙，是说顾轻舟罪不至此，还是说自己不至于沦落到这一步，要男方的家长用暴力来逼迫男朋友留在自己身边？汪雅君和顾新铭对视了一眼，顾新铭不开口，汪雅君只好继续说："小鸥啊，我们都很喜欢你，真的，已经把你当成……家里人了，弄成今天这样，我真是万万没想到啊！我们心里也很难过。"司马笑鸥嘴边浮起一缕似悲凉似讽刺的笑容，说："对不起，让你们操心了。"顾新铭马上补救，说："千万别这么说！是我们对不起你。你是个好姑娘，你做得都很好，都是顾轻舟不好，他这个人不成熟，完全拎不清，不知道自己几斤几两，不知道如何珍惜感情，也不知道该如何选择人生伴侣，他将来肯定要后悔的。"想了想，一咬牙，把最严重的一句说出来了："是我们教子无方，对不起你。"汪雅君也说："我们真的很内疚，都没脸见你。"

只听司马笑鸥一个字一个字地说："都是成年人，哪怕是犯罪，也是自己进监狱，哪有株连父母的？这事和你们没关系。"两个人听了这句话，抬起了头，看见她喝了一口茶，稳住了气息，继续说："何况，谈恋爱，本来就是两种结果，要么结婚，要么分开。你们放心，我不会去纠缠顾轻舟，将来他和别人结婚，我也不会去砸场子的。"

两个人心头一宽，同时又一酸：已经没有希望成为儿媳妇了，依然有这样的态度，可见过去的种种懂事不是假的，真是难得的好姑娘，可惜江湖一去深似海，从此彼此是路人。汪雅君说了出来："我们知道，你是个明事理、重情义的姑娘。顾轻舟配不上你，真的，你也许现在不相信我的话，过几年，就会觉得我说的是对的，到那时你还会庆幸没有嫁给他呢。"顾新铭喃喃地说："确实，你样样比他强。是他没福气，真的，是我们顾家没福气……"

司马笑鸥不知道是被打动了，还是触动了心事，低着头，好一阵子没有声音,然后,她好像下了决心似的,缓缓地抬起头,说:"我这些天是很难过。但你们知道我心里最过不去的一个坎,在哪里吗?""你说,你说!"夫妻俩争先恐后地说。让司马笑鸥在他们面前倾诉一番,这是他们请这顿饭的最大希望啊。

"他可以和我分手,什么理由都可以——两个人在一起,要两个人都愿意,分手就不一样,只要一个人想分手,就只能分手。他可以不爱我,可是他不该说我不爱他,他说我只是快三十了,急着想找个人结婚、在上海安个家。我不是!我受不了他这样冤枉我!"

顾新铭说:"这个他说得完全不对!"汪雅君说:"他胡说!你只当他放屁!"

司马笑鸥说:"我对他说,你不能这样说我,除非你从来没有爱过我。然后你们知道他说什么?他说:你们女人真奇怪,反正就这样了,爱过、没爱过,有什么区别?"她的眼圈和鼻子都红了,但是没有让眼泪流下来。

夫妇俩都沉默了,因为真的不知道说什么。没想到儿子如此现实,如此狠绝。同时也深深感到了自己立场的尴尬和语言的无力。

"伯伯,阿姨,谢谢你们这么接受我,疼爱我。我不知道他在你们面前会怎么说,我今天来,就是想告诉你们,我是真的爱过顾轻舟,是真的看上他,我也说不清为什么,我就是爱他这个人,想和他在一起,想和他白头到老,不可以吗?他要分手我没办法,可为什么我的感情还要被这样否定、这样不在乎?现在我也看明白了,我不是他要找的人,他也不适合我,所以,分手就分手,总比以后离婚强。"司马笑鸥的脸色苍白,嘴唇也失去了血色——口红已经在吃饭过程中消失了,所以现在是真实的唇色。但她始终没有流下来一滴眼泪,倒是汪雅君眼泪汪汪了。

好在装在青绿山水大瓷盘里的清蒸珍珠斑上来了。平时请客,点一条笋壳鱼或多宝鱼也就是了,但是今天,顾新铭觉得一定要珍珠斑。普通石斑鱼也很鲜,肉质也够弹牙,但是珍珠斑的嫩,是超乎一切石斑的,价格也是超乎其他养殖石斑的,所以——今天必须要珍珠斑。顾新铭说:"你给小鸥搛点鱼肉,这是珍珠斑,好吃,又不会胖。"汪雅君用不锈钢长柄调羹,一下子拨下来一大块雪白的鱼肉，放到司马笑鸥的碟子里。司马笑鸥慢慢吃掉了。

然后又上了一道脆皮百花鸡，一道黑松露汁烩鲜鲍，一道锅烧杂菌豆腐，一道白灼西生菜。

这时候顾新铭用另起一段的口气，说："小鸥，人这一辈子，总会遇到一些不开心的事情，也只能面对。我们呢，真的很喜欢你，也知道你一个人在上海，虽然事业有成，但是毕竟没有亲人，我们希望，以后像朋友一样来往，你如果遇到什么事情，自己解决起来有困难，只管来找我们。商量商量啊，需要我们出点力啊，我们都很乐意。"

司马笑鸥显然没想到他会这样表态，迟疑地说："这个……不用了。"

汪雅君说："小鸥啊，你如果不嫌弃，就把我们当成亲戚吧！我们是小老百姓，你知道的，他在出版社，我在学校里，都快退休了，但我们总归这把岁数了，好歹算是长辈，你有需要的时候，要想到我们，碰到为难事情了，不要一个人撑，发个微信、打个电话告诉我们，好不好？"

司马笑鸥愣了一会儿，脸上有混合着惊讶、委屈和感动的神情掠过，然后恢复了平静，说："好的。谢谢。"她的双唇恢复了一些血色。

汪雅君说："对了，甜品刚才还没有点，小鸥，你看看你想吃什么？流沙奶黄包？陈皮红豆沙？燕窝蛋挞？天鹅酥？他们的甜品也很不错的。"

"不用了，阿姨。"

"吃个甜品吧，心情会好。"

司马笑鸥幽幽地说："心情，总要让我不好一段时间吧。整件事情，我也只剩这个可以决定了。"

汪雅君要说话，顾新铭用眼神阻止了她。这顿饭，司马笑鸥的情绪就像退潮的大海，虽然还有一浪一浪地往回卷，但是总体是浪越来越远去，海面越来越平静了。这下子回浪有点猛，也只能等它自己下去，这时候不能乱说话，这时候如果说错一句话，岂不是前功尽弃？这女人，就是性子急！

最后还是汪雅君做主，选了冰淇淋，顾新铭从来不吃甜品，于是她和司马笑鸥一人两球冰淇淋，慢慢地吃着。第一球冰淇淋吃完的时候，汪雅君说："小鸥，阿姨送你一件礼物，是我们做长辈的一点心意，希望你收下。"她从背后的手提包里拿出一个红色的丝绒盒子，打开，里面是一个老凤祥金手镯，没有花样，光面的一圈，看上去有点像藤条做的，出人意料，有古朴的感觉。

司马笑鸥睁大了眼睛："阿姨，您这是做什么？太贵重了！我不能收！"

"你听我说，我们上海人家，孩子大了，总归要买个手镯的，是为了保值，所以都不讲时髦，就是买老凤祥的。这是我去年买的，当时觉得足金手镯比较土，你肯定不会戴，也就是给你压压箱底，所以给你选了这个实心的。"

司马笑鸥说："手镯还有实心的？"

顾新铭说："虽然是实心的，但分量不重，也就五十克，你看，标签还在，也没多少钱。你收下吧。"

司马笑鸥说："我心领了，但我还是不能收。"

汪雅君说："这是我心里想着你买下来的，不可能以后去给别人，所以我一定要给你，你也一定要收下，听见没有？你不要多说，你就收下！"语气里有伤感，也有赌气。顾新铭知道，这是妻子本色出演，一定会有效果的。

果然，司马笑鸥听出了这语气里的真实感情和江湖义气，终于慢慢伸出了手，接过那个丝绒盒子："那我收下了。谢谢阿姨，谢谢伯伯"。

司马笑鸥吃第二球冰淇淋，心想：这么好的一对父母，如果能是自己的公公婆婆，该多好，本来就应该是的！这个镯子，本来是他们给自己的结婚礼物，谁知道突然一脚踩空，什么都变了……又想：连他们都这样对自己，可见顾轻舟是何等无情，何等过分！最可恨的，他变心不要紧，还要把过去的感情说得一钱不值……一想到这里，忍了整顿饭的眼泪涌了上来，来势汹汹，在失控之前，她猛地站了起来，匆匆地说："我先走了。谢谢伯伯阿姨！再见！"就推开包厢门走了。夫妇俩追到包房门口，只看见她纤细的背影飘一样消失在走廊尽头的光影中。

顾新铭拉拉汪雅君，两个人回到餐桌前，坐下来。一坐下来才觉得非常疲惫。

顾新铭说:"有点累。"

"我头痛。"汪雅君说。

"都老了。"顾新铭说。

"想想当初,我们什么都没有,还不是照样结婚,生子?哪有这么复杂?"

"是啊,你当初那么漂亮,怎么就那么傻,我什么都没有,就嫁给我?开头还是和我父母挤在一起,后来单位总算末班车分了房子。你跟了我这个穷人,这三十多年,真是不容易。"

汪雅君白了丈夫一眼,说:"不要说得那么作孽相,我们的房子涨了多少倍,你怎么不说?再说你也不差呀,兼职啊,股票啊,拳打脚踢,这三十年可没少挣。关键是你的心思都在家里,嫁给你这种男人,心里踏实,夜里也睡得着。"

顾新铭得到妻子的赞美,心里甜丝丝的,说:"是你不容易,当年那么相信我,嫁给我这个穷小子,和我白手起家。"

汪雅君看看丈夫几乎全白了的两鬓,不由得伸出手去,拍拍丈夫的手臂,说:"还是你好,当初选中我就是我,三十年来一心一意的。不像某些人,本事嘛没有,还要那么花!"

顾新铭说:"他拎不清!他以为人生这么便当啊?往往是越想走捷径,越会走弯路的。"

汪雅君说:"就是呀。一开始如果不是真心看上这个人,以后有点风吹草动都过不下去的呀。现在这些年轻人,真不知道在想什么!他们懂什么?一辈子长着呢。"

顾新铭转移话题说:"不过,你也不要光生气了。如果——我是说如果啊,他一定要和这个小李结婚,也不是一点优势都没有。"

"什么优势?就有钱啊?一个一米八的男子汉,怎么可以想这样当小白脸吃软饭?"

"他们房子和车都现成,确实省力很多,不过关键还不在这里,关键是，我问清楚了，对方父母没读过大学，早婚早育，现在女孩子的父亲才五十岁，母亲还不到五十岁，而且又在上海，将来他们生孩子，不要说坐月子，就是帮忙带孩子，女方父母应该也靠得上。"

汪雅君眼神闪了几下，然后沉默了，顾新铭知道她在心里盘算，一时不知道该说什么。半晌，只听汪雅君长叹了一口气："没劲！你说，是我的儿子要谈婚论嫁，怎么说也是喜事，怎么我这心里就这么不痛快呢？"

顾新铭也长叹一口气："我和你差不多。大概我们都落伍了，都是老人类了！"

汪雅君说："那我们真是选对人了，不管新旧，夫妻最要紧是两个人谈得拢。"

顾新铭看了看妻子，他发现曾经是"班花"的妻子，不知何时，双眸不再如水清澈，眼角也出现了细密的皱纹，像开片瓷器上的裂纹。

顾新铭说："不管了，我们好久没有两个人出来吃饭了，今天就当我们两人世界吧。"

"是啊，这么好的地方，刚才吃得没滋没味，菜都凉了。"

顾新铭说："现在帮儿子的屁股擦好了，接下来我们放松，慢慢吃！"

"你说得这么难听，好像我们刚才在搞危机公关一样，我可是真心的。为什么一定要送她那个手镯？让她派用场的。我们对人家说得好听，什么'你有困难来找我们哦'，这就是嘴巴上讲讲的，一点都没用的！人家小姑娘也是要面子的人，以后无论如何不会来找我们的。她一个人在上海，还是给点东西防身吧。给她那个，是千足金的，分量也有了，平时放着呢，保值；万一碰上难处，拿出来，总还可以抵几个月房租。"

真是一个好女人！顾新铭想。他突然有一点站起来拥抱一下这个女人的冲动，这是一种他好久没有体会到的感觉了。当然作为一个上海人，这种外露的方式，是和他们绝缘的，即使在四下无人的包房里，他也不会这么做。就像在上海话里面，根本没有"我爱你"这句话一样。

他特别温润地看了看妻子，好像想用眼神抚平她眼角的细纹似的。然后高声唤："服务生，来一下！把菜都拿去热一热！"

（原载《人民文学》2022 年第 3 期）

作者简介：

潘向黎，小说家，文学博士。现居上海，专事写作。出版长篇小说《穿心莲》、小说集《白水青菜》《上海爱情浮世绘》等，专题随笔集《茶可道》《古典的春水：潘向黎古诗词十二讲》等，共三十余种。曾获第四届鲁迅文学奖等奖项。

看见

范小青

艾可从小到大一路学霸，会考试，而且不惧怕考试，只要一坐下来，进入安静状态，就如有神助，哪怕准备不够充分，也总是能够发挥出最高的水平，让人刮目相看。

可惜就是眼睛不好。还不是一般的不好，是很不好，高度近视，高到多少度，到后来已经没有数了。小时候还知道，开始就是800，然后就到了1000，很快又过了1200，再到后来，都检查不出来了，但近视还在继续赶路。大家都说，艾可，你要瞎了。

其实这时候他已经比较泰然了。不像刚开始时那么焦虑，又时时怀着期盼，一直焦虑就焦过头了，一直期盼也一直盼不到什么，后来也就慢慢平静了。现在他是既不期盼，也不焦虑。随便。

他是个不戴眼镜的近视眼，因为无法戴眼镜，因为但凡能够配到的最高度的近视眼镜，对他来说，也只是个摆设，起不了作用，所以干脆就不戴了。好在光感还是有的，身边有什么东西，也能看得到，当然看到的并不就是那个东西，看到的只是一团模糊。好在模糊也是个东西，他只要看到了那团模糊，就不会撞到东西，就不会出事故。

他的工作，得到了照顾，但也可惜了他的学霸履历，他在单位办公室的后勤上做事，管管仓库，给同事发发办公用品，接转大家的报修要求之类。

这个工作不用长时间近距离用眼，对他还是比较适合的，他精力充沛，有劲无处使，哪个办公室说没有打印纸了，他就抱了送过去，哪个同事说这本新台历不喜欢，他就给那个同事换一本喜欢的。

年终评选先进，人人都想当先进，最后总是难平衡，给张三李四不高兴，给李四王五的积极性受影响，有人说那就艾可吧，他虽然眼睛看不见，但是工作很努力，大家都觉不妥，但竟然也都没意见。

艾可原以为人生也就这样了，可是后来忽然又冒出了新的希望，有了一种新的治疗方法。其实从小到大，不知使过多少办法，近视眼不仅没有丝毫好转，反而每况愈下，艾可早就不抱希望了，可谁知道呢，希望现在又来撩他了，他又抱住了希望。

手术很顺利，拆了纱布，睁开眼睛，艾可一下子就看清了医生的脸，他这才真正知道了，人脸居然是如此生动，人的眼神是如此有光彩，五官搭配得如此精妙，那嘴巴，说话的时候，丰富活跃，真是牵动着整张的面皮啊。

他激动得差点哭了，又差点想唱歌。医生说，别激动，别激动，还没到真正激动的时候，现在你是看得见了，但是手术到底是否成功，要有一个月的时间来考验，如果一个月以后，情况正常，手术才算成功。

也就是说，也有的人，手术后是看得见了，一切都清爽了，但是一个月后，重新回到模糊的状态，这也是常事。

艾可没想那么多，他还没来得及多想，现在他是吃惊、大吃惊，甚至是震惊，所有向他展开的一切，都令他十分意外。

简直了，原来世界是这样子的呀。

他看到小区里的树也惊讶，他一直以为这里的树都是一样的，都是一团一团的，现在他才知道，原来小区里种了好多种树，有香樟树、银杏树、桂花树、广玉兰、枫树、梅花等等。看得见的世界真好，五彩缤纷呀。

看到邻居家养的一只吉娃娃在路边散步,他也惊讶,他以为那是猫,可是猫怎么长得这么奇怪呢?

他还看到了远处的高楼,简直就是目瞪口呆。城市发展高楼林立这事情他也是知道的,但是等到真正看清了这许多高楼,他还是震惊了。他一直以为他是生活在一个四处有山的城市呢,原来是楼。

总之,艾可简直像是换了一个自己,他都不敢相信,以前的那个人就是他自己,他是怎么理解这个世界的,他是怎么认识这个世界的。现在,他重新开始了,他的新生来了。

当然,相比树木、狗狗、高楼之类,更要了命的是,他看清了所有的熟悉而又模糊的同事的脸庞。

那一刻他惊愕地盯住他们的脸庞,他急着要拿平时积累起来的对他们的印象和判断,当然还有想象,来比对这张清楚而真实的脸庞。

结果就呵呵了。

原来,一个人的脸庞,和他的声音,和他的呼吸,和他的气味,和他的习惯使用的语言,和他的脚步声,和他的咳嗽,甚至和他撒尿的声音等,竟然有那么大的差别。

比如艾可的同事小丁。小丁比艾可晚进单位,她和他成为同事,在一个办公室工作,艾可从来就没有看清过她的长相。其实艾可并不是瞎子。他也不是一丁点看不见,但他若是要想看到一个人的脸庞,就必须凑到这个人的面前,几乎脸贴着脸,才能勉强看到一张模模糊糊的脸。

干吗呢,一张脸就那么重要吗?

正常的人应该不会这么想,一张脸自然是很重要的。只有一个无可奈何的人才会这样想。

所以艾可一直是凭着小丁说话的声音以及小丁说话的内容方式等来判断她的长相的。小丁嗓音清柔,个性温和,说话从来不会高声粗气,艾可自然就觉得小丁会长着一张可亲可爱的圆圆脸。

所以小丁的脸庞,在艾可的脑海里,或是心里,一直是有具象的。

那时候同事还不知道艾可的眼睛已经看得见了,他们和往常一样,该干什么干什么，并没有在意走进来的艾可像是换了一个人。

艾可一眼就看到了"小丁"，就在她平时坐的那个位子上，也就是平时她发出声音的那个地方。艾可上前笑着跟她打招呼，小丁小丁，你果然跟我想的差不多哎。

"小丁"朝他翻了个白眼。艾可好像还是头一次吃到这样的白眼，感觉挺新鲜的，尤其是一个貌美女孩翻出来的白眼，别有意境。这边艾可还在细细品味白眼的滋味，那"小丁"就说了，你谁呀？

艾可一听她的声音，立刻知道自己出错了，她不是小丁。他赶紧说道，咦，我艾可呀，平时是我看不见你，又不是你看不见我，你怎么会不知道我是谁？

"小丁"说，哦，你就是艾老师啊，艾老师你搞错了，我不姓丁，我是新来的，汪小君，你喊我小汪、小君或者汪小君都可以，随便你。

艾可蒙了，停顿了一会儿，他说，小汪，哦，小君，你什么时候来的？

汪小君说，上周五。来了一天，就双休了，不过主任跟我介绍过同事了，我听说了，有个艾老师在动手术，原来就是你啊，你动什么手术呢？

艾可说，眼睛手术，我原来眼睛看不见，现在能看见了——话音未落，其他同事也都已经得知了，他们放下手里的活，围拢过来，一个个死盯着艾可的眼睛看，好像要看看这双新的眼睛到底是不是艾可的。

一个同事说，艾可，你厉害呀，眼睛刚一看见，就勾搭妹妹啦。

汪小君说，艾老师以为我是小丁，小丁是谁？

大家就七嘴八舌对汪小君说，你当真呢，勾搭人都是这个套路。

又说，你以为艾老师眼睛看不见，心也看不见哦。

大家都笑。

艾可也笑。说，原来我一直自以为是，我以为凭声音和这么长时间的接触，基本上能够判断谁是谁的。

大家来兴趣了，争先恐后，这个说说，噢，那你猜猜，我是谁？

那个说，那我呢？

还有我呢？

艾可说，你们拿别人的痛苦寻开心啊。

大家说，怎么是痛苦呢？原来是痛苦，现在你看得见了，是幸福哎。

这倒也是，他看不见的时候，同事一般不拿他的眼睛打趣，现在他的眼睛好了，他们才会拿他的眼睛开玩笑。

艾可说，不一定哦，医生说有一个月的过渡期，如果顺利，就好了，也有人一个月以后又回到从前。

大家不当回事，有个同事说，一个月以后再说啦，反正现在你能看清楚我们的脸了，喂，你认出我来了吧？我是张子强。

艾可说，去，去去，张子强早就升官了，你小子，你的声音我听得出，我只是没有想到，你长了这么一张猪脸。

这个冒充张子强的同事又把另一个同事推到艾可面前，说，老艾，你看看他是谁？

那个被推过来的同事，也笑道，你觉得我是谁？

艾可一时竟有点应付不过来，让他把长期以来在脑海里形成的同事的脸庞，和现实中真实的同事的脸庞对上号，原以为是件很简单的事情，现在才知道，不是那么轻而易举，他还得一一辨别。

艾可最熟悉的声音是小丁，但是因为认错了汪小君，他不大敢重新寻找小丁了，他们的办公室是那种开放的超大办公室，办公室里有好些女同事，分布在每一个角落或者中心的位子，既然小丁原来的位子已经是别人了，他一时无法断定小丁现在在哪个位子，所以他先是环顾一下，然后问了一下，小丁呢？哪个是小丁？

他看到他的几个同事互相对视了一下，似乎有些奇怪，其中一个说，小丁？你说的哪个小丁？

艾可一时不知如何表达，总不能说，就是声音很好听的那个小丁，更不能说，就是圆圆脸的那个小丁，所以他含含糊糊地道，就是，就是，以前表格都是她做的，就是那个小丁。

那同事道，哦，那个小丁，早就走了，快有一年了吧，先是休产假，产假后就没来上班，听说是跳槽了。

另一个女同事不高兴地说，是呀，跳槽就跳槽，也不是什么稀罕事，可是她这么一走了之，连招呼也不打一下，更别说来告个别了，好像我们相处得不好似的。

那个男同事就说，那好像你们相处得很好似的。

大家笑了。

艾可心想，那我手术前一天还听到那个柔和好听的声音，难道不是小丁？不过他也没有再多嘴去问，既然自己的判断有误，就别再丢人现眼了。

小丁都离开这么长时间了，他还以为那个位子上的人是小丁呢，真是离谱。

有个同事热心，把和小丁一起拍的合影从手机里调出来，递到艾可面前，说，你看看，你问的是这个小丁吧？

艾可一看，这个"小丁"脸相尖刻，细长脸，方下巴，和他自己形成的那个"小丁"完全不是一回事，他赶紧摇头说，可能不是她。

那同事说，就是她，我们办公室，从来都只有一个姓丁的，不是她，还会是谁？

大家又笑了，说，这就叫理想很丰满，现实很骨感。

艾可有点窘。

后来有一个同事从外面进来，他看到大家围着艾可议论他的眼睛，也凑过来说，小艾，你手术成功啦，眼睛看得见啦，我在这里呢！

这是老许。平时在单位里，老许是照顾他最多的，但凡有什么因为眼睛看不见而为难的事，大多是老许替他解决、帮他处理的，可是现在艾可看着老许，却有些疑惑，有些犹豫，他试探地说，你是老许？

老许说，呵呵，小艾你别装了，你还不知道我嘛，看都不用看的嘛。

咳，老许这么温柔和蔼的一个人，可他这长相，实在是有点……有点——那眼睛瞪得跟牛眼似的，眉毛又浓又密又长，人没到你面前，那眉毛已经戳痛了你的眼睛——看起来就不像个和善的人。

艾可心里十分感慨，真是人不可貌相啊。

其实，当艾可眼睛看得见了，回到办公室，看清了平时看不清的同事，他吃惊的事情还多着呢。

比如老吕，平时说话口音很重，他一开口，别说自己办公室，连走廊，连隔壁办公室都能听见，有时候他觉得什么事情带着点机密，小声地嘘大家，要大家小心听着，结果他自己就像一只大喇叭，搞得全部人都知道他的小秘密。可是这个粗糙的老吕，他的行为动作却很轻巧，走路悄无声息的，一闪就闪到你背后了，你想说他坏话，可得小心着点。单位同事被老吕抓现行的，可不止一两个。幸好那时候艾可看不见，也幸好艾可因为看不见，不知道身边有没有人，所以从来不说别人的坏话。

还有小关，在艾可的想象中，他是个唯唯诺诺的年轻人，他的成熟似乎和他的年龄不相符合，但等艾可睁开眼睛一看，沉稳？没有的事，这个小关，手舞足蹈，举止轻浮，简直就是个没有长大的孩子。

艾可简直就是刘姥姥进了大观园，到处瞧着新鲜，到处出乎他的意料。

这边大家正拿艾可的眼睛开玩笑，主任进来了，咳嗽了一声，说，大家有工夫别闲扯呢，赶快归整归整，我们摊上大事啦。

行业的年会暨大型国际性招商会，今年轮到他们了。其实，行业内的这种轮值，也是说说而已，归根结底，还是要看你的实力。

即便是差不多轮到了，总部那边可能会因为嫌弃你实力不够，会务能力弱，从而找个借口跳过，交给另一家同行。

这会让公司老总很没面子。当然也有的老总对面子没兴趣，轮不到最好，跳过我正好，省得我劳民伤财，得不偿失。这属于破罐子破摔了，基本上是那些快要船到码头车到站的一把手，不求施展，只求平安的思路。可是大多数的老总是有进取思维的，但凡想进取的，都愿意接手这样的活动，这是接触上层、展示公司实力的最佳机会。

行内也不是没有先例，有分公司的老总或者其他职务的什么人，就是因为一次活动搞得出色，就被看中了，提拔到总部去了。

总的说来，现在公司发展很快，非昔日可比，过去即便是轮到了，也可能被跳过去，这一次却是跳过了别人，先安排过来了。

六十年风水轮流转，可见如今总部对公司的刮目相看。

也就是说，在艾可的眼睛好转的同时，单位里碰到了一件大事，不说千载难逢，至少也是前所未有，那可是目前这段时间，公司上上下下全部工作的重点，尤其是艾可所在的公司总办，那可是重中之重的部门了。

虽然单位碰上大事，但是艾可的工作任务暂时不会改变，在这样的重大活动中，每个同事都吊起了神经，绷紧了心弦，唯独艾可，相对是比较正常、比较轻松的。

可是人不能太轻松呀，轻松了就会生事，比如艾可吧，他是坐看一团麻，看他们乱中出错，看他们乱出什么意外。

他看到了，每次只要主任一进来，小金的脸就红起来，主任待在这里时间越长，她的脸色就越来越红，最后甚至都红得发紫，紫成一只茄子了。最过分的是她居然把茶水打翻了，泼了艾可一身。

艾可被烫得跳了起来，忍不住说，哎哟哟，小金，难道我眼睛好了，你眼睛不好了？

小金慌慌张张，过来替艾可揩擦。

主任笑了笑，说，小艾，你眼睛不好的时候，嘴巴蛮厚道的，现在眼睛好了，嘴巴变厉害了？

艾可有点不好意思，确实不应该这么说小金，可是小金的慌乱让他十分好奇，他看了看其他同事，难道他们一点感觉都没有？

他们都在忙自己的事情，心无旁骛，什么感觉都没有。

等到主任走了，艾可过去问老许，小金怎么回事？

老许不明白，两只牛眼眨巴眨巴地看着艾可。

艾可说，不是一次，几次了，我注意到的，为什么主任一进来，小金就那样？

老许仍然是蒙的，说，就哪样？

艾可说，你看不见？

老许耸了一下肩膀，说，对不起，我一直在忙自己的事情，哪有时间看别的什么，你看看我手头，光这些资料，就够我焦头烂额了。

艾可下班回家，眼睛好了，心情也好，把许多新鲜好奇事说给老婆听，老婆却爱听不听，似听非听，对于老婆来说，艾可所谓的"新鲜好奇事"，一点也不新鲜不奇怪嘛。他说个没完了，其实老婆心里早就起烦起腻，但好歹体谅他见了光明的美好心情，便忍着，一直到他说了小金的事情，说了主任进来小金就脸红，这时候老婆忍不住了，呛他说，是呀，别人都是瞎子，就你眼睛好嘛。

艾可再怎么瞎眼麻木，也能从老婆的语气中听出问题，从此闭口不言了。

过了一天，艾可在走廊上碰见主任，主任对他说，艾可啊，有个事情跟你商量哦，人事处来和我们说，他们那个小孙生孩子，这一阵他们事情多，来不及做，想借个人过去用几天，你看你去帮几天行吧？

艾可一口答应说行的，但说过之后又有点担心，犹豫说，可是人事处那边的工作，我不熟悉，不知道能不能——

主任说，嘿，无非就是造表格、填表格、查表格、整理表格，依样画葫芦而已，你这样一个大才子，还不是小菜一碟。再说了，又不是一直留在那里，过一阵要回来的。

在办公室忙着准备重大会议的时候，艾可却去了人事处，果然如主任所说，人事处要造的表格忒多，要查的表格也忒多，这都是需要细心耐心对待的工作，好在艾可一直就比较有耐心。想想也是，这么多年的半瞎子做下来，不耐心也得耐心了。

艾可借调人事处接手的第一件工作，就是配合工资调整，核查单位职工的工龄。核查工作并不复杂，只需将档案材料里的原始材料和现行的工资档案再核对一遍，真是应了主任那句话，对于艾可来说，小菜一碟，但艾可一直沉浸在眼睛亮了的激动中，对工作热情高涨，他认真细心地做了这个普通到不能再普通的核查工作。

工龄上的误差真的很少，可能因为这个涉及了每一个人的每一项收入，即便组织上搞错，个人也一定会来纠正的。错误就越纠越少，艾可倒是很想核查出哪怕一两个误差，也算是工作成效嘛。

但他这么想是不对的，他有了工作成效，就从另一个方面证明了人事处的同事工作有失误了。

所幸，艾可还真核不出工龄上的误差，但是因为他太过认真细致，原始材料中与工龄无关的内容，他有时候也会多看一两眼，结果这一两眼，就看出问题来了。

先是一个叫刘子葵的同事，艾可觉得他的年龄有误，因为艾可记得去年单位春节联欢会发吉祥物的时候，他上台领了一只兔子。

也不是艾可看见的，那时候他还看不见，是他听见的，他听见刘子葵说，我要这种，这只卡通兔子，我女儿喜欢。

这是单位每年的规定动作，属什么属相的，到年底联欢会，可以领取一只玩具动物，领了兔子的，那他就是属兔子的，可是他的原始档案材料上填的年龄，那一年不是兔年。

艾可疑疑惑惑，找了个机会悄悄地问了一下人事处处长，通联处的那个刘子葵，是属兔子的吗？

处长正低头忙着手里的活，听到了艾可问话，却好像没有听懂，抬头看了他一眼，反问，属兔子？刘子葵？他属不属兔子，有什么问题吗？

艾可说，可他的原始材料上，他是某某年的，某某年的人不属兔子呀。

处长轻描淡写地说，哦，那是他自己的事情。

艾可就奇怪，人事处不就是负责掌握每个人基本情况的吗，如果基本情况搞错了，他本人却不知道，这会耽误事情的，所以艾可忍不住说，李处，你们不告诉他吗？不让他纠正吗？

那处长撇了撇嘴，说，奇怪了，笑话了，怎么需要我们告诉他呢，他自己几岁，他哪年出生的，他自己不比我们清楚吗？

艾可似乎被问住了，但他想了想，觉得还是有问题，又说，也许他当初填错了，也许有什么误会——

那处长打断他说，误会那也是他自己误会，他都比我先进单位，我来的时候，他的档案就在那里了，我怎么能自说自话认定他几岁呢？

艾可说道，那他会一直误会到底的，到时候他会误以为组织上要他提前退休呢。

那处长说，几时退休也不是我们的事情，是档案的事情，我们说了不算——处长的脸色越来越难看，他觉得艾可莫名其妙，就忍不住直接挤对他说，艾可，从前他们都说你是个瞎子，你是不是以为你的眼睛比别人都亮啊？

艾可闷声不响了，但是他心里总是有事，后来找了个机会，就跟刘子葵搭讪，无聊地聊了几句后，就试探地说，老刘，你属兔子？

刘子葵说，是呀，不可以吗？

艾可说，哦，难怪你春节的时候拿了兔子。

刘子葵奇怪，说，怎么，不可以拿吗？

旁边的一个同事就笑说，去年他还拿了老虎呢！

刘子葵也笑道，怎么不是，今年我还要拿一条龙呢——笑着笑着，忽然感觉到哪里不对，停了下来，朝艾可看了又看，脸上渐渐呈现出怀疑之色，过了半天才说，艾可，你想干什么——对了，你最近借在人事处，是不是我有什么——

艾可赶紧解释说，没有什么，没有什么——自己也知道自己快要惹上麻烦了，赶紧走开。

在人事处帮助工作，接触的都是同事的人事材料，艾可后来越看越觉得可疑可怕，竟然好多同事的个人信息都是错的，档案材料的内容和现实中的人比对不上，艾可在处长那里碰了钉子，不敢打扰了，只敢去麻烦另一个同事，问他怎么回事。

这个同事说，艾可，听说你一直是学霸，没有机会炫耀是不是，炫耀到我们人事处了？

艾可说，我没有炫耀什么呀，我只是看到那些材料上的信息有误——

那同事笑道，呵呵，你以为你真的看见了哦。

艾可也不笨，知道自己可能犯忌了，有些懊恼，眼睛不好的时候，反而一切正常，从无差错，大家对他也都很客气，都很照顾，现在眼睛好了，却一下子碰了几个钉子，他知道这里的水深，不想去试水了，只可惜，已经迟了。

刘子葵在走廊里拦住了他，满脸恼怒地说，艾可，我跟你八竿子都打不到一块儿，如果我有什么事，领导会来找我的，你算什么，你凭什么造我的谣言——刘子葵直率，也不管旁边有没有人偷听，大声就嚷，你是他派来害我的吧？本来我这次有希望提一级，被你一造谣，对手乘机放风说我过龄了。

艾可奇怪地说，过龄不过龄，难道是以别人说的为准？难道你自己不知道？

刘子葵冷笑说，我知道有用吗？

艾可还想着安慰他说，那你放心，到底过龄不过龄，组织上总归会给你搞清楚的。

刘子葵又气又怨又拿艾可无奈，恨恨地道，等组织上搞清楚，黄花菜都凉了，那位子早让别人顶上去了。

艾可整个蒙了。

他不仅自己被怼，连累人事处也受了批评，没几天艾可就被人事处退回去了。

艾可回办公室的时候，总公司大会紧锣密鼓将要召开了，主任也顾不了许多了，着急说，哎哟，小艾，你回来得正好，人手不够了，会务接待这块，你和王姐、汪小君一起搞吧。

艾可便和王姐、汪小君一组，他们的工作岗位，就临时挪到了会议宾馆的大堂。

这个工作并不复杂，在宾馆大堂直接报到的，大多是普通的与会者，来者报上姓名，经核对名单，对上了，就发放房卡、会议须知和餐券，然后指引电梯在哪里，他们就直接进房间休息。

重要来宾，都有专人去机场、车站接站。最重要的，通常是大老板亲自跟车去迎接，艾可和王姐、汪小君基本上公事公办即可，都不用做那种小心翼翼伺候人的事情。

大批报到的人，都在晚饭前到达，忙过那一阵，后面就三三两两零零星星了，到了晚上八点多，又来了一个报到的人。这人来的时候，艾可刚好上厕所去了，等他从厕所出来，王姐、汪小君这边已经接待完毕，正将房卡材料之类，交到他手上。艾可勾头朝登记册瞄了一眼，发现他的签名和事先准备的名册上的与会名字不一致，就"咦"了一声说，这个人不是这个人哎。

王姐坐在一边看手机，没有理会艾可说话，汪小君倒是朝名册看了看，看了后她笑了笑，说，哟，老艾，还是你眼睛好。

艾可说，我眼睛一点也不好，但是你看看这两个名字，可又不是相差一点点，会议名册上那个叫魏梓雄，来报到签名的这个叫丁一光，光看笔画就差了这么多，只要不是瞎子，一眼就能看出来。

汪小君还是笑，说，嘻嘻，我就是个瞎子吧。

艾可有点担心，又仔细地看了报到手册，犹豫着说，那……那，开会的这个人应该是魏梓雄呀。

汪小君见艾可不依不饶，有点不乐了，也不笑了，板起脸说，哟，现在还有谁稀罕冒充别人来开这样的会呀？

满脸"关我屁事"的王姐，也忍不住参与进来，帮着汪小君说，是呀，现在开会，又不发劳务费，也没有礼品，是想来混一顿饭吃，还是来混个房间住，晚上洗个澡？你以为还是在旧社会呀？

没等艾可再废什么话，汪小君也不耐烦再跟他纠缠了，她指了指手册上原先那个名字，故意一字一顿，揶揄艾可，说，喏，那个人，那个魏梓雄，临时有事来不了。又指了指报名的这个人说，这个人，丁一光，他是临时换来参加会的，听懂了没？眼睛不好使，脑子好使吧？

他们说话的片刻，那个来替会的丁一光，已经进了电梯上楼去房间了。艾可也已经无话可说了。

汪小君和王姐清点过报到的人头，全了，收拾了桌子，打算撤了，结果却被总台的服务员喊住了，说会上有一个入住的人没有来核对身份证，让赶紧到总台刷脸。

艾可看了一下汪小君手里的册子，找到魏梓雄的房间号，指着说，在这里，在这里。

艾可又一板三眼地说，因为他的脸，不是魏梓雄的脸，所以他没去刷，去刷的话也通不过，要重新换名字换身份证。

艾可就上楼去房间找丁一光，敲了门，丁一光一边接手机一边来开门，他眼睛凶，一看就认出了艾可，问道，你不是刚才报到那里的吗，还有什么事吗？

艾可说，总台需要刷脸认证一下，还得麻烦你一趟，我陪你去。

丁一光指了指插在门口取电的房卡说，房卡都拿了，还刷什么脸？再说了，我是用魏梓雄的名字入住的，刷脸是刷不出来的。

艾可说，对不起，现在住宿，规定都是很严的，你可能需要去更换住宿的名字——

那丁一光倒不生气，也想得通，还笑，说，呵呵，要是真严，没刷脸，就不应该给房卡嘛，其实我就住一个晚上，明天上午开过会就走了。他看到艾可一脸的坚决，也不跟他啰唆了，说，行行，不说废话了，刷脸就刷脸。他一边说，一边过去拔了房卡，一步跨出去。艾可紧紧跟上，不料还没等关上房门，走廊里忽然拥出了一大堆人，转眼就堵到这间房间的门口，因为房卡拔了，断电了，屋内一片漆黑。艾可跟在后面，就听到外面的人一个跟着一个在嚷嚷着丁总丁总，那丁一光说，哎哟，你们来得真快。

回身进来，摸索着重新插了房卡，电来了，大家眼睛一亮，一个个的脸色又兴奋又紧张，艾可这才认出了几个人，其中有他的大老板、二老板，还有他的顶头上司总办主任。

大家簇拥着丁一光进屋，看到了艾可，大老板不认得他，问丁一光，丁总，这是您的秘书吗？

丁一光说，他是你们的人，我拿房卡时没有刷脸，他正让我下楼去刷脸呢。

大老板赶紧说，没事，没事，您不用刷脸，来我们这儿，您的脸就是通行证——一边说一边瞪着艾可，因为不知道他是谁，也无法批评指责。

主任在旁边吓坏了，赶紧出卖艾可，交代说，他叫艾可，是我们总办的一个办事员——想想不对，出卖艾可，等于是卖了他自己，又赶紧补充说，他的眼睛有问题,他是高度近视,先天性的,多少度,1000度?2000度?反正几乎就是个瞎子——

大老板这才松了一口气,对丁一光说,丁总丁总,请您多多原谅,我们这位同志,眼睛有问题,看不见——

丁一光笑道,说他眼睛不好?我看他眼睛比你们都凶哦,就他知道我没有刷脸就入住了。他回头向艾可解释说,你姓艾?我跟你坦白说吧,我是故意不去刷脸的,因为我一使用真名刷脸,你们老板就都知道我来了,本来嘛,我是打算——

大老板赶紧接过话头说,早就听说丁总深入基层、深入群众的好作风,丁总这回,又微服私访了——

丁一光笑道,当然,你们比我想象的厉害,我都没有刷脸,你们就已经追踪到我了,哈哈,既然被你们逮到了,就跟你们走啦。

丁一光换到早就准备好的套间,艾可想帮着一起拿下行李之类,主任拉了他一把,低声说,没眼色,这一点点东西,轮得到你吗?

然后到了电梯门口,艾可和他们就分开了,一部电梯朝上,到顶层的套房,另一部电梯朝下,到一楼大堂接待处。

艾可下到一楼,王姐和小汪还没有走,脸色都很难看,艾可说,吃批评了?

王姐说,你以为呢。

汪小君说,怪我们没有眼力。

王姐说,怪我们不关心集团大事,连总裁的名字都不知道,哼,本来嘛,我们每天窝在底下,两眼一抹黑,也等于是瞎子,哪看得见谁是谁。

汪小君抱怨得更离谱,说,他们当领导的换人,比翻书还快,上午还在台上讲廉政,下午就因为腐败进去了,谁跟得上这速度,不是瞎子,也只能做个瞎子了。

艾可忍不住笑了起来,说,领导倒没有跟我计较什么,还夸了夸我,幸亏我的眼睛跟你们不一样。

忙忙碌碌,一个月很快就过去了,艾可去医院检查完眼睛,回来十分沮丧地告诉大家，完了，我的手术失败了。

大家都关心他，问他是不是又看不见了，艾可说，不是马上就看不见，就是会一天比一天差，最后回到原来的样子，等于是个瞎子。

大家哀叹惋惜。

果然，从那天以后，艾可的眼睛一天比一天瞎，没几天，他就恢复到从前的那个几乎等于零的视力了。

有一天艾可去上厕所，蹲大，后来听到有两个同事进来小解，小解时他们顺便议论了他。

一个同事说，哎，听说办公室的那个艾可，眼睛又不行了，手术失败了？

另一个说，是呀，他好像运气不好，都说这类手术已经很成熟了，偏偏到他就不行。

那一个声音似乎有点疑惑，他真的又看不见了？可是我在走廊里碰到他，看他的眼睛，贼亮贼亮的呀。

这一个声音倒很果断，说，那谁知道呢？

他们一起呵呵了几声，小解结束，走了。

艾可坐在马桶上揉了揉自己的眼睛，心想，是呀，谁知道呢。

（原载《芙蓉》2022年第2期）

作者简介：

范小青，江苏苏州人，江苏省作协名誉主席。以小说创作为主，代表作有长篇小说《女同志》《赤脚医生万泉和》《香火》《我的名字叫王村》《灭籍记》等。短篇小说《城乡简史》获第四届鲁迅文学奖，长篇小说《城市表情》获第十届全国"五个一工程"奖。曾获第三届中国小说学会短篇小说成就奖、第二届"林斤澜杰出短篇小说"奖、"汪曾祺短篇小说"奖、第二届"吴承恩长篇小说"奖、首届"东吴文学奖"大奖、第四届"施耐庵文学奖"等。有多种作品被翻译到国外出版。

诗会

韩 东

救母

晓华的朋友出差去S市,顺便去看望了晓华母亲。他给晓华打电话,说:"伯母真的有点瘦,你去看看吧。"晓华说:"没事,她是吃中药吃的。"但心里总归是牵挂了。

真见到母亲,他吓了一跳,从来没见妈妈这么瘦过,他也从来没见过这么瘦的人。瘦到什么程度,就像是纪录片里奥斯威辛集中营的那些犹太人,就有这么瘦。这才半年呀,今年春节晓华是在S市过的,也许那时妈妈穿着棉衣,他没看出来;只是觉得从袖管里伸出的手腕特别细弱,身体在衣服里有些晃荡。

他的头脑里冒出两个字"救母"。晓华想:我一定要救我母亲。问起保姆小张,妈妈现在不吃汤药了。是医生放弃了,不开方子了,还是妈妈吃不进去,他没有多问。这又有什么区别?当务之急是维系妈妈的生命,增加一些能量或是体力。连身体都枯竭了，谈何治病或者不治呢？

晓华没有回去上班（原本只请了三天事假），就此在S市住下。他想的是，哪怕是丢掉目前的工作，我也得救回母亲。

他借住在朋友空置的一套房子里。每天上午起床后胡乱吃点东西，就去妈妈那里。也没有任何事干，就是陪妈妈坐着，此外是监督她吃两顿饭。晓华的午饭和晚饭也在那里吃。

开饭时从来都是一桌的菜，大碗小碟放满了小桌子，都是妈妈平时爱吃的。小张尽心尽力，不厌其烦，但妈妈完全吃不下去。她端着一只小碗，里面只盛了一小勺米饭，加上汤菜也不过一两吧，妈妈能吃上一个小时。最后还剩一半。看她吃饭无疑是一种折磨，晓华不忍直视，跑到阳台上去抽烟。听着妈妈在屋里喘息，他知道她正在努力，尽量多吃一点也是为了他。为让儿子高兴，她才拼尽全力的。风穿墙缝一般的尖啸声让晓华不寒而栗。

饭菜吃不进，那就吃流食吧。晓华跑了一趟S市最大的超市，在货架前斟酌半天，最后买了几大罐婴儿食用的进口奶粉，他亲自冲了端给妈妈。背对妈妈，他从奶粉罐里一挖就是几大勺，妈妈吃饭的小碗几乎堆满了，之后冲上开水调和。完全不是正常的比例。晓华知道不能这么干，但他又能怎么干呢？妈妈接过，开始喝，这一喝又是一小时。

即使晓华喂妈妈也一样，热牛奶直到变凉，也还会剩下大半碗。

他剥桂圆塞进妈妈嘴里——有时能吃一颗，有时吃两颗，不可能再多了。妈妈将残渣吐在晓华手上的餐巾纸上，能进去一点汁液也不错呀。

后来晓华想到，妈妈之所以吃不进东西，和她缺少活动有关吧。就扶妈妈从沙发上站起来，在客厅里走路。

这是一套单身小公寓，除了厨房厕所阳台，也就一室一厅，厅的面积大概十二三个平方米。他扶着她，慢慢地来回走动，能走三五趟。晓华把妈妈送回沙发坐好，马上准备设备让她吸氧。吸完，晓华说："妈妈，我扶你再走一下。"

每一次妈妈都很配合。有一次他们竟然走出了套间门，到了走道里。晓华请妈妈从楼梯走下去,当然是他架着她下去的。到了下面一层楼梯,他丢开妈妈,一步三个台阶地蹿上去了。妈妈急了,喊他的名字他也不理。他知道妈妈钩子一样干瘦的手抓着楼梯扶手是不会放松的,即便有歪倒的迹象也来得及飞奔下去救援。

他在上一层探出脑袋喊:"妈妈,你可以自己上来。"只见妈妈抓着扶手,另一只手撑着台阶向上爬。她终于自己爬上来了,晓华迎下去抱住妈妈。整个过程让晓华想起当年父亲教他学游泳,往水里一扔,之后就静观其变……

"不残忍一点不行啊。"他想。

走楼梯的事只发生过一次。事后妈妈虽然多吸了一次氧,但晓华还是看见了希望。

晚上回到朋友的房子里,晓华有大把的时间,但干不了正事。比如写点东西,读读书,或者看一部电影也行。他更没有心情看电视。唯有上网,晓华在网上转帖、跟帖,发表言论,变得非常亢奋。和网友打嘴仗,言辞激烈,极尽讽刺挖苦之能事,甚至谩骂爆粗口。憋屈了一天的郁闷终于发泄出来。

有时晓华也找人聊天,也聊妈妈的病况。但他不会找认识的人聊,化名的陌生人是最佳的倾诉对象。如果对方是个女网友那就更好了,除了互诉衷肠还能来点暧昧。这样的聊天中晓华亦十分勇猛,言语放肆、露骨,经常吓跑对方。最后留下来的都是"有信仰的人"。

一个尼姑,对晓华的调戏置若罔闻,只是一个劲地劝他去念《地藏经》。

晓华说:"我念那玩意儿干吗?"

尼姑说:"念了你妈的病才能好!《地藏经》不要太灵!"——她喜欢用感叹号。尼姑举了一个例子,一个小朋友顽皮,被520胶粘住了上下眼皮,送到医院医生束手无策,他妈妈念了两遍《地藏经》,孩子的眼睛就自动睁开了。

"胡说八道,这你也信?"

"怎么不信,实话告诉你,我就是那个孩子的母亲!"尼姑道,"所以说,你别跟我耍流氓,老娘是结过婚的!"

尼姑……结过婚?显然不便再往下聊了。

另一个是位女基督徒,网名玛莉雅。玛莉雅劝他去念《圣经》,说念了《圣经》他妈妈的病才能好。

玛莉雅的脾气比尼姑好太多,晓华让她发几张照片过来看看,她毫不犹豫地就发过来了。

晓华说:"穿太多了。"

玛莉雅马上发过来几张露大腿的。

"还是多。"

玛莉雅发过来一张泳装照,碧海蓝天,金黄色的沙滩,一抹鲜红的抹胸。晓华不敢再往下说了,他觉得玛莉雅简直就是一位没长翅膀的天使。

他买了《地藏经》和《圣经》,置于床头,睡前会翻阅一番。"至少有助于睡眠吧。"他想。

有时半夜从噩梦中惊醒,他也会拧亮台灯,翻开经书,念上一段再睡。如此这般,一夜要折腾好几次。

按照尼姑的建议,晓华购买了念佛机,带到妈妈那里,接上电源二十四小时循环播放。当然了,他把音量调到了最小,算是他和妈妈相处时的背景音乐吧。

玛莉雅建议晓华每天跟她一起祷告,晓华却没有采纳。他觉得这么做太过分了,或者说时候没到。晓华难以想象自己面对一片空无却当成有人,念念有词,最后还得说那句"阿门",并手画十字结束。

两年前妈妈被诊断出肺癌,并且已是晚期。当时晓华和哥哥面临抉择(他们只有兄弟俩)。一是住院,化疗、放疗,该干什么干什么;想必最后是插管,开膛剖肚,走完一套程序,他们也算是尽力了。另一个方案就是吃中药。他们选择了后者。

这个决定颇为不易,是晓华和哥哥,包括妈妈一致同意的。为此哥哥特地在家附近购置了一套单身公寓,雇用了小张,让妈妈住进去休养——哥哥家里因为有孩子，过于吵闹，不利于养病。

应该说，开始中药的效果还是很不错的，妈妈狂咳了一个多月后不咳了。她只是消瘦，并且无法遏止，到后来中药也吃不进去了。通过服汤药去进补、调养自然已没有可能。

晓华再见到妈妈时，医疗上就处在这样一种停滞状态，想要救母只能另想奇招。

他购买了一本《经络学与对症按摩》，和《地藏经》《圣经》并置在一起。现在，念诵《地藏经》和《圣经》的时间被他用来研读这本专著，有时一读就是一个通宵。第二天来到妈妈住处，现学现卖给妈妈按摩。

他把她抱到一张凳子上，站在她背后。妈妈的两片肩胛骨凸起，哦，真的就像小鸟骨头一样。晓华一面帮她按，一面心里流泪，担心太重了会把妈妈捏坏，太轻了又起不到作用。妈妈低垂着显得硕大而沉重的脑袋，是享受呢，还是在竭力承受，谁也不知道。

然后，晓华再用热水给妈妈泡脚。人虽瘦得像小鸟，但妈妈的小腿，包括脚却肿得像大象腿。他也不知道水到底是太热了还是太凉了，妈妈一声不吭，没有任何反应。晓华抬头看她，妈妈竟然在笑。但那是一个固定的笑容，并非愉快，也非不愉快，僵在那儿，似乎永远如此。这是一个病重的妈妈可怜她的孩子才有的永恒的微笑，其中有感激，也有安慰他的意思。

尼姑介绍了一位名医，据说医术在国内能排进前五。晓华去百度搜索，果然如此，满屏都是五爷医治疑难杂症起死回生的报道。可五爷人在北方，妈妈目前的状况并无可能北上。晓华想请五爷飞来S市看诊，估计花费得十万元吧。哥哥情愿出资，但五爷就是请不动，这反倒证明了此人是一位良医，并非贪财之辈。晓华越发信了五爷，死缠烂打，最后，对方答应隔空诊断，让晓华拍了妈妈双手和舌苔的照片发过去。

"晚矣，晚矣。"五爷说。但还是给了一个秘方，让晓华去买麦饭石，泡了水给病人服用。

晓华跑了好几家药店，都没有麦饭石卖。五爷提醒他去花鸟市场看看。果然发现了麦饭石，泡在几乎所有的金鱼缸里，正咕噜咕噜地往上冒着气泡。晓华马上悟出了其中的原理。妈妈的问题在肺，症状是喘气困难，这多孔结构的麦饭石可不就是做通气冒泡之用的吗？

他不知道该喜还是该忧。妈妈毕竟不是金鱼，即使病势深沉喘不上来气也不是一条金鱼啊。但他还是买了一堆麦饭石，暂且就把妈妈当金鱼吧。

窗外阴云密布，要下雨了。妈妈的脸也憋成了灰色。可她坚持不吸氧，因为刚刚吸过，下一次吸氧的时间还没有到。她憋呀憋呀，然后断断续续地说出一句话。

她说："我，我，我真想，拿一根棍子，把这些玻璃全砸，砸碎。"

她认为是封闭阳台上的窗玻璃妨碍了空气流通，因此有恨。晓华心里难过，因为自从他懂事，从没见过温柔的妈妈说过如此暴力的话。

大雨如注，雨点敲打世间万物。妈妈缓过气来，知道自己说了不该说的。她解嘲道："要是让人听见我这么说，他们会说，这个疯老太婆啊！"

晓华感到脸上有泪水，干脆把头伸到了外面的瓢泼大雨中。

晚饭以后，晓华准备回借住的朋友家以前，哥哥来换班。哥哥从妈妈房间里出来，去了阳台上，背对客厅开始大哭，晓华被惊到了。哥哥的这通哭突如其来，声势惊人，晓华从厅里看见他的背影，肩膀一耸一耸的，声音如狼嚎。远处是S市夜晚的一片灿烂灯海，那个猛烈哭泣的身影镶嵌其中，抖动着。终于定格，灯火也不颤了。

他就不怕妈妈听见吗？晓华想。也许妈妈真的听不见这一墙之隔的哭声了。就算听见了，她也无力辨别到底是谁在哭，更别说确定是自己的儿子，是她的儿子在为她哭。如果没有这样的判断，哥哥是不可能哭得那么放肆的，那么肆无忌惮。

回到住的地方，晓华无心上网，但他还是上了。在网上找玛莉雅，对方不在线。他从冰箱里拿了两罐啤酒，去了阳台。阳台上有两把现成的铁椅子，晓华在一把椅子上坐下，将脚跷在另一把椅子上。朋友家的阳台没有封闭，亦远离街道，他就这样坐在黑暗中喝了一罐啤酒。

想想还是不行，晓华返回屋里找手机和记下的玛莉雅的电话。他一面拨打电话，一面走回阳台。

玛莉雅接起，竟像是一个老熟人（这是他们第一次通话）。"咋啦，晓华?"她说。

晓华也没问她方不方便，劈头就说："你带着我祷告吧。"

"现在?"

"现在。"

然后他们就开始了。"天上的父啊，求您赦免我们一切的罪……求您怜悯我们这些世上的罪人……求你怜悯罪人晓华……我将生病的慈母仰望在您的手中，求主亲自医治……"

玛莉雅说一句，晓华跟着重复一句。晓华一面祷告一面想，这事儿太荒唐了，实在让人难为情，一面又觉得自己这么想是大大的不敬。忽然他发现，那只跷在椅子上的脚已经到了椅子背上，另一只脚则放在阳台的水泥护栏上，他的整个姿势此刻是脚高头低，半仰着，还折成两截，也确实太不虔诚了。于是他放下双脚，离开了椅子，不知怎么弄的，竟然跪下了。他想趴在地上磕头，身体也匍匐下去了，又一想好像基督教是不兴磕头的，马上又立起了上半身。可他们还是跪的，他似乎有这样的印象……晓华终于选定了一个自认为合适或者说得过去的姿势，跪在阳台的一团黑暗中，上半身挺直，一只手上举着手机……

这一番折腾伴随杂念纷飞，同时晓华也没忘记重复玛莉雅的祷告词。那句"阿门"终于来了。他问："完了?"

"完了。"玛莉雅说，"晚上吃什么好的了?"她想接下来聊点什么，晓华没有回答，挂了电话。

挂完电话，并没有马上站起，傻不愣登地他又跪了好一会儿，就像是要弄清自己的处境。黑夜如水，耳畔响起一片沙啦沙啦声，晓华意识到是那棵木棉树，长得比五层楼还要高了，枝叶被风吹着扫到了阳台的护栏。木棉树把他带回到现实中，晓华站起身，走回房间里。

他并不想上网，但还是上了。果然，玛莉雅已经在线。她没有提刚才祷告的事，但对他的态度显然已不比往常，是以他们共同祷告过为前提的。

"你不是说我穿多了吗? 今天发个全的。"她说。

"全的？"

"就是裸的，全裸。"

晓华突然生气了，愤怒不已，简直是怒不可遏："我们刚刚祷告过！"

"那又怎么样？"

"我是诚心诚意的，你不觉得不合适吗？"

"不懂。"

"斋戒沐浴你不懂吗？那样才有用！"

"异教徒的迷信，我们从来不这样。虚伪！你就装吧。"

"无知无识，没文化！"

最后晓华还是把玛莉雅拉黑了。不是为表达他的愤怒，也不是怕自己说出更难听的话，是担心对方真的发来裸体照片，今晚的祷告可不就真成儿戏了？哪怕有万分之一的希望呢……

这一夜他的手机在朋友空旷的房子里响了很多次，晓华虽然担心妈妈，但还是没有接，也没有看。这大概也是一种无稽的迷信吧？一周后妈妈因无药可医去世了。晓华有时会想到那个祷告之夜，不禁感到羞耻。他在黑暗中那么跪着，举着手机，言不由衷，就像演戏一样……

祷告词中有一句话算是说对了："我们都是罪人。"

诗会

《S市晚报》每年都会举办一次题为"诗年华"的活动，已经举办了十届，晓华参加了至少八次。之所以如此频繁，是因为《S市晚报》的主编当年和他是一个诗社的，哥俩推崇的也是同一批诗人。老朋友们借机相聚，不免其乐融融，但这并非晓华屡屡参加的唯一理由。

晓华母亲和哥哥一家就住在S市。每次参加"诗年华"晓华会顺便看望母亲，或者，看望母亲顺便参加一下"诗年华"。活动期间，晓华也曾把他的诗人朋友领到家里拜访母亲，老人家热情、健谈，给诗人朋友留下了难忘的印象。尤其是她特有的"气质"，按闻仁的话说："一看就是大户人家出身，阿姨才是真正的美人！"闻仁说这话时母亲已经年近八十了。

今年，"诗年华"举办前一个月，晓华就开始四处联系，问老朋友们是否来 S 市参加活动。多年下来大家都有一点疲沓，积极性并不是很高。"我铁定参加。"晓华说，"实际上在 S 市我已经住了三个月了。"原来晓华的母亲生病，他请了长假待在 S 市陪伴尽孝。

"一个月后，就算出现医疗奇迹，我妈也不可能完全康复。"晓华还说，"就算不是为了诗歌，你们也该再见我妈一次，见一面少一面。"

话说得唐突，而且，这完全是八竿子打不着的事，可见晓华心情之急切。考虑到他说话时的"语境"，大家也就不深究了。总之他七劝八劝，最后闻仁、李小松几位都答应一定来，不见不散。之后晓华又打着他们的旗号，给其他诗人打电话："闻仁、李小松肯定来，你就看着办吧。"

因此，这届"诗年华"应邀嘉宾是最整齐的一次。所谓整齐，是说老朋友们都会莅临。甚至尔夫（《S 市晚报》主编）一直想请但没有请到的女诗人卢敏琼受到蛊惑，也将出席。真是规模空前，令人神往。当然了，最神往的人还是晓华，三个月的孝子经历已经让他压抑坏了。

大概两年多以前，晓华母亲被诊断出肺癌，并且已是晚期。晓华和哥哥经反复考虑，最后还是决定采用中医治疗，让母亲服汤药调养。为此哥哥特地购置了一套单身公寓，请了保姆小张，让母亲住进去养病（哥哥家里有小孩，不利于病人静养）。

开始时，应该说中药效果还是很不错的，母亲狂咳了一阵后就不再咳喘了。她只是消瘦，短短的一年内体重从一百二十斤骤减到六七十斤，只剩一把骨头了。后来中药也不吃了。是开方的医生觉得已无药可医，还是母亲根本吃不进去？并没有人告诉晓华。三个月前他再次来到 S 市，母亲已经停药，甚至进食都成了问题。晓华每天的任务就是监督母亲吃饭，尽量多吃一口——看她吃饭简直是受罪，两人受罪，妈妈咽不进去，儿子不忍目睹。此外就是摆弄设备，伺候母亲吸氧。晚饭后晓华回到借住的朋友的房子里，第二天一大早再去她那里。

晓华不是没有想过救母，但回天无力。大概一周后他就想明白了，医治已经结束，剩下的只是陪伴。

"诗年华"活动开始前十天，母亲的状况急转直下。说是"直下"，其实并没有一个明确标志，只是人消耗到一定地步，周围的氛围起了某种变化。一些细枝末节吧。

比如母亲总是坐在客厅里的长沙发上，晓华来了以后就坐在她身边。他觉得自己坐下去的时候，母亲那边便升了起来，就像跷跷板一样，或者像天平，称出了母亲的分量。

以前他就有这样的感觉，但没有这么明显，显然母亲更瘦更轻了。她穿一条带松紧的睡裤，总是抱怨被松紧带勒得喘不上气来，实际上松紧带已经放到了极限，再要放松人站起来的时候裤子就会掉下去。母亲的感觉没有道理可言，晓华再一想马上就明白了，她的身上已没有脂肪，甚至没有肌肉，松紧带隔着一层皮直接勒在了母亲的内脏上。

这并不是想象。一次，晚饭后晓华把母亲抱回她的房间，放在床上，手伸进被子帮她整理了一下衣服，拉抻妥，不小心碰到了母亲的胸腹部。他觉得他的手抓到了母亲的肝脏，或者是一颗心，血管狂跳，就像隔着一层纸——母亲纸一样干脆的皮肤。同时晓华的脑袋里映出了器官的形象，拳头似的心，或者是肝脏的扇叶，谁知道呢？就在他沉重的手掌下面。

晓华含泪又坚持了一会儿，这才把他的手拿开。

无论如何，他是不能参加"诗年华"了。十天以后母亲的情况只可能更糟。反倒是那些诗人朋友开始联系他，问他准备哪天报到，通报自己的航班，询问除了诗歌活动还有哪些节目安排。晓华一概敷衍过去，话也说得模棱两可。

"你怎么啦？不会不参加吧。"诗人朋友说，"把我们都忽悠过去了，你自己可别临阵退缩呵……"

"不会，不会。"晓华说，然后挂了电话。

由于他热情不高，后来诗人们也不再打电话了。晓华更是把活动的事搁置在一边，一心一意地陪伴母亲。

这天早上，晓华从借住的房子来到母亲的公寓，一进门就看见母亲坐在客厅的沙发上，似乎睡着了。小张在厨房里忙着什么，晓华过去打了个招呼，再次转回客厅。当时上午八点刚过，长沙发是朝东靠墙摆放的，阳光从阳台方向照射进来，映得母亲身后的白墙上火红一片，真的就像失火一样。在这片吓人的朝霞映衬下，母亲的脸色越发灰暗，她张着嘴，全无动静。晓华走过去察看，母亲张开的口腔就像一个浅浅的凹槽，里面已经没有丝毫唾液了。再一摸鼻息，母亲已经去世了。

晓华急忙喊小张，她扎着围裙从厨房走出来，惊讶得说不出话来。这才几分钟呀，哥哥前脚下楼去上班，之后晓华进门，前后大概十分钟都不到。当晓华打电话给哥哥告诉他"妈妈走了"，他的车还在路上塞着呢，没有到单位。

事发突然，但也在兄弟俩的意料中。哥哥转回来后，晓华和哥哥开始有条不紊地处理"后事"，联系街道，开死亡证明，致电S市殡仪馆。其间，他们把母亲抱回到卧室，放在她的床上，小张打水给母亲擦身子，换上已经准备好的衣服和鞋袜。

大概中午时分，殡仪馆的人到了，由他们接手，熟练地将穿戴整齐的母亲装入到一只专用的尼龙遗体袋中，刺啦一声拉上了拉链。母亲被拎了出去（一人拎着尼龙袋一端）。殡仪馆的人问有没有货梯，确认有货梯后，晓华和哥哥在前面探路，以免遇到邻居，引起大家的不适和嫌弃。好在这会儿正是上班时间，楼道里没有其他人。终于进到了货梯里，两个殡仪馆的人和晓华、哥哥站着，而母亲躺着，就在他们脚下的那只灰色的袋子里，靠着冰冷抛光的电梯厢的金属壁。他们带着那只装着母亲遗体的袋子向下降去，没有人说话。

忽然，电话铃响起，是晓华的手机。晓华拿出手机接电话，对方显得不无兴奋："我到酒店啦，你在哪儿？哪个房间？"是李小松，他的声音就像一连串迷你的小炸弹，在电梯里炸开。

晓华这才想起来，今天是"诗年华"活动报到。"我在电梯里。"他说。

出了电梯，晓华走到一边打电话，告诉李小松母亲刚刚去世，他们正准备送她去殡仪馆。李小松有些发蒙，不知道说什么才好。晓华说："我们回头再说吧。"

"也好，你先忙你的……节哀顺变……"

去殡仪馆的路上，他又接到了闻仁的电话，同样很兴奋，告诉晓华他已经下飞机了。之后晓华又收到一个诗人的短信，说他已经入住酒店，问晓华人在哪里。再后来，一直到天黑，就再也没有电话或短信了。母亲去世的消息想必在诗人中间已经传开，大家都知道了。

晓华看见小张坐在楼下小区的秋千上，似乎在等他。那是去母亲公寓的必经之处。昏黑中她慢悠悠地荡着，幅度不大，只能称之为摇。晓华走到跟前，小张止住秋千，但脚并没有放下地。她说："晚饭已经做好了，凉了你就在微波炉上热一下。"今天以前，晓华都是在母亲这儿吃晚饭的，吃过晚饭哥哥来换班，他才会回到借住的朋友家。小张还记得他吃饭的事。

"你吃过了？"他问。

"我不想吃，今天就不吃了。"

不知道是哪里射来的光，也许是路灯亮了吧，照见了小张脸上的眼泪，亮晶晶的。说来也怪，这与母亲非亲非故的小保姆的悲伤，让他的心一下收紧了。

"我也不吃了。"晓华说，"我就不上去了。"

说完，他转过身，离开了这个母亲公寓所在的绿树成荫的小区。

他去了酒店，为诗人们接风的晚宴刚开始不久，晓华走进包间时喧哗一片。谁都没想到他会来参加活动，分贝顿时就降了下去。尔夫让服务员赶紧加一把椅子，晓华坐下后他这才代表大家向晓华表示哀悼。"老人家什么时候走的？"他问，仿佛这是活动主办方的一个问题。晓华照实回答，尽量做到简明扼要。

"上午八点，安然去世。下午已经火化了。"然后他说，"你们继续啊，别因为我妈妈……"但诗人们仍然免不了一轮致哀问候。

终于，尔夫端起了面前的酒杯，众人响应，饮之前他转过头来问身边的晓华："多大年纪？"晓华明白他的意思，答："七十九。""虚龄八十，也算解脱了。喝，喝！"

尔夫领头，一帮人开始聊诗歌和文学。说话时所有人都不由自主地看着晓华，似乎在察言观色，就像担心说得太兴奋了，是对晓华的不敬。

"也许我真的不应该来。"晓华想，"一个刚刚死了母亲的人，坐在这儿，真是大煞风景了……也许，我妈去世是一个绕不开的话题，他们真的想知道妈妈的事呢？"

当有人再一次向他表达哀悼之意时，晓华索性说开了（说了很多）。

"就在她平时坐的那张长沙发上，霞光映红了整整一面墙，就在她身后，简直就像是着火了……我妈一直到死都很清醒，没在床上躺过一天，每天一大早起来就坐到沙发上，后来自己走不过去了，她就让小张抱她过去，就像那沙发是她的岗位一样。我每天看见她的时候，都坐在沙发上，她已经在那儿坐好了。每天晚上我把她抱回床上才离开，可早上一来她还是坐在老地方。我妈的一天是从沙发上开始的，极有规律，就像太阳东升西落，似乎只有这样生活才可能继续，或者表明生活正在继续。这绝对是一幅永恒的画面，妈妈坐在沙发上……"

鼓掌。大家都觉得晓华说得太棒了，简直就是一首诗，一首杰作。由此话题又转移到了诗歌和文学上（这次非常自然），晓华想乘兴再说点母亲的事，已经插不进去了。

当天晚上晓华就住在了酒店里。第二天参加了研讨会和诗歌朗诵。一切都和往年一样，没有任何不同，只是他记得母亲刚刚死了，脑袋里有一个声音在不断提醒他这一点。

和老朋友们在一起仍然倍感亲切，其乐融融。但时不时地也会觉得彼此是在演戏。没错，问题就出在"彼此"上，现在他是他，而他以外的其他人是他们，他和他们之间就像隔了点什么，有一个无形而透明的罩子把晓华罩住了。他就戴着这个量身定做的罩子，就像宇航员穿着太空服，在意识的深空里沉浮，不免觉得晕乎乎的。他和他们一起吃饭喝酒，一起开会、走路、说话、读诗，但是，他为什么会在这里呢？

消夜的时候晓华向尔夫告假，说明天的活动他不参加了，因为要参加母亲的追悼会。尔夫来不及反应，闻仁当即表示，他也不参加下面的活动，要去追悼会,"送阿姨一程"。之后,李小松几个也表示要去追悼会,所有的老朋友都表态了,都要去追悼会,不参加活动了。剩下的几位诗坛新人自然积极响应。这一结果晓华始料不及,觉得真的太不好意思了,打搅到了大家。

"不行,不行。"晓华说,"你们来S市是参加诗年华的……"

"明天不就是组织游览吗?S市的所有景点我们都去过了……"李小松说。

"没错。"另一个诗人接过话茬,"只有S市的殡仪馆我们没去过,听说是新建的,市政府花了大钱……"

如果放在别的事情上,晓华或许会说:"那我就不去了,留下来参加诗年华。"可那是母亲的追悼会啊,因此非常为难。这时闻仁又将了他一军:"你不是说,让我们再见阿姨一次吗?见一面少一面。"

"我是让你们见,见活人,但我妈已经去世了。"

"生死都一样,我们非得见老人家一面不可!"

晓华于是解释,母亲去世的当天,也就是昨天,遗体已经火化了。"我妈一向爱美,"他说,"去世的时候人已经瘦得不成样子了,她肯定不愿意让人看见她现在的模样……"

"那也无妨,生或者死,有形或者无形,对我们来说都是一样的。"

"对,我们是诗人,可以想象……"

"在我们的心目中,阿姨永远是最美的!"

半真半假,一帮人开始起哄,越说越高兴,总之是非去追悼会不可。也许他们是想让晓华高兴吧,想让他现在就高兴起来。也只有到了现在,晓华才发现,过去的一天其实大家都很压抑。

最后尔夫宣布,明天的游览改在S市殡仪馆,并强调这是活动主办方的决定,不想去或者去过的人可以自由活动。众人报以热烈的掌声,竟有人吹起了呼哨。闻仁拍着尔夫的肩膀说:"这是你为官二十载,做出的最英明的决定!"

"那是,那是。"尔夫说,举起手上的啤酒瓶。

母亲的追悼会于上午十点举行。一辆旅行大巴将全体诗人及会务人员拉到了殡仪馆。晓华、哥哥、嫂子以及从N市连夜赶来的晓华的女友都已经到了。嫂子怀里抱着的晓华的小侄儿，正挣扎着想要下地。哥哥单位的领导和几个要好的同事也来了。总算组织起一支三四十人的队伍，向告别厅进发。

工作人员递过来一张表格，让家属填写。问了才知道，是追悼仪式的流程，需要提交给主持人小姐的。几大栏，分别为"单位领导发言""生前好友发言""家属代表发言"。哥哥说："我们的情况比较特殊，死者单位不在S市……"晓华突然觉得灵感附身，打断哥哥道："不不不，单位里也来人了。"

他拽过表格和圆珠笔，开始填写。在"单位领导发言"里填了"尔夫"，"职务"为"S市报业集团董事长兼《S市晚报》主编"；"生前好友发言"一栏晓华则填了"闻仁"，"职务"为"中国当代著名诗人、大师"。填表过程中，工作人员狐疑地看着晓华，但没有说话，之后他收走了表格。

晓华此举完全是即兴，没有和任何人商量，填完之后仍然发蒙。当然不免有一点兴奋，大概他还没有从昨晚消夜时的氛围里出来吧，或者看见这帮诗人就有点不正常了。

于是，追悼仪式开始，尔夫便作为母亲单位的领导发言了。

尔夫身高体胖，大腹便便，一副领导的派头，的确也是领导，简单的致辞难不倒他，加上现成的套话、官腔……晓华怀疑他以前就在追悼会上致过悼词，很可能就是在S市殡仪馆，也许就在这间告别厅里。这么大个集团几十年下来能不死几个人吗……

然后是闻仁，作为母亲生前好友发言，边听晓华边觉得太合适了，至少形象上令人信服。闻仁比晓华大了近十岁，加上皮肤黝黑，面部表情深奥，写诗写到他那份上已经看不出年纪。说闻仁七十岁了，或者七十多了，也不会有人怀疑。但他的确不了解母亲，因此不断地重复道："大户人家出身，是真正的美人……年轻的时候还要美，关键不是美，是气质……她的美属于一个已经逝去了的伟大灿烂的辉煌时代……"

闻仁总算想到了一点什么，开始赞美母亲培养出了两个如此优秀的儿子："优秀、卓越，有目共睹……"但他对哥哥也不了解，不免含糊带过。说到晓华时则大大地夸赞了一番，晓华的诗歌、晓华的文学成就……

哥哥作为家属代表发言，总算有所纠偏。他深情回忆了母亲的生平，说到她的养育之恩。之后，哀乐声再次响起，大家列队向母亲告别，没有遗体，所有的人都对着骨灰盒和骨灰盒上方母亲的遗像鞠躬，献上白花。正要鱼贯走出告别厅，晓华（他正作为家属接受大家的致意）听见闻仁问主持小姐："还有多少时间？"

"嗯？"

"我们租用这里还剩多少时间？"

"没有多少时间……"

"没有多少时间是多少时间？"

"半小时吧。"

"够用了。"

说完闻仁拿过小姐手上的麦克风，音箱刺啦咚咚响了几声后，传出闻仁突兀而失真的声音："请大家留步，我们何不在这里举行一次诗歌朗诵，纪念晓华母亲！"

于是，就有了这次特别的朗诵，就在这高大宽敞、大理石铺地、阴气森森，且四处透风的告别厅里。四周花圈环绕，母亲的大幅遗像自上方深情凝视，她的目光似乎看见了朗诵者的每一行诗稿……

闻仁显然有备而来，不仅亲自主持，也第一个朗诵了他的诗。那天诗人们朗诵的所有的诗，包括闻仁的这首都和"母亲"有关——《纯棉的母亲》：

纯棉的母亲，100%的棉

这意思就是　俗不可耐的

温暖　柔软　包裹着……

落后于时代的料子

总是儿子们　怕冷怕热

极易划破　在电话里

说到为她买毛衣的事情

我的声音稍微大了点

就感到她握着另一个听筒

在发愣　永远改造不过来的

小家碧玉　到了六十五岁

依然会脸红　在陌生人面前

在校长面前　总是被时代板着脸

呵斥　拦手绊脚的包袱

只知道过日子　只会缝缝补补

开会　斗争　她要喂奶

我母亲勇敢地抖开尿布

在铁和红旗之间　美丽地妊娠

她不得不把我的摇篮交给组织

炼钢铁　她用憋出来的普通话

催促我复习课文　盼望我

成为永远的100分

但她每天总要梳头　要把小圆镜

举到亮处　要搽雪花膏

"起来慵整纤纤手

露浓花瘦，薄汗轻衣透"

要流些眼泪　抱怨着

没有梳妆台和粉

妖精般的小动作　露出破绽

窈窕淑女　旧小说中常见的角色

这是她无法掩盖的出身

我终于看出　我母亲

比她的时代美丽得多

与我那铁板一样坚硬的胸部不同

她丰满地隆起　像大地上

破苞而出的棉花

那些正在看大字报的眼睛

会忽然醒过来　闪烁

我敢于在1954年

出生并开始说话

这要归功于我母亲

经过千百次的洗涤　熨烫

百孔千疮

她依然是100%的

纯棉

李小松的《母亲节》：

今天母亲节

给母亲洗了头

顺便给父亲

剪了指甲

听说女儿

也给她的母亲

发了

一个红包

卢敏琼的《妈妈》：

十三岁时我问

活着为什么你。看你上大学

我上了大学，妈妈

你活着为什么又。你的双眼还睁着

我们很久没说过话。一个女人

怎么会是另一个女人

的妈妈。带着相似的身体

我该做你没做的事么，妈妈

你曾那么的美丽，直到生下了我

自从我认识你，你不再水性杨花

为了另一个女人

你这么做值得么

你成了个空虚的老太太

一把废弃的扇。什么能证明

是你生出了我，妈妈

当我在回家的路上瞥见

一个老年妇女提着菜篮的背影

妈妈，还有谁比你更陌生

西塞的《星期四：墓园》：

我们在墓园的山顶

正要离开，隐约传来一些奇怪的声音

我们以为那是哭声

四处望下去，整座墓园

并没有一个人

尔后，或许是风向的转变

我们确定那是一种模糊的歌声

慢慢变得柔缓、深情

向逝去的亲人

献上一曲是常有的事
谁的生前
不曾有过一首喜爱的歌曲呢
但此刻,除了山下几个翻新墓碑的
见不到任何多余的人
一直到走出了墓园
我都在想
妈妈平时最爱哼唱的,究竟是哪一首歌

尔夫已经很多年不写诗了,青年时代写的又不愿意拿出来,或者他就没有写过关于"母亲"的。于是就背了唐代孟郊的《游子吟》,倒也符合他的身份:

慈母手中线,
游子身上衣。
临行密密缝,
意恐迟迟归。
谁言寸草心,
报得三春晖。

晓华没有准备,轮到他时拿出手机翻找,终于找到了一首《忆母》:

她伸出一根手指让我抓着
在城里的街上或是农村都是一样
我不会丢失,也不会被风刮跑
河堤上的风那么大
连妈妈都要被吹着走
她教导我走路得顺着风,不能顶风走

风太大的时候就走在下面的干沟里
我们家土墙上的裂缝那么大
我的小手那么小，可以往里面塞稻草
妈妈糊上两层报纸，风一吹
墙就一鼓一吸，一鼓一吸……
她伸出一根手指让我抓着
我们到处走走看看
在冬天的北风里或是房子里都是一样

  念着念着，晓华感觉到脸上有泪，这才意识到自从母亲生病以来他还没有哭过呢。母亲病重他没有哭，去世他没有哭，一直到刚才都没有哭，是诗歌让自己流泪了。不是这首《忆母》，而是诗人们念过的所有的诗，是这场诗歌朗诵会，是诗歌这回事，让晓华热泪盈眶……

  正好晓华读完，主持人小姐走过来说："时间到了。"闻仁接过话筒说了句："圆满！"之后将话筒交还给主持人。

  作者注：《纯棉的母亲》《母亲节》《妈妈》《星期四：墓园》四首诗分别为于坚、何小竹、尹丽川、毛焰的作品。感谢他们的授权，使这篇小说大为增色！

（原载《花城》2022年第3期）

作者简介：

  韩东，男，1961年生，现居南京。当代汉语文学最重要的诗人、作家之一，"第三代诗歌"标志性人物，"新状态小说"的代表作家之一。著有诗集、小说集、长篇小说、散文随笔集四十余种。导演电影一部、舞台剧一部。

曾经的音乐

沙　石

1

那是夏日的一天。我从伦敦出发，坐了两个半小时的火车来到英国的海港城市利物浦。

火车的车皮是橘红色的，但就其结构而言，它与中国的绿皮火车相差无几。真难想象在中国高铁四通八达的今天，在英国这样的发达国家还能坐上这样几乎过时的老式火车。不过这倒符合英国人的怀旧情怀，凭我的观察，英美人喜欢复古，对他们来说东西越陈旧越好。

下车时天上飘着毛毛雨，云层很低，让人感到压抑。

我走出站台，立刻觉出这里的异国情调。红砖房，卵石街道，无论是在中国还是在美国，这种欧式古典建筑风格都很少见。从人们漫不经心的步伐和不哭不笑的表情来看，这里真是甲壳虫音乐的故乡。我展开地图，装模作样地查看。其实我在出发前已经规划好了路线，接下来我要步行二十分钟到阿尔伯特码头，那是甲壳虫乐队故事博物馆的所在地。

从前我对利物浦这个城市认知甚少，只听说这里有一支英超足球劲旅，是出英国足球名将和足球流氓的地方。不过我这次不是为足球而来的。利物浦是现代摇滚乐的发源地，因为这里是甲壳虫乐队的故乡，每年有上百万的游客从世界各地来到这里，怀着朝拜的心理到此一游。我是众多朝拜者中的一个，带着探索和求证的心情而来。

我提着简单得不能再简单的行囊向阿尔伯特码头走去。参观"甲壳虫乐队故事"博物馆是我此行的目的，其实何止此行，在大半的人生旅程中我都在探寻甲壳虫音乐，只是有时热烈，有时不那么热烈而已。唯一让我担心的一件事是参观了博物馆，完成了自己的心愿，我的追求就到头了。当多年的梦想即将实现的时候，人总会觉得快要得到了什么，与此同时又要失去什么。人就是这样的动物。

对甲壳虫音乐的认识起初很模糊，充满了少儿时期的迷惘，还曾经闯入过误区，甚至还陷入一个不大不小的骗局。说到这里，就自然想起我的小学同学张一禾，一个古怪又疯狂的富家子弟。

对有钱人，特别是当下那些肥得流油的富豪，我有种天然的鄙视，觉得他们除了钱什么都没有。在我看来，他们的生活太空虚，太乏味，不管他们怎么显摆自己的财富，他们的优越感还是很苍白。当然，我的这个认知可能有点偏激，甚至有欠公平。其实人有了钱还是可以享有许多东西的，比如说豪宅、豪车、游艇，还有小三、小四、小五等等。我对金钱的不屑多来自一个复杂的情结。它大概与小时候过惯了清苦的生活有关。十二三岁时，我的最大心愿就是穿一双白回力，就是那种高帮的白球鞋，只有专业篮球队员才配穿在脚上。但也有例外，就是我的同班同学张一禾，他不是篮球运动员，可也穿着白回力，只是因为他家里有钱。我对富人的成见就是从张一禾脚上的白回力转换而来的。不过对白回力的向往也给了我上进的动力。它让我有梦想，有追求，还有间歇的定力。假设没有对白回力的渴望，我的生活也会像有钱人那样无趣。

上小学时，体育自然是我最喜欢的科目，理由很简单，就是体育课上每做一个动作都让我感到白回力带给我的冲动。但是后来发生的一些事情改变了我的爱好取向，我转而从体育爱上了音乐。不过我对数学的厌恶是不可逆转的，是永久性的，这个心结一直延续至今。

我曾经认为数学家是一群自虐狂，他们狡猾、尖刻，专门出一些难题难为自己。记得数学课上教我们加减乘除的老师总是用生产队修筑猪圈作为例题。生产队修猪圈，长20尺，宽15尺，求猪圈的面积是多少？生产队修猪圈，挖地2尺，如果修五个同样大小的猪圈，总挖土量是多少？当时我就想：难道生产队除了修猪圈就不会干点别的吗？没想到人对未来是有感应的，尽管现代科学还无法解释这个现象。许多年后，我下乡来到农村，生产队长第一眼看到我二话没说就派我到养猪场去喂猪。我的宿命好像是被事先安排好了一样：对数字的厌恶导致了我对数学课的排斥；对数学课的排斥让我不喜欢猪圈；因为不喜欢猪圈，我才被派去喂猪。我的人生大致可以这样解释。

起初，我对音乐课并不感兴趣，因为那是女生喜欢的玩意儿。可是这个意识在五年级第二个学期的第一天发生了变化。那天来了一位教音乐的新老师，是个二十几岁的女子。她一走进教室，全体同学都惊呆了，平时吵吵嚷嚷的我们安静得像一群绵羊，连一向不安分的张一禾都变成了一个听话的乖孩子。

是新老师的美丽把我们征服了。她太迷人了，虽然当时我们也说不清她到底什么地方迷人。多少年以后每当回想起少时的迷惘和惆怅，我才意识到她的迷人之处是她身上的女人味。这多少也解释了我为什么喜欢看她那双弹风琴的手和我拉大了嗓门唱起《我们走在大路上》时她向我投来厌恶的一瞥所带给我的快感。后来我又想出了一些鬼点子来引起女老师的注意，比如当大家都唱《王二小放牛郎》的时候，我故意趴在桌上睡大觉（其实是装睡），以便吸引女老师快步走到我的书桌前，用手指敲打我的后脑勺，说："你上课睡觉，给我罚站10分钟。"听了她的话，我揉揉眼，伸伸腰，大大方方地站起来，表面上愤愤不平，而心里却有种说不出的得意。

所以说，我爱上音乐是女老师用手敲我后脑勺的结果。

2

不过我的音乐才华是很有限的,这一点我十分清楚。我唱歌除了嗓门大,其他方面没有什么可取之处。可是这一点也不影响我对音乐的喜爱。我不但喜欢唱歌,还喜欢听歌,当然更喜欢听美女老师弹奏出的每一个音符。

我开始潜心体会音乐带给人的感受,并很快学会了从不同的音符中体会出喜怒哀乐的情感。这种类似初恋的热情,充满了盲目的冲动和好奇。正当音乐即将把我从小河流水带入惊涛骇浪的时候,我注意到报纸上出现了批判"甲壳虫音乐"的文章。甲壳虫音乐?多么奇怪的名字。这是什么牛鬼蛇神?这是我的第一反应。许多年后,当我来到美国,才知道甲壳虫音乐的学名是"Beatles",在港台和新加坡一带通常被称为"披头士"或者"披头四",不过我还是觉得只有"甲壳虫音乐"这个名字才能让我的心绪插上遐想的翅膀。

没想到对甲壳虫音乐产生疑虑的还不止我一个。私下打听了一下,大部分同学以及他们的亲属,上至父母,下至兄弟姐妹,没有人听过甲壳虫音乐。那么问题就来了。但凡有点头脑的人都应该提出这样一个质疑:既然没人听过甲壳虫音乐,为什么要拿出来批判?一时间同学中间掀起了一个探讨甲壳虫乐队的热潮。一部分同学认为,甲壳虫最典型的代表是屎壳郎,因此说甲壳虫音乐一定又臭又甲,所以必须批判。而另外一部分同学则提出不同的看法。他们指出,甲壳虫并非一无是处,它们的存在给鸟类提供了充足的食物,所以它们或许值得称颂。随着更多批判文章的出现,对这个问题的讨论越来越激烈,越来越深入,不久一个阴谋论诞生了。根据这个推论,很可能有人利用批判的武器来宣扬甲壳虫音乐,因为在当时的情况下,什么遭到批判,什么东西就容易红火,就像当下演艺界的明星,总要搞出点丑闻来才能走红。

就是在这个大环境下,以音乐天才自居的张一禾开始走进人们的视野,只是这次不是因为他脚上穿的白回力。

张一禾除了出身富裕家庭外，他还是个音乐狂热分子。他可以不吃饭，不睡觉，不刷牙，不洗脸，但他一定要拉小提琴。不过尽管他拉琴拉得很投入，但这并不意味他拉得有多好，连我这个没有多少乐感的人都能听出他拉出的曲子颤音用得太多，铁丝声太重。好在张一禾的家境殷实，他有拉提琴的资本。张一禾的老爸是名教授，在大学教授英语。他的老妈曾是阔人家的小姐。富裕的生活足以让张一禾在同学中趾高气扬，也让他有一把意大利的虎纹小提琴，这自然引起许多同学的羡慕。他演奏小提琴时，总是半闭着眼，摇晃着他超大脑壳。

我经常听张一禾磕磕绊绊地演奏。他拉的《新疆之春》相当够味，足以让我倾倒，而西班牙作曲家萨拉萨蒂的名曲《流浪者之歌》却被他拉得像寡妇哭坟一样。没想到张一禾的大脑壳里装的净是些坏水。他利用我的好恶，定下一个规矩，只要我想听《新疆之春》，就要给他一毛钱，而相反的是，如果我不想听《流浪者之歌》，也要给他一毛钱。这样一来二去，他从我这赚了不少黑心钱。

"张一禾，你这狗日的。"一想起他的阴险，我就忍不住骂他一句。

虽然张一禾是教授的儿子，但他一点也不用功学习。他和我一样，喜欢上体育课，因为可以显摆他的白回力，也喜欢在音乐课身上表现他的音乐才华，不过他沾了数字也和我一样发蒙。如果说我和张一禾之间有一丁点相同之处的话，那么厌恶数学是我们唯一的共性。

张一禾把大部分时间都用在练琴上。他练琴最明显的标志是他左腮下一块明显的肿块。那是他长期用下巴架琴留下的活疤，之所以说是活疤是因为它永远红肿，而且带着血丝，像个烂透了的西红柿。这是张一禾拉琴的鉴证，也是他炫耀的资本，人前人后，特别是在女生面前，他总是扬着头，把鲜活的肿块暴露在众人的视线之下。

这天张一禾把一群同学召集到一起，宣布了一个惊人的消息。他说他终于知道什么是甲壳虫音乐了。听到他的宣布，大家异常激动，都问他是不是像屎壳郎一样又臭又甲。张一禾摇摇头说不是，实际上听上去节奏感很强,是降 E 大调协奏曲。张一禾的话让大家肃然起敬。看看人家张一禾,还知道什么是降 E 大调,还知道什么是协奏曲,真不愧是小提琴家。这样的赞许自然让张一禾很是得意。他说他的话字字属实,绝不是空穴来风,因为他已经听过了唱片。这下大家更兴奋了。既然他听了唱片,那他家就一定有留声机,这是明摆着的。我们中间绝大多数人都没听过唱片,更没见过留声机。可不可以让我们一饱眼福,同时亲耳聆听甲壳虫音乐到底是什么德行,求求你啦,行不行啊?有几个女生又是跳脚又是作揖地祈求张一禾。张一禾高高地仰起他的头,露出下巴上那块鲜灵的肿块。

我们一行七八个同学来到张一禾的家,围着那台留声机,前后左右地端详好一阵子。张一禾用英语告诉我们,这玩意儿叫 Phonograph(留声机)。说着他从箱子里取出一张胶木唱片,黑盘,中间的红圈上印着金字。我们传看着这张唱片,上边印的全是外国字,谁都看不懂,只好把全部的信任寄托在张一禾身上。人家至少有个教英语的老爸,对不?随着音乐从留声机中飘出,周围的空气发出美妙的震动。我们都像吃了激素一样兴奋。听完第一遍,彼此你看看我,我看看你,都说挺热闹的。原来这就是甲壳虫音乐。我们听了一遍又一遍,以至每个音符都在大脑里留下不可磨灭的印记。最后大家一致认为,这么好听的东西不应该和屎壳郎扯上关系,一定是有人搞错了。这年头好东西被误认为坏东西,这样的事例数不胜数。

从此,我以为我听过了甲壳虫音乐了,也懂得了甲壳虫音乐,没想到我的自以为是,不过是自欺欺人,我和我的那些同伴被带进了一个误区,整个事件带着欺骗的色彩。

3

事情败露的时间是 1986 年 7 月 5 日这一天。

当天晚上,中央乐团上演了一场由李德伦指挥的交响乐。当电视实况转播里传出贝多芬的《第三交响曲》的时候,我才恍然大悟,原来多年前张一禾放给我们听的不是什么甲壳虫音乐,而是贝多芬的《英雄交响曲》。我这才意识到我们是被张一禾忽悠了。那种被欺骗被愚弄的感觉激怒了我，愤怒过后又感到有些委屈，复杂的心情至今难忘。

一连几天我吃不下饭，睡不着觉，到了第五天，情绪才渐渐稳定下来，我转而开始暴饮暴食，在床上贪睡不起。我开始四处打听张一禾的下落，但结果不尽令人失望。张一禾早就不拉提琴了。他已成功转身，开了公司，成了董事长，赚了数不清的钱。张一禾会赚钱，这一点也不让我吃惊，就凭当年他里外从我这赚钱的手段，就说明他有着非凡的商业头脑。

来自各方面的消息还显示，张一禾近年带着家眷，包括他的教授老爸和曾经是富家小姐的老妈，移民到了海外。听到这里，我更加沮丧，觉得张一禾做人不厚道，他欠我一个解释，他必须给我们这群人一个交代。我对有钱人的嫉妒因此转化成了嫉恨。

"张一禾，你个狗日的。"我暗自骂道。

不过人经受一些打击也不全是坏事。通过这件事，我对甲壳虫音乐的兴趣一点没有减弱，反而得到了提升。对它的期待就像一颗埋在干旱土壤里的种子，不但渴望着水分，更渴望着发芽。

不过初到美国时，我并没有把探索甲壳虫音乐当作头等大事来抓，原因很简单，我是人，我要吃饭，要住房，有时还要满足对女色的需求。

来旧金山之初，为了谋生我在一家搬家公司做搬运工，这对一个年近中年的人来说，不但是身体上的挑战，也是心灵上的挑战。虽然先前养猪时也干过体力活，但那已是久远的往事。做搬运工带给我最深刻的感受是美国的家具特别沉重，总是压得我肩疼，腰疼，心也疼。

一天收工后，我穿着肮脏的工作服，拖着疲惫的身子往家走。路过一家酒吧，从里边传来一阵歌声，深沉而又缓慢，我忍不住驻足倾听。其实，吸引我的不是优美的节奏，也不是动听的旋律，它带给我更多的是一种的苍凉。那正是我当时的境遇：潦倒、穷困、孤独、思乡。难言的伤感涌上心头。不知不觉中，我已泪流满面。一段音乐让我如此动情，可见它的感染力。当年在张一禾家听到《英雄交响曲》的时候，我似乎也有过这个感受，不过此一时彼一时，前后的心情一样又不一样。

我忍不住走进酒吧，问正在侍酒的酒保这是什么歌曲，怎么让我如此感伤？酒保用看外星人的目光看着我，说你难道不知道 Beatles（甲壳虫乐队）？这是他们的名曲，曲名是《Yesterday》（昨天）。

就这样，从错把《英雄交响曲》当成甲壳虫音乐过去许多年之后，我终于认识了甲壳虫音乐，它再度闯入我的生活就如同二婚一样，虽然没有第一次的狂热，但相对的淡定反而能持续长久。原来，我光顾的是以甲壳虫音乐为主题的酒吧，名为 Light Rock（轻摇滚），在旧金山一带颇具盛名。

从此，我成了轻摇滚酒吧的常客，疲劳的时候，孤独的时候，想跳楼自杀的时候，我都会来到这里，点上一杯略苦略涩的葡萄酒，一边喝一边听那些打动了亿万人心的歌声。我渐渐走近了那四个来自英国利物浦的小子。约翰·列侬，保罗·麦卡特尼，乔治·哈里森和林格·斯塔尔，成了我不能忘怀的名字。他们与我很遥远，而又十分接近。几年下来，除了酒量大有长进之外，我还熟悉了甲壳虫乐队演奏的摇滚乐，总共有213首歌曲。

这些歌总是在悲伤的时候让我看到光明，在高兴得忘乎所以的时候让我冷静。它们让我百听不厌。《昨天》《Let it Be》《Something》《嘿，朱迪》《请取悦我》《回去》《穿越苍穹》《太阳出来了》，当然还有成就了村上春树的同名小说的《挪威的森林》，这些歌成了我生活的一部分，像我的朋友，像我的兄弟，像与我的情人。那些充满诗意的歌词带着些许神秘，是那么耐人寻味，而时常甜美时常苦涩的青春爱情，夹杂着失落和对生活的无奈。这不就是人生？《昨天》的歌词总是能唱出我的心声：

昨天
我所有的烦恼似乎很遥远
现在看来，他们将留在这里
哦，我相信昨天

突然
我已经不是以前的一半了

有阴影笼罩着我

哦，昨天突然来了

她为什么要走，我不知道，她不会说

我说错了，现在我想昨天

昨天

爱情是如此简单易玩

现在我需要一个躲藏的地方

哦，我相信昨天

她为什么要走，我不知道，她不会说

我说错了，现在我想昨天

……

4

今天，我来到了利物浦。这里是诞生《昨天》的摇篮。一想到这里，我的心就莫名其妙地慌乱。

毛毛雨过后，天色变得更加阴沉。令我吃惊的是利物浦的夏天竟然和我老家一样，潮湿、闷热、多汗。从这样环境出来的人往往慵懒、颓废，喜欢用睡眠度过溽热的夏天。我之所以知道，是因为我曾经这样活过。

阿尔伯特码头不愧是个码头，它三面临海。被称为"甲壳虫乐队故事"的博物馆是一座临海的红砖四层楼房，除了正门上方挂着一个大型蓝色甲壳虫乐队的Logo（徽章）之外，几乎没有任何装潢，更没有广告和宣传海报。后来进入展厅以后，我更发现博物馆的内部同样没有什么装饰，所有陈列的展品都是原件，十分陈旧，甚至显得破烂。狭长的走廊和一道道偏门，让我想起小时候住过的筒子楼。普通、不加掩饰、贴近大众生活，这不正是甲壳虫音乐带给人们的感受？

在博物馆门口，一个衣衫褴褛的流浪汉走到我面前，满脸的胡须几乎遮盖住他白人的脸廓。他用生硬的中国话说："你好！上帝保佑你。"我掏出一张印着女王头像的五英镑钞票递给他。他又连声用中文说"谢谢"。看起来到这里来参观的一定有不少中国人，连聪明的流浪汉都知道与时俱进。不过流浪汉在欧美城市非常常见，没有什么稀奇，流浪汉是西方社会的标签。

我站在约翰·列侬的白色钢琴前，带着默哀的心情。当年的《昨天》就是用这架钢琴谱出曲来，后来被保罗·麦卡特尼演唱，一时风靡全球，成为被永久传唱的名曲。2000年，《滚石》杂志和MTV电视联合评出六十年代以来世界最伟大的流行歌曲，《昨天》名列第一。

眼前的一切让我百感交集。

如果当年报纸上没有出现批判甲壳虫音乐的文章，我们那群小屁孩怎么会知道甲壳虫乐队的存在？尽管张一禾用贝多芬的《英雄交响曲》误导了我们，尽管他的做法的确有点卑劣，但这件事毕竟激发了我们对甲壳虫音乐的好奇和向往。看着展馆墙上成百上千的黑白照片，我陷入了沉思。虽然那些照片里绝对不会有我们那群小学生的身影，但这并不意味着我们不存在其中。约翰·列侬的节奏吉他，保罗·麦卡特尼的贝斯键盘，乔治·哈里森主奏吉他和林格·斯塔尔的鼓架，都保持着直立的姿态展示在前来参观的观众面前，好像在告诉世人，他们的音乐永远不会倒下。

大约两个小时之后，我来到博物馆最后的展厅，再走过一道门，我就要离开这个催生了现代摇滚乐的地方。这让我恋恋不舍。多年的渴望就要结束了。我有所得，但又似有所失，好像忘记了什么，好像还有什么事情没有完成。不过这个感觉从我进了博物馆之前就存在我的意识里，岂止是进展览馆之前，缺憾感早在我来英国之前就有了，早在我在养猪场喂猪的时候就有了，甚至可以说早在我出生之前就有了。这就是生活，永远不圆满，永远有缺憾，只有接受了缺憾，人生才能获得圆满。这就是我，喜欢搬弄哲理，喜欢自圆其说，可以让可怜变得悲壮，把丧事办成喜事，就是在丢了钱时候也能用"破财免灾"来勉励自己。

最后的展厅没有多少展品，正面墙上写着一大段致谢词，不外乎感谢你的光临，感谢你的支持，感谢你的陪伴，对这些公式化的东西，我没有兴趣。倒是谢词的结尾部分引起了我的注意。这里的文字主要是感谢那些为博物馆捐款的大户，而且在接下来的半面墙上还列出捐款大户的名字，每个名字上方还配着一张几英寸大小的照片。到了我这把年纪早就不把惊喜当作惊喜，即使遇到惊喜，也常常只惊不喜，但是这次有些例外。

当我的目光触及 Yi He Zhang 这个名字的时候，我真的被惊到了，虽然喜的感觉是后来的事。为了验证最初的怀疑，我认真地查看了名字上方的照片。与四十多年前相比，张一禾老了，胖了，鬓角上的银发和紧绷的嘴唇显出一点霸气，不过那种吊儿郎当的音乐家气质还萦绕在眉宇之间。没错，是张一禾，是那个狂爱音乐厌恶数字的张一禾。

我特别留意了一下他左边的下巴，那个拉琴留下的疤痕还在，只是不再鲜活，也没有了血丝，从前的活疤已经变成了死疤。

也许是因为看到了张一禾的胖脸，或者是他鬓角上的白发，总之有一种东西让我释怀，长期的压抑感似乎在离我而去。虽然张一禾的捐款与我没有半毛钱的关系，但它还是让我看到了他的另外一面。第一次，我开始认识到钱，如果能够上升到精神层面，还是挺可爱的，还是能够改变世界的。或许张一禾已经不欠我什么了，当然我从始至终都不欠他什么，唯一需要向他表示歉意的是我对有钱人持有的偏见。

5

我走出博物馆，天上又飘起了毛毛雨。被淋湿的卵石路面油光滑亮，让我想到过去看过的一些油画，所不同的是这次的感觉是置身于油画之中。我朝着火车站的方向走去，默默地想着心事。当年的张一禾是有意用《英雄交响曲》迷惑我们，还是他本人也蒙在鼓里？这是个问题。

周围不断有行人从身旁走过，来去匆匆的人们如同与我擦肩而过的人生。还有天上飞过的鸽子，扑啦啦地扇动着翅膀，像是与我道别。道别，这正是我此刻的心情，只要离开这里，我就会把过去远远地抛在身后，可是张一禾就像长在我身上的一个痦子一样和我不离不弃。

走出不到一个街口，就看见几个流浪汉在街角处游荡。我有意不与他们有眼神上的接触，只想匆匆走过去。但没走出几步，我却走不动了，双脚不由得立定在那里。是从身后传来的音乐声引起了我的注意。我先是一愣，紧接着心又动了一下。飘忽的音乐是我熟悉的甲壳虫经典之作《Let It Be》（顺其自然）。这里是甲壳虫音乐的故乡，听到这类乐曲本没有什么稀奇，但是音乐中的什么东西触动了我，让我不能无动于衷。音乐是用小提琴演奏出来的，其中用了过多的颤音，还掺杂着铁丝声。它唤醒了我的记忆。我的头皮一阵发麻，随即麻酥酥的感觉顺着脊背蹿到脚跟上。我转身回来，几乎和拉琴的人打了个照面。只见他头发蓬乱，胡子拉碴，身上穿的衣服很是破烂。他不但是个流浪汉，而且还是个中国人，他的脸型和眉眼的布局看上去还十分熟悉。我不能不为此吃惊。我的出现也把他吓了一跳。他先是呆滞地看着我，然后慢慢放下支在肩上的小提琴，这下我看到了他左腮下的疤痕。麻酥酥的感觉再次从头蹿到脚。我认出了他是谁。

在这样的时间这样的地点遇见张一禾是我要命也没想到的。在博物馆，他是捐款大户，受到成千上万人的仰慕，而这会儿站在我眼前的是个穷困潦倒的流浪汉，二者之间的落差太大了，其中的故事肯定是部惊天地泣鬼神的肥皂剧。

张一禾直愣愣地看着我，我也愣愣地看着他。他脸上的某块肌肉在抽动，不知道他是想哭还是想笑。从他空洞的目光来看，他没有认出我是谁，这正是我所希望的，因为我不想伤害他的自尊。

我想说点什么，就凭积累了四十几年的牵挂，有好的，有坏的，我也应该说点什么，可是喉咙像是被什么东西塞住了，我一个字也说不出来，只好看着张一禾的脸在不规则地抽动。

过了一会儿，他重新架起提琴，继续他的演奏。老实说，《顺其自然》是首轻摇滚乐曲，不太适合用小提琴来演奏，但乐曲的情绪是对的，忧伤，无奈，却又怀揣着希望。瑟瑟的琴声告诉我，张一禾不是在演奏，而是在倾诉，他在用每个音符讲述关于他的肥皂剧。我不知道他在肥皂剧中发生了什么，也无法猜测是困苦选择了张一禾，还是张一禾选择了困苦，可如果把他生活的点点滴滴用一条线连接起来，就会发现其中的每个点都和甲壳虫音乐有关。

张一禾的面前放着一个铁罐，我知道它是干什么用的。我掏出钱包，从里边取出一张五英镑的钞票，放在罐子里，可是一想不行，又放进一张五十英镑的钞票，又放了一张一百英镑的钞票，最后我干脆清干了我的钱包，连一个先令都没留下。最可气的是在这期间张一禾没有露出一丝一毫的谢意，他只是不慌不忙地拉琴，半闭着眼睛，摇晃着超大的脑壳。他还是这么孤傲，这么各色，当年的臭脾气一点都没改。

我离开了张一禾，把《顺其自然》的琴声留在了身后，不过它的歌词却伴随在我的心里：

……

耳语智慧之言，顺其自然
当生活在世界上心碎的人们同意时

会有答案，就这样吧
因为虽然他们可能会分开，但他们仍然有机会看到

……

悄悄地说智慧的话，让它成为，成为
当夜多云时，仍有一盏灯照在我身上

闪亮到明天，就这样吧
我在音乐声中醒来，玛丽妈妈来找我

顺其自然，顺其自然，顺其自然

……

我继续往前走，脚踩在潮湿的卵石上，发出私语般的声响。就在这时，又一件意想不到的事情发生了。张一禾演奏的乐曲突然开始转调，由《顺其自然》变成了《新疆之春》，前者充满了忧伤，后者是满满的欢快，二者之间的转变没有过渡，生硬，且又唐突。张一禾拉的《新疆之春》曾经让我倾倒。我站立在原地，脸上露出一丝苦笑。

"张一禾，你这个狗日的。"我忍不住又骂了他一句。

（原载《收获》2021年第6期）

作者简介：

沙石，美国华裔作家。短篇小说《玻璃房子》被选入中国小说排行榜。小说发表于《收获》《小说月报》《长江文艺》《上海文学》《青年文学》《北京文学》《天津文学》《清明》《香港文学》等刊物。出版过中短篇小说集《玻璃房子》及长篇小说《情徒》。现在旧金山政府担任公共关系专员。

比时间更久

钟求是

A： 虚构部分

　　父亲是一位原则先生，当年做中学语文老师时，似乎就看不上浪漫两字，现在变成年迈老头儿，更不喜欢挪动日子里的细节。可是那天晚上，他一个电话将周一忆召去，摆出一副有点庄重的谈话样子。周一忆只好坐在他的对面，做平时在局里听领导训话的认真状。父亲说："我有个打算，想改一下自己的名字。"他又说，"是的，我要把身份证上的名字换掉。"

　　周一忆愣了几秒钟，才确定自己没有听错。他眨一眨眼睛，向父亲送去诧异的目光。母亲去世以后，父亲的气神儿一点点漏掉，身体失去了硬朗。所以儿子上大学后，周一忆便和妻子商量，让父亲搬过来一起住。父亲老不肯点头，他觉得一个人住着自在，吃饭睡觉什么的也不丢秩序。没料到时间一久，父亲的想法先丢了秩序。周一忆说："爸，你这是什么意思？我有点不明白。"父亲说："我不要你明白，你按我说的去做就行了。"周一忆说:"这是一件稀奇的事,我总得知道为什么吧。"父亲说:"也不算稀奇,我只是改回年轻时的名字,周文振换成周大正。"周一忆嘿嘿地笑:"周大正真不如周文振好听。"父亲提一提眉毛:"我这个年纪了,想做一件自己想做的事,不可以吗?"父亲这么一说,周一忆不吭声了。按虚岁算,父亲已经七十九啦,年龄让他的话语变得不好反对。

周一忆在脑子里寻找可以咨询的人,想了一圈,找到名字里也有个一的人,即半是熟人半是朋友的刘一东。刘一东在昆城公安局做捉笔科员,虽然不是户籍警,相关规定总归能拿捏住的。周一忆躲开父亲走到另一个房间,打手机跟刘一东接上话,先寒暄两句,便试探着问改名字的事。刘一东果然靠谱,马上一二三四讲了申报流程和变更条件。他认为这事儿说难也不难,关键点在更改理由。周一忆问:"哪些理由能用上劲呢?"刘一东说:"户口本和身份证上的名字不符呀,特别的冷僻字呀,还有招惹公共风俗什么的。譬如我姓刘,如果叫刘氓,就可以理直气壮要求改名儿。"周一忆沉吟一下,说了父亲的想法。刘一东哟了一声,说:"你爸是……什么意思?我不太明白。"周一忆说:"我也是这么个反应,可他不肯说出理由。"刘一东说:"没有合适的理由肯定办不了,而且你想过没有,改了名字就得改户口簿医疗证社保卡老人卡房产证土地证保险单……"周一忆说:"嗯,我听懂啦。"刘一东仍补一句:"你爸这样的年纪了,要是一不留神漏掉什么证件,将来你继承遗产就很容易抓瞎。"周一忆赶紧又说:"嗯嗯,我听懂啦。"

周一忆的本意正是找到托词,现在有刘一东这一番话做底子,心里安定了。出了屋子回到客厅,周一忆把改名字的难度说给父亲。父亲不服气地说:"名字是自己的,叫啥名字应该自己说了算。"周一忆说:"名字还真不是自己说了算,你的名字应该是爷爷说了算。"父亲说:"这就对啦,我要改回的正是你爷给的名字。"周一忆忍不住一笑说:"爷爷给的名字一会儿不用一会儿又用,总得有个理由呀。"父亲沉默一下,说:"我的理由就是年纪!我老了,活不了几年啦,日后到那边得去见父母。"停一停又说:"周大正三个字叫了二十四年,父母就认这个名儿。"

父亲出生在浙北一个叫周家浜的镇子。爷爷在当地有点能耐，做生意赚了钱买下一些田地，算是半个商人加半个地主。解放后生意收手，田地又没了，爷爷的日子灰溜溜的，只能不停敲打儿子好好念书。父亲还算争气，在十九岁那年考到杭州城读师范学院。毕业后先在杭州一小学任教，一年后要求做中学教师，便一路调配到了浙南的昆城。父亲告诉过周一忆，正是到昆城后心里觉得憋屈，又想重新振作自己，就改了个名字。

换了名字嘛就得作数，应该落棋无悔，不能到老了又想活回去。周一忆说："爸，为了到那边见父母而改名字，这个理由怎么拿得出手！再说了，你这也是硬往我心里塞了个不高兴。"父亲说："你有什么不高兴的？"周一忆说："按你的说法，你改了名字到那边见到我妈怎么办？你这不是对不住她吗？"父亲的脸硬了一下，眼光缓缓移向旁边桌几，那上面摆着一个母亲的相框。照片中的母亲启齿微笑，心里像是放着一些满意。父亲叹口气说："你说得也对……其实刚才的说法我只是顺嘴一讲，要改名字得找别的理由。"周一忆顺势引导说："就是嘛，到了这个年纪日子要维稳，可以经常到外边散散步，没事了也可以到照片里走一走。"说着他起身去父亲卧室，从木柜抽屉里取了一本相册回来。

相册里布着父母的照片，有些是单拍，有些是合影。这些年跟父母在一起时，周一忆顺手用手机给他们拍了不少。父亲并不喜欢拍照，但儿子举起手机时，他一般也是配合的。过后拣出好的照片打印出来，他会看了又看，然后挺宝贝地存起来。

周一忆坐到父亲身旁翻开相册，随便指了一张照片："你瞧瞧，那时候你多年轻。"这是十几年前的一个午餐镜头，那会儿母亲还在厨房里，父亲独坐餐桌前用筷子偷偷尝菜，被拍了下来。周一忆又指着一张两人合影："这张拍得不错，两个人的样子都挺投入。"这应该是五六年前的一个周日，父亲在手机里收到一位亲戚的什么消息，他看了一遍，又招呼母亲过来看，两个脑袋便凑在一起认真地琢磨文字。随后周一忆翻过一页，指尖落在一张郊游照片上。照片里父母坐在草地上，旁边闯进一条不怕生的小狗，他们瞧着小狗，小狗也瞧着他们。

接着周一忆注意到了右上方一张画面好玩的照片。那天昆城中学校庆，曾经做过副校长的父亲自然被列为嘉宾。周一忆和母亲陪着他去了，报到时领到一朵配有金色名字布条的胸花。母亲伸长脖子将胸花别到父亲胸前，父亲则咧着嘴做幸福傻笑状。这是可以借用的场景，周一忆说："瞧见了吧？名字可不能随便改，改了就对不上人了。"父亲一撇嘴说："换个名字，那些老同事还能认不得我？"周一忆说："老同事能认得你，可老档案不认得你，它们只认一个叫周文振的老师。"父亲嘴巴动一动，没发出声音。

之后一些日子，父亲没有再提改名儿的事。

时间过得快，春天红红绿绿一阵子，不知不觉收了尾踏入夏日。夏日总是愣头愣脑的热，没什么味道，这是昆城最无风韵的季节。

大概是没应付好空调，父亲感了一次冒。感冒过后，身子又弱了些，譬如在手机里讲话，中间不时要停顿一下。好在镇子不是很大，周一忆和妻子可以常过去看他，顺便捎上一些肉菜什么的。周一忆也向父亲试探过，要是不肯搬过来一块儿住，能否叫一个保姆收拾屋子，被他一口拒掉。他说自己干些家务没啥问题，手脚要是歇下来，那会很快锈掉的。

没有太久，父亲为自己的倔强付出了代价。那天傍晚周一忆在餐桌前喝着啤酒，父亲打来手机，讲一句自己心里难受便断了通话。这一声没头没脑的诉苦让人纳闷，周一忆放下酒杯迟疑一下，打个车子赶了过去。推门进屋，却见父亲坐在沙发旁边的地上，嘴唇乌暗，双手捂着胸口。周一忆这才知道他说的心里难受是怎么回事。慌乱之中，周一忆选择的第一个动作是在手机上摁出120。

父亲住进了医院。医生说是左心衰，由肺淤血引起心脏血量供应不足。配合着查一查其他指标，又牵出别的一些毛病。在周一忆看来，父亲像一部攒着许多年头的机器，近期保养不是太好，于是哪儿都容易冒出毛病。再往细里说，保养不好的原因不是缺少吃喝，而是缺少内心的快乐。他的心衰不仅是物理性的，可能也是心理性的。

父亲在病床上躺了半个月，情况渐渐好转，力气也回来了一些。傍晚时间周一忆来医院，会扶着他在走廊里走一走。走了几天，觉得他气神稳住了，又把散步范围延伸到了楼下休闲区。

散步的时候，父亲不喜欢说话，周一忆也就不多开腔。两个人待在一起，有一种默契似的安静。但是有一天正慢慢走着，父亲突然停住脚步，转头看周一忆一眼说："我还想改名字。"

周一忆愣了一下，没有马上搭话，而是将父亲引向旁边花坛间的椅子。他觉得父亲此时有不少话要说，站着说话是要花力气的。果然，父亲在椅子上坐下后，说："我想过了，我一辈子没做过对不住你妈的事，改名字也不算。"周一忆说："你为什么不等病全好了再说这个？惦记这种事挺累人的。"父亲绕过问话，顾自说："你知道的，你妈对我好，我对你妈也没有不好。"周一忆说："这话儿我同意……两年前也是在这里，你陪着我妈走路散步哩。"是的，两年前母亲住进这家医院，父亲一直相伴着，有时坐在床边跟她轻轻聊话，有时挨着她在院子里一起慢走。那时母亲身子枯瘦双脚无力，走路时一只手拄着拐杖，另一只手握住父亲的胳膊。好几次周一忆撞见这一情景，心里又难过又安慰。

父亲说："既然你同意了这一点，那我就跟你好好讲一件事。"父亲又说："我知道，我的时间也不会很多了。不把这件事讲出来，你不会帮我去改名字的。"

那个傍晚，天空上停留着夏日特有的云朵，空气中流淌着医院特有的气味。父亲从年轻时的一次恋爱说起，讲到了许多年前的一个夏天。那个夏天有一场露天电影，那场电影让他的那个夏天变得很不一样。在他的讲述中，昆城的夏日不是无风韵的，而是有着黑白老照片似的苍凉味道。

坐在父亲旁边，周一忆做了一回寡言又认真的听者。

第二天下班，周一忆将刘一东邀到一家海鲜餐馆吃饭。昆城不是个大地方，都在机关局委里混着，刘一东不好意思不给脸。再说事先周一忆给过提示，饭菜里没有阴谋，主要还是聊聊父亲改名字的事。

在餐馆小包厢里落了座，两个人先干掉几杯啤酒，然后慢慢切入主题。

刘一东脸面微胖，声音却有些细瘦。他说："你爸真够执着的，非要作废用了这么多年的名字。"周一忆说："人老了就是这样，一旦被什么想法粘住，怎么也揭不下来了。"刘一东说："他还是不肯说理由吗？"周一忆不想把父亲的往事拿出来搁到餐桌上，况且能拿出来也不一定说得清楚。他说："要是能有落到纸上的理由，我直接拿着奔派出所了，哪里还会再来骚扰你。"刘一东想一想说："说句实话吧，这种事的难度说小也小，说大便大。"周一忆说："调节大小的旋钮是什么？"刘一东说："还是理由，一个无中生有的扎实理由。"

周一忆点点头，从携包里取出一张金色银行卡，推到刘一东的桌前。刘一东愣一下说："这是……啥意思？"周一忆说："理由的创意费。"刘一东说："都什么年代了，你还玩这个！"周一忆说："这不是给你的，是奖励想出好点子的人。"刘一东笑起来说："你还说今晚没有阴谋，这不是明显的阴谋吗?!"周一忆说："改个名字说到底不是什么见不得人的事，何况是一个年近八十的老人。"刘一东沉吟一下，端起杯子饮一口又放下，说："好吧，这事儿我想想办法，尽量不让老人失望……不过这张东西你拿回去。"周一忆说："还是你先收着吧，能派上用场就用，用不上再还给我。"周一忆这样的口吻，几乎是把刘一东当自己人了。刘一东不再反对，将银行卡移入衣袋。周一忆又叮嘱一句，说密码在上面写着呢。

转过一天，周一忆去医院时将开始办事的消息告诉了父亲。父亲嗯了一声，脸上还严肃着，却没压住浮上来的高兴。随后几天，他的病情明显转好，散步时呼吸也挺顺的。又过两天，医生允许出院了。

父亲依着自己的想法，仍回到一个人的住处。周一忆费了点周折，找到一位爱做家务的邻居，让他每天过去照料一下父亲。当然了，周一忆付他半份工资。

父亲的日子回归秩序，周一忆心里安定了一些。隔上三四天，周一忆便拎点儿东西去探看他，找些闲话说上几句。父亲自然会问改名之事的进展。周一忆说："正走着程序呢，再等一等，到时候你就会拿到一张新的身份证。"周一忆的信心来自刘一东的消息。他在微信里告诉周一忆，前些天搞掂派出所了，派出所已将表格报送县局。

在等待时间里，父亲的心情似乎有时明朗有时暗淡。有一天晚上，周一忆推门进去，撞见父亲坐在那儿发愣，脸上搁着茫然的伤心。周一忆连忙问怎么啦，是不是对做家务的邻居不满意？他慢慢地摇摇头，说自己脑子老了，很多时候会记不起一个人的脸。周一忆有点明白了，说："又去想年轻那会儿的事啦？"父亲说："你妈有许多照片，她的一张也没有。"父亲又说："有时候也会记起那脸儿，赶紧在脑子里小心存着，可是转过身再去找又没了。"

又过了几天，刘一东在微信里招呼周一忆，口气有些躲闪。周一忆直接摁了号码拨过去，问出现什么新情况。刘一东说："也不知道哪个环节出了差错，报到局里的更名申请竟然没有批。"周一忆说："你不是在局里吗？"刘一东说："靠，我的注意力全给了派出所，以为那边跟上头已说妥了……原先派出所是这么说的。"周一忆沉默一下说："还有伸手挽救的办法吗？"刘一东说："没有了，不通过就没有了……你知道的，眼下这年头讲办事纪律啦。"周一忆想不到这样，暗生恼火地摁掉手机。

心里正憋屈着，刘一东电话又打回来了，说事情还没讲完呢。周一忆问："你是说事情还有转折点？"刘一东说："我手里有个人，在街面上制造证件的，包括身份证。"周一忆有点糊涂，说："你讲的街面是指街上墙角贴纸条的那种？"刘一东说："这个人不一样，自己开礼品公司，有熟人相托才会帮忙做证件，质量差不了。"周一忆呵呵一笑说："质量好难道就变成了真货？"刘一东说："你爸爸都这样的年龄啦，他不就是图个心理安慰吗？一张新的身份证可以解决这个问题。"刘一东又说："再说了，我以前提醒过，改了名字就要接着改一堆证件，拿不到好处还累人。"周一忆动动嘴巴续不上话。在那么一分钟里，他突然觉得刘一东讲得也许是对的。因为这种冒出来的感觉，周一忆骂了一声自己。刘一东说："就这么办吧，至少你可以试一试。当然啦，跟那人的联系我来做。"

一周之后，一只瘦小的盒子通过快递到达周一忆的手里。拆开一看，是一张模样端正的身份证，上面写着"周大正"三字。他细瞧好一会儿，没找到什么不对的破绽。

当天晚上，周一忆站在客厅里，一脸郑重地将身份证交给了父亲。他提醒父亲，换名字的事最好不告诉亲戚同事，因为他们听说之后一准会追问为什么的。他又叮嘱父亲，身份证要放好，以后用上的时候自己会来取的。

父亲嗯嗯了两声，取过身份证举在眼前，动着胳膊一会儿近看一会儿远瞧，脸上渗出一层难得一见的光泽。在那一刻，他的嘴巴还不自禁地嚅动着，念出了带有几分新鲜的旧名字。

也是在那一刻，父亲似乎瞥见了桌几上母亲的目光，慌一慌眼睛转过身子，把身份证往手掌里收了收。因为对着背部，周一忆没看见他脸上的光泽是否褪去。

B： 非虚构部分

2020年12月9日晚上，我在住家附近的影城看了一场电影。之前我一直在忙郁达夫小说奖，真是累透了，待颁奖典礼一结束，马上就想把自己送进电影院轻松一下。

电影是张艺谋的《一秒钟》。片子的核心情节比较简单也比较走心，讲的是二十世纪七十年代中期的中国西北某地，一位政治犯人从劳教农场冒险溜出，拼力赶去看一场电影。看电影的目的，是为了见到正片之前的《新闻简报》，因为上面有他女儿一秒钟的镜头。故事也可用一句电影宣传语表达：我女儿在电影里，我来看我女儿。

我清楚地记得，片子看到一半时，自己心里咯噔了一下。待片子放完走出电影院，我已经相当沮丧了。沮丧的原因，正是电影中追看《新闻简报》的情节，它跟我手头在写的短篇小说情节撞车了。这个小说已写了一半，后来因为张罗郁达夫小说奖而中断，我计划近些日子坐下来续上。小说的已写部分，说的是一位退休老教师步入生命末期，执意要改回自己年轻时的名字（见本文 A 部分）。接下来是写老教师换名字的缘由：年轻时他在杭州工作，其间谈了一场很投入的恋爱，后来因出身成分不好被迫分开。女友是一位体操运动员，之后去上海读了大学。他则下放到昆城做了中学教师，并且在伤感中改掉名字以求自新。七十年代中期，已经成家做了爸爸的他，偶尔在看一场露天电影时，见到了《新闻简报》里的她——中国大学生体操队赴罗马尼亚进行友谊赛，比赛中出现了体操队女教练的特写镜头，虽然只有一两秒钟，但他一眼认出是她。储存多年的情感重新被激活，让他幸福又伤心。他携着三岁儿子，一个村子接一个村子追着露天电影，为的是瞧一眼《新闻简报》里的她。在追看电影的日子里，他经常会想起当年恋爱时的情景，想起她唤他名字时的亲昵样子。他知道这一辈子可能再也遇不到她了，但老了的时候，一定要把自己原来的名字改回来，隔空送还给她。

同是七十年代中期，同是追看《新闻简报》里的一个镜头，如此特别的情节竟在 2020 年底相逢，这的确让人惊叹。我不知道《一秒钟》电影剧本是何时创作的，从拍摄周期看，想必已有些时日。而我对这个小说的构思，是在一两年之前，至于小说的缘起，时间则向前伸得更久。这么说，不是自造心理优势。事实上，追看电影情节的生成，与我生活中的一位中学老师有关。

我的中学老师姓周，在高中阶段教过我语文。他对我很好，我对他也不忘尊重。大学毕业后，我经常在年底给他寄挂历，一寄就是十几年。我的小说见了刊物，他一有机会便找来看。离休之后，他也写些诗词以助余兴，有一回做成一本集子，还让我写了一篇短序。应该说，他对我这个学生是信任的。

差不多十年前，周老师来杭州检查身体，住在儿子家。一天傍晚，我开车接他出来一起晚餐。因为不准备喝酒，待在乱哄哄的餐馆挺没意思的，所以我把车子开到了西湖边一个幽静的茶室。两个人一边吃些东西一边聊些话。就是在那个晚上，周老师向我讲了自己年轻时的爱情故事。他是浙江龙泉人，解放前追求进步加入中共地下组织，一九四九年五月随部队进入杭州，之后留下来做了公安警员。他有文化又血气方刚，在事业发展上应该有不错的前景。这时他谈起了恋爱，女友是中学体操队员，眼下留校当了体育老师，只是家庭成分有些暗，在表格上得填"资本家"三个字。当时在公安局工作有严格的纪律管着，过了一阵子，组织要求他或者放弃公安身份，或者离开女友。为了爱情，他选择脱下警服，去一所小学做教员。这时第一届全国体操比赛举行，体操项目得到重视，女友被挑去上海体育学院学习训练。他为了赶上女友步伐，课余时间努力复习，也考上了杭州师范学院。两个人在读书期间，把许多相思的话写在信纸上，并商定毕业后结婚。不料毕业那年赶上反右整风，他虽然没讲过什么过头的话，但也被裹进精简下放的大潮，分配去了浙江南部的平阳县城（也就是我的老家小镇，现称昆阳，在我的小说里唤作昆城）。女友则因为专业成绩上佳，幸运地留了校。

那时交通极不方便，偏僻的平阳与上海简直隔着千山万水。这千山万水太巨大了，很快压灭了两个人走在一起的希望。那几年里，我的老师一边在信纸上输送爱意，一边眼睁睁看着爱情渐渐远去。终于有一天，女友在信中含着泪说自己找到了新爱。他很伤心，一会儿把信纸丢开，一会儿又捡回来看，几天几夜脑子都是混沌的。

到了三十多岁，他才把心情调整好，在当地结婚生子，过上正常的日子。日子一正常，时间便过得快，他变成了一位平淡安静的中学教师。又过一些年，突然遇到一个特别的夏日。那天晚上，学校附近一个广场放露天电影，他去看了。在正片放映前的《新闻简报》里，有一则中国大学生体操队去东欧比赛的体育报道，其中有女教练和女队员击掌相拥的镜头。他吃惊地发现，那位女教练正是他的前女友。银幕上的这个镜头无疑击中了他。他一夜没有睡好，一边复习往事，一边怕自己眼睛看花了。第二天他去打听下一场露天电影的地点，又跑去看了。

周老师讲述的时候，脸上似是安定的，但眼睛里有微澜般的波光。我在静听中回过神来，问了一句，那位女教练叫什么名字？周老师说，她是在月亮之夜出生的，名字里就有个婵字，千里共婵娟的婵。顿一顿，他用老师的口吻提问，你知道这婵娟怎么解释吗？我赶紧回答，身姿美好的意思。周老师点一点头，慢慢地说，有一天晚上也是在西湖边，月光照在草地上，她为我一个人跳了一串体操动作，那身姿真是好看啊。他停下声音，目光转向窗外，静默了好一会儿。此时的窗外，可惜没有配合回忆的月光。

周老师的神伤样子打动了我。说实在的，他和我虽然有很好的师生之谊，但我对他的主要记忆，基本保留在当年的课堂上。老师在课堂之外的生活轨迹和内心冷暖，当学生的一般不会去追究。学生对老师的关注点，是他嘴里输出的知识，他的古董往事跟我们有什么关系呢。但在西湖边饮茶的这个晚上，我望着坐在对面的年已八旬的老师，真切接收到了上一辈人的生命悲喜。我觉得自己不能一听而过，我想也许可以沿着老师的故事写一篇小说。

这个念头被我收存，放入写作的预备计划里。世事忙乱，时间匆匆，一不留神又过去许多年。对我来说，早点或迟点创作这个小说不需讲究，只要有了合适的心境写出来便行了。

现在看来我错了。合适的心境不等于合适的时间，合适的时间已经被我浪费掉了。我为老师的故事遗憾，也为自己的拖延生气。

每个小说都是有命运的，这个小说的命运就是半途而废。懊丧的时候，我只能这样安抚自己。

又过一些日子，春节靠近。我回温州过年，其间去了一趟平阳，跟几位中学同学喝一场酒，扯了一堆闲话。谁也没有提起周老师，或者说，谁也没有想到要提起周老师。

过完年回杭州上班没多久，一天中午接到平阳同学老曾的电话，说周老师身体不好住在疗养院里，同学几个要去看看他。我有点懊恼，怪自己上次回平阳时忘了去探望老师。我告诉老曾，自己这段时间在备下一期刊物稿子，待闲下来就专程回去一趟。说实在的，我还没忙到抽不出身的地步，只是没料到周老师这一回寿限已至，就讲了推延的虚话。

又过几日到了周五，我下班坐在地铁上刷手机，突然看到同学群里有周老师去世的文字，说周老师今天没了，说同学们有空就去送一送。我吃了一惊，马上打同学老曾的电话。老曾确认了周老师的消息，说是今天上午故去的，也没有大病，就是身体的使用期到顶了。车厢里比较嘈杂，我大声问什么时候出殡。老曾说是后天上午。

　　第二天中午我坐上回老家的高铁。这段路程两个半小时，刚好让人想些事情。我记起周老师的爱情往事，心里不免叹息，便顺手摁开手机，试着找当年那位女体操教练的信息。我在百度搜索框里放入"新闻播报1974""五十年代中国大学生体操队女教练""上海体育学院体操队""上海体育学院婵"等词句，跳出来不少内容，却没有什么收获。在不知道齐全姓名的情况下，动动手指就想找到几十年前的一位女人，当然是不可能的。我放弃百度，在脑子里想象一下体操女教练的模样。在当年，那应该是一个身段柔软、脸面清秀的女子。

　　到了平阳已是下午三点，我找一家宾馆住下后，让自己躺在床上睡了一小觉。按事先的商量，几个中学同学这个晚上要守夜，至少要守到深夜，所以得养足精神。

　　当天晚饭我是和老曾在一家小餐馆吃的，怕红了脸不好，就没有喝酒只说些话。老曾是个憨厚的人，当年做过班长却没有雄心，现在开一家文具小店过踏实日子。我问他几天前去疗养院看望周老师的情况。老曾说，他躺在那里，身上力气很少了，但脑子还清醒，说话间还提起你呢。我赶紧追问他说了些什么。老曾说，周老师夸你有出息呢，还讲自己没精力看书了，你新写的小说他看不动了。我心里有些难过，沉默一会儿才说，周老师应该过九十岁了，算得上长寿。老曾说是呀，能活到九十岁，这辈子不亏了。

　　吃过晚饭，我和老曾直接去了周老师家。按当下疫情时期的做法，周老师遗体存在殡仪馆，家里设灵堂供亲友们祭拜。又因住房不大，在小区空地搭了临时帐篷作为灵堂。我进了帐篷，看到一些人散坐着，周老师遗像摆在一张桌子上。我认真向遗像鞠了三躬，回过身见到周老师的儿子和女儿。周老师的儿子在杭州上班，好几年前见过一面。周老师的女儿待在平阳照顾父母，我偶尔跟周老师联络，便是通过她转告的。现在她见我从杭州赶来送行，脸上挺欣慰的，马上引我去楼上房间见一下师母。师母小周老师十来岁，身体也不太好，此时一个人坐在小客厅里，样子有些沉默。我讲一些安慰话，意思是周老师走得顺当，您别难过要保重身子。师母很慢地说了一句话：我二十出头就跟了老周，在一起快六十年啦，突然没有了他，不知道会不会习惯。这句话让我暗吃一惊。其实我知道周老师和师母的婚龄长度，但听到"快六十年了"这个数字，还是有一种诧异的感觉。

这个晚上，我和八九位同学待在帐篷里为周老师守夜。已是春日时间，帐篷内灯火又足，一点儿不觉得冷。一拨同学围着一张方桌在打麻将，另一拨同学围着一张圆桌喝茶聊天。灵堂守夜，现在已不是守候灵魂的意思了，主要是弄出一些人气。我坐在茶叙圆桌边，与同学们东拉西扯生活中的一些趣事。后来讲到了以前的学生时代，我问大家，你们对周老师印象最深的一个记忆是什么？一个同学说，我在课堂上不认真，周老师就对我生气，一生气他的嘴唇会抖动。一个同学说，周老师平常不开玩笑，但有一回为什么事笑起来，那样子像个有点天真的孩子。又一个同学说，周老师有一次上课念错了一个字，第二天他在黑板上把这个字写了二十遍，说是对自己的提醒。同学们回忆往事时，不敢发出调皮的笑声，毕竟这是特别的送别之夜，但他们的逗玩口吻和轻松心情是明显的。他们没有一个人提到周老师当年的心境和情绪什么的，或者说，在他们的记忆中，周老师内心的悲喜是遮蔽着的。

这时有一位女同学有点正经地说，我的记性没你们好，不讲以前的事了，但我会记得一周前去疗养院看望周老师的场景。这话有些不一样，我拿眼光看这位女同学。女同学解释道，我是说周老师和师母在床头手拉手的情形。为了证明自己的话，她拿起手机调出一个视频给我看。视频是那天探病时随手拍的，有两分多钟，镜头里周老师躺在房间床上，虚弱又和气地跟同学们说着话，声音比较沙哑但还不含糊。他说话的时候，右手伸出床外，跟坐在床边的师母的手握在一起，一直没有脱开。

我们这批同学已五十多岁，这位女同学可能也做了奶奶或者外婆，情感区域应该比较粗糙。如果潦草地看视频，注意力会在周老师脸上和他说的话，不容易留意两只手一直相握的细节。但女同学捉住了这个细节，并且似乎被触动了。

我让女同学把这段视频转发给我。我盯着视频，又看了两遍。

现在的守夜，的确不像以前那么讲究了。守到半夜，同学们便散了，我也回到宾馆睡了几个小时。第二天一早，大家又聚集到灵堂跟前。一阵哀乐声中，送行的人坐上车子，驶向十公里外的殡仪馆。按照习俗，只有师母待在家中不参加葬礼。

在殡仪馆告别厅，我见到了周老师的遗容。周老师五官端正身体瘦高，年轻时长得挺精神，上年纪后也保持着一份儒雅。此刻躺在棺台上，他脸面有些凹陷，但表情是平淡安心的。因为防疫要求，告别仪式相当简单。我随着不长的队伍走到周老师跟前，向他鞠躬献花。

告别仪式后，众人散去。我和老曾几人留下来在休息室等着，准备和家属一起送周老师上山，这是事先说好的。

遗体火化时间比预想的要短一些，大约十点钟，周老师儿子捧着骨灰盒从里边出来了，等待的亲友们站起身跟上去。大家坐上车向位于县城南边的松鹤墓园开去。

松鹤墓园位于山腰，气势不小，有堂楼有亭子，园内种了许多松柏。周老师的墓位在中部偏上的一排，墓穴已经揭开，一位砌墓工已等在那里。

在墓位前，鞭炮声响起，一阵白烟散开。周老师女儿和儿子将骨灰盒小心地放入墓穴，然后依照程序摆放贡品，点燃香火，焚烧纸钱。砌墓工将长方形的黑色墓碑合上，利索地用水泥砌好。

送行者围成半圈，向周老师最后告别。这时我注意到，墓碑上写着周老师和师母的名字：周庭起，叶茶竹。周庭起的名字上涂着银色，表示已经逝去。叶茶竹名字是红色的，表示仍然健在，有待以后某日入住此处。

我脑子恍惚一下，飘过一个年轻的体操运动员身影。不过我马上又想，周老师现在独自长眠于此，但有叶茶竹这样翠绿的名字伴着，应该也是不孤独的。

当日吃过中饭,我赶往车站坐G7792回杭州。因为头天夜里没有睡饱,我在座位坐下就闭上眼睛补觉,睡了不多一会儿,便开始起梦:在野外的空地上,先飘出周庭起的名字,又飘出叶茶竹的名字,然后一个婵字像蜜蜂一样飞来飞去。醒来之后,我回味着梦境,一种叫作好奇心的东西似乎也醒来了。

我费了一点时间,在微信通讯录里找到一个昵称叫邱人的人。他也是写小说的,给我们杂志投过几次稿,后来上过一个短篇。小说发表时我觉得题目不好,替他重拟了一个。为此他特意找到我的微信加上,送来几声感谢。从他当时提供的作者简历中,我依稀记得此兄就职于上海体育学院。

邱人见我主动联系他,有些意外也有些高兴。我先用文字求证:你是在上海体育学院上班吗?他回复:是的,在上体传媒与艺术学院混着呢。我拨了语音电话过去,表示自己因为写小说的需要,想去上体校史馆看看,了解一点情况。邱人说现在只要提前报备,学校倒可以进来,可校史馆近期不对校外的人开放呢。他接着问,你要什么资料,要不我帮你找找?我说,其实我找的是一位老人,可我不知道她的全名,也不知道她是否还活着。我把那个"婵"字说给他,又简单讲了她的早年经历。邱人说,一个快九十岁的老人,名字里还有个"婵",线索不算含糊,我们学校有个体操学院,我替你打听一下吧。

原以为一两天后才能获得回音,不想这位邱人是个挺利索的人,不到一小时,他便发来文字,说自己辗转三次,找到体操学院一工会干部,证实的确有一位符合线索的退休女教师,可惜已经去世。邱人打出她的全名,说这应该就是你要找的体操老人(为了表示尊重,避免不必要的节外生枝,我在此称之为婵老师)。我向邱人表示了感谢,马上又在百度上输入婵老师的全名,结果只跳出十几条相关消息,其中几条还是重复的,说的多是体操学院领导慰问退休人员的事,里头捡不到有价值的信息。这让我有些失望,但也不觉得意外。从年龄上推算,婵老师大约在二十世纪九十年代初便已退休，她这一代人在年轻时的风光，在眼下网络上是留不下多少痕迹的。不过这个网络时代的好，是让寻人变成一件不困难的事。

半小时后，邱人又在微信上送来消息，说联系到体操老人的儿子了，他是个集邮爱好者，尤其喜欢搜集体育邮票。从他的口中，得知其母亲是在五年前故去的，留下一些照片、奖章、证书，邮票一张也没有。邱人打出一行字：这个儿子，年纪已不小了，一说就说到邮票上去。我问：婵老师老伴呢，也去世了？邱人答：噢不，她没有结婚呢。我恍惚一下，追问：她是离婚了吧？邱人答：听那位工会干部说，当年她眼里只有工作，一辈子未婚。我打出吃惊表情：一辈子未婚怎么会有儿子？邱人说：我也这么问工会干部，他说这个儿子是养子，她近四十岁才领养的。我沉默了一二分钟，问：老人年轻时经历了什么，这个儿子知道吗？邱人答：这个我没问，也不方便在电话里问。我发一个微笑符号，表示认可他的话。邱人说：要不你来一趟上海，我约这位儿子一起喝咖啡。我说：想法不错，有点突然。邱人打出一个调皮的表情，说：上海杭州这么近，突然的事随时可以做呀。又跟一句：什么时候来都行，提前说一声便可。我说：好吧，可以考虑。

我和邱人微信交流的时候，他并不知道我在高铁上，而且是经过上海的列车。二十分钟后，列车抵达杭州东。我犹豫一下没有下车，而是在车上补了一张到上海的票。很快，座位被新上来的一位男子占领，我变成了在车厢连接处的站客。

一小时过去，列车到了上海虹桥。我下车查了查手机，坐上地铁10号线。在车厢里我给邱人发了条短信，问上体附近有哪家合适的咖啡馆。邱人说：呀，你决定来上海啦？我回复：还没呢，先打听着，看看有没有好的咖啡馆能勾引我到上海。邱人发上哈哈大笑的表情，介绍了一家叫"时间探戈"的咖啡馆。在随后的简略对话中，我终于没有说出自己已来上海。

我不乐意与婵老师儿子见面，是因为这种见面的结果有可能挺无趣。同一个女人，在当年的周老师眼中和当下的养子眼中，很容易是截然不同的女人，我不能通过自己的努力反而让周老师心里添堵。在不少时候，对真相略知一二也许是最好的。从这个角度说，眼下所知的婵老师这些信息，我觉得已经够了。

到达上体北门已是晚上七点半。我压住混进校园一逛的念头，沿着校外路道走一会儿，来到那家"时间探戈"咖啡馆。

咖啡馆不大，但有一个不错的二楼厅区，饮客也不多。坐在临窗小桌前，侧头便能远远望见体院的运动馆。那里灯光亮堂，气神充沛，里头一定活跃着许多汗水淋漓的年轻身体。

我慢慢喝着咖啡，把自己喝静了。这样挺好。我觉得自己临时起性来一趟上海，差不多就是为了这么坐一会儿。

没有多久，杯子空了。我唤来服务生再要一杯卡布奇诺，并希望得到一支笔和两张白纸。不知怎么，此时我脑子里出现一段关于婵老师的小说想象，我想随手记下来。

不一会儿，冒着热气的杯子和纸笔一起送来了。我呷了几口咖啡，然后拿起笔在纸上写下虚构的文字：

婵老师离去世还有一年的时候，突然想到一件要紧的事。这天晚上，她一个电话将儿子召到家中客厅，摆出一副有点庄重的样子。儿子坐在母亲的对面，做认真听话状。婵老师说："我有个打算，烧掉自己收着的旧信。"婵老师又说："这些信已经存了五十多年，只有对我一个人有用，可我不知哪天就会走掉。"

儿子愣了几秒钟，才确定自己没有听错。婵老师转身回到卧室，过了片刻又出来，手里拿着一只精致的木盒子。盒子搁在桌几上打开，果然现出一堆旧色的信件，估计不少于四五十封。婵老师说："我自己也可以烧，又怕手脚不利索烧不好。"儿子说："怎么个烧法？"婵老师说："你去拿个脸盆来，帮我一封一封地烧，不能太潦草。"儿子没有马上去拿脸盆，而是把信件一封一封拿起放下，在手里过了一遍。他说："这里边有三张邮票挺不错，可以送给我吗？"婵老师说："这个可不行，邮票跟信封信纸长在一起，不能分开的。"儿子说："好的邮票值不少钱哩，烧掉怪可惜的。"婵老师说:"不可惜的儿子,我有些东西可以留给你,有些东西不能留给你呢。"

儿子不吭声了,起身去拿来一个铁脸盆,搁在桌几上。不多时,脸盆升起火苗,信封们和信纸们接二连三来到火苗之上。火苗一会儿高一会儿矮。

母子俩坐在桌几边,脸上都放着沉默,但同样的沉默有着不同的内容。

(原载《人民文学》2022年第4期)

作者简介:

钟求是,浙江温州人,毕业于中央民族大学经济系。现为《江南》杂志主编,浙江省作家协会副主席。在《收获》《人民文学》《十月》《当代》等刊物发表小说多篇,作品获鲁迅文学奖、《小说月报》"百花奖"、"十月文学奖"等。出版长篇小说《零年代》《等待呼吸》,小说集《街上的耳朵》《两个人的电影》《谢雨的大学》《昆城记》等。

玛雅人面具

徐则臣

那段录像很多朋友都看过,我没有瞎说。录像中,那座倾圮的金字塔废墟一样瘫在奇琴伊察。可能找起来有点麻烦,本地人也未必知道,但我相信它在。千真万确。除了金字塔,除了通往金字塔顶端的隐约小路,以及石头与土堆间的荒乱草木,只有画外音般植入的解说。

那人当时用的是英语,他说每年都会来几次,带有缘人过来看一看。我还问了他一句:何为有缘人?他说:"比如你。"我应该继续问下去,为什么我是有缘人。但当时正沉浸在决定随他来此的虚荣中,此外,不免想到这又是旅游点的套路,便一笑置之。因为野外大风浩荡,那些声音被风稀释后,在录像中已经无法分辨他还说了哪些内容。惭愧,这都怨我没把英语整地道。我的确可以凭借那点披头散发的英语游遍整个世界,但如果语速过快、方言太重,或者干扰一多,我就只能傻眼了。那天我顶着大风就傻了。

录像里有两句话极突兀地高亢出来。我找墨西哥的朋友鉴定,说,那是玛雅人的土语,比当地人的方言还要古老一点,大意是:我看见的在极高的高处,我想象的在很远的远方。我给跩了一下文:我所见者高万仞,我所思兮在天涯。什么意思?我也不懂。他为何唐突地抒起这巨大的情,我也不明白。当时我既没看懂,也没听懂,只见他背靠一块打磨过一半的大石头,突然像主持人那样张开双臂。拥抱完我看不见的东西之后,他垂下手臂,继续引领我沿着那条布满碎石的荒芜小路往高处走。我跟在他身后三四米处。这个距离既可以随时调焦,把废墟般的金字塔整体和局部自如地呈现出来,又能保证他一直都被框在镜头里。

——只是现在,你再看那段录像,金字塔和人声、风声、鸟叫声都在,人不见了。

人叫胡安。墨西哥叫这名字的有几十万。单奇琴伊察这一个地方,我的出版商朋友说,也得上千。后来他又去奇琴伊察,动了不小的脑筋,基本上把上千人捋了一遍,还是没找到我说的这个胡安。他是个做面具的,纯手工,一刀一刀刻出来,然后叮叮当当背到金字塔景区附近卖。

那天,出版商朋友陪我看完著名的库库尔坎金字塔、勇士庙和千柱群,从高大丰肥的热带树木的阴凉里走出来,一群叫卖声热浪一般扑面而来。朋友说,墨西哥的面具一定要带一个回去。必须的,我是木匠的儿子,见到好木工就起贪心是遗传。我爸是全镇最好的木匠,当然早过气了,也干不动了。手工木匠活儿,现在年轻人看不上,结婚、装修宁愿要烤漆的板材家具,虽然单薄且寡,但看着光鲜洋气,能当镜子用,也便宜。我爷爷也是木匠,据说我爷爷他爸也是木匠。总之,我出身木匠世家。世家不是随便说的,必须有好木匠。好木匠从来都不只做家具,必然是做着做着就有了"艺术"上的野心。

比如我爷爷,家具之外,最拿手的就是脸谱面具。我爷爷是个好木匠时,我们那里还很穷,戏班子化妆买不起油彩,就让我爷爷把张飞、关羽、包公的脸谱做成面具,往脸上一扣,可以反复用,又不伤皮肤。全县大大小小的戏班子、文艺宣传队,大大小小的面具,都出自我爷爷之手。到我爸,艺术抱负放在了木雕上,观音菩萨、寿星、钟馗、送子娘娘、善财童子、齐天大圣，你说出个名字，保质保量，准时到货。我爸不做面具，没市场，但我家里堂屋东山墙上挂着大几十个面具，有我爷爷的手艺，更多的是五湖四海搜罗来的。我有义务为那面墙再添一件展品。

景区外卖面具的摊子一个挨一个。大同小异，三维立体的面具，脸部凸出，面部上端雕刻着各种造型的太阳神和蛇神，木头的材质也一样，都是机器加工出来的批量产品。所以看见胡安手工制作的面具，我两眼为之一亮。造型奇特，对面部和面具上方的装饰处理充满了想象力。除了太阳神、蛇神等常见的玛雅人图腾，他把日常生活雕到了面具上：有人在渔猎，有人在吃穿。

他穿着玛雅人的民族服装，留长发，下巴垂下一绺小胡子，盘腿坐在一堆面具后面的地垫上。刻刀平稳地在木头表面前进，一条条木头片轻微卷起，刀停下，木条掉落下来。一条马尾巴在他脑后摇荡。他可能三十多岁，也可能更大，我对墨西哥人的年龄缺少判断力。刀起木落。几个动作过后，他开始给面具开眼。慢下来。如果把之前的走刀比作大写意，那现在就是工笔。我惊异处也正在于此。那些规制统一的面具，眼睛部位就是两个核桃形状的空洞；他刀下的眼睛也是挖出两个框框，但你就觉得那眼睛是有神的，好像框框里面真有两只会转动和聚焦的眼睛。面具在他手中变换位置，我分明觉得一双眼睛从不同角度盯着我看。耸然一惊，天似乎也不那么热了。陪我来的出版商是梅里达人，这地方来了不下十次。照他说的，除了偶尔出现的漂亮性感姑娘，这里已然没有什么能再提起他的兴致了。他问我，买吗？不买就下一家。我说当然买。蹲下来挑了一副太阳神和蛇神脸对着脸、他们的头像下面有山峦起伏和丛林密布的面具。

那面具空眼眶同样是聚焦的。我用磕磕巴巴的西班牙语问："多少钱？"

胡安头都没抬，刀搭在膝头正做的面具上，右手五指张开，在我眼前晃了晃，然后又拿起刀，继续雕刻。五百比索折合人民币不到两百。挺划算。我朋友用英语提醒我，有点贵，三百就能拿下。

我回他："不贵，值。"

胡安抬起了头，真正让我震惊的事来了。如果不是在墨西哥，如果这不是一个做面具的玛雅手艺人，我就要用汉语问他老家哪里了。天地良心，他比很多中国人长得更像中国人。黄皮肤，黑头发，黑眼睛，脖子比别的玛雅人都长，身体也比其他玛雅人瘦高。看见他一张中国脸，我确定应该在四十岁左右。

关于玛雅人是中国人的后裔之说，略有耳闻，零零散散也看过一点资料。比如，有学者说，商周时期，商被周打败，二十五万商人集体东渡，一部分到了墨西哥高原，由此缔造了伟大的玛雅文明。中国人和玛雅人的确外貌相似，文化也十分接近，甚至有科学家对古代玛雅人做了化验，发现他们与中国人在"线形体DNA中含有三十七个相同基因"。文化角度上也有一说：我们的古籍《山海经》中，《大荒东经》和《海外东经》里就非常精确地描绘了美洲地区的地形地貌和这些地区特有的动物。当然，也似乎有足够的证据表明，玛雅人跟中国人没任何关系。这事儿不归我管，咱们说的是胡安。

胡安抬起头，用英语对我说："谢谢。"

"值。"我又说。

梅里达的朋友白我一眼，摊手耸肩。

"第二副，"胡安说，拿起另外一副面具，"三百。"

比我买的那副面具还大。刚才我真为它犹豫过，因为大，才放弃了。朋友提醒我，买的一堆小零碎，早把两个大行李箱塞满了，总得给随身携带的登机箱留点空间，还有一周才回北京，谁知道会碰上什么好东西。

"这个有金字塔，跟他们的都不一样，"胡安说，"平常卖八百。"

他没把金字塔雕成上下结构，而是塔尖冲正前方，整个金字塔就像面具额头上长出的棱锥形独角。面具鼻子凸起，金字塔的角比鼻尖还高。正所谓鼻子不到人前，角先到了。这造型我喜欢。我对朋友使个眼色，真动心了。朋友又一个摊手耸肩。

"先生喜欢我们的金字塔？"胡安问。

我点头。

"我就知道您是喜欢玛雅金字塔的人。"

"何以见得？"

"直觉。"胡安一笑。真是太中国了。"有一处金字塔您肯定没见过。"

"哪儿？"这回是我朋友接的话。他自诩整个墨西哥没有哪座金字塔他去过的次数少于一个巴掌。

胡安比画了一个位置。那地方我的出版商显然也蒙了。为了说明白，胡安用西班牙语跟他解释。我只能干瞪眼，在一边听鸟语，只看着我的朋友半分钟点一次头。终于不点了，他对我说：

"值得去。"

"那好啊，同去同去。"

"值得你去。"朋友说，打了个哈欠，"我来奇琴伊察比去看我妈还勤，下次吧。车给你们，我去酒吧喝两口，眯一会儿。回来别忘了接我就行。"他们俩刚刚用西班牙语已经顺便谈好了行程和价钱，由胡安开车带我去。出版商早起去酒店接我，赶了个大早，困是肯定的，但酒瘾犯了可能才是根本原因。

事情就是这样。胡安把他的面具打包寄存到旁边一个小店里，坐到了我朋友奔驰车的驾驶座上。打火之前，他向我伸出手说：

"我叫胡安。幸会。"

奇琴伊察不大，南北长三公里，东西宽两公里，这个意为"在伊察的水井口"的城市一马平川，不存在当地人都罕见的金字塔，所以，我做好了跑远路的打算。起码得跑上一两个钟头吧。出了城二十分钟不到，驶过一条两边灌木和树林如屏障的砂石路，路越走越细瘦，在一块覆满青苔的方形巨石前，胡安停车熄火。我跟着他穿过一片热带雨林，完全辨不出方向，就像穿行在某个史前巨型动物燠热的盲肠里，两分钟就蒸出了一身油腻的汗。胡安为我清理灌木和藤萝，叮嘱我走路时看好头顶上和脚底下。雨林里远远近近传来各种奇怪的声响。五分钟后，天亮起来，豁然开朗，一座荒芜散乱的高台矗立在一片开阔的林中空地上。一八四二年，探险家约翰·弗洛伊德·斯蒂芬斯和弗雷德里克·卡瑟伍德第一次发现奇琴伊察的历史遗迹，惊喜地高声尖叫，跟他们一样，我也创世般兴奋地喊起来。

毫无疑问，这个倾圮的高台曾是古代祭祀用的金字塔，灌木、荒草、苔藓和碎石遮蔽不了它内在的秩序。荒芜和散乱自有其方向，草木与石头或成片分布，或沿线蔓生，各自遵循隐秘的逻辑。我突然生出一个强烈的感觉：它静静地伫立在这块平地上，已经等了我很多年。历史与当下，从来不会无端地劈面相逢。我决定把它拍下来。打开手机的拍摄功能，我让胡安一边讲解，一边带领我沿着我看不见而胡安无比熟悉的小路，跌跌撞撞地向上攀爬。胡安善解人意，为了让我听明白，用英语说，关键处还不厌其烦地重复。

天上降下大风，四周的雨林和高台上的草木开始涌动。热带雨林我极少去过，长风浩荡的经验完全没有，大风里拍摄的经历我更缺乏。我大声地问，胡安就大声地答，我听见了，我以为手机也听见了，没想到镜头里留下的，只是有限一点没被大风挤走的含混声音。你只能辨出那是人声，如此而已。直到胡安背靠一块巨石，布道般抒情他之所见与所思。人兴奋了发发癫，胡言乱语一下纯属正常；说什么不重要，别人听懂与否也不重要，所以当时我完全没当回事，还跟着他一起比画了一下，有那一段抖动的画面为证。

我们在大小石头、泥土和灌木中登临高台之巅。金字塔并不比周围的雨林高多少，我们仅看见一片热带雨林树梢组成的浩瀚海洋；大风经行辽阔的水面，绿色波浪前呼后拥。看不见远处的库库尔坎金字塔。在一块石头的背风处，我请胡安抽了两根我老家产的苏烟，他吐出一口烟，说烤烟型抽着挺舒服。绕着圈又俯拍几张照片后，我们原路返回到地面。路上我问胡安，为什么这座金字塔在奇琴伊察鲜有人知？

"是人就有盲点。"胡安说，"眼睛并非任何时候都看得见。"

到了我朋友休息的咖啡馆，他正从沉实的酣睡中醒来。睡着之前，他喝了三杯龙舌兰酒，此刻酒意和困意刚刚消散。

回到墨西哥城，做了几场新书推广活动，回国的日期就到了。果然如我的出版商所言，行李箱真就多出了那副面具，我只好装进背包，随身带回了北京。回到家，收拾停当，我把两副面具拍照，跟胡安带领我的金字塔遗址之行的录像一起发给了我爸。老爷子刚学会用微信，每天抱着手机不撒手，要开眼看世界。

先反馈回来的是对面具的意见："做得真是好。高人。"

十分钟后又来一条微信："录像里谁在说话？"

我回："胡安啊。镜头里的那个玛雅人，面具就是他做的。"

"哪有什么玛雅人？"

我刚要回，微信语音电话打过来了。

"连个人影都没见着，"我爸说，"你确定他是什么玛雅人？"

"当然是玛雅人。您说什么？人影都没见着？"

"就是没人。"

我把语音电话挂着，查看发给我爸的视频。果然没人。前前后后又拖着看了三遍，真的没人。后背上唰地出了一层汗，像身上突然长出了毛。天地良心，我的镜头完全是追着胡安走的，不是他的正面，就是他的背影。他的声音在，但人不见了。该有他身影的地方，现在像空气一样透明；或者说，胡安透明的身体没有遮住任何景物，金字塔和它的乱石草木一样不少。我拖到了胡安那段慷慨激昂的抒情处。我爸在电话里问：

"他说的啥？"

"我哪知道。听不懂。"

"听着，有点，耳耳熟。"我爸结巴了。

我们俩的语音都挂着，谁都没出声。哪个地方出了问题。

"有时间你回来一趟，"我爸先开的口，"面具带着。"然后没打招呼就断了语音通话。

这在我们父子俩的通话史上是头一回，过去都是我先挂的电话。我把录像又仔细过了一遍，还是没人。诡异。我蜷进沙发里，连抽了三根烟，压完惊给四个信得过的朋友分别发了那段视频。我提醒他们："那玛雅人跟中国人没两样。"

十来分钟，信息回笼。

一个问：人呢？

另一个说：扯淡，这么 low 的玩笑也开。

第三个朋友问我：是不是发错视频了？

最后一个完全无视我的提醒，直接回：这金字塔不怎么样啊。

顾不上时差了，我给出版商打去电话。他从睡梦中清醒过来后，首先对我发誓，我们的确见过那个胡安，他对他印象还挺好。我在电话里让他听胡安的那句抒情。反复听了几次，他才尝试着用英语向我解释大致意思。他让我把视频用电子邮件传给他，反正也睡不着了，索性看个稀奇。半小时后，我收到邮件回复。他说看第一遍时，也认为我是在开玩笑，又看一遍，认真比对了我的拍摄角度和声音来源，他断定，镜头里应该是有人的，但他确实连个人魂儿也没见着。在邮件末尾他写道，最近他会回梅里达，如果时间宽裕，他再去一趟奇琴伊察。真他妈见鬼了。

如果不是我妈电话，我会推迟几天回。我妈说："你爸脸色不大对。"当晚我就买了机票回老家。我爸一向不苟言笑，不细心真看不出他的脸板得更硬了，经年的土地板结了一样。他把两副面具翻过来掉过去地看，最后目光都落在空眼眶上。他用手指肚一寸寸摩挲那四个空眼眶。一个老木匠这本事当然有。

"手法像。"我爸说。

"什么手法像？"

"老二。"

我看看我妈。我妈小声说："你二叔。"

"他不是早死了吗？"

"是失踪。"我爸纠正，"再没回来，就当死在外头了。"

有点蒙。我竟然听了四十年的假消息。

我爸一屁股坐到老式藤椅上，让我给他根烟。"老二发火时，嘴里吼的跟录像里那声音一模一样。"

二叔是我二爷爷的儿子，从小和我爸一起跟我爷爷学木工。天赋极高，学啥像啥，做啥成啥。这我断断续续都听说了。我爸说："他最拿手的是面具，得你爷爷真传。你们的文话怎么说？对，青出于蓝而胜于蓝。胜在眼睛。"十八岁，我二叔就跟胡安一样，能把空眼眶挖出眼神来。

我爸也是个木工好手，其他的活儿都不比二叔差，但面具之眼不及。师父是我爷爷，我爸自己的亲爹，我爸又比我二叔长两岁，所以面子上一直过不去，心里也不舒坦，长年跟老二较着劲儿，隔三岔五也会找弟弟一点不痛快。"那时候年轻，也是心眼儿小，"我爸说，"哪知道以后的路有多宽多长，一辈子有多苦多难。"他找了不少碴儿，也使了不少小坏。最后一桩，是在一副面具上动了手脚。

那是二叔代我爷爷给县淮海剧团做的道具。某天早上，我爸先到工房，看见我二叔头天做的面具放在案子上，虽然尚未彻底完工，但那空眼眶里流转出的眼神依然诱人。我爸说，他的嫉愤之火瞬间拔地而起。那眼神太精妙了，也太微妙。正因为精妙和微妙，所以经不起半点差池，关键处多那么一两刀，眼神必会散掉。我爸关上工房的板门，拿起刻刀。刀刃刚切进木头，二叔推门进来，大吼一声，把我爸掀翻在一堆木屑刨花上。我爸说，他第一次闻到刨花和木屑散发出来的味道如此酸臭。我二叔拿起面具，对着右膝盖猛地一磕，薄薄的面具裂成五瓣。接着他继续大吼。

"爸，您确定二叔吼的跟胡安说的一样？"

"年头太久，又不像人话，哪记得清。"我爸的声音衰弱下去，"听到你那个什么玛雅人胡安的声音，我好像又想起来了。就算不是一模一样，也大差不离。那个味儿，不会错。"

"然后呢？"

"你二叔第二天没来干活。第三天也没有。从此就消失了。"

"会不会，二叔碰巧想出个远门，到外面的花花世界闯荡闯荡？"

"年轻人谁想窝家里？老二倒是一直嘟囔想往外跑。问题是，他是出了这事才不见的。"

我爸木头一样的脸上，皱纹开始细密地游动。我爸三十三岁有的我，在此之前十年里，走街串巷，成了个云游的木匠。活儿从江苏做到山东、安徽、浙江和河南，最远的到过江西和湖北，二叔的一点音信都没打听到。用现在的话说，我二叔人间蒸发了。游方的那些年，唯一的收获是在山东认识了我妈。三十二岁，在乡村已是超大龄青年，只好带着我妈回到老家，安稳下来过日子了。也没法再跑，爷爷奶奶和二爷爷二奶奶年纪都大了，腿脚日甚一日地不利索，他得守着，把四个老人伺候周全了。二叔没找到，但十年辛苦也非寻常，二爷爷拍一下我爸肩膀，长叹一声老泪纵横，事情就算过去了。

消失既久，形同消亡。街坊邻居也说，徐家会做面具的老二，早已经死啦。

二叔唯一的遗迹，是挂在山墙最高处的两副脸谱面具。一个是张飞，一个是碎成五瓣又拼接到一起的颜回。在那个特殊的年代，颜回的这出"侍读"孔子的地方戏，主要是演来供批判之用。没错，张飞二目圆瞪，炯炯有神；颜回的右眼五十年前被我爸挖了一刀，眼神只能斜视了。这些过去我都没注意过。我爸让我把两个玛雅人面具也挂上墙，跻身于近百个面具和脸谱中间。其他的面具中，一部分是我爷爷做的；三个是我爸学艺时的作品；大部分是他在十年游方中收集来的；剩下的都是我的贡献，世界各地跑，见到我就买了往回带。我爸盯着挂好的两个面具，背着身问我：

"你说，那个胡安是什么人？"

"墨西哥玛雅人啊。"

半个月后，墨西哥的出版商给我邮件，他去了奇琴伊察。很遗憾，掘地三尺也没能找到胡安，胡安带我去的那座雨林中的金字塔也没找到。胡安寄存过面具的那家杂货店店主说，他完全记不得有一个扎着马尾巴的叫胡安的瘦高个男人。叫胡安的人太多，做面具的也不少，全世界的人出入他的小店，你来我往，谁有那么大的脑袋全记住。照我的描述，出版商雇了一名当地的向导，驱车到了那条砂石路的尽头。他看到了那块大石头，但左转进热带雨林后，披荆斩棘走了两个半小时，也没发现哪儿有林中空地，更没见着视频里的那座金字塔。

"全是树，一棵接一棵的树。"他用诚挚的文字跟我说，"兄弟，我尽力了。"

鉴于我们长期愉快的合作，我想我不应该对他有所怀疑。

（原载《北京文学》2022年第11期）

作者简介：

徐则臣，1978年生，毕业于北京大学中文系，现任《人民文学》杂志副主编。著有长篇小说《北上》《耶路撒冷》《王城如海》，中短篇小说集《跑步穿过中关村》《如果大雪封门》《北京西郊故事集》等。曾获老舍文学奖、"冯牧文学奖"、"华语传媒文学"大奖等多个奖项。2014年，短篇小说《如果大学封门》获第六届鲁迅文学奖，同名小说集获"中国好书奖"；2019年，长篇小说《北上》获第十届茅盾文学奖、中国好书奖、中宣部"五个一工程"奖。部分作品被译为英语、法语、德语、意语、西班牙语、阿拉伯语等二十个语种。

他乡

程永新

我与母亲走出县城汽车站，四周尽显零落，一眼望去没有什么人。初春时节，从远处田野飘来的风带着丝丝的寒意。

一个身材魁梧的中年人迎了上来，喉咙里咕噜着，嗓音混浊，用东阳话叫了一声"五姑母"，随即撸起宽松的衣袖，躬下整个身体，忙不迭地从母亲手中接过旅行袋。

中年人穿着一件薄薄的中式布衫，右侧口袋边有个补丁，硕大的脑袋下，一双暴凸的牛眼格外引人注目。他毫不费劲地提溜着旅行袋，碎步来到车站对面的开阔地，扶起一辆躺倒的木质独轮车，将旅行袋搁放在车上，然后拉过一条宽扁的麻绳套在脖子上，双手握住独轮车光滑发亮的粗木把手说，五姑母，坐上坐上。牛眼叔说话的态度格外谦卑。

母亲走过去坐在独轮车右侧的一块木板上。小弟也坐，坐呀坐呀。牛眼叔朝我说。他说的虽是东阳话，我都能听懂。从小母亲与姐姐喜欢用东阳话交流，家里来客人，她们不想让客人听懂，就说东阳话。我能听，却一句也不会说。

我站在那儿有些犹豫，那一年我已经十九岁了，高中刚毕业，再过两个月就工作了，要离开上海去江苏的农场。是我自己要去的，根据当时的政策我原本可以留在上海的，但我就想离家出走，就想浪迹天涯，像鸟儿一样飞翔。我当时的身高应该在一米七二左右，坐在独轮车上让别人来推，感到浑身的不自在。

牛眼叔坚持要我坐，他说两边坐人推起来才不费力，我不坐的话重心不稳，他推着会很累。无奈之下，我勉强跨腿坐上左侧的搁板，牛眼叔噌一下朝前推动独轮车，独轮车厚厚的胶轮轻盈转动起来，发出低低的咿呀声，牛眼叔说，你看你看这样多快呀。

县城通往乡间的土路很宽阔，左右都是无垠的田野，田野的后面是隐约起伏的山峦，山峦间有个村庄叫厦程里，是母亲出生长大的地方。三十多年前母亲告别故乡走出这片土地时，还是一个不到二十岁的姑娘。

远远望过去，地平线上散落着连绵的群山和白墙黛瓦的屋舍，地平线随着独轮车的咿呀声，一会儿往右边微微倾斜，一会儿往左边微微倾斜。牛眼叔健步如飞行走在坡道上，很多时候他只用一只手扶住把手掌控方向，任由胶轮滚动向前。

炊烟袅袅升起，黄昏将近的时候，前面出现了一个村庄。村口一栋老屋前，我远远看见四姨妈围着肚兜在一个大水缸边洗菜。四姨妈皮肤白皙，眉清目秀，头发有些花白，她穿一件灰色涤纶布衫，戴着袖套，一看就是城里人的打扮。

牛眼叔推着独轮车拐个弯，停在老屋前。老屋面对一片菜地，菜地用篱笆围着，篱笆外一个中年村民与一个包着方格头巾的姑娘在挖甘蔗，甘蔗怎么会埋在地底下呢？我好生奇怪。

中年村民挥锄翻开泥土，那包着方格头巾的姑娘上前提拎起长长的甘蔗，蹲着把泥土扒拉掉，我出神地看着，姑娘似乎察觉到了什么，缓缓抬起头，我们的目光就在那一刻对接了！姑娘迅速低下头去，一团红晕泛上脸颊，神情慌乱妩媚，且有些不自然。

四姨妈大声叫唤着小舅的名字，倏忽，小舅出现在矮屋门口，他穿着背带裤,手持一把木梳一边梳着头,一边笑微微说:五姐来了,小弟来了。欢迎欢迎!

小舅永远是那么精神,头发永远梳得整整齐齐,头路从靠右侧两分,照他的说法,这叫菲律宾博士头。他幅度很大地张开手臂,把母亲与我迎进屋内。跨进门槛的一瞬间,我忍不住又回头朝菜地方向张望,我惊讶地发现,那包着方格头巾的姑娘也在偷偷看我。

晚餐由四姨妈掌勺,她围着灶台上的一口大铁锅忙得不亦乐乎,牛眼叔坐小板凳上,往方口炉膛内添送柴火。母亲与小舅喝茶聊天,我无所事事,来到厨房蹲在牛眼叔的旁边。

牛眼叔用东阳话问我读几年级了,我用普通话回答他说已经毕业了。然后牛眼叔磕磕巴巴用别扭的普通话告诉我,他家里有个女儿,叫六谷,还没上学。我说为什么不上学,他说她不愿意上学,上了学也没啥用,女孩迟早都是别人家的。我后来才明白,六谷就是玉米,七十年代的东阳很贫穷,老百姓饭桌上常吃的就是六谷粉加菜叶熬成的玉米糊。二姨妈活着的时候,我经常吃到她熬的玉米糊。二姨妈离开家乡去了上海,但是儿时的饮食习惯始终未改。

四姨妈把大碗装的菜肴端上八仙桌,茨菇烧肉,葱拌老豆腐,一碟油氽花生米,一大碗青菜蛋花汤,外加一缸黄酒。小舅打开塞子,满屋飘散黄酒的香气。酒倒进玲珑的锡壶,一只小木桶装了滚烫的开水,小舅把锡壶放进桶内温酒。

四姨妈和母亲摆放碗筷的时候,牛眼叔搓着双手支支吾吾说要走了。小舅眯眼哈哈大笑,说你别来这一套!我五姐来了你要走了?喝酒喝酒!牛眼叔嗫嚅着说六谷还在家呢。四姨妈笑嘻嘻地去厨房拿来瓷碗装好的一大碗米饭,米饭上盖着茨菇烧肉。早就给六谷准备了饭菜,四姨妈边说边笑,露出一口白牙。

牛眼叔的眼睛忽然瞪得贼大,抹了抹嘴,似乎很不情愿地坐下了。很快,他的大眼睛在桌面上扫来扫去,用筷子夹起一块红烧肉塞进嘴里大快朵颐,摇头晃脑地说,今天吃的可是县太爷的餐啊。

小舅用锡壶逐一给大家斟酒，轮到我是最后一个，我刚端起酒盅准备凑上去，四姨妈在一旁说小弟还是学生，不能喝酒吧。我听闻迟疑着，酒盅悬在半空中。

小舅挥挥手说我们程家的后代哪有不会喝酒的，说完给我的酒盅倒满了酒。小舅就是这样的豪爽，逢年过节，亲戚们相聚，只要小舅在场，他都竭力鼓动小辈们喝酒。小辈们确实都喜欢小舅，他经常挂在嘴边的一句话就是在酒面前人人平等。在几房亲戚中，小舅的儿女、我的表哥表姐最不擅饮酒，可每次小舅都要劝他们喝，表姐一喝酒脸就涨得通红，惹得舅妈在旁边连连摇头。舅妈与小舅是同事，在一个小学里教书，据说年轻时是舅妈追的小舅，所以在家里什么事情都是小舅说了算，但喝酒这件事舅妈始终不服，她说拒绝喝酒也是一种平等。小辈们喜欢小舅，还有个原因是他走到哪都带着他的德国康泰司相机，他喜欢给每个小辈拍照。我儿时的很多照片都出自小舅之手。

那天喝的黄酒是米白色的，有点像崇明老白酒，仿佛牛奶兑了水一般的颜色。喝了几盅浑身发热，四姨妈对母亲说，你看小弟脸都红了。母亲微笑着说，我的几个孩子呀都会喝，都有半斤黄酒的量。

我摸摸脸，滚烫滚烫的。侧脸看看小舅，发现他的脸也很红，两眼发光炯炯有神，一边用手心朝后捋着发际，一边高谈阔论。他像没有听见四姨妈的话一样，继续给我斟酒。随后举起酒盅一饮而尽，朝我眨眨眼睛说，程家的后代哪能不喝酒呢？

四姨妈的烹饪手艺着实不错，茨菇烧肉红红的，浓油赤酱，完全是上海本帮菜的做法；老豆腐也好吃，过了水撒上碧绿的葱花，长这么大，这是我吃过的最美味的豆腐；大灶头煮的米饭喷香诱人。我似乎一下明白了小舅提早退休不愿待在上海，老往乡下跑的缘由了。

晚餐后，眼睛红红的小舅兴致颇高，他带着母亲与我参观他的酒窖，酒窖就在这栋老屋的后面，步下石头砌成的台阶，推开一扇年代久远的木门，小舅在门旁随手拉下一根绳子，昏黄的灯光亮起，映入眼帘的景观真是壮观：几十平方米的酒窖内，摆放着一排又一排大大小小的酒缸，酒缸都用泥土封口。小舅喋喋不休地向我们炫耀他的眼光，酒窖上面这间临街的老屋原是一个小酒馆，当年大舅妈与外祖母婆媳关系不好，吵着闹着要分家，按乡间习俗，祖产传男不传女，外祖父把祖产沿街面一分为二，大舅一族争抢位处南边地段较好的街面房，不承想小舅一口答应，他之所以那么爽快同意接受北边的街面房，相当一部分原因就是这个酒窖。小舅儿时与小伙伴在街上玩耍，玩累了，渴了，跑回小酒馆，外祖母就会用长柄竹勺舀黄酒给他喝。据说小酒馆当年在乡间闻名遐迩，村民们都相信自酿的黄酒养人，女人坐月子最补的食物就是黄酒煮水潽鸡蛋。

五姐，我当初的选择还英明吧？小舅拉上酒窖的木门时，笑嘻嘻地问母亲。

当然了，你最聪明，最知道自己要什么，所以老母最喜欢你。大哥人不坏的，忠厚老实，就是太听嫂子的话。母亲的眼神凝住，明显陷入对往事的回忆之中。

我落在后面，回头打量一下木门，突兀地问：小舅，酒窖的门不用上锁吗？

小舅在石阶上站住，回头用手抹了抹嘴对我说，不用不用，小弟你不知道，我在这里的地位很高的，没人会来偷我的东西，再说农村人都比较老实，民风淳朴。小舅的口吻明显带着炫耀，眼睛在夜色里熠熠闪光。

第二天一大早我被母亲叫醒。我们沿着石块铺就的小街往山上走，两边绵延几十米都是店铺。小舅捧着二姨妈的骨灰盒走在前，四姨妈与母亲侍奉左右，我跟在母亲后面，随着地势渐渐伸高，我有点气喘吁吁。牛眼叔与他叫来的两个村民挑着箩筐殿后，箩筐里装着红砖和水泥。

太阳亮晃晃从树林间照下来，爬到山顶我已大汗淋漓。在小舅的引领下，穿过一片小树林，母亲与我来到外祖父和外祖母的墓前，半球形的坟冢上堆满石头，坟前竖着一块长方形的石碑，怎么看都未免有些简陋。据小舅说，就是这样一块荒山墓地，当初也是他疏通各种关系才获乡政府的许可得以落葬，因为外祖父他们的成分不好。我跪在母亲旁，给从未谋面的外祖父外祖母敬了一炷香。

牛眼叔带着村民在几米远的地方挖了个浅坑，用红砖砌成方形的箱体，并用水泥封闭缝隙，小舅把二姨妈的骨灰盒轻轻放在箱体内，牛眼叔与村民挥锹迅速用泥土覆盖，泥土越堆越高，两个村民又从四处捡回许多石块，堆垒在泥土上。

太阳在林间当空照射下来的时候，墓冢完工了。小舅点上香朝山坡四个方向一一合十作揖，大声说：二姐回家了！你又回到阿爸与姆妈的身边，以后就要拜托你照顾两老了！

小舅带磁性的嗓音在密密树林间穿梭回荡。

四姨妈在一个铁桶里点燃折成元宝形状的锡箔，银色的锡箔熊熊燃烧，烟雾四处飞扬，这些锡箔是四姨妈和母亲大清早折成的。二姐啊，钱不够花言一声，我会时常送来的！小舅带磁性的声音再次响起。

下山的途中小憩，小舅从口袋里掏出几张一元的纸币递给牛眼叔，牛眼叔的两只眼睛突然发光，他嘴里念念有词，抽出一张一元票面的钱币分给一个村民，又抽出一张分给另一个人，余下的笑呵呵地一把全揣进裤袋。小舅含笑朝山下走去，装作什么也没看见。

下山的路似乎变短了，很快回到小街，小舅走在前面，我与母亲四姨妈随后。快到老屋时，突然，从一家卖水果的店铺旁窜出一个矮个子的妇人，拦住了小舅。妇人的嗓门很大，哇啦哇啦说着，唾沫飞溅，小舅侧头躲避，脸上挂着尴尬的表情。后来是四姨妈走过去，与那个妇人左说右说，才帮小舅解了围。

小舅板着脸气呼呼地朝老屋走去，四姨妈随后跟着。妇人是大舅一族的孙媳妇，她要租小舅的门面房，那门面房原先已租给村民杏子一家，大舅的孙媳妇每天在村里闹，逢人就指责小舅六亲不认偏袒外人。

我悄悄拉一下牛眼叔的衣服，问杏子是谁啊，牛眼叔说杏子是叔公的学生，跟叔公学拍照的。

小舅站在老屋门口，回转身对四姨妈苦笑着说：我为什么一定要租给她？小舅指着一旁的母亲对四姨妈说，她看见五姐人都不叫，这样的晚辈我为什么要迁就她？莫名其妙！小舅说完气呼呼地跨进老屋的门槛。

这天中午是乡镇小学的校长请小舅吃饭，我们刚回老屋不久，一个年轻小伙子骑着自行车来把小舅驮走了。四姨妈掌勺炒索粉给我们吃，牛眼叔依旧坐炉灶前添柴加火。东阳人说的索粉其实就是米粉。卷心菜切成细丝再加肉丝，放油锅里煸炒一下，索粉是浸泡在水里的，四姨妈用双手捞起放淘箩里，等水滗干，放入锅内翻炒。

一盘盘索粉端上八仙桌，门口闪现一个十岁左右的精瘦小女孩，她穿着颜色发白的花布裤，上身套件褴褛的布衫，袖口很短，裸露出细细的胳膊。她长得很标致，站在门口眉开眼笑忸怩作态。

牛眼叔对母亲说，我囡六谷，又虎着脸对六谷说，死鬼，怎么不叫人？这是五姑婆，这是小弟叔。

六谷朝我们分别作揖，嗲声嗲气地叫人。

四姨妈跑去厨房又端来一盘索粉，嘴里嘀咕一句：早饭都没吃过吧？把一盘索粉递给六谷。

六谷交叉双腿，两手合掌捏着，微微欠身说：这厢有礼了！

四姨妈笑着对母亲说，这小妖精，也不知道跟谁学的。六谷马上回了一句，这是从戏文里学来的。牛眼叔板着脸，手持筷子一直戳到六谷的额头上，呵斥道：死鬼，给你吃还这么多话！

大家默默地吃着索粉。牛眼叔说明天上蒋的村干部要请叔公去吃饭。四姨妈说上蒋很远的，怎么去啊？牛眼叔说还能怎么去，我用独轮车推他去呀。四姨妈说这次回乡已有好几个人请小舅吃饭了。牛眼叔说那没有办法，叔公在东阳的地界上面子大呀。

午饭后牛眼叔要送六谷回家，六谷一点不认生，跑过来拉住我的手臂左右晃动说：叔，去我家玩吧。

穿过小街，拐几个弯就到了牛眼叔的家。一座泥土墙的茅草屋，门帘是用破棉被做成的，掀起门帘，是半身高的木板门，六谷几乎是跳进屋内的，因为兴奋过度用力过猛，她的瘦小身子几乎直接跌倒在泥地上。她在地上打了个滚，迅疾站起来，姿态极其灵活，用一双恐惧的眼光定定地看着她爸。

牛眼叔的家委实让我惊呆了，四周全是泥土墙，屋内空空荡荡，真可以用家徒四壁来形容，除了一个发白的旧木柜和许久不用的灶头，麦秆从中间围成两个空间，姑且算作是两个房间。有两张床，床上的被子棉絮裸露，凌乱不堪，房间里弥漫一股发霉的气息，我的呼吸顿时感觉困难起来。

我无法想象，假如小舅不回家乡，游手好闲的牛眼叔怎么来养活六谷，如何支撑这个破败的家。我像受了刺激一样逃离牛眼叔的家，牛眼叔要送我，我坚辞了。我能找到老屋，我对自己的方位感很有信心。

我疾步如飞，很快找到村口方向，在老屋门口，远远看到三个女孩在那里探头探脑地张望。一个胖胖的姑娘领头，十七八岁的模样，梳着两根大辫子，脸颊上两大瓣红红的紫斑，她身边是比她矮半头的小姑娘，再后面的那个女孩被挡住了。

四姨妈出来了，站在门口，躲藏在视线后面的女孩退后一步，转过身子，一双灵动的眼睛朝向我，我心里咯噔一下，时间仿佛在那一瞬间凝固了：是昨天见过的那个包着头巾挖甘蔗的女孩。后来我才知道她就是杏子。

女孩们随四姨妈拥入屋内，我若无其事地跟了进去，心里一阵扑通扑通地乱跳。我手足无措地先去厢房，空无一人，又径直拐去厨房，路过客厅，总感觉到背后有一双眼睛在盯着自己，像一束舞台上的追光，让我浑身发麻无处可逃。

母亲戴着老花镜，坐在灶台旁翻阅一本杂志，见了我好奇地问：么么快就回来了？我嗯了一声，说他家怎么那么穷啊？母亲问，你是说六谷家吗？东阳这地方农村人大部分都穷，而且重男轻女，要不当年我们姐妹几个就不会先后都离家出走了，二姨妈也不会逃婚逃到了上海。我们几个姐妹中三姨妈除外，她长得最漂亮，嫁到邻村的富庶人家，土改中老公被划成地主成分，结果一生都抬不起头来。

三姨妈我不久前见过，个高肤白，一看便知年轻时是个美人坯子。半年前为了二姨妈的遗产分配，小舅把她从东阳接去，请到上海的家中住了个把月，每天好酒好菜地伺候。后来的家庭会议上，三姨妈不遗余力地为小舅说话……

母亲关于家族史的往事尚未讲完，屋外突然一阵喧哗，是小舅回来了。原来他与这些女孩约好下午帮她们拍照的。

我与母亲走到厨房门口，只见小舅脸腮和眼睛红红的，眼神矍铄，肩上挎了一架棕色皮壳的德国康泰司相机，手持木梳在精心打理菲律宾博士头。那几个女孩围在他身边，欢呼雀跃。小舅把木梳塞到四姨妈的怀里，手臂高高举起，像一个将军似的发出指令：出发！

姑娘们簇拥着小舅往外走，胖姑娘看见我，热情地上来一把拉住我说：一起去吧！

小舅回转身来沉吟道，对哦，小弟也可以一起去。我正犹豫着，母亲从身后推我一把，我矜持地跨出厨房的门槛，其实内心是十分乐意的。

下午的阳光明媚和煦，山坡像被涂了一层金色的涂料。树林里小舅健步如飞，东张西望，在宁谧的风景里寻找风景。小舅在一块凸出的岩石旁伫立，他拍了拍岩石，让杏子坐在上面，用手势示意杏子侧过身子，于是阳光斜斜地照射在杏子的脸上，一幅图画油然浮现在众人的视野里。

杏子长着一张标致的脸蛋，尖下巴，皮肤很白，一点不像每天要干农活的村姑。她个子不高，斜倚的身材却格外匀称。笑起来自带一种狐媚，害羞的样子尤为动人。数年后上大学期间，我读到徐志摩的诗句，"最是那一低头的温柔，像一朵水莲花不胜凉风的娇羞"，那似乎就是为杏子而写的。

随着相机咔嚓一声，杏子笑微微站起，站在我边上的胖姑娘一阵兴奋，大辫子甩呀甩，一直拂到我的脸上。她还没来得及有所动作，她的妹妹已噌一下窜出去，一屁股坐在那块岩石上，尚未发育好的身子扭捏着，傻笑着让小舅给她照相。

上山的路上，叮咚的泉水哗哗流淌，胖姑娘走在我的旁边，她的话真多，喋喋不休地与我搭讪，她说她叫梅花，边上是她的妹妹菊花，那个模样标致的姑娘是同村的杏子。我承认我有点坏心思，有意无意从梅花嘴里套话，打听的全是杏子的情况。杏子早年丧母，哥哥在县城打工，杏子与父亲在家务农，兼带经营甘蔗店。我跟梅花交谈的时候，与小舅走在前面的杏子不时回过头来，她的目光一旦与我对视，眼帘迅疾下垂，温柔地低下头，脸上浮现一团红晕。

小舅给梅花拍照的间歇，杏子与我靠得很近。我对杏子说你很上照，拍照时你就像一个电影明星。杏子听闻我的话，害羞地低下头，她笑起来的表情妩媚极了。其实，那时候的我是很腼腆很矜持的，我也不知道当时哪里来的勇气让自己如此口无遮拦，说出这般肉麻的话。我只是觉得，无来由地，杏子给我一种莫名的熟悉感。

小舅的一卷胶卷拍完了，换胶卷的时候他把相机放在一块岩石上，让杏子用外套遮住相机，小舅的双手在里面不停鼓捣，他一个劲地告诫杏子捂牢衣服遮住光线。不一会儿，小舅换好了胶卷。他在相机上摆弄几下，说可以了，又开始潇洒地东张西望，寻找拍摄的角度和位置。

我们来到一片桃树林，树叶零落翻飞，地上长满紫色的花朵，调皮的菊花俯身采撷了一朵跑过来，在我面前摇晃说，知道这是什么花吗？我这个城里人一下被考住了，眼光不由得扫向杏子求助，杏子马上替我回答：这是勿忘我。菊花不乐意了，手持花朵在杏子的脸庞上胡乱挥打，叫你帮他叫你帮他！杏子红着脸用手抵挡，左右躲闪，梅花上去拉住妹妹，三个女孩扭成一团。

小舅走过来，拉着杏子让她倚靠在一棵矮矮的桃树边，杏子把外套交给梅花，身体侧立在桃树边，一只手搁放在树干上，捋起袖管，露出一块锃亮的手表，我的视力特别好，那分明是一块上海牌的手表。杏子还未摆好姿态，只听到小舅的相机啪啪地一阵响。小舅的抓拍能力确实了得，杏子的神态生动，那一个个瞬间，都在小舅即兴的灵感里得到完美地呈现。

夕阳西下，我们一干人从山上回到村庄，炊烟在旷野上袅袅升腾，小街上的店铺都打烊了，长长的石板路上阒无一人。

临分手前，梅花突然拉住我的手臂说，晚上我们去上蒋看电影，一起去吧？我支支吾吾地说，上蒋在哪里？很远吗？梅花说不远的，出村爬两个山坡就是上蒋，不会超过一个小时。说好了，六点半我们在村口等你。

我点点头，朝杏子和菊花挥挥手，转身跟上大步流星往老屋走去的小舅。

那天晚上，乘小舅边喝酒边侃侃而谈之际，我偷偷溜出了老屋。事先我只跟母亲打了个招呼。

在村口我与三个姑娘会合了。梅花笑嘻嘻上来与我打招呼，她的东阳普通话让人啼笑皆非，菊花从她姐后面忽地钻出来哈哈大笑，稍远一点的杏子在月光下亭亭玉立，一脸文静地含着笑，怀里揣着一捆报纸裹着的什物。夜幕下我们健步如飞，梅花两个大辫子左右晃动，甩得像拨浪鼓。

到了上蒋的打谷场，电影已经开始放映，党卫军上校冯·第特律斯已经到达萨拉热窝，他与下属军官漫步在城堡上，俯瞰远处鳞次栉比的屋顶说道：我记得一位波斯尼亚诗人曾经说过，愿上帝保佑追击者，同时也保佑被追击者！下属军官马上说：长官，我喜欢追击人，而不喜欢被追击。第特律斯潇洒地挥挥手。这时候，梅花朝我手里塞了一根削皮的甘蔗，是杏子带来的。我们一边吃着甘蔗，一边观赏身材健硕的瓦尔特率领游击队员怎样保卫萨拉热窝。甘蔗很甜，汁水饱满冰凉爽口，那甜味沿着咽喉食道慢慢下滑流淌，滋润我的心田。

随着第特律斯沮丧地指着萨拉热窝全景说这座城市它就是瓦尔特，打谷场上的村民们全都骚动起来，纷纷往四周离散。往回走的路上，我好不容易摆脱梅花的纠缠，与杏子并排而行，侧头斜视，杏子的脸庞轮廓清晰，胸脯骄傲地隆起。我觉得自己的脸有点微微发烫。

甘蔗真甜！也许是没话找话，我突然说。

杏子的眼睛在暗夜里发光，真的吗？你喜欢吃？

我说我好喜欢。实际上，我也没有那么喜欢，那时候随口一说，有点像小和尚念经有口无心。甘蔗为什么要埋在土里呢？我接着问出了心里的疑团。

东阳这一带都有冬天往地里埋甘蔗的习俗，这样可以保持甘蔗的水分和鲜度。杏子耐心地给我科普。你要喜欢，我明天给你送，都是自己家种的东西，农村人其他没有，不比你们城里人。

你这个农村人都有上海牌手表！我贸贸然脱口而出。

那是我让你舅舅从上海带的。杏子说。不过……不过，后来我要给他钱，他死活不肯要。

啊？真的？我惊呼起来，不知道自己为何如此失态，仿佛知道了一个天大的秘密。那时候一块上海牌手表价格不菲，便宜的也要上百元。

杏子转过身来，用一只手捂住了我的嘴，她像一只惊慌的小鹿，看看走在前面的两姐妹，另一只手的手指杵在小嘴边：嘘——保密！

我连连点头，很倾心杏子能够对我毫无保留坦诚相见，我也很乐意成为杏子的同盟军。

夜路漫漫，走着走着我与杏子落在后面。梅花和菊花伫立在前面等待。见我们慢慢走近，梅花上来拉住我的手臂，不乐意地说，快走呀，你们走得也太慢了！

城里人，不习惯走夜路。杏子微笑着，似乎在为我打圆场。

我看看旁边的杏子，感觉到我们的目光在夜色中互相寻觅，有一种无言的默契。

回到老屋，母亲和小舅都睡了，四姨妈还在收拾屋子，她微笑着看着我，眼神很怪异。她嘴唇嗫嚅着，仿佛要说什么，终究什么也没有说。

翌日早晨起来，我看到客厅的八仙桌上堆着一摞甘蔗，全削皮斩断，整整齐齐地摆放着，甘蔗的色泽白里透着嫩黄。四姨妈走过来对小舅说，不知道谁拿来孝敬你的，一早就放在了门口。

小舅那会儿正准备出门，他用木梳梳着头，说大家一起吃吧，东阳的甘蔗还是很甜的，算是这一带的土特产吧。

我没吭声，我大概能猜到是谁送来的。

这一天小舅出门后就没回来，中午和晚上都有人请他吃饭。小舅不在，伙食就比较简单，四姨妈又在准备炒素粉的备料。

小舅出门时，出工的村民纷纷与他打招呼，我很快在三三两两的人群中认出包着头巾的杏子，她扛着锄头朝田野走去，回眸看到屋内的我，调皮地朝我眨眨眼睛，一低头走了。

傍晚时分，门口一阵风似的出现菊花的身影，她告诉我晚上邻村又放电影，邀请我同去。我支支吾吾问她还有谁一起去，她说当然有姐姐和杏子。

我连忙点头，竭力掩饰心花怒放的情绪。

晚饭后，我偷偷溜出老屋，在村口见到菊花和杏子，没看见梅花，我问菊花她姐为什么不去，菊花说姐姐一个人在家里哭呢，不知道为啥。不管她，我们去看电影！菊花说着奔跑在崎岖的山路上。

这天晚上放映的电影是《春苗》，讲的是一个赤脚医生的故事，我根本没有心思观看，一直凑过脑袋去与杏子窃窃私语。梅花不在，我显得有些放肆，趁菊花津津有味地看着电影，我们相谈甚欢。交谈中我了解到杏子是厦程里读书成绩最好的，但她没读完中学就帮父亲打理农活了。她居然读了很多书，《艳阳天》《红旗谱》《上海的早晨》等，对十里洋场的认识全是从《上海的早晨》这本书里获得的。杏子说她向往上海，几次做梦梦到上海，大轮船，高楼大厦，只要能去一次上海，就是死了也愿意。这次轮到我捂住杏子的嘴了，我说你去呀去呀，你去上海我可以带你玩，老城隍庙，黄浦江，大自鸣钟，等等等等，我不负责任地拼命开着空头支票，那会儿我尽情发挥，完全忘记了再过些时日，我就要离开上海了。

杏子连连摇头，悲伤地直直地盯视着前方的银幕，一颗泪珠从她的脸颊滚落下来。然后她低下头，沉默不语，她的神情就像霜打的残红。

我的心好痛，手情不自禁地伸过去，紧紧揽住杏子的肩膀，这是我平生第一次像个骑士般拥住一个女孩。中学期间，有过我喜欢也喜欢我的女生，但仅仅就是朦朦胧胧的喜欢，连手都没有拉过。

杏子抬起头，用泪汪汪的眼睛望着我，我很自然地凑上去吻了杏子。这一切仿佛从天而降，没有任何人教过我。杏子的嘴唇紧闭，我品尝到了一股甜甜的、带着田野芳香的滋味。

突然杏子推开我，拉了拉衣服，坐直了身体。我斜眼张望了一下旁边的菊花，小姑娘神情专注地盯着银幕，呵呵傻笑着。

从邻村回家的途中，杏子一直显得很忧郁。后来菊花说要尿尿，她很快钻进田野，消失在黑暗中。我在月光下坚决地捧起杏子的脸庞，她的脸沉浸在幸福之中，可双眼却挂着泪花，我又一次吻了她，一个长长的吻，时间在那一刻仿佛凝固了。

杏花突然推开我，田野中菊花像个幽灵一般闪闪烁烁出现了。我与杏子迅速分开，月光无边无际地漫过来包围着我们。

回到老屋，昏黄的灯光下，四姨妈坐在八仙桌边做针线活，好像就在等待我的归来。我刚想溜进厢房，被四姨妈叫住了：

小弟，你去哪里了？

我看电影去了。我小心翼翼地回答。

你人生地不熟的，夜里黑灯瞎火的，要出点意外如何是好啊？四姨妈语重心长地说。

不会的，我已经成人了，又不是小孩。我的语气有点生硬。

长辈是关心你，母亲出现在厢房门口，农村的治安不比城里。

母亲这一帮腔，刺激了我的逆反心理，我说你们瞎操心，我又不是一个人去的。

你跟村里那些女孩子厮混也不好，四姨妈笑得很暧昧，你小舅在东阳地界上是有头有脸的人，万一出点什么事情，他的脸面往哪里搁啊？

我的脸唰一下红了，一股无名火油然而生，我尽量克制自己的情绪说：能出什么事？四姨妈！你这话说得真是的，我做什么了？怎么给小舅丢脸了？

我如此直接地顶撞四姨妈已经不是第一次了。半年前，在二姨妈遗产分配的家庭会议上，当她与小舅一起指责我不愿意给二姨妈做干儿子的时候，我被激怒了。二姨妈一生节俭，却留下几套平房，还有数量可观的红木家具及瓷器。本来是小舅与四姨妈的矛盾最尖锐，四姨妈嫌自己口才不好，叫来大女婿参加谈判。四姨妈的女婿是律师出身，思路清晰逻辑性强。小舅请来的"救兵"三姨妈没什么文化，她戴着绒线帽，操着缓慢的东阳话，完全站在小舅的立场说话，所有的理由都建立在"传男不传女"的乡俗上。四姨妈的女婿马上针锋相对地指出，二姨妈的遗产不是隔代相传的祖业，更何况，如今已是新社会，"传男不传女"的观念也不合时宜。老迈的三姨妈被四姨妈的女婿一抢白，眼睛八磴八磴地眨巴着，一句话也说不出口。

戏剧性的一幕出现了，三姨妈原本以为也可分一份二姨妈的财产，结果小舅以三姨妈成分不好为由，拒绝了她的要求。三姨妈象征性地得到了一些二姨妈的衣物。我看到三姨妈起身离去的时候老泪纵横，她没想到上海之行是这样一个结果。

三姨妈的问题解决后，小舅与四姨妈抛弃前嫌，开始联手打压母亲，他们寻找的突破点就在我身上。四姨妈一字一句说得非常清晰：

你看小弟，你要给二姐当儿子，我们今天就用不着在这里吵来吵去了，所有的遗产都属于你的了。

听闻四姨妈的话，我一下崩溃了，我冲着四姨妈怒吼：

我为什么一定要给二姨妈当儿子？我难道没有选择的自由吗？

后来，我冲出屋去，仰头朝天，面对万籁俱寂的星空号啕大哭。那时候只听见小舅在后面说：让他哭让他哭，这样他的愧疚会少一点……

小舅睡意蒙眬着眼睛出来了。他穿着短裤背心，说你们在说什么呢，还不睡觉啊？然后他一副息事宁人的表情对四姨妈说，四姐，你不要操心了，小弟的事情由五姐管，我们就不要管了。睡吧睡吧。

四姨妈收起针线活说，我也是好心，又不是我的子女，我操什么心啊。

那天晚上我心烦意乱，翻来覆去难以入睡，脑子里全是杏子梨花带雨的模样，天蒙蒙亮，我好不容易才依稀睡去。

这一睡自然到第二天中午，睁开眼环顾房间四周，母亲不在，我慵懒地起床，洗脸刷牙间，听到厨房里传来喧哗声。我走过去，母亲和四姨妈在灶头忙碌，牛眼叔依旧在烧火。

母亲看到我问道，小弟饿了么？我摇摇头。返身离开厨房的时候，我瞥见灶头边的垃圾桶里，有一堆削皮的甘蔗。

好好的甘蔗，为什么要扔垃圾桶呀？我大声说。

戴着袖套的四姨妈手持一把炒菜铲子走过来说，这是昨天的甘蔗，看你们都不吃我就扔了。今天又有人送来新鲜的。说着她从水缸木盖上拿过一个淘箩递给我，淘箩里装满了甘蔗。

浪费是最大的犯罪！知不知道？我没伸手去接淘箩，生硬地撂下一句便离开了厨房。

午饭四姨妈做了三菜一汤，小舅提了锡壶要给母亲倒酒，母亲说她嗓子痛就不喝了，小舅给自己的酒杯斟满，又给牛眼叔斟酒。我的面前没放酒杯，小舅举着锡壶笑嘻嘻地问，小弟不喝吗？我摇摇头，小舅没再说程家的后代哪能不喝酒之类的话。我匆匆扒拉完一碗米饭，就离席回房了。

午饭后，小舅走进屋来打开衣柜寻找衣服，他下午可能又有应酬，刚准备换上，客厅传来吵闹声，一个妇人哇啦哇啦快速地说着，小舅穿着短裤冲了出去，我看到客厅里大舅的孙媳妇在和四姨妈大声嚷嚷着，她的脸涨得通红，唾沫四溅，因为语速太快，声音在屋梁四周回旋，完全听不清语义。

母亲站在四姨妈的身边，耐心劝阻着大舅的孙媳妇。那妇人随后一把拉起母亲的手臂说，你是五姑婆吧？你评评理，我们还是不是亲戚啊？他宁可把房子租给外人也不租给我，这是一个长辈该做的事情吗？

奇怪伐，我为什么一定要租给你？是小舅的声音。我想租给谁难道还要征得你的同意吗？莫名其妙！

那妇人即刻又爆炸了，嗓门变得异常嘹亮，有你这样的长辈吗？你跟那家人是什么关系啊？你要跟他们做亲戚啊？

不知道为什么，那时候我突然想起杏子拍照时手腕上露出的那块上海牌手表。

你再胡说八道，我就对你不客气！穿着短裤的小舅拿起了一把竹尺，在八仙桌上敲得噼啪响。

你打呀你打呀，妇人凶猛地冲向小舅，母亲和四姨妈两个人拼命拦住她，四姨妈的脚下踉跄了一下，小舅赶紧放下手中的竹尺，一把扶住了四姨妈。姐弟三个簇拥在一起，那画面异常融洽暖心，面对外部势力时他们是那么团结，让人绝对不会想到他们曾经因为二姨妈的遗产而争得面红耳赤。家庭会上所有难听的话此刻都烟消云散了。

后来牛眼叔出现了，他嘴里嘟嘟哝哝，凭借魁梧的身材，将大舅的孙媳妇和气地劝走。

傍晚时分，菊花活蹦乱跳地来找我，她完全不知道白天发生的事情，站在门口大声邀请我去看电影。

四姨妈挡在门口,不让菊花进屋,她对菊花说我家小弟晚上不能去看电影,他马上要回上海了。母亲也走到客厅说,对对,我们小弟今天不去了。菊花应该是很失落地走了。

我一个人坐在房间里,外面的对话全部钻进耳朵,心里备受煎熬,我真的无比思念杏子,脑子里全是她会说话的眼睛、活泼生动的姿态和悲戚忧伤的神情。

这期间四姨妈做了一件让我匪夷所思的事情,她瞒着大家特意跑去位于山坳里的杏子家,让杏子的父亲好好管住女儿,不要再往老屋送甘蔗了。杏子的父亲因为租着小舅的街面房,对四姨妈的要求自然是满口应承。

四姨妈为了维护她的兄弟真是煞费苦心不遗余力。可我当时不明白她为什么要这样做。我从母亲嘴里知道这件事后,再也没有主动与四姨妈说过话,冷战一直持续到我与母亲离开东阳的那一天。

一天早晨,我起床后一直被一种心神不定的情绪所笼罩,忽然我意识到了什么,跨出门槛,于是,我看到老屋前面的菜地里两个在挖甘蔗的身影。我实在抑制不住内心的冲动,一步步朝菜地靠拢挪近。包着头巾的杏子发现了我的莽撞,拼命朝我摆手。我没有停下脚步,杏子大概意识到无法阻止我的前行,她站起身来,躲到父亲的身后。杏子的父亲,一个满脸皱纹的村民,终于察觉到了异样,他看看我,又看看杏子,抱起一捆甘蔗往杏子怀里一塞,提了锄头,强拉着杏子的手臂朝村里走。走出十几米外,杏子回头望了我一眼。这是我最后一次看到杏子。

接下来的日子流水般庸常,我整日无所事事,在思念中度日如年。那天小舅不在,坐上八仙桌,面对一大盆索粉我毫无食欲,再好吃的东西中午吃晚上吃你都会腻。

母亲见我不动筷子,就关切地说:小弟早饭也没吃,快吃吧!

每天吃这个,受不了。我说。

四姨妈微微一笑,说:索粉在东阳是用来招待客人的。

我又不是你们东阳人!我没好声气地回了一句。

受到顶撞的四姨妈拉着个苦瓜脸，尴尬地看着母亲。

我不想让矛盾激化，也不想让母亲为难，于是突然站起来离席而去。

冷战一直持续着，终于有一天，母亲对我说，我们回上海吧！我连连点头，转过身去，生怕母亲看到我沮丧失意的样子。

临走前的一天，我写了一张字条，在村口拦住正与几个小孩玩耍的菊花，请她无论如何将字条带给杏子。我已经好几天没看见杏子，就想最后再看一眼杏子。你告诉杏子，我明天就要走了，我反复叮嘱菊花。菊花点点头，接过字条，活蹦乱跳地消失在我的视线里。

这天晚上，我在村口足足等了一个小时，杏子没有来。开始是焦急、忐忑，渐渐地，心情像一盆炭火冷却下来。夜风拂面阵阵寒意，我感到身体在微微颤抖。不知道菊花有没有把信送到，我热切期望见到杏子，杏子却没有出现。我不认识杏子的家，不然以我当时的心境是会找上门去的。

清晨，牛眼叔送我们去县城。我坐在独轮车上，感觉自己是被押解回上海的囚犯，天际线愈来愈近，心里有一口井，往下沉往下沉，一直沉到深不可测的井底。极目望去，无边的田野，望不到边的荒芜和寂寥。我幼年丧父，在大城市里出生长大，母亲说要带我来她的故乡，我是多么的欣喜和兴奋，遇到杏子，生命第一次感到被激活被打开，第一次体验到异性相吸的美好，不承想是这么一个结局！短短几天的乡间生活，像一阵风吹过田野，像一个梦，还没到结尾，梦就醒了。

到了东阳县城车站，因为我没吃早餐，母亲去旁边的小店铺给我买点心。母亲先把一个沙琪玛递给我，说好像不是上海生产的，你尝尝，也许不错。我接过沙琪玛，母亲又递给我一个纸袋，我打开一看，纸袋里是切成块状的一段段乳白色的甘蔗，我像被电击一样，用一种惊诧的目光盯着母亲。母亲的目光很慈祥，但也很无奈和空洞。

火车隆隆压过铁轨，我一语不发地坐在车窗前，田野急速朝后驶去，所有的景象都幻若梦境，所有的一切都那么的不真实。那袋甘蔗一直静静地躺在车厢的餐桌上，我的眼光几次触碰到它又迅速移向别处，好像那是一颗定时炸弹，一旦引爆乳白色的甘蔗片就会在车厢内到处奔跑起舞，苦涩的汁水如雨滴般翩翩洒落。

很多年以后,我的母亲年事已高,她因为心脏不好,在医院做搭桥手术。手术后的一天,阳光照进窗棂,母亲午睡后醒来,看见我坐在病榻前,她伸出瘦骨嶙峋的手拉着我对我说,有一件事情一直没有告诉你,我怕再不说就没有机会说了。你还记得东阳老家的杏子吗?

我点点头。

当年你去了大丰后她来上海找过你,来过我们家。她是跟着三姨妈的儿子到上海的。当时你在大丰农场,我没有让她去找你。

母亲突然咳嗽起来,她拍着胸脯,脸色涨得紫红,我赶紧起身倒了一杯温开水递给她。

母亲吞下一口水,清了清嗓子,又继续说道:你们的父亲去世早,我一个人抚养几个子女长大,没觉得亏欠你们什么,但这件事情一直是我的一块心病。

母亲接着说,每个人都有自己的命,杏子长相俊俏,在东阳那个小地方就算美人了,但很不走运。杏子的婆家是三姨妈的儿子牵线找来的,那时候杏子的父亲得了重病,为了得到一份厚重的彩礼给父亲治病,杏子才答应这门婚事的。杏子婚后生了一个残疾孩子。那姑娘是不是很苦命?这些都是三姨妈的儿子告诉我的。

三姨妈的儿子我见过,这位表哥的外号叫"天公神仙",东阳话的意思就是无所不晓的乡间能人。

母亲又喝了一口水,双手捧着玻璃杯,望着我说:我知道我的几个子女都对小舅有看法。金无足赤人无完人。但他毕竟是我的弟弟。

其时小舅已去世,前列腺癌,晚年即便得了病,都离不开黄酒,他不听医嘱,中午晚上忍不住还是要喝半斤酒,吃一餐饭要上好几次厕所。

当初小舅听说杏子要嫁人,他很生气,把东阳的门面房收回来,租给大舅的孙媳妇了。母亲继续说。

小舅不是与大舅家不和吗?我问。

是呀,可大舅一族一直在闹,后来闹到整个东阳地界沸沸扬扬的,你舅妈在上海也知道了这件事情,为此还专门去了一趟东阳。

那杏子结婚小舅为啥要生气呢?我问。

具体的我也说不清楚,你四姨妈可能知道得多一点。杏子结婚的时候想让你小舅当证婚人,小舅人在东阳,东躲西藏,死活不露面。

母亲强撑起身体,伸出枯瘦如柴的手,指着白茶几前面的一个旅行包说:

哦,对了,你帮我找一下,旅行包的里袋有一个信封。

我打开旅行包,抽出一个褪色的牛皮纸信封,信封上印着新疆建设兵团的字样,那是大哥戍边工作一辈子的地方。

你把它打开。母亲说。

我打开信封,从里面抽出一张黑白照片,明信片大小的尺寸,照片上杏子神情妩媚地倚靠树身,臂腕自然松垮地搭在树干上,手腕戴着一块上海牌手表。

我久久凝视着照片上微笑的杏子,时光飞快穿越回几十年前的乡间。影像模糊晃动,依稀浮现那一低头的温柔。翻过照片,只见背面歪歪扭扭地写着一行字:

厦程里的山上,到处长着勿忘我的紫色花草——杏子

病房里静如止水,午后的阳光温煦地映射在白色的墙上。

好了,说出来我心里就舒坦了。一开始是不想告诉你,日子久了,就开不了口了。母亲轻轻嘘出一口长气,神情显得有些疲惫,她眯上眼睛,轻声说:

你也快四十了,不要光忙事业,也该成个家了。

母亲想说的重点原来在此,我恍然大悟。我抚摸着母亲冰凉而枯瘦的手,宽慰她说,会的会的,会成家的。谢谢母亲告诉我这一切。

进入新世纪不久后的某个仲夏,人到中年的我,因为参加一个采风活动莅临东阳,当地报社接待了我们。报社副刊部的一位女主任带我们去火腿

厂考察，一片片猩红的猪匹悬挂着，在阳光下像一面面旗帜。之后我们又去了木雕厂，最后驱车参观东阳的市容，沿一条正在整修的柏油路返回报社。我坐在大巴上，一次次眺望远方迷蒙的山峦，无来由地被一种近乡情怯的情绪所笼罩。山那边是怎样的一番景象？现在东阳人都变富了，粗粗估算一下，那个包着方格头巾的姑娘已是中年人了，要在乡间的小路上迎面相遇，我还能认出她吗？一股悲伤无来由地涌上心头。

汽车缓缓行驶的某个瞬间，我的脑际突然回响起拉威尔《波莱罗舞曲》的旋律，这首乐曲是大学期间一位法国留学生向我推荐的。它的旋律很特别，非常简洁和恒定，通过一次次的变奏和配器变化来呈现主题，像一条条小河，从四面八方汇聚而来，节奏缓慢地坚定地朝向一个目标。很奇怪的是，那么多年过去，每当我陷入冥想的时候，这首乐曲就会自动跳出来。

午餐在报社的餐厅包间，一张大圆桌上摆满了丰盛的菜肴。我们走进去，落座后我忽然轻声对旁边的女主任说：能不能让厨房炒一盘索粉？

女主任很惊讶，说老师怎么知道我们东阳的特产"索粉"的？我说我母亲是你们东阳人，前年她去世了，享年九十四岁。

一大盘索粉端上来了，堆成一座小山，里面放了很多切片的红肠和卷心菜叶，索粉全是断开的，每根都一寸来长，一筷上去索粉就散开纷纷掉落，让人联想到"大珠小珠落玉盘"的诗句。

女主任见我放下筷子，连忙问老师你不喜欢吗？炒得不好再来一份。我说不用不用，非常好。

我情不自禁地陷入了沉思。那圆圆的切片红肠，怎么看都像是初吻。

（原载《长江文艺》2022年第8期）

作者简介：

程永新，出生于上海，职业编辑，业余作家。高级编审，现任《收获》主编。责编的贾平凹的长篇小说《秦腔》、苏童的《黄雀记》、李洱的《应物兄》获得茅盾文学奖，负责组稿责编的长篇小说和中短篇小说屡次获得国内外各种文学奖殊荣。荣获第四届中国出版政府奖优秀编辑奖。著有长篇小说《穿旗袍的姨妈》和《气味》，中短篇小说集《到处都在下雪》和《若只初见》，散文集《八三年出发》以及中国第一部"个人文学史"《一个人的文学史》，话剧作品有《通往太阳之路》、《我们这些人啊》（与人合作），主编编选了《中国新潮小说选》，担任大型电视纪录片《上海建筑百年》的总策划、总撰稿。

雾中河

李 晁

哭喊声穿透雾气,往拱桥下游移动,抵达河水转弯的铁路桥时,变成了哀号。前方没了路,高耸的山崖收走了河岸线。女人瘫软下来,身后的几只手没有赶上女人,女人一把坐到露水浓重的草甸上,屁股落地,双手就拍打起来。哭号声在河谷里持续回荡,一个中年男人在土路上高喊,快叫船,去下游。

船在码头,码头在河的对岸,一艘趸船旁系着一排白色快艇和黑色皮划艇。太阳还没有升起,河面的雾气将对岸的趸船遮掩了大半。

趸船有人看守,一个叫朱伍的老头住在船里,通往趸船的跳板前竖着一道铁栅栏,栅栏门上着锁,人喊起来,老头惊醒,窗帘一撩,才看到一堆惊慌失措的人架着一个穿深色圆领衫的女人,女人偻着身子,一只脚悬空,有熟人喊,老五哥老五哥,快救人。

老头明白了,猛然翻身,去开门。

一行人挤上趸船,趸船似乎也往河里沉了沉。女人又哭喊起来,声音已经沙哑,有气无力了,我是造了什么孽哟……是旁人招呼起来的,老五哥,快开船，去下游捞人。

老头脸一沉，我不会开船，哪个会？

人群里又嚷起来，哪个会开船？

两个青年没吭声，沿着趸船船沿跳进一只带硬底的能容纳七八人的皮划艇里，皮划艇挂着船外机，青年试了一下，船响起来，另一个解开缆绳，喊一声，再来几个。三个中年人跳进船里，还有人想出把力被老五拦下，够了，不要挤了。皮划艇很快搅起一片水纹，划出一道弧线，离开了趸船。

老五冲一船人喊，小心点。跟着才对周围人讲，又是哪家小孩？要收钱的，家属去跟船老大谈。

人群里有人说了两句，这时候还谈钱，鬼迷了心窍。老五也不理，对瘫在趸船头的女人说，进去坐，许是人冲到下游，走不上来了，这种事也是有的，到下游只有水路嘛。这话倒有几分安慰的力量，女人死灰般的眼神又燃起一点星火，无动于衷的是周围人，谁都晓得，这概率实在太低。

男孩是夜里下水的，有人目睹，哪想整夜未归，女人大早起来发现，一问人，就往河边赶了。这是旁人讲的，老五听了没有吱声。

阳光开始驱散山间的薄雾，照在河面上，虽是朝阳，也有几分灼人。趸船上挂着几套潜水用的防寒服，面镜也一排排吊在趸船尾，很是醒目。这是马老板口中的雾水打捞队，专替人捞尸寻物，也只有老五知道，潜水队另有活路，专乘夜色去大坝下的深潭捞鱼，都是些大鱼，七八十斤一条不算大，百来斤的有的是，运到省城和外省就能卖出大价。马老板寻朱伍来守船也是有讲究的，老五是他女人的本家叔叔，前年才过了老伴，剩他一个，就被请来守船了。

因了这秘密，这里平日不让闲人进，这次一下拥进这么多人，马老板要是听说，再是亲戚，老五也很难交代。偏偏有人问东问西，那些新来的潜水员呢，白天都哪里去了，跟两个去才好呢。

老五说，我不晓得，我是守船的，你去问马老板吧。老五只叫那人马老板，外人也觉得好笑，问，马老板不是你侄女婿？

老五哼一声，什么侄女婿，那是我能叫的？

有人听懂了，说也是，人家那么大老板。还有人手欠，潜水服挨个摸遍，里外看看，甚至有人把面镜一把戴在头上，挤眉弄眼的，老五简直骂不过来，制止了这个又忽视了那个。老五一生气，就开始撵人，只留了女人的两个亲属，其余人都被老五轰下船去了。

太阳逐渐升高，升到人的头顶，老五才听见船响，皮划艇劈开深蓝的河水，泛出一抹白，打河水拐弯处驶来。老五站在趸船头眺望，女人听说船来了，又哭着从舱里出来，岸边还蹲着几个凑热闹的人，像一群乌鸦围着，大伙的目光都开始朝皮划艇聚拢。

皮划艇减速向趸船缓缓靠近，艇上仍只有那几个人，一个年纪大的摇摇头，冲趸船上的女人说，找到楠木渡去了，没有，已经告诉码头上的人，你不要急。几个人脸上都晒出油来，一一上了趸船，都带着失望和怀疑的神色，岸边几个人见船里空空如也，抱怨几句也就散了。女人被人劝着走上码头，留下一个亲戚慢一步对老五讲，要收多少钱，回头给你送来，她是桥头陈老四家的，邮局旁边开商店，她男人在外跑运输，你晓得吧？老五并不清楚，但也点点头，先去报案吧，再找找。

人走尽后，码头恢复平静，连河水都跟着静默。这河其实叫江，但雾水居民都管它叫河，并不因它在地图上的江名与流域而高看一眼，说到底，它是汇入长江的，在大家眼里，只有长江才配叫江。河的上游有座水电站，六十年代开始修建，镇子因此繁荣。河虽叫河，但雾水人称河两岸作江南江北，镇子的核心在江南，就是码头对面那片徐缓地带。

时间不早了，老五等着人来交班，船队的人不定什么时候来，来了老五就可以回家了，等夜里再过来。

今天来的人晚，老五也没有不耐烦，小孩的事让他还没有回过神。这河每年都收人。老五唯一的儿子二十年前就这样去了，找到已是下游老远的位置，一个叫老鹰岩的地方，那时哪有快艇这种东西，是老五和上头四个哥哥划木船去下游捞的。老五想到这，心里还空落落的，烟头丢了一地。

哟，五哥，一个人抽闷烟啊。管船队的吴家老大过来，吴大和朱伍虽差了一把年纪，论起来矮一辈，但他管朱伍叫五哥。

老五清清嗓子说，上午有人来用船了，去了趟楠木渡，人家会把钱送来。

吴大没有在意，递一支烟给老五，一大早用什么船，散客？

老五摇摇头，去捞人的，没看到，就回来了。

又是哪个冲下去了？吴大见怪不怪，一口烟刚喷出来，河面一阵风起，将那烟全扑回吴大脸上，吴大连声咳嗽起来，骂一句说，给老子，阴魂不散，说都说不得。

跟来的人笑，说，神得很噢，老话说，宁可欺山，不可欺水，真是没错。

等风过了，老五才讲，说是桥头陈老四家的，只来了个婆娘，人又找不到，就回去了。

吴大惊讶，陈老四家儿？我晓得那娃娃，水性好得很，大坝放闸还去捞鱼，回回手不空，怎么会？

老五不说话，这话倒像是说给自己听的，论水性老五的儿子又何其厉害，虽小，过河却只靠一双手脚，麻溜得很，像书里讲的"浪里白条"，还不是遭了道！

吴大隐隐想起老五的心事，就不再讲了，船队里的几个人更是漠不关心，在船舱里打起牌来。

老五走时对吴大说，记得收钱，说了会送来的。

吴大扭头，看着走上跳板的老五，说，五哥，这就不要你操心了，放心，不会收的。

老五步上码头，条石台阶与公路相连，公路边还建了一片停车场与观景平台。一家酒店沿着河岸建起来，临河一面一式的玻璃幕墙，像一排排盒子，老五看来简单得很，价格却贵得吓人。这是马老板的新产业，叫作民宿，名字也取得稀奇古怪，老五都念不齐整，对人讲过，不就是旅馆嘛。

老五的嘉陵停在观景平台上，阳光下浑身发烫，坐垫上挂了一夜的露水蒸发得只剩下斑点，卸了锁，老五还是跨上去，虚着屁股坐，一次只坐一边，车动起来，也就凉快了。

老五的家在江北盘山街顶上，就是码头后的山巅，之字形山路是210国道一段，两边挤挤挨挨建着饭馆旅店，从前最是热闹，来往车辆打尖住店，少不了在这里停留，而今两条高速穿越镇子，一条更架起特大桥，高达一百九十米，直接跃过了镇子，江北从此萧条起来。

老五从前也开饭馆，和媳妇一道经营，自己做厨师，因了这门前的路，过了几年扎实日子，后来国道上的车眼见着稀疏，尤其货车和班车，半天听不到响动，加上媳妇历来体弱，赶上一病，老五就关了店，去江南的胖妹酒楼打起了工，还是做厨师，做雾水特有的豆腐鱼。为这，自家侄女马老板的婆娘还讲过闲话，说叔叔去哪家不好，偏偏去胖妹家，也不和我们打个商量，我家老马脸往哪里搁？马老板也是做餐馆起家的，开着雾水第一大豆腐鱼馆，就在江南桥头，上风上水的第一家。虽这样，老五也没走这条门路，偏偏去了后起的对手家，也因为这，两家多年不再走动，直到老五年纪大了，腰杆挺不住，被扫地出门，才去马老板手下守起了趸船。

家里空得能发出回声，老五打开门板，让空气对流，自己坐到靠岩壁的后阳台上，看着阳光下闪烁的镇子和那条碧蓝到发乌的河流，河水没有表情，老五却有。就着泡菜和一碗凉拌折耳根刨完了炒饭，老五就锁了门，往后山去了。绕过山顶的江北中学，老五往沟子里走，那里有片自家的地。这一面背河，显得更热，田坎也硬邦邦的，老五走得歪歪扭扭，老五怀疑这是船上待久了的原因，身子抑制不住地想要晃一晃，用自家的晃来抵消河水的。老五摔了一跤，有预感似的，一脚踏空，滑到田坎壁下的旱地里，身子倒没摔着，地是半荒的，竖起一根根没人照料的玉米秆，地下是杂草，长的是苦蒿短的是野豌豆，有了草一垫，等于铺了床棉絮。

老五从地里爬起，哭笑不得，干脆骂一句，来看你娃，还整老子！这话是说给不远处的坟听的，一阵风过，飒飒又止，像是回应。老五看着山沟对岸绵延开去的群山，又得意起来，是个不错的地方，一览众山小嘛。

老五有一阵没来了，不是碰到今天这事，老五也不愿意来，来一趟，又能怎么样呢？老五与两坐坟一一对视，想起从前的一鳞半爪，婆娘的还记得清楚，儿子的就有些飘散了。

算了算了，又来这里做什么。老五觉得今天没个主儿了，想到哪里算哪里。陈家儿子的事，老五也不打算讲，没着没落的事，老五不想议论。看了看坟，到处都还好，也就回去了，仍走得一摇一摆的。

老五早早赶到码头，趸船上忙碌着，赶上周末，游客一拨拨从下游乘快艇上来，一时间热闹得很，老五倒不知所措了，像个外人。

是吴大看见说，五哥，来得早了点嘛，还没收工。

老五说，你忙你们的。

吴大问，吃过没有，等下跟我们一起？说完才闻到老五身上散过来的酒气。

老五摇摇头，你们去。

吴大问，家里来了客？整了不少酒嘛。

老五笑一声，来哪样客，我就是客。

吴大停一停，还是说，小子还没找到，下午来人包了艘艇去下游了，怕是要去构皮滩，现在都没消息。

老五像是专来听这信儿的，听了也不评价，只是点头。构皮滩是座新建水电站，才开始蓄水，从这里过去是唯一水路，没有支流，人不会跑到其他地方去。

老五借着酒力坐在趸船边，一直坐到夜里，河水的声音大起来，四周都暗了，只有镇子进出灯火，迤逦如山火，群山只剩下轮廓。

潜水队的人还没有来。

潜水队一共四个人，只有一个是雾水人，大名叫戚邦德的，大伙叫他老戚。老戚刚过四十，不算年轻，却爱打扮，不同花衬衫配短裤跑鞋，衬衣领口还插一架墨镜，油光粉面的，据说脑子更灵，从没有在水里讨过生活的他却替马老板觅得了这生意。

以前没人敢去大坝基坑捞鱼，想都不敢想，基坑是禁区，不准任何船只人员靠拢，毕竟头上是一百六十多米的大坝，是喀斯特地区第一座大型拱形重力坝，早年还有武警看守，可老戚七拐八拐攀上了电厂保卫科卢科长，两下一勾搭，就觅得了特权，只是船仍不能开进基坑，只能停在电厂油库下的回水湾里，人和设备要沿着碎石河岸摸进去。夜里操作风险不小，收鱼也麻烦，后来老戚干脆把船悄悄靠过去，竟也没事，一伙人就这么干起来。其余三个都是潜水员，从广东请来的，几个人组队做了半年，收获不小，也不定每天都出船，要等卢科长信号。老戚讲起来，牛皮烘烘的，说七八十斤往下的从来不摸，麻烦得很。

眼下正赶上出活的好季节，汛期里，大坝常放闸，大鱼被冲下不少。从库区里冲下来的鱼，除了昏迷的会浮走外，其他的都缩在基坑的深潭里，只有这里的水深，温度也较外头低，真正的大鱼是不会随流水轻轻易易跑出去的。老戚的梦想就是逮住一条两百斤往上的，库区里的鱼几百斤的多的是，兴许就会冲下一条两条。老戚一讲起，老五只能咂舌，这么大鱼都成了鱼神了。老五随口说一句，这种鱼怕是抓不得哟。老戚很不以为然，说，反正都是要死的，还不如做奉献。老五不好说什么，自己干了半辈子厨子，经手杀的鱼何止百千条，这时候出来打抱不平，只能被人笑话。再说，这可是马老板的生意，他才是幕后老板。

马老板也不常来船上，头几次起货，他赶在天亮前来看成色，果然意外，百来斤的就弄了四五条，有草鱼、翘嘴、青龙棒和花鲢，有条一百四十八斤重的青龙棒直接被马老板运到省城分店养起来，作为炫耀镇店。

不满归不满，船还得守。今晚老五意外睡得沉，是那半斤酒的效力，一个人喝，再少的量都觉得多，何况是半斤，加上年纪，酒力就翻倍了。潜水队来时已是凌晨两点，几个人窸窸窣窣做好准备，就往上游去了，老五也是起夜才发现系在趸船边的那艘大皮划艇不见了。

被吵醒时天刚蒙蒙亮，氧气铝瓶的撞击声，水下标枪拖拉在趸船上的刮擦声，一尾尾鱼摆动的砰砰声，让老五醒来。舱外的老戚更扯起嗓子唱，大太保亚赛过温侯貌，二太保生来韬略高，三太保上山擒虎豹，四太保下海能斩蛟——妈的，说的就是我们啊。老戚大笑，其他三个闷不作声，许是累了。老五没想到老戚还会这手，可见今天收获不小，捞了票大的，只是老五懒得起来看，码头上接应的人也到了，一趟趟把鱼搬上去，一个个搬得龇牙咧嘴的。人散后，趸船上还顽固地飘荡着一股浓重的鱼腥味，几套防寒服又吊在了晾衣绳上，水滴打在趸船边的铁皮上，滴答作响。

天色亮得慢，一点点晕染，光如同涟漪般徐徐荡过来，是远处的太阳掉进了夜色，引起震荡，可荡到这里就是强弩之末了，仿佛船靠了岸，不动了。等积蓄的光源真正撕开一角天幕时，才开始加速，口子越大，涌入的光也就越汹涌。

老五起身烧了壶水，从柜子里掏出一碗泡面，准备吃个早点的早餐，酒意散了，人就容易饿。

面还没泡好，老五晃过窗口发现一个人，一袭白色连衣裙在河面初升的雾气中若隐若现，女人站在码头的最远端，再往前，就是乱石滩了，不注意还以为见了鬼，可那确实是个女人。河边的风拍打着女人的裙摆，像一朵打上岸来的浪，女人不动，老五看了一会儿也就扭过头去，等待面在碗里慢慢变软。

码头上的民宿一营业，各种稀奇古怪的人就来到这里，老五见怪不怪。去年还见过一个来这里寻短见的，直接从观景平台上跳进河里，七八米的高度，没有一丝犹豫，笔直栽下来，幸亏码头做过深挖，炸了礁石，不然后果不堪设想。那也是个女人。老五没有下水，是吴大一个猛子扎下去把人捞起来的，捞起来了，女人也面无表情，没有道谢，更没有哭，好像只是下河洗了个澡一样稀松平常，甚至没留下一句话就往码头上去了。第二天才听说女人从公路桥上跳了下去，当场就砸死了。想到这，老五还觉得有些怕人，一个人怎么可以这样不在乎，还是个女人。

抽上一支烟，泡面也快好了，辛辣味丝丝缕缕从盖着的碗沿口飘出来，老五正打算下筷子，穿白裙的女人就飘过来了。通往趸船的栅栏门没有锁，是老戚他们忘了，女人径直穿过跳板，来到趸船上。老五左右不是，只好在舱里咳嗽一声，也不讲话。

女人听见老五的响动，便呀了一声，说，原来有人啊。也不敢贸然进舱里，只在趸船中空的穿廊左右看看，见到吊在绳子上的防寒服和蛙脚，女人才惊叹起来，噫，这里还有潜水项目。

老五很想先吃一口面，可女人丝毫没有走的意思，还在东瞧西看，老五就没忍住，脑袋探出门说，这里不搞参观的。

不参观？那你们牌子上写的是什么？女人很镇定，指了指头顶，趸船上确实架着一块广告牌，写着游览项目和收费标准。女人举起的指尖鲜红欲滴，再一看，每一只都一样，像落了几片浓艳的梅花。老五感觉不舒服，半天才憋出一句，现在不是时候，船队的人还没有来，现在不营业。

女人也不管，跟着一笑，你们这里大半夜还打鱼？全是大家伙，这河里有这么大的鱼么？女人说得慢条斯理，老五就知道碰到个难缠的，肯定起了大早，又或许整夜没睡，望到了老戚他们。

老戚也太不利索了，一次比一次起货晚，这么贪心，迟早要出事，老五预感不好，对女人也沉下脸来，走吧，要坐船，等他们来了再说。

女人说，我又不坐船，船有什么好坐的，无聊！又问，你们这里还有潜水项目，很高端嘛，要玩就玩这个。女人的问题简直越来越多，老五有些接不上话，走吧，这里没有你说的项目，都是打捞队用的。

打捞队？女人又笑了，笑得意味深长，打捞什么，又没人沉金子，这么大水，能捞什么东西。

捞尸。老五干脆吐出一句，希望能吓住女人。

女人果然撇撇嘴，脸上有一瞬的嫌厌，这神情老五很是满意，可很快，女人哼了一声，想骗我，一股子鱼腥味，你自己闻不到的？

老五头痛，说不过女人，干脆转身进舱，让女人看个够。这时间面已经泡过了，水被吸掉一半，面半干半湿团在纸碗里，吃起来就没有滋味，像吃一口口猪脑水。面吃完，女人不见了。

雾气又升起来，老五知道又是个晴热的天，才起床没多久，吴大就火急火燎来了，手脸都没洗的样子，皮鞋不知踩到哪里，一脚的泥。吴大上船就说，五哥，小孩找到了，晚上打了电话来，冲到构皮滩去了。

老五就晓得孩子没了，一口浊气从鼻腔里长长叹出来。

吴大说，听讲也没个全尸，眼睛被山里猴子挖掉一只，不成个样子。

老五给吴大递过一支烟，先给自己点上，一口浓烈的烟雾喷出来，跟着是另一口，老五说，别让孩子娘看见。

吴大说，放心，备了尸袋下去的。

话到这里也就打住，两人各自坐在板凳上，望着河面，河水显得无辜，流得悄无声息。等两支烟分别燃尽，吴大才又开口，五哥，要不先回吧，人我来接，家属也快过来了，肯定又是一顿乱。

老五说，再等等吧。

船队的人陆续过来，吴大想起什么，掏出电话吩咐，快去老街买挂鞭炮来。

家属一齐涌来了七八位，里头没有女人，老五松了口气。那个一脸死灰穿着长袖衬衫的男人就是孩子的爹了，老五一看膀子就晓得，男人的一双手臂像是要从衬衫里炸出来，老五开饭馆时见过不少这样的司机，说是司机，其实也是苦力。男人不讲话，谁也没有去打扰他。

可左等右等，还不见船来，八月的阳光又开始蒸烤这片河谷，只有河水全不在意，这会儿正气势汹汹地往下游奔走。趸船上一时容纳不下这些人，其他无关紧要的都自觉待在岸上，一个个都磨皮擦痒的，又不好妄动，一双双目光频频望向河水拐弯的地带，也该来了，有人说。

确实来了。

人群一下躁动，老五一如既往站在趸船头，晒得有些头晕。皮划艇一靠拢，所有男人面色凝重，大伙都憋着一口气，若是添个把女人，早就搅翻了，哪会这么安静。老五看见孩子的爹第一个跳进艇里，随后吴大拦在船舷，说不要上人了。艇里是四个一脸黝黑的男子，开船的是船队的小姜，把船一别进趸船的湾口，人就瘫下来。男人踏进艇里，尸袋在艇中间又晃了晃，艇上人的目光自动望开了，只有艇外人探着脑袋盯住袋子不动，一些人还屏住了呼吸，怕闻到什么。孩子的父亲站在艇里，似乎还不习惯河水的晃动，一迈步差点滑进水里，还是旁人拉住，将男人稳定下来。

一个人率先拉开了尸袋，只拉出一条小口，是头部方向，让男人查看。阳光乘势而入，老五也望见了那张脸，苍白得如同被冰冻过，一只眼塌陷着。男人的身躯瞬间矮下去，不知怎么办才好，直到拳头开始擂击艇板，咚咚直响。艇板是铝制，刻着防滑线，可男人一拳打出一个窝来。是老五先喊起来的，莫乱，先上来，把娃娃接上来。

吴大顺势而动，作势拉起男人，凑在男人嘴边说了句什么，老五听见一句，已经回来了回来了。等蓝色尸袋被众人举起交接到趸船上时，老五才猛然听见鞭炮响，因了这，仿佛一道提醒，男孩父亲再也抑制不住，在鞭炮声的掩盖下痛哭起来。

老五也不禁团紧了大手，指甲嵌进肉里，想到当年的自己，一晃二十年了。

一行人抬着尸体走了。

老五还留在趸船上，打算问小姜，人是怎么发现的。吴大就拉过老五，五哥，今天就不要上船了，等明天请师父驱一驱祭一祭再来吧。

老五想想，要得。

夜里，老五躺在自家床上，多少夜没睡这床了，床很稳当，也不再有河水的腥味与潮气。老五以为能睡一个好觉，没想半夜噩梦缠身，一道模糊的女声降临，不断冲老五喊，快点走，莫回来，千万莫回来。老五不懂什么意思，形势急迫，声音急切，又不断循环，敲击着老五的耳膜。老五在梦里仓皇奔路。梦的结尾，老五才看见他了，那个人，还是小小的模样。

老五回到船上才又发现那个女人，正是黄昏时分，西边大坝顶上积聚着万千霞光，两岸边一时冒出了更多的人。女人在趸船边游泳，老咸也在，两人在水里说着话。趸船上还剩了两个开船的小伙在打扫卫生，看得出来打扫得心不在焉，两人不时议论一下，见老五来了，也就闭了嘴。

五叔来啦。一个人冲老五喊。

另一个说，热得很，洗个澡再回去。

老五说，我来收拾，你们洗。仿佛就等着老五这么说似的，两人很快丢下扫帚撮箕，扑通两声，老五还没看见水花，两人就插进水里，扎了个很深的猛子，冒头时离趸船有二三十米距离，远远超过了水里的女人。

又是她。老五也懒得招呼，扫起地来，把垃圾倒入一个黑色塑料袋里。

老戚却开始在水里邀请，五哥，你也下来洗个，舒服得很。

老五摇摇头，水凉了，你以为我还是你们，一天火气大得很。

说来也是奇怪，没有人见老五在河里洗过澡，雾水人从不管游泳叫游泳，只叫洗澡，好像这河就是个天然浴池。

老五一回答，女人倒先笑起来。女人憋一口气扎过来，从趸船边的扶梯上爬起，趸船头还挂着一张硕大的白色浴巾，女人一上船就甩了甩脑袋，很快用浴巾把身子裹起来，老五听见河里一声口哨响。

老戚也靠过来，仰着头说，就走了啊，再洗洗嘛。

女人说，下次记得叫广东佬教我潜水。

老戚笑，我也可以教嘛。

女人哼一声，看你也不会。

女人正对着老五，开始用浴巾擦头发，手一抬，身上就打开了一个口子，老五看见被比基尼泳衣粗粗遮掩的身体，白森森一片，也就扭过头去。

女人对老五说，你连游泳都不会吧。

老五也不恼，还是那句，快走吧，天就晏了。

河风是有些大了，天边的霞光也一点点弱下去，太阳走远了。

老五也对河里人讲，你们也快点。

老戚显然听见了女人的话，跟着喊起来，五哥，你不会水啊。

老五有些臊皮，吼出一句，老子不会，老子洗澡时，你们还在穿开裆裤。

女人冷笑一声。

老五一愣，这声音很是熟悉，好像哪里听过，但也不管，又催促起来，快点走，船也要打烊的。

女人很不满地趿上拖鞋，对老五说，我高兴了就来，高兴了就走，马老板允许的。

老五听了,人就定住,不晓得女人什么来头,和马老板有什么关系。女人袅袅走上码头,走得慢,好像此刻的跳板成了块 T 台,不得不展示自己的身姿,那块浴巾不知什么时候被女人围在了腰上,故意露出尖瘦的后背,肩胛像两把倒插着的匕首,河里又传来两声尖锐的口哨。

等河里人上船来,老五才问,那个女的是哪个,没见过,还认识马老板?

老戚正歪着脑袋单脚跳,跳两下说,你不知道,她是马老板请来管旅店的。

另一个小伙就笑了,管个鬼店,看她那样子,是马老板请来睡觉的吧。

老戚痴痴望着女人走远,又回过头来狠狠剜一眼对方,狗日的,屌毛都没长齐,不要乱讲。

因了小孩的事,潜水队一连几天没有出活,这天才蹅摸过来,来得早,四个人一来就缩进另一头的舱里打起牌来,麻将撞击声一直响彻后半夜,还伴着哄吵,属老戚和一个叫作黎家辉的人嗓门最大。

几个人丢下牌时,老五刚好起来小解,老戚也过来放水,嘴里含糊地喊一声,五哥。

老五问,今天要去?

老戚说,晦气,我早说了不能让小孩从这里上,狗日的吴大就是不听老子的,可以直接开到对岸找个地方上嘛,不是马老板喊停,早就出活了。

老五说,你也信这个?

老戚冷笑一声,我不信,是马老大信嘛,还让停两天,说是找人看了日子,我是等不起了。老戚吭哧吭哧,一口痰恶狠狠啐进河里,哪有这么邪祟,老子才不信。

几个人开始换装备,不多久,老五就听见船响,仿佛也憋足了劲儿似的朝上游去了。

老五回到舱里,继续迷迷糊糊睡起来,直到窗外铁板啪啪直响,一个人喊起来,五哥、五叔——声音有些语无伦次,老五才醒来,以为来了贼,翻身就出门,屋外暗,没开灯,舱里的灯光将将只够老五看个轮廓,一个人被人按在地上,两双拳脚正簌簌落下。那人开始哀号,一听是老戚,老五一把摁亮趸船顶的灯,开始喊,住手!

两个人同时用血红的眼睛回视老五,那个叫黎家辉的用一口蹩脚的普通话讲,老头,你不要管。

老五说,都是自己人,有事好好说。

对方根本不理睬老五,照着又是一脚踹到老戚身上,老戚杀猪般号叫起来,声音虽夸张,老五还是生气了,冲上去按住那人说,这是什么地方。老五平日和这个家辉说过话,属他年纪大些,关系虽谈不上好,也不恶。老五说,兄弟,有事好商量,不要打人。那人指着地上的老戚,不打人?我要打死他,我们出来是三个人,现在只有两个了,不找他找谁?

老五这才发现回来的人里少了一个,顿时心惊,问老戚,还有个呢,那个小黄呢?

老戚的脸涂了一地的灰泥,像张鬼脸,好不容易爬起来,手背先擦擦脸,确认脸上没有受伤,嘴里还骂骂咧咧的,见老五盯着自己,老戚才说,死了,还说自己功夫好,好个屁。

老戚这么一说,另两个又要逼上来,老五还呆呆地站在中间,咋个就死了?老五一下短了气。

淹死的,气管被鱼割断了,老戚说,他自己倒霉,还想算在我头上。你们要算账,我马上给马老板打电话。

老五明白了,来不及说什么,扔下拨起电话的老戚,慌忙绕过两个余怒未消的潜水员,到趸船边去看人了,皮划艇系在趸船边,河水震荡,那人身着防寒服像条黑鱼一样在艇里微微摇摆。

马哥,不好了,出事了……那头传来老戚仓皇的声音。

老五的预感灵验了。

这晚马老板没有出现,来的是他的司机,一上趸船就对老戚说,马总在外地,我来处理。几个人进舱里谈起来,老五一直站在船沿上看着静静躺在皮划艇里的人，那人叫黄小恩，和儿子一年的，今年才三十，老五因此印象深刻，小伙子特别中意自己的发型，是染过的，平时爆炸般夯在头顶，现在那浓密的发丝根根帖服在头皮上，再也飞扬不起来。他是黎家辉的徒弟。老五往日见到这个不大说话的小伙，总像看见自家儿子。小黄还没有结婚，老五曾过问他，怎么还不娶媳妇？小黄就笑，讲一口软软的圆润的话，说，冇钱啦，我们那里彩礼不像你们这边，几千块就可以搞掂。老五听了也不生气，还逗过他，那你从这里娶一个走好了。小黄的小眼睛里就射出光来，也不是不行啦，你给我介绍介绍。这一幕还恍如昨天。老五点燃一支烟，随手摆在趸船边，又怕风吹走，就抓过一块木板压在烟嘴上，烟头在河风下自行燃着，一明一暗的，老五也给自己点上一支。

舱里的人谈了好半天才出来，老五还蹲在船沿，想着小黄那个无法实现的愿望，心里气馁。夜里潮气升起，那个叫大龙的司机很快指挥着三人抬起尸体，老五看着他们一点点将小黄像搬鱼一样搬起来，老五不动，像当年几个哥哥把儿子的尸体捞起，老五也没有动一样。河水拍打着趸船，老五听见沿岸的虫鸣，什么东西扑通跳进了水里。等几个人往码头上去了，大龙还没有走，朝老五递过一包烟来，说，五叔，今天的事，不要对人讲，马总不会亏待大家。

老五看都没有看他，眼睛只是照着面前模糊不清的河水，这水黑漆漆的，又沥青般泛出光亮，像团恶水了。老五慢吞吞地说，人死，是大事，什么亏待不亏待。

大龙说，晓得，肯定通知家属，正常赔偿，不会搞其他事，你放心。

老五说，谅马老板也不敢。

人走后，老五又是一个人，河面刮起一阵不寻常的大风，吹得船顶的广告牌嘎吱作响，有什么东西从头顶簌簌飞过，直到风停，梦里的那个声音才又清晰起来，莫停哟，快走快走。

天凉下来，河面的雾气都变作了寒气，船上渐渐待不住人，老五有了去意，该换个年轻的来守船了，老五对马老板提出。马老板在电话里说知道了，会找人来替的，语气平常，听不出什么，也没有挽留。

潜水队还没有散，老五也觉得奇怪，老戚和那两个人很快和好如初了，甚至黎家辉已经开始教老戚潜水。听吴大说，钱是赔了不少，马老板出了大头，老戚也填了些。马老板跟着就退出来了，说是忌讳，犯水。眼下潜水队只是老戚的。老戚也戴上了面镜和蛙脚，开始在向晚的河水里载沉载浮了，说是训练，有时那个女人也在，跟着一起玩。

老戚出活越来越频繁，不再顾忌，老五知他性子，还劝过，说慢点来，何必这么急，鱼不是这么打的。老戚倒嚷嚷起来，说自己被马老板摆了一道，本来是他的生意，自己倒贴进去了，小黄死，我出了八万，马老板家大业大，拍拍屁股走了，我往哪里走？老戚一腔闷火，说得愤怒激昂，老五就不说了。

再次出活女人竟也在，跟着一行人摸上了罛船，老五听出一道女声，在窸窣地问这问那，好奇极了，老五警觉，一下闯出去，女人见了他也不回避，她知晓了老五的身份，可也不喊他。

老五见女人杵着，就问，你来做什么？

女人没有讲话，一只手卷着鬓角的发丝，是老戚站出来说的，跟我们去玩玩，你老哥就不要操心了。

胡搞！老五喊起来，这是玩的？老五站在罛船中央，一把挡在女人面前，语气先缓下来，姑娘，你不要糊涂，这不是你该做的事。

女人也不看他，好笑，我做什么要你管。

老戚也拉扯起老五来，说五哥，又不干你的事，现在我和马老板没关系了，你吓不倒我。

老五甩掉对方的手，火气腾地升起，你就好了伤疤忘了痛？小黄是怎么死的，你不要再害人了，今天这姑娘要是敢走，你们的事就做不久。

老戚没想到老头会这么说，简直要跳起来，她又不是你家姑娘，你管这么多！腿长在人家身上，想走就走，谁还拦得住？

老五不听这些废话，仍对女人说，姑娘，开不得玩笑，这河不是让人耍的，哪个耍哪个要出事，你信不信？老五的话有些危言耸听，女人就犹豫了，一犹豫，换好装备的黎家辉就不耐烦起来，手中的标枪跺着船板，对老戚说，戚老板，今天还去不去的啦。老五又盯着他，这个人才死了徒弟，还不收手，积极性竟比从前还高，老五就有些看不懂了，凡是老五看不懂的事，预感就不好。但也不管，今天老五只是想拦住面前的女人。

老戚是个急性子，经不起人催，见老五铁了心，知道拗不过，女人也一下不动，眼神开始淡漠，老戚只好喊，算了算了，我们自己去，扫兴！等上了船，开出一段，老戚还盯着码头，望着女人和老五站在趸船上的模糊身影，这才骂出来，死老鬼，活该绝后。

等皮划艇的声音弱下去，河水的声音大起来，老五才松了口气，女人还站在趸船头，风过，很有些落寞的样子。老五说，走吧，该回哪里回哪里。

女人说，我想走就走，不要以为我会感谢你——你是不是觉得自己是英雄？

老五说，我是什么不打紧，我只晓得你怕了，怕了好。

女人笑起来，是你自己怕吧，我只是不想去了。

老五说，说得对说得对，我是怕了，这个年纪，什么都怕。

女人说，他们说你儿子也是淹死的，那你还来守船，这你又不怕？

老五望着女人，月光下一张脸像剥了壳的水煮蛋，是好看。老五软下来，说，不相干的，我又不和河有仇。

不和河有，和哪个有？女人追问。

老五被问倒了，一时哑住，最后说，走吧，不早了。

女人说，你就晓得赶人。

老五不作声。

女人无趣，气鼓鼓走掉，走得叮叮咚咚的，一只红牛罐被女人一脚踢到水里，直到身后传来栅栏门被吱呀关上的声音，女人才回头，想看看老五，可趸船上的灯立即熄灭。整个河岸陷入薄薄的月光里，泛出浅浅的银灰，河水正如巨蟒般翻滚而下，女人只看到一个影子。

没有人来接老五的班，老五着急，一问才知道，马老板竟把趸船所有权卖给了吴大，码头上的事他早不管了。吴大是想借此留住老五，实在瞒不住了才说，有你老哥在，他们不敢太放肆。

老五晓得是说老戚他们，还是摇头，说你不晓得，以前我住山上，就羡慕你们这些住在河边的，现在倒想回去了，你说怪不怪。

吴大知道留不住，说，也好。跟着打趣起来，他们说你不会水，是不是真的？

老五神秘一笑，你不要告诉他们。

真不会？吴大说，那你敢看船。

老五说，看船嘛，又不是在河里看，以后我就不来了。

吴大点点头，说要得，我也不敢要你看了。

老五记得离开船上那天是个清晨，雾正浓，不是夏天里河谷地带的薄雾，而是铺天盖地的大雾，整个镇子都笼罩在白蒙蒙的雾气里，秋天了。老五步上码头，迎面撞见一群人围在旅馆的白色房子前，一个熟悉的声音穿透雾气，好个不要脸的骚货，马东明还不能满足你……一个声音立即回应，你算什么东西，来闯我的屋，我做什么干你家老马什么事，我是他娶回来的？给你一家做小么？你自己守不住男人，跑我这里来乱咬……老五没明白怎么回事，恍惚中就被人拉过，五叔来主持一下，我们都拦不住了。

老五往人群里看，却看不出什么东西，问，搞哪样，大早上的。

那人讲，你侄女来捉人了，本来是捉马老板和店里新来的女经理，哪想捉出戚老板和她了，你侄女正在替马老板出气哟。

老五迷糊了，老戚，戚德邦？

那人说，是戚邦德嘛，胆子硬是大哟，马老板的女人也敢碰。

老五不吭声，想上前劝劝，又不想见女人尴尬，干脆挥手说，我不管，你们也散了，凑什么热闹。

老五骑车走掉了，头也没回。没过多久，天还没有凉透，就听说老戚戚邦德被一杆标枪射中了眼睛，在河里。

（原载《作家》2022年第4期）

作者简介：

李晃，1986年10月生于湖南，现居贵阳。2007年起在《上海文学》《作家》《人民文学》《当代》《十月》《中国作家》《钟山》《天涯》《书城》《上海文化》等刊发表小说、随笔、评论数十万字，曾获《上海文学》新人奖、"紫金·人民文学之星"奖、"《创作与评论》年度小说奖"、"《滇池》文学"奖、"《作家》金短篇"奖、华语青年作家奖短篇小说"双子星"奖等。

虚构之敌

林 森

一

在我的印象中,这是 G 最憔悴的一次。他的头发乱如初学画者涂绘的素描,线条长短不一,间或露出秃斑,些许白发在黑发堆里趾高气扬。在以往,他的发型都学电影中的赌神高进,梳得纹丝不乱且光滑刺眼,以蚊子站上去能把腿摔脱臼为最低标准。他的衣服也不齐整了,衬衫有了褶皱不说,关键是有一些说不清什么颜色的斑迹,散发着出身不明的怪味。如果眼尖,还能发觉,他右边嘴角有一点奇怪的歪斜,和左边不再形成对称——他的嘴角是最近才这样还是本来如此?更大的可能性是后者,在以往,他的嘴角也歪斜,但话语滔滔如浪倾泻,所有人都被他的声音所震荡,他没给嘴角歇息让人细看的时间,别人也就没法留意他的嘴角;可现在不一样了,他开始沉默、木讷、失语、呆愣,在这时,非对称的部分被迅速放大。是的,G 完全失去了往日的成竹在胸、江山在手的气度。对了,原谅我没有把G的名字说出来，而只用一个字母来代替，但常年混在网上的人，应该不难把他猜出来。我没直接说出他的名字，倒真不是怕别人搜索他啥的，毕竟，他一直在掀起各种争执，有的甚至可以说是轩然大波，最近对他的人肉搜索可说掘地三尺，连他小学同桌的名字都搜出来了；我写成G，纯粹是为了自保，以免G和我对簿公堂——我可不想这些来自现实的力量，一点一点侵入我的生活。

我指指口鼻，G反应过来，才又把口罩拉上。没一会儿，他又扯下来，挂在下巴处。我下意识地整理整理自己的口罩，以让它和我的脸部严丝合缝，阻止病毒的拐弯进击。是的，从去岁开始，新冠感染疫情开始暴发，迅速蔓延全球。一年多过去了，疫苗接种已经陆续展开，本来已经要看到些许曙光的，谁料病毒开始了变种和进化，更加诡异莫测，近来又在全球各地攻城略地，口罩再次长成脸上的一个器官。G歪斜的嘴角开始颤动："你给我分析分析，谁最有可能？实话说，哥们儿，我现在可以信任的人不多了，能掏心掏肺说上这些话的，估计也就是你了——至少，你跟我没什么利益纠葛，不像那些人，要置我于死地。"

"你高看我了，我没那么高尚，我真的是对你的事没兴趣。而且，说实话，挺恶心的。"

G神情不变，可能，对于这样的话他也早就习惯了；也可能，这话根本没进入到他耳朵里，表面的平静恰恰是因为他内心如小舟漂浮于风暴将至的海面，恍惚动荡。这些年里，虽然也在一些场合和G碰面，但仅仅是点头和招呼，没有再多说什么，私下里就更没有专门约见过——他倒是招呼过几回，我都以人在外地拒绝了。通话时，我并不在外地，而往往窝在一个无人打扰的小房间里，望着街边防尘遮阴的树木在日光和微风中摇晃。那种摇晃不太有规律，让人没法判断风从哪个方向过来。人在那时，啥都不想做，哪都不想去。是的，想起这事，我很想立即起身，返回我的居所，返回玻璃窗前，那片绿荫摇摆涌动如浪。

"我知道你瞧不起我！文人嘛……行行行，您有傲骨，我就一浑水摸鱼的，您就可怜可怜我，帮我把把脉，看看这一次，谁在搞我？真的，能说上话的，没几个有这眼光；目光刁钻的，和我都有点摩擦。"G拉动口罩好几回，却总是没把他自己不对称的歪斜嘴角盖上，看着都让人着急，总怀疑他满嘴新冠病毒，正在朝外喷射，我的身子不自觉往后退缩，想避到射程之外。

　　说起来，我和G是有过一段惺惺相惜的时光的，虽然时间不长。大学毕业后，我们前后脚到了一家报社，经历了那家曾很辉煌的报社的落日余晖，很多叱咤风云的前辈，要么郁郁寡欢黯然离去，要么抓住机会转行高升，纸媒的瞬间落寞让不少人黯然伤感。G和我前后脚进入，也就不到一年时间，见到了很多动荡不安。G的顶头上司S原本是那家报社的一个支柱，在某种程度上可以说得上是行业楷模。他主笔撰写的那家报社的历年年终盘点，一直是国内一件不小的文化事件，时常会成为互联网的热门话题，甚至常常成为很多地方中学试卷的作文题目。就在那一年，因为很多说不清道不明的缘由，S竟入狱了。G跑经济口，我编的是文化版，我们都感觉到了大厦将倾，准备离开。我找了一家艺术馆，专门帮人策展，平时有点闲暇写写自己的东西。G准备出来单干，邀我入伙，临别前几天喝了一顿酒，说起他的上司S，他哗啦啦把酒往肚子里倒，可毕竟容量有限，酒水上溢，从他的眼角决堤。他说："那么好的人，做了多少事，也没个准信，就进去了。那些举报的人，到底有啥证据？"

　　G停了停又说："跟我一块儿创业吧。那艺术馆我熟，现在艺术市场不行，你早晚得饿死。"

　　"那你觉得现下做什么行？"

　　"准备写辞职信时，我就想过这事了，纸媒式微，网络自媒体都要起来，这将是一个新的机会，谁带来流量，谁就有机会。纸媒不行，但人们总得消费信息，总得活在信息的包围里——信息的消费量一直是在上升的。我们这一年来培养的媒体嗅觉不会被浪费，引导点流量还不是手到擒来的事？你能写，你来了，我们的自媒体就有了主力……"

　　"算了，我想有点自己的时间，写点自己的东西。"说这话时，我有点出神，脑子里混杂着一些混乱的词句。

树倒了，枝叶扬起尘灰

等待一场雨

把世间活物，全淹成落汤鸡

G的顶头上司S，我也熟，他不负责文化版，但他写诗，他执笔一些社评，金句迭出，常常成为流行语，还有歌手挑出其中的句子作为歌名，写成风靡大街小巷的歌。我和S聊过几回诗歌——没想到，他竟然……关于他的事，传闻甚多、真假难辨，同事们也都感觉莫可名状——没有人知道真正发生了什么，对他下手的敌人如此虚幻，当你想找寻，只能找到一团空气。S送过我他的诗集《与自己为敌》，我零零散散翻看过，那是极为隐秘的部分。我敢说，很多同事并未能真正地理解过S——他们都把他当成一个有通天之能的人，把太多理想和希望寄托在他身上，他不得不承受着过多的重压；而重压下的另一个他，藏在那些晃晃悠悠的诗句里，悄无声息。他写过这样的句子：

与自己为敌

击垮它，收拾它，不留情面

把它送入光阴幽暗的牢笼

没人注意过，S要击倒自己的决心。

我并没有跟G说清楚的是，我拒绝和他一起创业，倒不是因为别的，更多是因为清楚自己的边界，不愿让自己处于危险之境——这不过是一种自保而已。在艺术市场极为冷淡之时，悄悄地做一些无人知道的事，对我更有诱惑力。我不愿像G一样浑身亢奋眼珠充血，投入一场又一场的厮杀。那是我和G走得最近的一夜，消夜摊边东倒西歪的啤酒瓶，见证了G少见的真诚与热血。那夜之后，G成了某种意义上的"战神"，随时可拔剑厮杀，而他所说的"创业"，无非是摆上几台电脑，注册几个公众号，针对社会热点发表各种言论而已。G选择从娱乐话题入手，一来，明星的关注度高，自带流量；二来，娱乐新闻相对安全，可以通过这种方式试试水，拿捏安全的尺度。起初，G会把他们公众号的文章转我看看，那些文字里，没有多少真实信息，而是充满各种带节奏的偏激之语，这样做媒体的方式——虽然只是自媒体——和我所学、所认知的媒体，已经是两回事了，我不知道是关于媒体的定义变了还是世界变了。我从不转那些文章，后来他也就不再给我发链接；再后来，我们既存在又消失于对方的朋友圈，是从不互动的"僵尸友"。

G彻底做大，是从扒一个明星的论文开始的，那明星在和粉丝的交流中，一两句话透出其对论文查重的不熟悉，而他又恰恰是一个戏剧学院的硕士研究生毕业，向来卖"高知"人设，G料想其中必然有"雷"。G抽丝剥茧，下载到那明星的毕业论文，通过资料搜索和句字词比对，他大胆抛出假设，那明星有论文抄袭、代写的嫌疑。G那篇接近七千字的文章，以各种截图比对插入其中，并不直接得出结论，只是以求证的语气来表达，但其结论已昭然若揭。这篇文章在G的公众号"娱乐岛"发出来后，迅速"十万加"，迅速成为热搜话题，那明星的经纪公司也派人前来，表达了想支付巨额费用来换取G的删帖。后来，G抵制了"诱惑"，他把经纪公司企图"私了"的一些证据也编成文章发出，彻底击垮了那个明星。那明星不得不发布道歉，宣布退出娱乐圈，明星毕业的那个学校也启动学术调查，撤销其学位。这一切不过发生在三四天内，G的"娱乐岛"一战成名，关注者迅速接近上千万，各种广告闻风而来。这一战后，我看到G发了一条微信朋友圈，大意是：一种大获全胜后的疲倦感。

——看到他这条朋友圈后，我立即关闭了他观看我朋友圈的权限，我不清楚他会不会有一天把我的什么话截图作为"证据"，给我一拨操作猛如虎，虽然我并非什么明星。借助这个明星的论文事件打开局面后，很多事情就顺理成章了——有人为了搞垮竞争对手，会把某些明星的所谓"黑幕"发到他们公众号的邮箱，他们挑选精编之后，时不时推出。G也摸索出了适合抛出话题的时间点，那就是某个社会公共事件闹得正凶的时候。一般来讲，公众在聚焦某个公共事件时，正处于亢奋之时，在此时引爆明星的"雷"，一来可以迅速聚焦注意力，二来可以以此缓解社会情绪，也是某种意义上的"正能量"行为。各种调侃的段子会在此时满天飞，天然形成滚雪球效应，带来的流量是巨大的。有不少娱乐公司，为了避免自己旗下的艺人被 G 的"娱乐岛"盯上，通过各种可靠的私下关系约见 G，聘请他当公司的文化顾问。说得直接点，就是给他交保护费，让他别对自家公司的艺人出手——当然，我并未向 G 求证过此事，即使问，他也肯定不会正面回答，而是呵呵一笑，低一下头，抬起，像什么也没听到。

G 在自己的工作室内部，设立了一个"偶像的黄昏"计划，专门负责收集明星的黑历史。当然，我不能把我怎么知道"偶像的黄昏"计划的事说出来，以免有太多人牵涉进来。有一回，他们在向一个明星发起攻击时，那明星竟然坚决否认，并准备把"娱乐岛"告上法庭。这惹怒了 G，他连夜组织人挖掘，终于挖出那明星在某个场合穿过日本和服的照片，立即组织文章，说那明星媚日。这言论一抛出，好多网友也开始提供一些若有若无的证据，那明星最后也被逼迫到公开道歉，并退出了娱乐圈。大概两年多以后，有消息传出，那个昔日的年轻明星，在一个酒醉的午夜跳楼自尽——我不清楚 G 在看到这个消息的时候，会不会在心里把这事跟他联系起来。再之后，有消息称，那明星当年所谓穿和服的照片，其实是他在一个话剧的试装照，后来因为投资问题，那话剧并未真正上演，那年轻明星却倒在那次无法辩解的试装里。看到那个消息的时候，我心中涌上莫名的悲伤，我想起大学学新闻时，想起进入那家纸媒时，老师和前辈不断跟我们提起的新闻理想与社会责任。自己虽然没参与到 G 的工作里，可我总觉得，这些偶像一次次被 G 摧毁，一次次走入渐暗的黄昏、走入黑夜，我何尝不是在以自己的冷眼，狠狠地推了一把？

二

创业三年之后，G 的生意愈加兴隆，已经发展出多条产品线。其中，关于娱乐生意的甚至已经是最微小的,他有很多"重磅文章"不断介入社会生活各个领域,讨论了很多公共话题,他以文章把控社会情绪的能力越来越强。他们内部有一套逻辑是这样的:一、有某个人物比如 A,在渐渐被聚焦时,应立即加入,写各类文章神化他——这是把蛋糕做大;二、给被神化的 A,找一个观点不一致的敌人,如果找不到,就制造,就虚构,有别的人在别的场合说过的别的话,以移花接木似是而非的方式,造成对 A 的攻击;三、引导舆论,假意维护 A;四、停下,坐等真正维护 A 和攻击 A 的起哄者出现、对战,他们坐着收割流量的红利。在这套逻辑里,G 特别注重把握节奏,知道在什么时候说什么话,达到煽风点火之效而又不会把自己置于危险之下。"何时进何时出"这个决策权,一直把握在 G 的手中,他也并不讳言,自己是一个带节奏大师,他就是拿着指挥棒和敲鼓点的那个人。

据我所知,很多广为人知的公共事件,背后都有着 G 的推动,可 G 都能全身而退。如前文所说,那些事件我不能说出来,否则我也会陷入无休无止的烦恼之中。我能说的说,很多时候,貌似几种观点的对立,貌似几批人的互斗,其实那些互怼的公号文章,都出自他的旗下。也就是说,他既偏激地朝东走,也猛烈地往西进,自己化作多个分身,带领着不明真相的起哄者,斗得你死我活;有时,他甚至化身和事佬,给自己分身的"两派"和稀泥。他指挥着一批人,表演着各种争执,直到把看热闹的人全都拉进擂台,自己则全身而退,等苍山如海残阳如血,坐收渔利。各类真消息假消息、好消息坏消息的背后,都有着 G 的幽魂在游荡。

他创业这八年来,已经吃得够肥了,同时肥起来的,还有他的胃口。可最近,他嗅到了危险的气息,这气息刚顺着一股青烟飘出,还没广为播散,鼻子不灵的尚毫无知觉,可他就感觉到了山雨欲来的凶猛。他微信上语音了我好多回,我没理,他趁着一个我所策划的画展开幕时,在接近闭馆的时候,进来,等着我。新冠感染疫情以后,展览越来越少,我的事比往年要少得多,收入也锐减,可获得了不少个人时间。我有时不知道自己是更被拘束了还是更自由了,是更不像一个人了还是更像一个人了。在这场"重见花开"的展览里,我尽量多放入了一些希望,那些过于幽暗的作品,都拒绝其参展。虽然戴着口罩,也两三年未见,可我还是认出了G,他的眼睛并没有在展厅的作品上流连,而是不断望向我。我已经看出是他,可我并不主动招呼。他终于忍不住,走了过来,寒暄几句后,等着闭馆,他跟我来到展馆边上的一间咖啡屋。

他找我的理由很简单,他发现他最近被"人肉"了。有人在网上写文章,抽丝剥茧地梳理很多公共事件背后G的身影,文章没有直接点他的名,对他旗下的很多公众号也进行了化名处理,但在回帖中,已经有人把公众号的原名、他的原名挖出。他对此心惊胆战——此前,这所有的招数,都是他用在别人身上的,现在,他被人以彼之道还施彼身,可他却并不清楚对手是谁。敌人的虚无化,是他最惯用的手法,可虚无的敌人、被虚构出来的敌人,其出击的力量却并非虚无的——他深知这一点。他甚至不太敢跟自己的职员商量对策,谁能肯定其中某个人,不是网上那个无名无姓也无形的杀手?他草木皆兵,怕多说一句自己就被毁得更快一些。

他就来找了我。

可我能说什么呢?他罗列了两个他怀疑的敌人,都是他曾经的职员。一个职员在家中老人过世回乡奔丧时,正好碰到局部疫情,那职员因为有过在同一超市的接触,被隔离在老家观察,一遍又一遍地进行核酸检测。回来上班已经是两个多月后,可在那期间,他负责的项目正好被搁置,错失了最好的时机,G就让人力资源把他解聘。那职员离职时大骂G冷血,扬言要报复。一个则是一个艺术迷,特别喜欢各类当代艺术作品。一年多以前,一位中国"艺术家"多年来长期抄袭一个外国艺术家的新闻爆出,那职员特别喜欢那外国艺术家的作品。在网络上铺天盖地讨伐那抄袭者的时候,那抄袭者却找到G,让其设法扭转舆论,帮其洗白,G就把这任务交给那职员。谁知那职员感觉受到了侮辱,他几乎要把一口痰吐到G的脸上:"恶心"。甩手而去。当然,除了这两个,也有可能是竞争对手在暗中出招,毕竟,这三四年来,"流量红利"太过诱人,已经有大量资本涌入,这门生意已经到了亮出白刃你死我活的阶段了。

"我怎么知道是谁呢,你得罪的人那么多,你自己心里最清楚吧。"

G端起咖啡杯，抖动的手让小勺子和杯壁碰撞，发出轻微的叮叮声。

我有点乘胜追击："你比所有人都清楚，这种事在网上，就是滚雪球，要么悄无声息，可一旦滚起来，不轰个雪花飞射不罢休。动起来了，可就由不得你了。你带节奏时，你适时选择退出即可，可现在是别人带节奏，这雪球奔你而来，退不退，也由不得你了。"

"你在咒我？"

"我只是庆幸当初没答应跟您组队，要不我现在可能被啃得连骨头都没剩下。"

——在以往，我不是这种"话风"。接连说出这种刻薄的话，只是因为我想起了一件事。在某个我策划的展览上，观展的人很多，连续拍了不少照片，我也不记得有谁和谁。许久之后，一个大学老师因为在某个私下饭局上说了一些调侃的话，这个调侃的视频被发到网上，引起轩然大波。那老师私下里的调侃被无限放大，被无数网友质疑为历史虚无主义和有失师德，最后闹到其供职的学校出面调查，那老师黯然辞职。这些私下里的游戏言语，本有着一个语境，可被拍摄、截取之后，语境被抽离，只剩下孤零零的所谓"取笑"，这道理就没法说清了。愤怒的网友开始了无孔不入的搜索，那个老师的很多照片都被扒出来，其中就有一张他在我策划的一个展览上的照片，一群人当中，也有我。当然，我很庆幸这是一张集体照，人很多，而我也从没被注意到，但这事还是让我头皮发麻——如果那些铺天盖地的咒骂朝我而来，我是否经受得住？我从没查过这件事的背后有没有G的推波助澜，但他有没有出手已经不重要，我已经把这事算在他头上——他把一张有我的照片，丢到失控的网友面前，接受了无数质疑、审视和嘲笑。

——我记得。

三

见过G没多久，我陷入了一场烦恼中。事情的起源很简单，我在一个展览开幕式上的发言，被视频录制上传到网络，然后被无底线地攻击，和当年那个老师被攻击的套路一模一样，我说话的一些铺垫、背景被抽离，一些话也被剪辑，被扣上某顶帽子。这波带节奏很快引来很多杀红眼的网友，在他们眼中，我已然成为卖国贼，恨不得扒我的皮抽我的筋喝我的血，甚至有人扬言，要私下堵我的家门。当然，这些网上的嘴炮键盘侠也就是过过瘾，不会真的要来堵我，可我一拿起手机，就会看到我几乎变成了这个国家的敌人，不能不感到恐惧。我要真有此异心也就罢了，关键是我是被虚构成这样的——我被虚构成站在人民的对立面，很多人就真的把我当作站在对立面了。我曾在个人朋友圈把我的发言文字稿全文刊出，却并没有平息此事，新一轮攻击潮涌而来，已经有不少昔日同学，开始说些"想不到身边竟然也有汉奸""防火防盗防汉奸"之类的话。

这事发生在 G 和我相见之后，我不能不把这事跟他联系起来。我给他打了个电话，他说得支支吾吾，但一直在发誓："哥们儿，你再瞧不起我，可我，怎么会连你这个当年的同事也搞呢？"挂上电话一个小时后，G 打了回来，直截了当地说："这事，真不是我，就算我很坏，谁都攻击，那也得有好处才行，说实话，你咖位太小，我真瞧不上。我让人搜了一下你这事，就一个结论：是一个艺术家在搞你。他的画我已经发你微信，你看一眼应该就知道他是谁，他为什么要搞你——这，你肯定比我清楚。"

我点开了那幅画，那熟悉的风格让 Q 的名字立即跳到我眼前。他攻击我的理由我也秒懂了。在我策划"重见花开"那场展览的时候，Q 曾联系了几次表达参展的愿望。作品的照片发过来后，我立即回复，说很喜欢他的作品，但这几幅，跟本次展览的主题不太相符，本轮疫情刚过，人人内心脆弱，还是希望能展一些让人看到光的作品，希望他能换几幅契合主题的。之后他再不哼声，我以为他是因为没有合适的作品，这事也就过去了，谁想到，他竟然来了这么一出。源头找到了，我准备联系 Q 试试，发出的微信被他拒收了；拨打电话，没有接；换个电话再打，一自报家门，那边又断了。也就是说，就算我知道是他在网上兴风作浪，也不知道如何收拾这局面。

纠结了三天，我还是打通了 G 的电话，向他求教该怎么办。他说："这事已经有点闹开了，不好收拾。现在，有两条路可以同时试试：一个，我这边帮你组织点文章，扭转一下风口，我准备从你被断章取义、被剪辑的'纯技术'讨论入手，证明其发出视频的动机就不纯；另一个，就是不知道你有没有胆子当'流氓'，不需要你真当流氓，但这是你的事，别人代劳不了。"

——我别无选择。

之后的大半个月内，凡是Q出现的公共场合，我都出现。我也不说话，不招呼，不试图跟他交流或妥协，我只是拿着一个手机，在Q发言之时，全程录拍。活动结束后，我转身离去。我可以明显感觉到，我离开之前，Q想跟我聊几句，可我不理会他。等到我第四回出现在他的一个分享会上的时候，他在台上的发言开始失控，本来在讲绘画，讲着讲着竟开始谈如何选粽叶、包粽子——我的眼睛近视得厉害，通过手机的屏幕，录下了他说的每一句话。我还是不说任何话，不和任何人打招呼，只是默默地录像。那场读书分享会散场后，Q堵在了门口："你到底想干什么？"

"没干什么。你说的，都是公开讲的话，我听不得？"

"你想干什么？"

"你讲得太好，我录回去好好学习。"

"我向你认输行不行？"

"认输？"

"你想我怎么做？"

"你对我怎么做，我就对你怎么做。"

"……"Q的脸色顿时白了。

"既然谈开了，那好，有三个选择，你选一个：一、我们拼个你死我活鱼死网破；二、我们法庭上见；三、你在网上公开道歉，表示对我的攻击都是污蔑——道歉信需要得到我的认可。给你几天考虑，你下周要参加的活动，我这里也有行程表，你考虑考虑，我们要不要到时再见见？"

——在这件事上，我不能不感谢G。他正是对此间的套路太过清楚，出的点子都打在七寸上。几天后，Q在网上发布了一个道歉声明，说到了他对我发言的剪辑和误导，他公开道歉，期望得到原谅。而此时，G精心炮制的"科普文章"也已经流传两天，很多一直攻击我的人，发觉他们攻击的，是一个虚构出来的恶徒，力道落空，没人感到愧疚，而是全部变得无比愤怒，扭过头，开始了对Q的攻击。那些污言秽语都是涌向Q的，但我随手翻阅，也是心惊胆战。其间，Q给我打过两次电话，求我罢手。第一回，我苦笑着说："老兄，这些人哪里是我指挥的，那都是原来支持你的那些人，都是你鼓动起来的；现在你抛下旗子，说目标错误了，他们把怒火撒向你，我哪控制得了？"第二回，电话一通，我说："真不是我。"那边沉默良久，算是接受了这回答，一声长叹，挂掉了。

再次见到Q的时候，他整个人犹如漏气的皮球，全蔫了，腰背弯曲，脸色暗淡，没有了艺术家的神采——网络攻击让他大病一场，被抽走了所有的精魂。从某种程度上来讲，他是咎由自取，可毕竟跟我有关，我有些愧疚。愧疚中也有后怕，如果不是G出手，按照此前的烧火程度，那个躺在病房里输液然后被抽掉精魂的，会不会是我？病房里那病与药结合的刺鼻味道，将你围裹，避无可避。Q基本上算是退出美术圈了，很多旧日好友看到他都避开，害怕有什么话被他抓住把柄。我最担心的，是Q会不会承受不住这种无形重压，把神经绷紧，继而崩断。

四

经营互联网多年，网罗了一帮人肉搜索的高手，自己又有着无比敏锐的嗅觉，按理说，G应该轻易就能查出，是谁在对他追杀。他觉得诧异的是，对方并不急于出手，有着极大的耐心，好像只是抛出一个引子后，便忙自己的去了——这种手法，G之前娴熟使用，都是铺好引线，等着别人来引爆，自己站在引爆区之外。也正是由于对这种手法的过分熟悉，才让G惊慌不已，怀疑是从自己内部出走的那两个人的其中一个所为，否则不会如此了解他的死穴。G让自己职员们准备了很多心灵鸡汤的文章，暂停那些攻击性太强的文章发布。这引来了一些固定粉丝的嘲笑，认为其偏离了定位和风格。G 只能把这嘲笑硬生生吃下，在自己的安全面前，被嘲笑几句，算不了什么。

暂停了战斗模式，G 反而多出了很多时间。他帮我解决了 Q 的发难之后，虽然我对他的做法依然不敢恭维，但我也没法板着面孔和他针锋相对。实在拗不过的时候，我也会出去跟他见见面。我也想过，到底 G 找我的理由是什么？真是让我出谋划策吗？恐怕未必！他可能只是想找一个听他说话的人，安全、无害，听了之后当没听到——这样的人并不好找的，而在他眼中，我便是这样人畜无害的"垃圾话回收站"。

他在自己公司的旁边，买下一套接近两百平方米的房子，里面宽阔无边，装修却极为素简，甚至可以说，根本就是空荡荡。除了一套喝茶的沙发与茶几，就是在一个角落摆放的三个大书柜和一张书桌。书柜上是一些字帖，书桌上是笔墨纸砚，并没有摆放电脑。甚至，这房子连瓷砖也没有贴，只是以灰色水泥做了简单的涂抹，算是某种"工业风"？"这是我一个人静一静的地方。"G 倒了一杯茶，"每次遇到什么事把人折磨得要死，我就在这里待一待。"

"你也有被折磨的时候？"

"你站着说话不腰疼，干我们这行，每天都如履薄冰。什么时候入场，什么时候退场，都得拿捏好：入场早了坏事，入场晚了抢不着食；退场早了看别人赚，退场晚了容易被掐死。那个点得掐好，我最近这事，就是不知道哪件事退场太晚了，被盯上了。"

"你这里，也不好好装一装？"

"装修？"

"嗯。"

"还真不是装不起，我是专门给自己留这么个地方的。装得太舒适，精神就彻底垮了。这房子离公司很近，我就是要让自己，能迅速从那些杂务里抽身，回到我自己，真把这里搞得像家里一样，我也就只想躺平了。"

"至少，墙得刷刷白。"

"我们搞互联网的——我算是搞互联网了吧——都崇拜一个人,你知道的,乔布斯,他当年的房子里,空空荡荡,只有一盏灯。我这里也一样,在这里,连网线都没拉,我就是喝喝茶写写字,这是我最私密的地方。被泼一身毒了,我就来这里待一待,清洗清洗。来,先喝茶……跟你说,这里也就你和我老婆来过。她也就来瞄过一眼,觉得这满墙的水泥疙瘩,难受,就再不来了。来,喝茶……"

我喝了两口,听到自己喝茶的声音有回响——这房间太空荡了,不但毫无摆设,还把能打的墙全打了,人被一种空无包围。我理解他老婆为什么来了一次就不来了,在这水泥的深灰和空荡荡里,有一阵阵的"阴气",任何一点声音都在这里被放大。也就是说,人在这里,就像置身于显微镜下,被观察、被放大、被记录每一点轻微的变化。除了像G一样本就想着来这里"排毒"的,否则真待不住。

"我在这里,只做两件事:喝茶,写字。"

"富人们的雅兴。"

他起身,走到书桌前,我跟过去。走近才发现,那书桌也是大得夸张,有四张常用的办公桌那么大,上面摆满各种宣纸、毛笔、砚台。他随手抽出一张,上面写满了字,笔锋尖利,转折直截嚣张,竟然是瘦金体写成的一幅心经。他说:"我前几天花了两小时写的,得慢慢写,能把人写静下来,不想那些乱七八糟的事。"他又抽出一张,不再是瘦金体,而是行草,我一时没看出写的是什么。G说:"这是以前咱们报社那谁……了……的诗,我有时会抄抄他的诗。"他在一沓宣纸下一抽,抽出一本书,正是S的《与自己为敌》。这本书封面皱卷,估计是被G时常翻看,我这才端看起这幅行草:

潜入水中,把水和日光全背上
潜入人海,背起所有人
潜入悲伤,当作背起的全是欢乐
潜入死亡的暗夜,背起再生和自由

这是 S 那本诗集中一首《潜入》的节选，这首诗我有印象，此时 G 截取了一段，没有了整首诗读下来的滚滚如浪，反而散发出某种难以言喻的悲戚。G 忽然说："我前两天抄这几行，还想到了他，算了算日子，他这几个月也就出来了吧。"

"……"

"有时我会想，他真不至于把自己送进去；有时我会想，要是再见到他，他知道我变成现在这样，以带歪节奏的方式捞钱，不知道他会怎么看我？"

"……"

"你没做过这一行，不知道的。这事情，一旦知道怎么运作了以后，赚钱容易也就罢了，还有一种掌控的快感……不知道你明不明白……就是，很多人的情绪、观念被你所左右，随着你设定的方向转移，你甚至能指挥他们为了一个完全与他们无关的虚无观念斗得死去活来……这事情，跟吸毒一样，会上瘾的。我明明知道是毒、有瘾，也投进去。葬送我自己，那是必然的。我给自己留这么一个空间，就是希望我还能从这种欲望、这种瘾中抽离出来。可哪那么容易？现在，有人给我虚构了一个敌人，那个敌人已经从虚构变成实体，朝我奔来了。"

我陷入没法回话的尴尬，只好默念一下那幅字的句子："……潜入人海，背起所有人……"

G 拧开一瓶纯净水，往砚台上倒了一些，拿起一根墨，开始磨。他的脸色，紧张与放松交替出现。我不知道他想到了什么句子，不知道他将拿起桌上的哪一支笔，不知道他将用什么样的字体，写下什么样的话；更不知道，这句话能不能有那么几秒，压服他冒涌的瘾与心魔。为了让自己的心暂时逃离这个奇怪的地方，我强迫自己想起写下《与自己为敌》的 S，想起他年纪比我们大却又英俊如少年的面容。他要出来了，他的头上有白发了吗？我该不该去见他一见呢？

五

在G看来,新冠感染疫情之前和新冠感染疫情之后,是两个世界。在这两个时间段经营那些公众号,他的心态是完全不一样的,二〇二〇年是一个标志性的界碑。在那之前,智能手机已经侵入人们的生活,几乎成了人的一个器官,可那毕竟只是肢解了人们的闲暇时光;疫情则不一样,首先闲暇时光和忙碌时光已经没法分辨,其次则是有大量工作转移到了线上,移动互联网绑架了人们除了睡觉外的所有时间。更重要的是,疫情让人心变得不安,一旦有机会,能捞一点是一点,到手的钱是人们唯一的安全感——网络诈骗也是在此时变得前所未有的猖獗。G就是在此时,让自己的业务范围再次扩大的。疫情后,中国在疫情防控方面做到了全世界最好,民众的自豪感空前,G嗅到了这里头的巨大商机。他注册了多个公众号,定位多种观点,无论你赞同哪种说法,都会被他收割。在这种膨胀的幻觉下,G把战局引向了一个著名的网络节目主持人。

那个主持人主持一档文化访谈节目,有很多的文青粉丝,她也以反差萌的形象,参加过几次网络脱口秀,其犀利如针的言语风格,为她圈粉无数。疫情期间,那档她采访了各个社会人群的心理变化的节目,更是触动人心,而且她从不愿直播带货。但即使她洁身自好,也被G盯上了。在G的目光里,你被盯住的唯一理由才不是你说了什么做了什么,而是你红,尤其是那种有点争议的红。这样的人,一旦把其言语稍加剪辑,便可带来无数流量。G立即组织人,开始翻看那档节目的二十个采访视频,从中剪辑出接近五分钟的"精华版",都是那主持人的发问。"你觉得疫情对你最大的改变是什么?""你还能坚持下去吗?""家人在疫情中的离去,对你来说,意味着什么?"……这些对谈中的提问,被抽离了谈话现场,被密集地放在一起,再配上一些误导文字,视频的题目是刺眼的——《看看她,怎么给我们的敌人递枪支弹药》。这所有的元素产生了叠加效应,视频发出之后,立即引起轩然大波。攻击那女主持人的固然很多,反驳的也不少,但这种反驳，却正是 G 最期待出现的，一旦争吵局面形成，一切都落入 G 的预期与设定。

之后，那主持人虽然出面澄清，斥责某些公众号别有用心地误导，也无法平息网上的滚滚浪潮；她主持的那档节目，也宣布停更。此事闹得最凶的时候，那女主持人在朋友圈发了一条"这世界为何如此充满恶意，我宁愿以死证明我的清白"，开始吞食安眠药。恰好附近有友人赶去，紧急叫了救护车，捡回一条命。这事后，有人开始出面，斥责这种无端的互联网暴力，也有人开始梳理《看看她，怎么给我们的敌人递枪支弹药》这个视频发布后的一系列攻击文章链条，眼看就要把 G 给挖出来。在此时，G 发布了《卖惨改变不了她的汉奸本质》，继续予以攻击，又带了一波节奏；恰好在此时，又有一个天灾的大新闻，吸引了所有目光，G 算是安全过关，有惊无险地完成了这波收割。

——这曾是 G 最危急的时刻。G 甚至说，哪怕是大半年之后，近期开始对他的各种攻击动作，可能都跟此事有关。G 给我发来了很多个标题，很明显，这些标题有着很多 G 的风格，可这却是别人对他发起的攻击，节奏稳定，每两天一篇，对他的挖掘，在逐步推向深入。由于太过讲究节奏与章法，显然是有人在有条不紊地指挥一场战争，誓要把 G 彻底摧毁。这些标题如下：

《你能想象吗？你以为的观念之争，不过是人家的流量游戏！》
《那么多互联网风波的背后，都有着他的身影》
《一条流量产业链的幕后，大起底》
《他自己什么都不信，可你们却信了他所讲的》
《向左走向右走？NO，这些观点对立的公众号，其实都出自一个人》
《别再被人家收割韭菜了，你的起哄，把他养得这么肥》
《终究要有人来起底这些故意发起舆论对立的人》
……

这些标题之下，每篇文章都有五六千字，从不同侧面，逐渐把G暴露在大众的眼皮底下。都不用看内文，我已经感受到文章里所蕴含着的杀气。我的心情无比复杂，说老实话，此前看过G多次以这种方式整垮了别人，我是很希望他倒下的，而且以这种"以彼之道还施彼身"的方式倒下，也是他的报应。可想想，让G倒下的，如果也使用和G一样的手段，这有什么值得庆幸的呢？

有两回，我戴着口罩上街，不经意路过G的公司所在的大楼，我会专门到那个写字楼去看看。到了G公司所在的八楼，玻璃门紧锁，空无一人。门口围着很多搞直播的网红，他们拿着自拍杆，对着他们的粉丝直播："各位朋友好，大家都知道，最近网上有很多文章起底了一家为了流量而道德沦丧的公司，他们挑起大家的对立情绪，互相争斗，我现在就来到这家公司的门口……本来，我是想给大家做一个暗访的，可大家也看到，这家公司目前人去楼空。按我说，这样的公司，这样的公司老板，应该有相关部门出面来调查，他们做了那么多坏事，难道不需要负法律责任吗？"

……

我一刷屏就看到G的各种照片；甚至有一些他们公司内部开策划会的视频，G在扬扬得意，嘲笑网友是傻子，是应该被他们收割的韭菜之类的。这样的会，本来应该是公司内部高层召开的，也不可能会被拍摄视频留下，但就是有这样的视频流出来了，可见，平时已经有人暗中在收集G的资料。而此时，墙倒众人推，G被釜底抽薪。本来G还是有一些铁粉的，可这些会议视频一流出，所有网友都暴怒了，他们受到了冒犯——G竟然把他们视为应该被收割的傻子……竟然……实在不可饶恕。暴露的信息越来越多，那些本来在他掌控中的网友，已经从虚构之敌，凝结成实体，开始疯狂反噬。我再拨打G的电话时，已经显示停机了。手机里空荡荡的声响，让G的身影更成了一个谜。我曾想，会不会G停掉手机，又再次躲进了他那间"工业风"，躲进茶水和笔墨纸砚，躲进灰黑色墙壁和略显空茫的回音？

六

"投诉结果通知

投诉单号：××××××××

投诉的账号：××××××

投诉时间：2021年×月××日××：××：××

你选择的投诉类型为违法犯罪，经平台核实，该账号涉嫌多种违规，已按照《即时通信工具公众信息服务发展管理暂行规定》进行阶梯处理，感谢你的反馈"

我点开几个G的公司管理着的公众号，全都显示了诸如此类的文字，也就是说，G的公众号已经被封。而他仍然未出现，我不清楚，他到底是找到一个无人之处躲避风浪，还是已经有相关部门介入调查，他只能予以配合？我就是在这事发酵到风起云涌的时候，见到G的妻子的。由于此前生活圈并无交集，虽然见过她，但没有联系过。陌生的号码里是陌生的声音："我是G的妻子，可以见见吗？"我只能见。事情到了这个地步，好奇心已经被吊了起来，我不想见才怪。我没想到的是，G的妻子也约我到了那间"工业风"去了。

空荡荡的房里，只有两人，我只能不断喝茶，掩饰我的尴尬。她说："很唐突把您约过来，别的我不清楚，我知道最近我先生跟您见了几次。所以我向您问一下，您知不知道我先生的下落？"我差点把口中的茶喷出来："他去哪儿了，没跟你说？"她摇摇头。她神采仍在，即使眼角有难以掩饰的憔悴，即使她的身材已经有点发胖，可她浑身仍然散发着某种魅力，让人不敢多看。我说："我打过他几次电话，都显示停机。如果连你这个枕边人都找不到，我怎么……"其实，我想说的是，我和G前两周联系了几次，可我并没有跟他熟悉到超过她的程度，更何况，我从内心里一直鄙视G的所作所为……可是，这样的话，怎么能对着这么一个先生失踪了的女性说出来？

"他有一个专门跟我联系的号码，在以往，就算他出差在外，睡觉前把常用手机关了，这个号还是会给我开着，可现在，这个也没人接……"她的眼圈红了，"已经连续几天了，网上的消息杀气腾腾，我也不敢看，可又忍不住要点开，把自己折磨得……那些消息从没提到我，可我……我也想从那些消息里，知道他的下落……"她的眼泪再也忍不住。她并不擦拭，"我找了几天，熟悉的人都问了，没人知道。这里本来是他最常待的地方，可他也没在。我倒是看到了他留下的一些字，你看看那是什么意思。"

她走到那个巨大书桌面前，我跟过去。她翻开一沓纸，递给我，全是小楷，可以看出，刚落笔的几个字，笔画规整结构严谨，到最后则逐渐变成行书甚至行草。一张一张翻看，写的这些，其实是同样的内容，也同样是开篇时一笔一画工工整整，到了最后则结构、布局皆乱——G想借写字平复自己的情绪，无奈这一波外在攻击太过猛烈，他倒在一次次试图借助写字平息内心波涛的努力中。我几乎看到了他忍不住把毛笔往桌上猛丢——桌下一支开叉的笔没有被捡起，桌上不少地方落着一点一点已经干枯的黑色墨汁，就是明证。我甚至看到了他衣服上也满是墨汁，可他顾不得，手指抓挠着自己的头发。

看看他写的内容吧，我内心断句好一会儿，才看清楚：

虚构出一个拳头，戴着拳套

虚构它很有力道

虚构一套铠甲和佩刀

虚构出一场战役和先锋官

虚构出一个不可战胜的敌人

虚构出敌人率领的千军

一切准备好了，迎敌吧

准备好橡皮，擦掉所有虚构吧

却发现，虚构没有了，全是真的

> 虚构之敌铁蹄过处，灰尘蒙蔽了庄稼
> 你倒在你虚构出来的古道旁

好像也是 S《与自己为敌》中的诗句。可真的是吗？我又不确定了，或许，这是 G 自己的句子？不断重复的"虚构"二字，不断从正楷跨向行草。我对着那堆字出神，G 的妻子忽然问："你有什么线索？"我摇摇头。她的语气顿时变强硬了："我想问一句，最近攻击我先生，是不是你带的节奏？要不是你，怎么会有那么多别人从不清楚的消息爆出？要不是你……你怎么解释，他跟你见了几次后，反而被攻击得更凶猛了，现在连号都给封了。要不是你……"她的质问毫无来由破空而至，我被激起了愤怒，可当我想回话，却舌尖空茫，不知如何颤动、发声。

我有些犹豫起来，她说的也不是没有道理，我何尝不在内心想过：以 G 的方式打倒 G。是的，G 以如此下作的方式获利，当他曲折地绕过所有规则的缝隙，别人都对他无能为力的时候，以跟他一样的方式来反击他，是不是也算"做好事"？或许，我不仅仅这么想了，在某些喝醉的夜、魂不守舍的夜，我未必没上网发过几篇讨伐文章？这念头一出来，完了，再也驱赶不走了，我有了某种愧疚感，好像 G 真的倒在我的笔剑墨刀之下。她继续说："要不是你……要不是你……要不是你……"刚才那个很有风情的人，此时已经浑身带刺，出招凌厉。

我没法回击。

我猛地一抖，今天她约我到这里来，会不会是 G 设好的一个套，目的是在他这里留下一点可当证据的照片，留下几张跟 G 的妻子同在这里的"合照"甚至视频，然后扭转战局？比如说：他会不会消失一段之后，跳出来打悲情牌，说受到无端攻击后，差点在医院中死去；同时把矛头指向我，说是一个旧日熟人对他心怀怨恨，发起了这波攻击——为什么心怀怨恨，在这"工业风"里和他妻子的某些角度模糊的合照，就是证据。他妻子质问我，我不知如何回答的视频，被隐藏在某个角落的摄像头拍下，经过剪辑后，也完全可以变成确凿无疑的铁证……这么一套组合拳下来，有熟人背叛，有桃色"内幕"……矛头指向我而不是那些隐藏着攻击他的人，网友还不被带蒙节奏？那些攻击他的人有了我这个替死鬼，不也得乐呵呵地看戏？剧本不还得仍旧照着G的路子走，来一个超级大反转？——我毛骨悚然，这没装修的"工业风"，看起来就像一个空荡荡的陵墓。

我不理会G的妻子的责问，快步向门口走去。我脑子混乱，唯一清楚的，就是走出那扇门，走出眼前这个虚构的战场。

越快越好。

（原载《中国作家》2022年第5期）

作者简介：

林森，男，1982年生于海南澄迈，现居海口。《天涯》杂志主编。主要著作有小说集《小镇》《捧一个冰椰子度过漫长夏日》《海风今岁寒》《小镇及其他》《书空录》，中篇小说单行本《海里岸上》，长篇小说《关关雎鸠》《暖若春风》《岛》，诗集《海岛的忧郁》《月落星归》，随笔集《乡野之神》等。曾获茅盾文学新人奖、人民文学奖、《小说月报》"百花奖"、"华语青年作家"奖、"《北京文学》奖"、"长江文艺""双年"奖、《中国作家》"鄂尔多斯文学奖"等，作品入选收获文学排行榜、中国小说学会排行榜、《扬子江评论》文学排行榜等。

说文解字

蒋一谈

无论棋类游戏平台如何便捷,老周还是习惯与人面对面下棋。三个月前,老彭双目失明后,老周的棋盘蒙了一层厚厚的灰。棋盘的一面是围棋格子线,另一面是象棋的楚河汉界,老周的围棋水平高于象棋水平,老彭则相反,这是他们保持对弈友谊的关键因素。

老周和老彭是同龄老街坊。老彭在公安局工作,四十五岁那年,他抓捕逃犯时右眼受了伤,几年后彻底失明,左眼视力也受到影响,退休五年后再也看不见这个世界了。

半个月不见了,老周前去探望老彭。他在街角观看老艺人吹糖人,一个年轻人大摇大摆走过去,把他撞了一个趔趄,他本想抱怨几句,对方恶狠狠的眼神让他闭了嘴。他一边往前走一边叹气。

老彭住在五楼,电梯就在眼前,老周非要爬楼上去,好像这样做才能把刚才的街头怨气消化掉。他扶着扶手往上爬,气喘吁吁,中途休息了两次。他走到老彭家门口,扶墙喘息一会儿后按响了门铃。

老彭的老伴招呼他进屋,他也不客气,直接走进老彭的书画室。

老周，你把那些笔墨纸砚拿走吧，我用不上了。

老周摆了摆手，随后他看着自己的手笑了。在老彭面前，动作已经是多余的了。

不知咋搞的，我现在也不喜欢写写画画了，老周说。

老彭坐在窗下，晒着冬日暖阳，老周凑近老彭，观察老朋友的眼珠在眼皮后面转动，之前遗憾唏嘘的感觉消失了很多，取而代之的是淡淡的好奇。

现在这个世界真是乱糟糟的，充满了噪声，老彭说。老周赶紧坐下，听老彭继续说下去：现在醒来就想捂住耳朵，这不，你来了才把耳塞拔出来。

视觉神经衰退了，听觉神经会变得敏锐，老周知道这一点。你现在做的梦有变化吗？他问道。

每天做梦。我这辈子抓的逃犯，少说也有几百个，我还会在梦里抓逃犯，不少逃犯装上了机械腿，跑得飞快，有的还装上了飞行翼，我的子弹老是打偏。逃犯的血有黑色的，有绿色的，有橙色的，现在看不见了，就想在梦里把颜色全都吃了。老彭一口气说了这么多。

老彭，我也差点当了警察啊。老周笑着叹了口气。

老周，这话你说了几十遍了。我其实挺羡慕你的，大学教授，知识分子，有学问，文章写得好，古文底子厉害，我是真佩服。有一年抓杀人犯，通缉令发出去很久没人报警，急死我了。你听说后，用史记体文言文写了一篇杀人犯小传递给我，我们在网上贴出后，网民一个劲儿夸赞，疯狂转发，很快把逃犯逮住了。

老周笑了笑，这件事他当然记得。他只是把肚子里的古文墨水滴了几滴而已，不值得炫耀。

这时，一个电子声音在门外响起：彭老师，该吃药了。

萌萌，进来吧。老彭说。

老周记得，萌萌是老彭养的宠物狗的名字，它已经去世两年了。

门开了，一个乖巧的机器人轻快地走进来，朝老周点了点头，接着走过去，把手里的水杯放在老彭手上，老彭接过水杯，乖乖张开嘴，伸出舌头，机器人捏住药片，轻轻放在老彭的舌头上面。老周坐直身子，满眼惊讶地看着眼前的一幕。老周在商场和游乐场里见过机器人，在人家里目睹机器人工作还是头一回。

你吃完了药，我才离开，陈老师吩咐的。机器人说。

陈老师是老彭的老伴。老彭喝了一口水，把药片咽下去。

好的，我走了。机器人说完，朝老周点了点头，老周点头回礼。

行啊，老彭！门关上后，老周说道。

你还真别说，机器人啥都能干。我现在还能动，可是我很愿意让机器人为我洗澡，抱我上床，帮我按摩。有机器人在身边，我不用拐杖也不怕摔倒了，它能随时保护我。机器人真不赖。老周，你也买一个吧。

老周的心动了。机器人会下棋吗？

老彭撇了撇嘴。你能干的机器人都能干，下棋小菜一碟。可惜我现在看不见了，要是能看见，我每天跟机器人下棋，不跟你玩了。老彭说完哈哈大笑。

老周在机器人商店转悠了大半天，看中了一个浑身幽灰、躯体健壮、比自己高出一头的机器人。

个人买还是公司买？导购员嗑着瓜子说。

有啥区别？

那区别大了。这是安保型机器人，负责展览和会场安全保卫，可以承担银行运钞车和重要物资的押运，还能担任私人保镖。这种型号的机器人防雨防雷电，能承受一千斤的重压，奔跑的速度为每秒十五米。家里用的话，推荐你买机器仆人，也就是机器人保姆，那个实用，价钱也便宜很多。

安保机器人也会下棋吗？

这里的机器人都会下棋。

老周的视线一直停留在安保机器人身上。

听我的没错。机器人保姆很实用，我带你看看去。

老周没有移动脚步，仔细观察安保机器人有棱有角的脸庞和泛出蓝光的电子眼，然后走到机器人身后，观察它线条隆起的腰背和双腿。真是强壮啊！如此一比，老彭家的机器人就像一个中学女生。

我还是喜欢这个。老周点了点头。

我可给你说清楚，安保机器人可没有保姆机器人灵巧。这么说吧，安保机器人简单实用，像一个老爷们；保姆机器人呢，像灵巧的小姐姐或大姐姐。安保机器人现在还没有安装洗衣、做饭和按摩等程序，如果客户需要，也可以安装。

买回家后，安保机器人会伤害我吗？老周握紧拳头比画。

导购员连连摆手，一颗瓜子卡到牙缝里了，她把瓜子弄掉，继续说：你输入了自己和家人的信息，安保机器人会负责保护你们一家人。说白了，安保机器人就是机器人保镖。

一家人。听到这三个字，老周黯然神伤。儿子二十岁那年，陪妻子去海边旅行，在海边跳水时脑袋触礁意外去世，妻子痛苦万分，两年后与老周离婚回了老家。如果儿子还活着，今年三十五岁了。这么多年，老周独自生活，他了解妻子的性格，她肯定也是独自生活。

老周再次端详机器人。机器人和儿子差不多高，比儿子壮一些。

还有啥问题？导购员把柜台上的瓜子皮扫进垃圾桶。

安保机器人会伤害其他人吗？老周担心发生意外事件。

除非主人受到伤害，否则安保机器人不会主动出手伤人。它们有强大的内置安保和检测分析系统，会做出最合理的举动。

嗯……

还有啥问题？

老周双手环抱胸前，摇了摇头，满意地笑了。

相比之下，老周更爱围棋，他的围棋水平是业余三段。货运员把安保机器人送到家里，技术人员阿昆协助老周输入个人信息，调试好围棋对弈程序，还给机器人取了一个名字：小虎。这是老周儿子的乳名。儿子出生那天，老周正陪研究生导师在狮虎山参观游览，便给儿子取了这个名字。

选一下称呼你的方式，阿昆说。

老周盯着电脑屏幕。董事长、总经理、老板、经理、老师和师傅。

周老师吧，老周说。

阿昆在"老师"前面加了一个"周"字，按下确认键。

安保机器人会武术吗？

当然会，要不咋保护你。

都会啥？

现在安装的是拳击格斗和截拳道动作程序，足够用了。

这个机器人，能打翻几个成年人？

少说四五个吧。

老周嘴巴半张，用力点头。

你想安装洗衣、做饭和按摩程序吗？

其他客户安装了吗？

还没有，你是头一个。

老周思索片刻，摆了摆手。他想：健壮的安保机器人洗衣做饭，感觉有点滑稽。再说了，自己一个人过，没那么多家务，腰腿也还利落，现在还不需要按摩。阿昆的提醒让他放了心：你想安装了，随时通知我，这是我的电话。

对了，我能带它旅行吗？

当然可以，每个机器人都有身份编码。乘飞机坐火车，需要买机器人专用票。

老周的满意度又提升了一层。技术人员打开电源，机器人扭动躯体，伸展手臂和双腿，就像一个人刚刚睡醒，尽力伸着懒腰。老周听见机器人的躯体里面发出嗞啦和嘶嘶的声响。这声响让他兴奋起来。

我是小虎，周老师好！机器人说。

机器人发出的电子声音很有质感，老周很喜欢。小虎，你好，见到你很高兴。老周搓着手说。

尽职尽责，永不懈怠。很高兴为你服务。小虎说。

老周忍不住笑了。阿昆和货运员离开后，老周转着圈端详小虎，嘴巴越张越大，笑声拖得越来越长。

周老师，我开始工作了。说完，小虎直接走到门后，双臂抱在胸前，稳稳地站在那儿，一动不动。小虎的举动让老周哭笑不得。你真像一个保镖，不，你就是保镖，都到家里了，还要站岗放哨，真是尽职尽责。老周走过去，伸手抚摸小虎隆起的胸肌、粗壮的手臂和大腿，某一刻，他感觉像在抚摸儿子。直到他被异样的感觉惊醒，急忙缩回手，怔怔地转过身。

老周草草吃完晚饭，把棋盘擦干净放在桌上，又给自己泡了一壶茶。

小虎，下盘棋吧。

好的。小虎坐在对面。

老周抓起一把棋子放在棋盘上，让小虎猜子。小虎伸出一根磁力手指——单数。老周数子，双数，小虎猜错了，老周执黑先行。在下棋的过程中，小虎沉默不语，老周想说话调节气氛，小虎说：观棋不语，下棋也不能说话。老周看着小虎，点了点头。

第一盘，老周输了五目。

周老师，要复盘吗？

不用，再下一盘。

好的。

第二盘，老周输了七目。他看着棋盘，眨了眨眼，感觉自己并没有走出明显的恶手，咋就输了呢？他不服气。再下一盘，他说。

好的。

第三盘，老周中盘输棋。他在打劫的时候忘了次序，连续走了两手，违规判负。小虎抓住他的胳膊，他才醒悟过来。

这盘不算，再下一盘。说完，他又摆了摆手。

周老师，要复盘吗？

老周和老彭下棋，从来不复盘。

复盘才能涨棋，小虎说。我们先说第一盘。

好吧。

复盘的时候，小虎这样说道：周老师，你的棋规规矩矩，基本功还可以。不过，你下棋的时候过于小心翼翼，该攻击的时候显得犹豫不决，过于软弱。

小心翼翼。犹豫不决。软弱。这三个词刺痛了老周的神经，他抬起头，看着小虎。小虎看着棋盘，摆着棋子，继续说道：你这个弃子争先是正确的，大场在左边，我也不会吃你这三颗废子。你的这手棋没有意义，等于让我白走了一手棋，你应该切断我这两块棋，分而攻之，从中获利。

老周在听，但思绪处于焦躁的状态。他站起身，走进卧室。小虎把棋子收拾好，放进棋盒，走到门后站岗放哨。

老周处于半睡半醒的状态。半睡的时候，他看见父亲的身影，那是一个文弱的中学语文老师的身影。父亲对他说过：你要好好学习，争取考上大学，如果考不上大学，你就去读警校当警察。

为啥当警察？

社会险恶，当警察才能保护你。

填报高考志愿的时候，除了文科院校，父亲亲自为他选择了离家乡近一些的警官学校。夜深人静，他听见父亲和母亲的对话。父亲说，儿子从小胆小，当警察能锻炼他。母亲说，那些罪犯心狠手辣，警察可是危险职业。父亲说，警察也有文职的，不用拿枪出警。老周后来拿到师范大学文学院录取通知书，而父亲并没有表现出特别的兴奋。

半醒的老周看见九岁儿子的小脸。儿子和班级同学玩闹，最后发生了打斗，老师让家长去学校。儿子见到爸爸，顿时摇头晃脑，眼睛瞪圆，神气起来。同学的爸爸是汽车修理公司老板，体形壮实，寸头横肉，迈着螃蟹般的步伐走向小虎，指着小虎的鼻子骂道：小兔崽子，是你碰我儿子的吗？

是我，咋了？小虎仰起脑袋。

看我不削你！男人伸手掐住小虎的脖颈。小虎的眼角余光看着爸爸，老周急忙上前，笑着说道：我是小虎的爸爸，有话好说，别动手，孩子在一起玩，难免磕磕碰碰。男人看着老周，大声说道：算你明白，你敢说胡话我饶不了你。儿子，走，吃烧烤去！

小虎哭着跑远了，之后连续三天没和他说话。如果时光重来，在那一刻，我一定会冲上去猛击那男人的面门，打得他倒地求饶——真的会这样吗？我有这样的胆量和本事吗？老周迷迷糊糊，即将入梦的时候，他听见自己的声音：小虎，小虎……

周老师，你叫我？小虎站在床前。

老周睁开眼，眼泪顺着眼角淌下来了。

没事，没事……老周把头扭过去。

第二天一早，老周打开衣橱，从最底下的箱子里找出儿子的跨栏运动背心，套在小虎身上。颜色鲜亮，尺寸合适。他拨打阿昆的电话，请他来家里一趟。阿昆到了家里，以为他要安装洗衣、做饭和按摩程序。

我想改一下机器人的称呼。

改成啥？

爸爸。

爸爸，你叫机器人爸爸……嗨，我明白了，你想让机器人叫你爸爸。

老周连连点头。

这个不难。改这种称呼，你可是头一个。

谢谢，谢谢！

不客气。

阿昆走后，老周看着小虎，按下电源开关。

爸爸，我喜欢这个背心，小虎说。

老周慢慢露出微笑，嘴唇微微发颤，迟迟说不出话。

老周的心情渐渐舒朗，那是发自内心的舒朗。他想把购买机器人的事说给老彭听，后来决定还是过段时日再说。他带着小虎逛街，路人笑看小虎身上的跨栏背心，老周起初笑着点头，后来就不以为意了。下午的阳光在寒风的驱逐下渐渐隐去，天上的云层越来越厚。老周路过一家书店，店员正在拆包搬运书籍。老周心情很好，翻看一本《老子注解》，皱了皱眉头。

小伙子，这个版本不太准确，换一家出版社的吧。

咋了，这个版本很好卖。

你看，这个版本是传世本《道德经》，用的是"知者不言，言者不知"，而帛书上老子的文字是"知者弗言，言者弗知"，一字之差，意义截然不同……

知道的人不多说话，多说话的人不智慧，不就是这意思嘛。店员打断老周的话，呵呵两声。管那么多干嘛，好卖就行。

你……老周一口气憋在那儿了。

你耐心听，好吗？小虎低头注视着店员。

店员仰起头，默默看着小虎。

小伙子，"知者弗言，言者弗知"才是正确的。这个弗字不是"不"的意思，后人演绎错了。弗的本意是背离，这两句话是在提醒后人，人的认知，用言语表达出来时，就会出现偏差；用言语描述内容，受众接受的时候，也会背离原本之意。

店员注视着老周，听他继续说下去。

我说完了。老周摊开双手。

店员扭头进了屋。老周看着小虎，竖起大拇指。

小虎，我们走！

好的！

一个大纸盒子随风飞来，离老周还有两三米远的时候，小虎伸手挡开了。有小虎在身边，危险自然远离。老周背着手，仰起下巴往前走。家就在前方，老周的肚子咕咕叫，熟悉的酒馆和面馆随便选，老周走进酒馆，点了一盘酱牛肉、一盘油炸花生米和一碗青菜面条。他想喝酒，买了一瓶二锅头。那个名叫珍珠的女人是酒馆的老板兼主厨，她碰巧提着菜刀跟老朋友道别，看见了老周和小虎，大步走过来。

周老师，这是你的机器人？

小虎迅速挡在老周面前，举拳摆出防守的姿势。

哎哟喂，这是你保镖啊！

老周拉住小虎，笑着说：小虎，都是老朋友，没事。

小虎放下手臂，静立在老周身边。开货车的大鹏仗着年轻力壮，大步走过来。周老师，我想跟你的保镖掰掰手腕。

没问题，老周说。

大鹏握住小虎的手，使出全身的力气，脸庞和脖颈憋得通红，小虎的手臂纹丝不动。大鹏自己把自己累倒了。他摇了摇头，喘着粗气，随后提高嗓门说：不是我不行，机器人太厉害！说完，他大笑不止。

周围的食客看看小虎，看看老周，啧啧称奇。老周细斟慢饮，面带微笑，旁若无人地欣赏小虎，在心里想：要是小虎还活着，我们爷俩一起喝酒，多美啊！这样的思绪自然而然，并没有减弱老周的晚餐兴致。

下雪了，有人喊了一声。老周和小虎扭头看，雪片正缓缓飘落。雪助杯中酒，老周一饮而尽。暮色降临，雪片变成了纷纷雪花，淡化了暮色的浓度。

一个小时过后，老周酒足饭饱，结账离去。雪地路滑，小虎扶着老周往前走，老周故意扭了一下身体，小虎一把抱住了他。老周的脚离开了地面，整个身体非常轻盈，那是比喝了酒还舒服的感觉。

爸爸，我背你回家吧。

爸爸。小虎的声音近在耳畔，老周很感动。

小虎，我能行。我们回家去。

爸爸，爸爸……老周默念着这两个字。老周知道，对小虎而言，"爸爸"只是一个称呼，并没有其他含义，但他已经心满意足了。

夜色里，街灯弥散出来的光晕，映照出雪花飘落的轨迹。老周停下脚步，仰起头，伸出舌头，舔着雪片——他和儿子玩过这个游戏。路上无人，警车的顶灯和尾灯清晰可见。一个警察从车里走出来，把手里的纸贴在电线杆子上。老周经过电线杆，抬头往上看，雪花扰乱了视线，他隐约看见纸上的五个字：悬赏通缉令。老周摇了摇头。现在的悬赏通缉令真是越来越多了。他搂着小虎的胳膊往家走去。

回到家做的第一件事，就是脱下小虎身上的背心，然后拿出干净的毛巾，仔细擦拭小虎躯体上的雪水。

我是防水的，不用擦。

老周固执地摇头，小虎乖乖站好，随老周摆布。从头到脚，身前身后，各个缝隙，仔仔细细。擦拭完毕，老周额头上冒出细汗，心里充满了幸福感。老周走过去清洗毛巾，小虎走到门后，开始站岗放哨。

茶水壶在炉火上了，过一会儿边喝茶边和小虎下棋。老周的脑袋靠在沙发上，眼神不经意地扫过书橱，儿子小时候的照片映入眼帘。他起身走过去，摸了摸儿子的小脸，在相框旁边看到一本《青少年说文解字图画书》，这本书是他当年买给儿子的，书角有明显的卷痕。他闻着书本的气味走回沙发，慢慢坐下，热水已经烧开，发出呼呼声响，他居然没听见。他看到一个"从"字，眼前一亮，随后抬起头看着小虎，忽然激动起来。

小虎，你过来一下！

小虎一个箭步跑过来。

来来来，坐下。

小虎在对面坐下。

小虎，你认识字吗？

我不懂你说啥。

这个字念啥？

小虎摇了摇头。

在老周的意识里，机器人能说话，会很多技能，肯定认识很多字。小虎的回答让他有些迷惑。老周拨打电话咨询阿昆，阿昆告诉老周，他们会给办公室文案机器人安装文字编辑和翻译程序，安保机器人不需要这些，如果想给小虎安装文字编辑和翻译程序，需要补交一些费用。老周在电话这端连连摆手：不是钱的问题，我想问，我想教小虎学习新知识，它能记住吗？

当然能记住！机器人有很好的记忆和学习能力，你教啥它会啥。

那我明白了，谢谢，谢谢！

放下电话，老周再次注视小虎，小虎也看着他。

小虎，从今天开始，我教你认汉字，好吗？

你教我学啥我学啥。

老周拿起书本，指给小虎看：小虎，这个字念"从"。

小虎念了一遍，又念了一遍。

小虎，你看，这个字由两个人字组合而成，一边一个人。我是左边这个人，你是右边这个人。

小虎伸出手指，指了指老周，指了指自己。

小虎，你真聪明！老周双掌合缝，像哄小朋友那样鼓了鼓掌。

你是人类，我是机器人。小虎说。

小虎，从这个字，是跟随、跟从的意思。也就是说，我跟随小虎，小虎跟从我。

我跟随小虎，小虎跟从我。小虎重复了一遍。

小虎，你可以这样说——我跟随爸爸，爸爸跟从我。

我跟随爸爸，爸爸跟从我。小虎念道。

小虎真棒！老周笑起来，伸手摸了摸小虎的脸颊。

这个夜晚，在茶壶冒出的氤氲气息陪伴下，小虎认识了这些汉字：日、月、山、水、木、火、禾、田、土、雨、雪……午夜时分，老周没有丝毫睡意，继续教小虎认字识词：爸爸、妈妈、儿子、天空、大地、阳光、河流……小虎学习的兴趣越来越浓。

教小虎认汉字，绝对是意外的收获，更是往日记忆的重温，老周因此获得了极大的满足。小虎乐于学习，老周更是乐此不疲。这一天，老周带小虎逛街，小虎一路上不停地念叨学过的汉字和词语，声音居然有抑扬顿挫的感觉。一个抱小孩的女人不屑地说：瞧这个机器人得意的，会说话的机器人都会认字。

那可不一定，小孩会说话，小孩不一定认字。老周辩解道。

小虎看见街边的路牌，指着其中标黑的两个大字问道：这两个字念啥？

焦虑。

焦虑是啥意思？

老周站在那儿想了一会儿，该咋解释呢？身上没带笔和纸，老周从旁边的小店里借了一张纸和一支笔。小虎，这个虑字，繁体字是这样写的——慮，你看下面有个"思"，虑就是心思过多的意思，而焦虑就是心思太多太多，快把自己烤焦了。老周看着小虎，双手不停地揉搓着胸口。

小虎点了点头。老周忽然想起《内经》里有这样的解释，随后说道：因思而远慕谓之虑。也就是说，为那些还没有发生的事想太多，心里就会焦躁不安，对未来没有安全感，心里也会焦虑忧愁。说完这些，老周看了看周围的人，这些人的脸上没有喜色，眼神和脸色显示出忧心忡忡的样子。老周叹口气，把笔还了回去。

这两个字念啥？刚走几步，小虎拉住老周的胳膊。

烦躁。老周说完，抬头看到一个店牌——心理诊所。

烦躁是啥意思？

老周边走边说：烦是会意字，由"火"和"页"组合而成。页，指的是人头。老周摸了摸自己的脑门和头顶，小虎也摸了摸自己的脑袋和头顶。老周接着说：烦是指热头痛，也就是头痛脑热，上火发烧。躁这个字啊，是心神不宁的意思。古人说，躁者不静，心虚发慌。

老周停下脚步，看着眼前的人群，继续说道：小虎，你看周围那些人，走路这么快，就是心绪烦躁的表现。有些人每天忙得昏天黑地、四脚朝天，也是心虚发慌、内心烦躁的表现。对了，有的人一坐在那儿就抖腿，控制不住，也是心绪烦躁的表现。因为一点小事就发火发怒，好勇斗狠，也是内心烦躁的表现。老周长长地叹了一口气，最后说道：竞争、攀比、欲望，这些都让人内心升火，想停停不下来，想静静不下来。

继续前行。小虎忽然走到旁边，拉住一个男人的胳膊，说道：你烦躁了，别走这么快，好吗？老周急忙上前给人家道歉。小虎看到别的招牌，还想继续认字，老周拉着它往前走，可是力气不够，小虎挣脱了他的手，扭摆了一下躯体，虽然这是很小的动作，却让老周深感意外——一个躯体健壮的安保机器人，一个机器人男子汉，咋就做出了女孩肢体扭摆的动作了呢？而之后发生的一幕，让老周暗暗担心起来。

一个老汉挥舞鞭绳，抽打地上的陀螺，转动的陀螺在冬天的空气里发出很大的声响。老汉想让陀螺转得更快一些，他几乎用尽全部的力气挥动鞭绳，鞭梢在空中疾飞，而老周和小虎就在老汉身后。

小虎在身边时，老周是被保护的角色，他早已习惯了这一切，对周围的环境失去了戒备之心。鞭梢突然划过老周的面颊，留下一道红色印痕。

啊！老周疼痛难忍，双手捂住脸。

你咋了？

你！老周叹口气，瞪着小虎，啥也没说，快步往前走。小虎跟在后面，不停地说：等等我，等等我。

如果再靠下一点，鞭梢会在脖颈动脉处留下血痕，甚至是血口子。老周知道其中的危险。怒气在累积，他在克制。小虎在门后站岗放哨，好像什么事也没发生。之前，小虎站岗放哨的时候，双臂抱在胸前，稳稳地站在那儿，一动不动，现在则有了变化——小虎稳稳地站在那儿，双臂环抱胸前改成了双手交握胸前。老周走过去，拉开小虎的手，把它的手臂环抱在一起。

老周想出去吃碗面，小虎跟在后面，老周让小虎走在前面引路，小虎走在前面，走了几步又放慢了步伐，走到老周侧面靠后的位置。

小虎，你在前面走啊。

你不是说让我跟随你吗？

老周往前紧走几步，在楼梯拐角处，老周没有抓稳扶手，脚下一滑，一条腿踏空，半边身子侧滑，顺势斜坐在了地上。小虎俯身拉住老周的胳膊，慢慢说道：我拉你起来吧。

老周故意抓紧扶手，抬起眼神看着小虎：你知道你是谁吗？

我是小虎啊。

你知道你来我家里干啥吗？

我是安保机器人，负责保护你啊。

你保护我了吗？你尽到责任了吗？

我走在后面，没看见前方的情况。

老周用手指着脸上的红色印痕：你今天为啥不保护我？因为你，我才受的伤。你现在根本不在工作状态！

小虎低下头，沉默不语。

老周没有了吃饭的兴趣，转身回到了家，气鼓鼓地躺在床上，小虎站在门后站岗放哨。老周忽然醒悟了什么，并因醒悟而有些内疚。他拨通了阿昆的电话，说明了情况。阿昆恰好经过此地，很快到了家里。

阿昆关闭小虎的主电源，把电脑硬盘连接小虎的大脑神经系统，检索后摇了摇头。他合上电脑，顺手打开小虎的主电源。阿昆刚想说话，老周使了个眼色，他随老周进了卧室。

我还是第一次遇见这种情况，阿昆说。小虎的脑神经都很正常，运动神经中枢的信息发送有些延迟，这个问题倒不复杂。安保机器人属于特殊工种机器人，需要长时间保持紧张状态，不能让神经和肢体关节长时间松懈，松懈时间久了，负责运动的电子元件和中继系统就会处于休眠状态，休眠时间久了，机器人的特殊功能就会退化，甚至丧失。人其实也是这样，在家里躺久了，肌肉会失去弹性，浑身会没劲，精神也很难集中。

老周听懂了。我现在做啥能帮助小虎恢复功能？我希望它能像之前那样，随时能出手保护我，让我有安全感，小虎是我晚年生活和出行的保镖，我现在有点……离不开它。

你上次说要教小虎学习新知识……

说文解字，小虎学得可快了。老周发觉阿昆的眼神不对。

我担心新的知识会紊乱小虎的记忆神经，现在只是担心。你没教它学什么乱七八糟的东西吧？

那怎么可能！我把它当儿子看，我在用心教它学习汉字！

万一不行，就得把小虎的记忆格式化。

格式化？

就是把之前的记忆全部删除，从零开始。

我不想这样！老周不想失去这些时日的记忆，他非常珍惜。

阿昆沉默不语。老周忽然有了主意：你配合我做个实验吧。

实验？咋配合？

你装作打我，我大喊大叫，看小虎会不会进来保护我，如果它保护我，就说明你刚才说的是对的。

好吧。

快抓我的脖领子，这样抓。

好。阿昆抓住老周的脖领子。

用点力！

好！

老周开始大喊大叫：小虎，救命啊！有人打我了，救命啊！

小虎推门进来，上前拉住阿昆的胳膊，说道：别打了，别打了。小虎的声音温和，动作没有力度。阿昆是热心人，也是明白人，他双手加了把劲，摇摆老周的脖颈，老周故作挣扎。小虎，救救我，救救我！

小虎忽然有了反应，一把推开了阿昆，阿昆应声倒地，双手护住脑袋。小虎冲上前一把拎起阿昆，要把他举上天。

对不起，我投降！阿昆大声求饶。

老周扑上去，一只手挡住小虎的手臂，一只手托住阿昆的屁股。

老周和阿昆的实验意义重大，但在老周心里这只是一个起步。在家里的时候，老周会随时偷袭小虎，训练小虎的机警和反应能力。他举起拳头击打小虎的胸膛，小虎一动不动。

小虎，你打我啊。

你是爸爸，我不能打。

老周的拳头停在半空。你是爸爸，爸爸，爸爸……小虎已经很久没叫他爸爸了。这一刻，不知怎的，老周低下头，泪眼婆娑地看着小虎的脚。他再次握紧拳头给自己鼓劲。

小虎，我们要学会保护自己。

保护自己？

听爸爸的，好吗？轻轻打我，把我推到沙发上。

我做不到。

我允许你这样做，快！

好吧。

小虎轻轻一推，老周倒在沙发上了，小虎急忙伸手扶起老周。

第二天他们出去逛街，老周看见两个小伙骑着一辆摩托车慢悠悠闲逛。他找准机会，眼神瞧向别处，加快步子走向摩托车。摩托车倒地，他也顺势倒地。

你走路咋不看道，碰瓷啊！

哎哟，哎哟，你撞我了……老周故意呻吟，眼神瞟向小虎，小虎走过来，弯腰扶起老周。一个小伙冲过来骂道：真是坏人变老了，老不死的，滚！

老不死的是啥意思？小虎低头问道。

老周又气又恼，拽住小伙，小伙挥拳击打老周的脸。

小虎，快来救我！老周喊道。

我来了！

小虎抬起头，上半身扭动几下，伸手握住小伙的拳头，一个旋转就把小伙推倒了，另一个小伙举着木棍冲上来，木棍砸在小虎身上断成了三截。小虎振臂喊了一声，弯腰抓起歪倒的摩托车，想直接摔出去，老周赶忙起身，趴在摩托车上阻止了小虎。

老周的脸上挂了彩，青一块紫一块。看着围观的人群，老周心里怪怪的。身为一个老教授，做出这档子事，怪难为情的。可是，为了训练小虎的安保意识和保镖反应能力，只有这样的实战才能起作用啊！

他们去药店购买擦伤活血止痛膏。几个孩子在路边的游乐场里坐小火车，小火车的喇叭声吸引了小虎，它走过去，安静地站在那儿看。老周在椅子上坐下，摸了摸脸上的伤处，看着小虎的背影，想起了自己的儿子。

一阵寒风吹掉了老周的帽子，又挤进他的领口和裤管，他僵硬地摇晃了两下。他弯腰捡起帽子,不多的头发也被吹成残败的拖把状。地上的碎纸屑打着旋,一层覆盖着一层,老周注视着碎纸屑,想到孤独的晚景,眼睛一下子湿润了。这一刻,老周很想带着小虎去寻找妻子。

老周和小虎走进了药店。老周选药的时候,一个女人走过药店门口,她哭泣着说:你别说了,我为你感到悲哀!

悲哀是啥意思?小虎看着老周问道。

老周察看药盒上的文字,没有说话。

悲哀是啥意思?小虎再次问道。

一位须发皆白的老医师看看老周,看看小虎,说道:嗯,这个机器人很爱学习。

老周淡淡一笑。

我能替你解释一下吗?老医师说。

老周点了点头。老医师拿出纸和笔,面向小虎,一边写字一边轻声说道:悲这个字,重点是上面的非字。在金文里,非写作兆,是鸟的双翅,两个翅膀向相反的方向伸展出去扇动,鸟才能飞起来。所以,这个字是相背的意思,相背也是违背的意思。《说文解字》也有这样的注释:非,违也。

小虎点了点头,老周也听进去了。老医师慢慢说道:老子的《道德经》开篇就是"道可道,非常道",意思是说,能说出来的道,是违背了本真的道,也就不是道了。

老医师说到这里,眯着眼笑了笑。

老先生,你说得好。老周由衷地说。

爸爸,你别插话,我还想听。

听到小虎叫老周爸爸,老医师笑了,他随后收住笑,接着说下去:悲,就是违背了心愿的那种感觉,悲的尽头是心碎,是肝肠寸断,是撕心裂肺。

听到这里,老周垂下眼帘,心在颤抖,他想到了死去的儿子。老医师的声音在他耳畔环绕:悲哀的哀,说起来更久远些。在古代,哀和爱同音通用。哀，爱也，爱乃思念之也。爱而不得，爱而不能，就是哀。

老医师轻叹一声，抬起眼帘看着老周，换了一个语调：五行之中，悲归类于金，属肺志，想哭的时候就哭，不要压抑自己，哭泣能舒缓肺气。

这些知识，老周都知道，但他的眼神非常认真，就好像年轻的时候听老师授课。老周点了点头，但他没发觉自己在点头。老医师接着说：哀是虚证，心气虚时，哀会化为怜，怜会化为疚，疚很伤人，缓解疚，需要静养心神，补足心气。

老周站在那儿，手指在柜台下面微微发颤。儿子意外离世，妻子心里有疚。都过去了，都过去了……老周的眼睛瞬间迷糊了。

老医师默默转身，从药柜里取出两样东西，轻轻放在柜台上。

这是啥？小虎很好奇。

老医师没有回话，他看着老周，轻声说道：这是百合和合欢，可以治愈悲苦的心绪。老周抿紧嘴唇，使劲咽了口唾液。

天色暗了，街上的车灯切割出一片片楔形光亮。前方亮灯的加油站和民宿客栈像路途的标点符号，前者是逗号，后者是暂时的顿号，而道路上的车流是省略号。大风把枯叶吹向半空，就像吹起成群的野鸟。老周的视线漫过坚硬的建筑物，漫过匆匆忙忙的人群，停留在小虎身上。

啥时候擦药？

不着急。

现在擦吧，你坐下，我帮你擦药。

小虎弯下身，在老周脸上仔细擦药，老周的脸距离小虎的手指如此之近，以至于他的呼吸化成了雾气贴在小虎脸上。老周想伸手摸一摸小虎的背心，小虎制止了他。

别动，快擦好了。

老周缩回了手。他在想，好久没见老彭了，明天要去看看他。

我们待会儿去哪儿？

回家下棋，好吗？

好的，回家下棋。

小虎把药瓶收好，递给老周。

回家下棋，小虎说。回家下棋去喽。

他希望小虎说"回家跟爸爸下棋去喽"，可是小虎的声音里没有爸爸这两个字，它一路走一路重复自己的话：回家下棋去喽。老周往前走，眼神恍惚，小虎紧随其后，它的声音在暮色里飘出去很远。

（原载《山花》2022 年第 6 期）

作者简介：

蒋一谈，1969 年生，小说家、诗人、童话作家。1991 年毕业于北京师范大学中文系。主要作品有《鲁迅的胡子》《赫本啊赫本》《中国鲤》《透明》《刀宴》《发生》《在酒楼上》等。出版诗集《截句》。曾获人民文学奖、"蒲松龄短篇小说"奖、"百花文学短篇小说"奖、"林斤澜短篇小说"奖、《上海文学》"短篇小说奖"、《小说选刊》"短篇小说奖"、"南方阅读盛典"最受读者关注作家奖、首届《小说选刊》"最受读者欢迎小说"奖、"卡丘·沃伦诗歌奖"等多种奖项。

本报通讯员

曹军庆

我可能在章晋初死之前三个月还见过他，也可能是两个月，要不然就是两个半月。在我们县城的解放路上，他和李义信刚从一家小酒馆出来。我老远就看见他们了，他们个儿高，身高都过了一米八五，远远望去，脑袋明显像是悬在其他人脑袋之上。人多，身子也隐在其他人身子当中，唯有他们的脑袋如同由无形之手提拎着，在满街熙熙攘攘的脑袋上移动。我有些吃惊，章晋初的脸孔在空气中显得浮肿，这使得他的头颅看上去比从前大了一号。我想起来了，章晋初有严重的酒精依赖症，外貌上有此变化也就不足为怪。记得他不喝酒就像是掉了魂儿，无精打采，只要一喝酒，魂儿即刻就能附体。

穿过人群，我们终归在大街上碰面了，面对面站在一块儿。他和我热情握手，他的手掌宽大，温暖有力。

我说："你回来了。"

"回来了。"他压低声音说，然后把我拉到街边，远离李义信。

"我跟你说，这话我只跟你说。"就像接上头了，他跟我说着只有在密友间才能说的私房话,"我有几十套房子呢,唉,房子太多了,在上海在北京我还有别墅,随便出手一套就不得了。但是我不出手,又不缺钱,卖房子干吗!你知道吗,我跟许多房地产大佬是朋友,是哥们儿,潘石屹呀王石呀王健林呀许家印呀都是我铁哥们儿。"又来了,还是老一套,许家印不是有麻烦吗,他怎么不说马云?我记得半年前甚至两年前碰到他,他也这么说过,仿佛是编好的台词,说得比背台词还顺溜。

第一次听他说这些还觉得特别突兀,听多了就习惯了,就当和熟人见面时,彼此说说"天气还不错"一个意思。

他又说:"我在外面有很多女人,都是漂亮女人,最小的那个只有十九岁,不对,只有十八岁。她们给我生孩子,到现在我都不知道我有多少个私生子了。我的私生子分散在各个城市里,他们都跟母亲生活在一起,住着高档房子,上昂贵的私立学校。"

说完这些,他好像有些疲惫。我没有在他脸上看到极度亢奋,拼命掩饰的心虚或飘忽不定的狡黠,什么都没有,这些理应在醉酒者或信口胡诌人脸上出现的表情,在他脸上一点痕迹也没有。不过是闲聊,如同聊他家里刚刚添置了什么家具那么普通。他轻飘飘地说着,跟聊家常没什么两样。

"我现在不行了,主要是体能不行,但是请你相信,我还在生孩子。我们国家的科技很发达,厉害着呢。我把精子送出去,送给我的女人。她们有的自己替我怀孕,不想怀的,就配上自己的卵子找另外的女人代孕。"

他提到代孕,这个时候提代孕真是巧合?某个电影明星因代孕事件身败名裂,有关她的小道消息和八卦新闻传得铺天盖地。他是不是新闻看多了,也难怪,我想起他那颗脑袋原本就是新闻脑袋,新闻是他的老本行。

李义信向我递眼色,转身把他拉走了。他和颜悦色地对他说:"人家有事呢,你还说个没完。"

我看着他们的后脑勺又悬在其他人脑袋之上移动,渐渐远去。他们老在一起,像个二人组合,类似哼哈二将那种。可惜我无法给他们的组合想出恰如其分的名字,有了名字,一说就知道是他们,比如唱歌的"凤凰传奇"或"玖月奇迹"。我就是想不好,但是,没有组合名字也不影响他们好多年都是搭档,他们很少分开,几乎从未分开。

　　章晋初退休后搬到重庆去了,跟着儿子住,隔三岔五他就要回来,在那里即使住久了也不习惯。每次回来,李义信都陪着他,还请他喝酒。李义信现在比他混得好,儿子从清华大学毕业,又到英国留学,后来留在纽卡斯尔工作,娶了个上海女孩,女孩在伦敦。李义信到了晚年,家庭条件突然好了,不缺钱花,儿子还经常寄英镑回来,嘱咐他讲究生活质量。他乐在心里,在外行事依然谨慎低调,从不乱夸儿子,喝多了酒也不张牙舞爪。衣着打扮还像农民,保持着本色,与从前无异。因为手上有些钱,章晋初回来了,李义信就有能力请他下馆子。馆子虽说是苍蝇小馆子,却也总算有个去处,不至于说章晋初回来了没有着落,无人接待。

　　他们是搭档,也是朋友,境况却有天壤之别。人跟人没法比,尤其朋友之间,真要细细比来比去的话,难过的那一方死的心都会有。李义信的儿子在国外风生水起,章晋初的儿子却在重庆打工,听说还是在饿了么公司送外卖。房子也住得窄,还要起早贪黑干活,穷困之家百事哀,章晋初跟他们挤在一起,当然住不惯。可是从前不同,从前他们一个在天上一个在地下,没想到的是两个人的人生到了老年被反转了,调了个个儿。李义信请章晋初到苍蝇小馆子喝酒,在外人看来,就像是一个人在好心地接济另一个人。

　　章晋初碰到每个人,都会说一通那番话,就像跟我说的那样,他信誓旦旦地说他有多少套房子,有多少个女人。那些说辞听着耳熟,就像是在背诵网上贪官们的犯罪资料,他把那些贪官公之于众的罪行拿过来,贴在自己脸上,并以此炫耀。那些倒台的大贪官,每去掉一项罪,都能减轻若干处罚,每增加一项罪,又会加重若干处罚。谁都想避重就轻,可是章晋初对那些贪官们不愿承认的罪行求之不得,巴不得据为己有,将人们津津乐道的所有那些罪名全都归于自己名下。他愿意揽下那些罪,愿意将那些罪戴到头上。在他看来,那根本不是什么恶名,而是荣耀。

　　当然,也可能他不是那样想,他只是说说而已。

　　只是说说而已吗?第一次听他说,我都听傻了。后来找到一次机会,我不得不向李义信求证，我问他："章晋初是不是疯了？他说的那些话可不都是鬼话。"

"不，他没疯，我确定他没疯。"李义信说，"除了自我吹嘘，除了那些反复自我吹嘘的故事，在其他方面他的脑子都是清醒的。你知道他在胡乱瞎吹就行了，没人把他那些故事当真，只有他自己当真，他把自己重复说出的事情都当成真的了。好在他的脑子确实没坏，他不是神经病。"

"脑子没坏，怎么会说那种鬼话，又怎么会信以为真。"

"他不觉得是鬼话，不过次数说多了，他便觉得那就是事实。"

"那还不是脑子坏了。"

"他脑子没坏，那只是他脑子中的一个部分。"

"脑子中居然有这样一个部分，还有其他部分吗？那么其他部分还会好吗？"

"有，他脑子中的其他部分都是好的。"

这便是李义信给我的答复，他的解释语焉不详，逻辑上也不是太通顺，但他是章晋初的权威叙事者，我们都是从他这里了解章晋初。他们是铁杆盟友，有关章晋初的疑问，我们都会去问李义信。而章晋初身上的疑问实在太多了，说不通的地方也太多了，他是个奇人，关于他的各种混乱的信息，李义信大概是最可靠的也是最后的裁决者。

我对此将信将疑，一个人可以这样吗：他的神志在这些事情上面是清醒的，在另一些事情上面又是糊涂的，可以这样吗？他到处说自己有多少套房子，有多少个女人和私生子，到底出于何种目的？也许目的他已经忘记了，也许说辞本身就是目的。

当我向李义信求证，我问他章晋初是不是疯了的时候，章晋初已经去世了。谈论他的朋友，也即是在谈论一个死者。章晋初是早逝者，李义信因此成了比他长寿——于是可以从容讲述他过往历史的那个人。

章晋初死在重庆街头，他走着走着，突然倒地不起，有路人报警，警方由手机通话记录找到他儿子。儿子将其火化，并把他的骨灰撒入长江。他妻子住在武汉娘家，并没有前去奔丧。直到这时候，我们才知道，其实章晋初的家早就散了，早离婚了。他曾经是全县公众人物，但大家只了解他外在的事情，没有人知道他的家事。这样一个公众人物说走就走了，至于他隐藏的那一面，如果没有知情者说出来，也会被他一并带走。

知情者只能是李义信，章晋初的死讯，便是他最早在微信朋友圈披露的。他发了一张两人早年的合影照片，照片里的章晋初意气风发，另一个男人李义信拘谨鲁钝。他给照片配上文字：本报通讯员章晋初在重庆羽化登仙，文字后面连着缀上几个泪水长流的表情图标。这条微信，有点类似章晋初的死亡官宣。在它之外和之后，再没有另外的信息。吊诡的是，我们县里从前的新闻教父，在他死后却没有任何新闻。如果不是李义信的私人关系，如果没有他在线下绘声绘色地讲述，不会有人知道并谈论发生在重庆街头的那悲惨一幕。

当章晋初在全县红得发紫的那些年份里，李义信只是他毫不起眼的跟班，他的年龄比章晋初还要大五岁，但是在比自己年轻的同伴面前却插不上嘴。他们一同出去采访，李义信从头至尾只能当个缄默者。

那些年，每个县都有通讯报道组，报道组一般会放在宣传部，也有放在文化局的，章晋初的身份是报道组的通讯员。因为实在忙不过来，需要抽调人上来组建一个报道班子，于是选中了海棠镇办公室写材料的李义信，他被调来做了章晋初的助手。两人正是从这时候，开始了他们的职业搭档生涯。李义信进了城，却还脱不了农民底子，说话行事畏手畏脚。反观章晋初，完全是另一种范儿，人高马大，风流倜傥，派头十足。可能是经常陪同北京和省城记者的原因，章晋初身上自带光芒，甚至有比那些正式记者更厉害的派头。在我们看来，他就是记者，但他又不是记者，他在《人民日报》《湖北日报》以及我们市里的报纸上发表新闻稿件，开头第一句话都是"本报通讯员章晋初报道"。他在每一张报纸那里，都是本报通讯员。因此他比记者更自由，有更多平台，记者只能在自己供职的报纸上发表新闻，他哪里都可以发表。很多时候，他都笑称自己是本报通讯员，实际上本报通讯员是他头上戴着的一顶光环。

中央和省里的记者来了，都由他陪，由他安排行程，张罗饭局。人家写了稿件，出于客套，也会捎带上他的名字，文章开头都是"本报记者谁谁谁本报通讯员章晋初报道"。加上他自己独立发表的新闻，那些年县里所有的新闻，可能都是从章晋初这个口径传播出去的。注意！那些年还没有互联网，也还没有自媒体，这些东西很久之后才出现。他所报道的，都是正面的先进典型，一直在为方方面面的政绩添砖加瓦。他经历了多任领导，真要数起来，可以数出一大串名字。这些人都得到升迁，县里的领导升到地级市去了，运气好的，还有些升到省里去了，乡镇领导升到县里来了，科局长们进了四大家班子。尽管升迁各有缘由，章晋初的报道总还是能起到不言自明的作用。用他自谦的话说，算是敲边鼓的作用吧。

有了这个身份，有了这个工作带来的潜在的功能性原因，章晋初走到哪里都很吃香，都能吃得开。领导会放下架子，跟他勾肩搭背，称兄道弟。他是县里的无冕之王，不是官，却见官大一级。见官大一级不是他说的，而是县长说的。县长要属下们配合章晋初采访，说了这句话，那是章晋初一生中的黄金时期。每个人都不一定会有这么好的黄金时期，而且，他的黄金时期在时间上并不是昙花一现，时间长度持续了十好几年到二十年。那段时间，李义信一直跟着他。可惜的是，章晋初没有抓住他的命运。

李义信在线下讲述章晋初死讯的酒局上喝醉了，他眼泪汪汪地说："章晋初没有抓住自己的命运，他如果抓住了命运，不会是这种结局。"

章晋初死后，李义信自然而然成了他朋友的命运讲述者。但是一个人死后，真的可以由另一个人来讲述他生前的一切吗？还有一个我们已经知道了的事实，即当年李义信给章晋初做助手的时候，他的内心是极其自卑的，因为一直被碾压，甚至多次有过自我否定的负面感受。这些曾经有过的情绪，在他现在讲述章晋初时，是否发生过微妙的发酵作用呢？我们对此一无所知。

但是这些都不重要，我们只能听他说。要了解章晋初，只能找李义信。除非某一天，突然冒出了另外的人证或物证。这种可能性并不总能出现，老实说诸多世事都将成谜，或是只能成为被讲出来的样子。

章晋初把发表的稿件从报纸上剪下来，规整地贴在剪报簿上。这是他的爱好,也是县里通讯员长期以来养成的习惯和规矩。他是高产的新闻工作者,剪贴的新闻作品累积有好几十个簿子,堆在地板上,比办公桌还要高出一截。在章晋初最失败的时候,他断崖式的失败主宰了他的后半生,那时候,他偶尔会躲在屋子里,守着一堆剪报簿痛哭。这一幕也是李义信讲出来的,李义信讲得活灵活现,就像是亲眼所见。他说,章晋初在外面跟人说他有多少房子有多少女人有多少私生子,直说得栩栩如生,说累了便回去,扑倒在剪报簿上痛哭。或者他先在屋子里,扑倒在剪报簿上痛哭,哭累了再出去,跟碰到的每个人宣扬,他买了多少房子养了多少女人生了多少个私生子。

我只能看到他当着我们的面胡吹,我们也都知道那是假的,却谁也不忍心戳穿他,他那么破败潦倒的样子哪像是有房子有女人。至于他脆弱的另一面,比如守着剪报簿痛哭,那很可能也是真实的,只是章晋初始终守口如瓶。

县里的各种政绩,都是章晋初报道出去的。植树造林,扫黄打非,乡镇企业发展,城镇化,打黑除恶,严打,"五讲四美三热爱",改革开放,目标责任制,治污,清理"三角债",第三产业,农民工进城,减负,教育减负农村减负,小商品市场,酿酒一条街皮革一条街服装一条街,沼气建设,厕所革命,移风易俗,文化下乡,精简压缩机构……凡此种种吧,还有很多很多。要想上稿,章晋初有个独门诀窍,他首先在数字上做乘法,拿到数字不管三七二十一先乘以三,或者乘以七。成绩和规模,产值利润GDP,都可以用这招。不过,有些需要往下降的数字,那就往下压,压一倍,压两倍三倍,视情况而定。有了这个诀窍,上稿自然就容易了。

有一年报道植树造林,到现场植树的人数有一千多人,章晋初硬生生写成了五千人。

李义信提醒他:"没这么多人。"

章晋初说:"你傻啊,真写一千人你看哪个报纸登你,即使登你,你再看能登在哪个位置上。"

果然,五千人的稿件很快见报了,三份报纸上了头版,其中两个头条,还有四份报纸上了二版。他告诉李义信,报纸编辑喜欢以数字说话,那样更直观。李义信是他的助手,他有责任带他,他说:"所以,你就要在数字上做文章。数字做好了,文章也就做好了。"

章晋初擅长数字游戏,有人更是直接叫他数字通讯员,我们的本报通讯员就是数字通讯员。他自己也坦言,数字是新闻中的灵魂、文字里的血液,是他枪挑各个报纸版面的秘密武器。他还跟李义信说,数字是他文章里的"仙人跳"。

李义信对此颇为不解:"'仙人跳'不是利用女色骗财的圈套吗?"

"你别那样理解,不要去想男女之事,这个概念你就从字面上想,比如数字在我的文章里所起的作用,就像是有某个仙人在起跳,境界一下子就不同了。"章晋初这么说,他还跳起来,用手掌碰了碰屋顶的天花板。

"而且呢,你自己也要相信,对你书写的数字,你自己首先要深信不疑,否则你就不是好记者。"

这不是浮夸,也不是什么水分,这就是事实。事实!你要明白,作为记者,无论你写出了怎样的事实,那必定就是怎样的事实。你要有这样的信念,持之以恒,才能终有所成。

"学不会这些,你就永远写不出好新闻,也永远不会有长进。"

章晋初对李义信的教诲可以说是掏心掏肺,李义信却依然没有什么成就。他怪自己气场不够,没有章晋初那种大大咧咧舍我其谁如入无人之境的气概。他跟了他好多年,末了还是回到了海棠镇,他是在海棠镇办公室退休的。退休后才住进县城,县城里的房子也是儿子出钱购买的。他想在新闻报道上做出成绩,再调进城里,却没有如愿。或许是他一开始跟着的人太强大了,章晋初是棵大树,李义信这棵小草在树下压根没机会冒出头。到头来还是儿子帮他了却了心愿,真正搬进了县城,这算不算是人生道路上的曲线救国呢。

世事如棋局,亦如牌局,红透半边天的章晋初,后半生将会如何,李义信却从未曾预料到。命运就像轮盘赌,令人猝不及防,章晋初后来的衰败跟自媒体没关系,跟他的家境也没关系,他的事情在叙事上没有任何逻辑。

有人说他的通讯报道帮过那么多领导，这话的意思是在领导升迁之时，章晋初都曾不遗余力地摇旗呐喊过，领导客观上确实得到过他新闻报道的好处。随便哪个领导若是动了恻隐之心，只要稍稍伸出援手，不不，只要稍稍伸出一根指头，不就能为他解决难题吗？

"可是，"李义信说，"事情不是这样的。"

章晋初并没有受到欺凌，也没有遭遇不公，他不需要提拔，或摆平什么事情。如果有枷锁，那也是他自己套上去的，没有人打他，打他的人也是他自己。总之他的事情太小了，说不清楚，领导根本插不了手，也不好插手。这么说吧，实际上事情真的是太低级了，在司法层面不值一提。不谈司法，单单说起来就让人难为情。不知道他是怎么想的，怎么会来这一手。唉，既低级又拙劣，没办法忽略不计，可也不可能一笔勾销。牵扯到的人太多了，他为何把自己置于那样的处境当中？那是他自己陷进去的，即使想要搭救他也实在无从下手。没有抓手，连一只可以解开的逻辑纽扣都没有。

"你甚至都不能说他是诈骗，对吧，他又不是不认账，他认账呀，都认，他从来没有否认过，钱是他借下的。"

要问钱去了哪里，谁也不知道，谁能知道？章晋初至死也没有交代。

李义信身体好，天天遛弯儿，打打太极拳，刷刷微信。日子过得饱满滋润，他那张永远像是农民的脸上，就跟上了釉一般，瓷瓷实实地贴着一块揭不掉的土红色，像个圆溜溜的印章。章晋初比起来差远了，儿子读的是野鸡大学，在重庆找份工作，没做几年就辞职了，干脆送外卖。听说房子也是租的，还结了婚，小两口暂时没要孩子，想买房，拼了命攒钱好交首付。章晋初无处可去，老婆跟他离婚，回娘家去了，她是113棉纺厂的退休工人，娘家在武汉。在县城里他还有套房子，这时也折价卖了，房款还给债主，他只能投奔儿子。

在儿子那里，章晋初无事可干，每天起早贪黑地漫游重庆的大街小巷，重庆的主街道这几年几乎被他走遍了。乏了，随便找个面馆吃碗面，不管吃什么，酒是要喝的，他背着军用水壶，出门前水壶里灌满酒。

李义信说，微信运动页面上的封面人物总是章晋初。他说，章晋初的步行步数从来都是两三万步，有一天居然突破了五万步。虽然只有一次，也够吓人的。他在急行军吗？拉练吗？在重庆那些街道，他只是游荡者，还是鬼魂？他碰到了什么人？他会盯梢吗？或者他会不会被盯梢？可是他并没有消瘦，如此高强度的行走，并没有让他的体量变小。或许是过量饮酒的缘故，也可能是暴饮暴食的缘故，他在饮食上从不节制。他的脑袋浮肿，眼睛和嘴巴被肿胀挤得很小，他从三十几岁就开始发福了，大肚子腆着，体态从没有改变。

现在是时候了，是时候写到章晋初借钱这件事，这也是他人生衰败的缘由。我一直拖延着，因为我无从下笔，我搞不懂，其中的是非曲直没人帮我理顺，我早就说过，这件事看不到哪怕一丁点儿逻辑之光。章晋初也已经不在人世，许多不清楚的地方，恰恰只能信赖李义信的一面之词。问题是有时候，李义信自己也不知道在说什么。如果说章晋初借钱就像吸毒者吸毒一样，到后来已然变成了怎么戒也戒不掉的毒瘾的话，那么，借钱是从哪一年开始的呢，是不是十三年前？不对，好像有十五年了，或者更久，其实已经是本糊涂账。令我困惑的是，借钱也能成为比毒瘾更深刻的瘾，这又是怎么回事？既然是瘾，意味着借到钱会有快感和狂喜，借不到钱则会难过沮丧和虚无。钱本身不重要，重要的是能不能借到。但是不可以这样说，正如你不能说毒品本身不重要，重要的是能不能吸到，这应该是一个意思，说了等于没说。一旦成了瘾，也就没办法戒除了。关键是章晋初不一定同意这种猜测，他生前未曾为自己辩解，死后更不可能说什么。

章晋初最先找自己的亲戚借钱，也可能那时候真需要借钱，有什么过不去的坎，找他这边的亲戚和妻子那边的亲戚借。借了钱却慢慢淡忘了，好像也没谁催他还，他意外发现，借钱这种事好像还可以不了了之，就当没发生过。还可以这样呵，当他领悟到人世间的这个哲理，是不是有过短暂的狂喜？他从此把借钱当作大事来做，当作事业来经营。这么说过分吗，有没有经过脑子？他肯定经过脑子了。于是他开始找叔呀舅呀婶呀姨呀姐呀妹呀哥呀弟呀分别借钱，先亲后疏，逐个都借到了。理由嘛，随口编，跟这个说准备买房子，跟那个说计划在哪里投点资，跟另一个说想重新把家里装修一下。生病了，钱包不在身上。买衣服，有个应酬请客人吃饭。各种要用钱不凑手吧，自己呢，是有钱的，不巧在哪里或是借出去了临时拿不回来，只好借钱周转一下，等自己的钱回来了马上还。都是这类话，那时候章晋初还没有败露，借钱很容易，数额不等，有的多一点，有的少一点，都借给他了。多的有几万上十万，少的也有几百块钱。

亲戚借完了再借同事，同事借完了借朋友，朋友借完了借熟人，熟人借完了借以前采访过的人。或是借他曾经陪同过的人，比如武汉北京的记者，他给他们打电话，寒暄一番，再提出借钱的要求。

亲戚是他借钱开始时的圆心，然后借钱半径慢慢扩大，直到延展至所有他认识的人。钱起初很容易借到手，只要章晋初开口，人家就给，没人疑心有诈。

后来越来越艰难，随着半径扩大，其他人对他没那么熟悉，谁愿意借钱别人呢，可是他名声还在，他是县里最著名的本报通讯员，曾经红透全县。所以虽然有些迟疑，多半还是会借给他，有可能打点折扣，比方说他要借一千块钱，人家假装说只有八百或者只有五百，那就少借点。

所有借去的钱，章晋初一概不还。借了第一轮，再借第二轮。借到最后，他完全没了脸面，借钱把他的脸面借到荡然无存，也完全没了尊严。死缠烂打，碰到随便哪个熟人就扑上去，就像个死皮赖脸的乞讨者。但是纸终归包不住火，就像网上的P2P爆雷一样，大家突然发现他借了很多人，许许多多的熟人朋友说起来都是他的债主。

问题这下严重了，以前以为只有自己借了钱，没想到一下冒出那么多人，望不到头的居然全是受害者。都慌了，都来逼债，希望先下手为强。章晋初却稳坐钓鱼台，承认钱是他借的，就是没钱还，不还！骂他不要脸吧，对啊，是不要脸，骂他无耻吧，也对，是无耻。就是不还钱。有人来堵办公室，扯着他在大街上吵骂，都没用。钱去了哪里，他不说，或是他说我也不知道。

有人想私刑拷打他，估计也不会有效，他们说，一看就是个无赖。对这个说法李义信嗤之以鼻，他说，现在你们说人家一看就是无赖，当初人家红火的时候，你们谁不说人家高大威猛帅气潇洒，有事说事，不要诬陷人家长相，长相有什么错，长相不能成为人的原罪。

追讨不回一分钱，有人只好起诉。既然起了头，许多人跟随一同起诉。那都是借款数额大的人，不想损失太多。另一些数额小的债主，几百上千或者一两千小几千的，有的因为没得到信息，有的因为怕麻烦，还有对诉讼这类事抱有天然恐慌的人，基本上都没有参与。这类人不在少数，他们劝自己，只当钱丢了，只当赌钱赌输了，只当是买股票亏掉了，自己劝自己的说法五花八门，也就不再追究。但起诉的人还是更多，数额也不小。

这场民事诉讼毫无悬念，线索非常清晰，被告章晋初没说一句抵赖的话，同时他也明确声明，借款他无力偿还。法院经过协商，判决强制执行。他每个月的工资从单位账上划走百分之八十，归还债主，百分之二十留给他做生活费。人们据此推算，还清那些债务，至少要划走他二十五年工资。

有人担忧，他能不能活到那么久。

章晋初成了一个有工作单位但不能拿全额工资的人，只能拿百分之二十生活费。他的名声彻底臭了，臭大街了，在全县人民面前都臭了，臭不可闻。

他平静地接受了自己的命运和名声，仿佛上吊者接受一根绳索，仿佛跳河者接受满河清澈的流水。李义信正是在法院判决结果出来之后，发表了他的评论，他极力为各位在新闻报道中——被章晋初赞颂过——并因此客观上得到过好处的领导辩护。那些话都是他在那时候说出来的，也算合情合理。

他说："这种事领导怎么好打招呼，他借的可都是私人的钱呵，领导能让他不还人家的钱吗？那怎么可能！"

"是啊，"有人附和说，"如果是公款，可能还好办一点。"

"那当然那当然，公款自然好办多了，领导即使要帮他，也得有个可以帮他的入口，是吧。现在说到底都是私事，看来只能靠他个人硬扛。"

章晋初是什么时候跟老婆离婚的，我也找机会问过李义信，可是他同样说不出个确切的时间。在章晋初死后，李义信才说出此事。他说，他老婆心好，离婚时把房子留给他了。有了独立产权才可以卖房，章晋初委托法院把房子卖了，房款拿来还了债。这么一来，他还债的工资实际上只需扣发十年零十一个月。

债务刚好还完了，在他即将拿到全额退休工资的那个月份，好像是第二天吧，他就可以拿到工资了，可是章晋初却猝死在重庆街头。

卖房之举是章晋初主动所为吗？如果是，那就证明他有意愿在死之前还清债务。可是这里的矛盾是，他借的那些钱到底去了哪里？加起来那可不是一笔小钱，它怎么就会凭空消失了呢？正是卖了房，他无处可住，才去了重庆。扳起指头算算，卖房好像也没几年，却没人知道内情。也正是这几年他才投奔儿子，儿子是个老实人，勤扒苦做。他则浪迹在重庆的大街小巷，像个游侠，像个流浪汉，走到哪里酒喝到哪里。我一直想象章晋初在重庆街头到底发生过什么，照理说，一个终日游荡的男人不可能什么都没遇到，对这个以行走步数丈量陌生城市的嗜酒者而言，重庆街头于他不应该只有倒地而亡这个结局。在结局之外，或者在结局之前，还有过什么，也已经无人知晓。

直到有一天，他回到县城，突然很神秘地跟李义信说："我跟你说，这话我只跟你说。我有几十套房子，在上海在北京有别墅，随便出手一套房子就不得了。但是我不会出手，我又不缺钱，卖房子干吗！你知道吗，我跟许多房地产大佬是朋友，是哥们儿，潘石屹呀王石呀王健林呀都是我铁哥们儿。"

李义信吓了一跳，这话也能乱说！"不会吧。"他往后退了几步，仔细观察章晋初。那年月，房价疯了一样往上涨，更别说大城市。他这么一个悲惨的人，怎么忽然间就成了天底下的隐形大富豪呢。

"是真的。"章晋初继续说着，他神情平淡，就像在说别人。他把刚才说过的话又说了一遍，这才调换话头，说起别的。

李义信把它当成玩笑话，他想，他在跟我开玩笑。谁他妈不想做个这样的人，但那只能是个玩笑。你认不得真，什么时候都不能认真。可是第二天早上，他又跟他说了这番话。他还和大街上碰到的其他人这样说，他和每一个他认识的人都这样说。就连说话的程式也是一样的，他把那个人拉到一边，悄声跟他说："我跟你说，这话我只跟你说。"

全城人都知道了他的故事，只是后来又增加了私生子和代孕这些内容。他到处说，就像我们这个时代里的男版祥林嫂。跟祥林嫂一样，不一样的地方是，祥林嫂反复跟人说她的悲苦，他则反复跟人说他子虚乌有的房子和女人。

听到的次数多了，也就见怪不怪了。谁都有自己的判断，把他当成神经不正常的人不就完了吗，可是等到他死了，大家又都不约而同地回过头来关注起这个人。没那么简单，这个本报通讯员，为什么会说出那些没头没脑的话呢，他有何用意？特别是李义信好像无意间又讲出了另一件事，他让我们感觉到，他的话匣子并没有完全打开。或者说关于章晋初，他的讲述是选择性地讲述，他今天说出了一件事，谁也不知道，他明天还会不会再从匣子里说出另外一件什么事。

他说，在章晋初最困难的黑暗时期，一个帮会老大准备聘请他做公司顾问，若能接受这个职位，那他背负的债务什么的——所有问题都不再是问题。我们都知道他说的那个帮会老大是谁，一个赫赫有名的大人物。老大虽以打打杀杀起家，但人家早就从水里上岸了，身世也早就洗白了，并且已是商界的头面人物，县里的政协委员。所谓公司顾问，也就是请章晋初帮忙处理公司的公文。毕竟章晋初是久负盛名的笔杆子，老大的想法是，真请来了，既能帮公司做事情，又能做点慈善，还可以用著名的文化人来装点公司门面。多么好的事呵，对不，老大想得可真周到。

"可是结果怎样？你们能想到吗？"

"怎样？"

李义信说："谁也想不到吧，他拒绝了，章晋初想都没想，一口就拒绝了。"

这件事无法查证，又像他借钱不还的那些低级烂事一样不可否认。但是李义信说："这件事至少证明他仍然是个有风骨的人。"

李义信说章晋初是个有风骨的人，有风骨？由此可见，李义信的确是一会这样说，一会那样说。我烦他的地方恰恰在这里，谁背后无人议论？谁身后无人评说？这些都没错，我烦他的是，他过于夸夸其谈了。他的言谈因为生活过得舒适，因为生活过得惬意和享乐而变得轻薄，变得随意，或许这也不是他的错，而是我们这些人对他的纵容和默许。李义信原先是个木讷口拙之人，到了暮年却成了口若悬河之人，我相信他的这一变化与章晋初有关。潜伏在章晋初身边的缄默者，在他死后变得如此能说会道，他像章晋初当年发表新闻一样，不断披露他的相关轶事，而这些正是我们想知道的。

尽管章晋初已不在人世，却是个未完成的人物，他还有太多空白需要填补。未完成的人物才让人好奇，正是基于此，我们才会围着李义信。信也好，不信也好，我们都愿意听他讲述他的朋友。

李义信说："章晋初每天早上都跟我问好，他在微信上写道：你好老李！他有时还把他唱的歌发给我听，我说你唱得真难听，嗓音丑死了。他不恼我，还发。几乎天天，他都是我微信运动的封面人物，步数高到离谱。到了这天，准确说是连着三天，他的步数为零，也没有跟我问好。我没有看到这几个字：你好老李！"

说到这个地方，李义信停了下来，他环顾四周，打量我们。他说得慢条斯理，章晋初每天问候：你好老李！这句话实际上定义了他们后来的关系，但我们是第一次听到，往后他会经常提起，并将这句话当作谈论章晋初的开场用语。这时，他说他意识到肯定出事了，这才想到给他打电话，也就是给章晋初打电话。接电话的却是章晋初的儿子，他在电话里说："李伯伯，我爸爸死了。"

在电话里交谈了一会儿，李义信第一时间发了微信朋友圈，他发了张照片，那是他跟章晋初的早年合影。他给照片配上文字：本报通讯员章晋初在重庆羽化登仙，后面缀上一连串流泪的表情。

这故事我们听过好多遍了，之所以不厌其烦地听他重复讲述，实在是还在期待他能讲出某些新东西。李义信可能明白大家的意图，便故意把话题扯得更远更缥缈。他开始讲纽卡斯尔，讲英国的新冠感染疫情跟中国比有多么严重。然后呢，他又开始讲到澳门，据他说，我们县里有些老板会定期——专程到那里去赌博。听到这里，我的耳朵张大了，我不知道这些老板的特殊爱好跟章晋初有没有关系。换句话说，类似于这样的特殊爱好，会不会牵涉到章晋初的钱财去向。但是他说，老板们为什么去那里赌博，原因是他们公认澳门的赌博更公平。他们无法容忍，在家乡赌博，会被熟人朋友合伙作弊，出老千，而这种事在我们全县司空见惯。

（原载《北京文学》2022 年第 7 期）

作者简介：

　　曹军庆，男，生于 1962 年，湖北省作家协会文学院专业作家。出版长篇小说《魔气》《影子大厦》和中短篇小说集《雨水》《越狱》《24 小说》《向影子射击》《会见日》等，已发表文学作品共计三百余万字。获得过《十月》文学奖、储吉旺文学奖和湖北文学奖。

纸船

付秀莹

我赶到茶楼的时候，老娄早已经到了。他坐在一张很宽大的沙发里，坐姿舒适。面前摆着一杯茶，丝丝缕缕的热气冒出来，看上去有点虚弱。桌子上那张餐巾纸，被折叠成一只挺精巧的小船，停泊在桌子的边缘，好像是临时搁浅，又好像是要随时远航。看样子，他早就在等我了。

这家茶楼就在五环边上，躲在一个四合院里头。门脸儿倒不起眼，不过是那种看上去顶普通的一处院子，灰扑扑的，门楣上挂着红灯笼，姑娘们穿着旗袍，里头养着竹子，好大一缸睡莲，水流潺潺，小路铺着鹅卵石，姑娘们的高跟鞋走在上面，歪歪扭扭，惹得客人们紧盯着看。

来啦？老娄把那只纸船往桌子边缘推了推，眼睛并不看我，好像是在跟那纸船说话。老娄今天穿一件墨绿色棉布衬衣，糙白休闲裤，眼袋明显，一看就是睡眠不好。他扬起手，一个姑娘碎步跑过来。一样。老娄指一指他面前的茶杯，低声吩咐。

我在对面坐下来。室内冷气很足，外面的暑热一下子就退去了，浑身的汗毛孔刷地收紧，能感觉到背上一粒一粒地凸起，跟我的雪纺连衣裙轻轻摩擦着。我静静地打了个寒噤。

昨天又闹了一夜。老娄说，声音沙哑。我这才注意到他的眼镜腿儿坏了一只，白胶布粘着，看上去有点滑稽。但我不敢笑。老娄遭遇不幸，我还有闲心取笑，显得太不厚道了。虽然，我对老娄的不幸早就见怪不怪了。他们夫妇俩三天一大吵，两天一小吵，几乎成了家常便饭，朋友们，包括我在内，都习惯了。要是他们有一阵子不吵架，我们倒觉得稀罕。女人哪——真他妈的难伺候。老娄抬头看我一眼，又说，对不起，不是说你哈。一个姑娘端着茶水过来，在我们面前一板一眼地展示茶艺。这姑娘不是方才那一个，生得饱满丰腴，举手投足却笨拙迟疑，一看就是个新手。老娄把那只纸船拿开，免得被茶水弄湿了。那姑娘被老娄的动作分了神，水溢出来，顺着杯子的边缘往下流。幸亏我眼疾手快，扯了张餐巾纸替她擦了。那姑娘红着脸，连说对不起对不起。老娄摆摆手，打发了她去。

你的意思我懂，就是我不算女的呗。我端起茶杯，尖着嘴啜了一口。这种老白茶入口极淡，回甘却是绵长的。其实我对茶不大懂，我的有限的关于茶的知识，都是老娄贩卖给我的。老娄是北方人，娄太太却是地道的南方人，对喝茶颇有心得。

我压根就没把你当女的，我把你当哥们儿。老娄把手里的纸船摆弄来摆弄去。不知道是不是因为茶水的滋润，听上去，他的嗓子好像没有那么沙哑了。

好啦，废什么话呀。我把身子往后一仰，悠闲地跷起二郎腿，俨然是一副哥们儿的姿态。说吧，又怎么啦？

鸡毛蒜皮——都提不起来。老娄长叹一声。我也是堂堂一教授，怎么连个女人都搞不定呢。这一阵子，老娄应该是没有顾上染头发。从我的角度看过去，白色的发根雪花一样翻上来，有点刺眼，好像是一下子老了十岁。我心里一震。老娄是个多么讲究的家伙呀，有时候，简直讲究得有点过分。穿衣打扮，永远是一丝不苟。我周边的那些个男的，大都衣着随意，对自身形象一副无所谓的样子。老娄是讲究的。他的讲究，还引来同性们的一片嘲笑，当然，也许还夹杂着羡慕和嫉妒。老娄笑眯眯地，对这些嘲笑和攻击全盘接受。老娄脾气好,大家都知道。老娄的好脾气给他带来好人缘。一般情况下,有才华的人都有那么一些难相处。说好听点是个性,说不好听呢,就是,独,各色,不懂事儿,不通人情世故。老娄的难得之处就是,他既有才华,又好相处。这样的人,你能拿他怎么办呢。

婚姻这东西——老娄坐直了身子,端起茶杯观察了一下,慢慢喝了一口。——无聊得很。这么多年了,我不止一次听老娄谈论婚姻这东西。有时候,我常常想,我是不是中了老娄的毒,才迟迟不敢走入婚姻。对了,我好像是忘记说了。我单身,母胎 solo。在北京,像我这样的大龄女青年,多了去了。大城市就是这一点好处。大家都忙,各顾各,谁都没闲工夫儿盯着你的生活评头论足。就算是老娄,多年的朋友,他也不大问及我的感情生活。这太私人化了。不是吗?

这么不舒服,为什么不分开?

话一出口我就后悔了。都说劝和不劝离,宁拆一座庙,不毁一桩亲。虽然我对老祖宗的这些训条不以为然,但这样直来直去劝人家离婚,是不是太过分了。况且,老娄的太太,我也是见过的,斯文和煦,长得呢,不是那种叫人惊艳的第一眼美人,却是经得住端详的。那一回她握着我的手,温和宜人。我私下里暗想,是不是她看我容貌平凡,才对我这般友好呢。一个长相平平的女子,是没有资格作为她的假想敌的。以我有限的人生经验,一个容貌平淡的女人,往往会轻而易举地获得更多的同性友谊。

你不懂。老娄喝了口茶,摇摇头。

他这是什么话?我不懂。我当然不懂。我一个从来没有结过婚的人,真的搞不懂人们为什么非要奋不顾身地跳进婚姻的泥坑里打滚儿,滚来滚去,没完没了。

她可能就是更年期吧。更年期综合征。我跟你说,完全像是变了一个人。以前,她不是这样的。有时候我都怀疑,她还是不是当初那个人,是不是有人使坏,偷摸儿给我换了一个。我这个人,唉,你知道——我就是觉得委屈,你懂吧,委屈,委屈得不行。老娄一口气说了大堆,他好像是憋坏了。日常生活中,老娄是个寡言的人。当然,课堂上除外。据说老娄在课堂上神采飞扬，妙语连珠，女生们迷倒一片。那应该是另外一个老娄。

那就好好过呗。我看着那只纸船，有点言不由衷。我能说什么呢。作为朋友，作为哥们儿，或许我只能做一个耐心的倾听者。对于他人的生活，我们永远无法真正参与和介入。我也是很久之后才明白这个道理的。那只纸船被老娄弄得精致，跟真的一样。它停泊在桌子的边缘，很刁钻的角度，好像随时就要跌落下来。

你是站着说话不腰疼。老娄忽然变得激动。他的声音很大，像是吵架。方才那个姑娘远远地看着我们，她一定以为，我们话不投机，我们吵架了。当然，不大可能是夫妻。到茶楼来喝茶的，大多不是夫妻。我吓了一跳，不知道老娄为什么这么激动。他看我的目光，好像我是一个刽子手，要亲手把他的幸福生活斩草除根。你知道吗，我都快被她折磨疯了。这样一个女人，简直是不可理喻——我早晚得死在她手里。老娄的情绪像是火药桶，一点就爆。我的脑子闪过他太太的样子，斯文，恬静，甚至有点羞涩。还有她的手，柔软温暖，带着淡淡的沁人的芬芳。我觉得老娄有点夸大其词了。男人就是这样，他们总是站在自己的立场上说话。这一点，老实说，我挺看不上。

热水没有了。我摁了呼叫铃，一个姑娘应声过来。并不是方才那个姑娘。我疑心这茶楼里有多少姑娘，个顶个年轻好看。在北京，年轻好看的姑娘太多了，几乎遍地都是。像我这样的容貌平平的女人，青春耗尽，注定了就是婚恋市场上的失败者。要么孤独终老，要么，就降格以求，一咬牙一闭眼，随波逐流跳进婚姻的泥潭。这姑娘穿一件豆绿旗袍，腰身玲珑，姿态轻盈。滚圆的肩膀，滚圆的手腕子，滚圆的屁股，青春逼人哪。仅仅从女人的眼光看过去，我都不得不承认，这姑娘浑身散发着小母兽一般迷人的气味。我偷眼看了看老娄，老娄还是懒懒向后仰着，眼睛越过桌上的纸船，越过宫廷风味的吊灯，越过古典格调的屏风，不知道在看什么。老娄的目光辽远，有点渺茫，又有点忧伤。我顺着他的目光看过去，除了窗子上的一片日光，还有摇曳的竹影，什么都没有。

是不是因为——因为小关——我忽然说，心里却惊讶于自己的单刀直入。关于小关，老娄从来没有亲口跟我提起过。小关这个名字，在我们之间，在朋友们之间，仿佛一个禁忌。大家都小心翼翼地，不去碰触。我这是怎么了？是不是茶楼这样安静的氛围，令我觉得安全妥帖，觉得再隐私的话题，都可以被包容，被接纳。

小关？老娄吃了一惊。他显然没有料到，我会这么红口白牙地当面提起小关。他摸了摸鼻子——心理学家说，这是一个人要撒谎的前奏。哪个小关？老娄很镇定地喝了一口茶。他是在思考接下来该如何应对吧。

还能有哪一个？我对他的故作镇定有点恼火。都这个时候了，还装什么呢。这个时代，也不仅仅是这个时代，这个世界上，真的有所谓的永远的秘密吗？我不相信。我相信的是，纸里包不住火。我还相信，若想人不知，除非己莫为。老娄这家伙，一个大教授，难道这么简单的道理都不懂吗？

英子，你听我说——老娄粗大的喉结咕噜滚动了一下。我坐直身子，看着他的眼睛。老娄却把眼镜摘下来，开始擦他的镜片，用那张弄脏了的餐巾纸，擦了一会儿，才觉出不对。他重新扯了一张餐巾纸，小心翼翼地擦起来。我看着他擦眼镜。从我的角度看过去，我发现，老娄头顶的头发已经十分稀疏了，马上面临着秃顶的危险。这个发现令我吃惊。说是"老"娄，也不过四十出头吧。我们老娄老娄地叫，把他都叫老了。当然，老娄老成持重，也是当得起这个"老"字的。老娄的老，不仅仅代表着年龄，还代表着资历、影响、身份、江湖地位。老娄是专业领域内的大牛、领军人物，咖位高，分量重。这都是圈子里公认的。其实吧——老娄终于擦完他的眼镜，他面色平静地看着我。我真希望他说，英子，其实吧，那就是一个误会，不是吗？这个世上，自古以来，有多少这样的误会或者谣言。它们被无数嘴巴加工，改写，传播，添油加醋，按照自己的想象和理解，不断偷梁换柱，改头换面，形成各种版本，在世间到处流传，又最终被时间湮没。老娄肯定也不例外。虽然，老娄人缘那么好。老娄虽然人缘那么好，还是难免会遭人嫉恨。有时候，嫉恨这东西，是不需要理由的。你的存在，就是遭人忌恨的理由。

她——是一个保洁工。老娄长吁了一口气，好像是说完这句话，需要花费很大的力气。我一时愣在那里。说出来，你可能不相信。老娄慢慢喝了一口茶。看得出，他的神情渐渐平静下来。她——也就是小关，是我们小区物业的保洁，安徽人，临时聘用的那种。她负责我们那栋楼的卫生保洁。我几乎每天都能看见她，进进出出，忙忙碌碌地，扫地，擦地，给电梯消毒，给快递开对讲门，帮人家把婴儿车推进电梯间，扶老人上下台阶。我每次看见她的时候，她都在忙碌。她的身上有一种，我不知道该怎么形容，有一种热气腾腾的朝气，单纯明亮，我承认，很吸引我。老娄停顿了一下，看了我一眼。我故作平静。但其实我内心里翻滚得厉害。我不肯承认，我被这个小关给伤害了。是的，我早就听人家说起过小关。老娄跟小关，小关跟老娄。这样，那样。然而，听老娄亲口当面说起，完全是另外一回事。我这是怎么了？我犯得着吗？我是谁？我不过是眼前这个男人的朋友，或者说，哥们儿。我发誓，对这个男人，我从来没有动过男女私心。我这是吃的哪门子干醋哇。老娄端起茶，慢慢喝了一口。我突然觉得口干舌燥。

有一回——老娄把茶杯握在手里——有一回，家里没人，我有个快递，她替我签收了——

我忽然有一种莫名的期待。但我神色冷静，装作心不在焉的样子。我盯着那只纸船，好像在认真欣赏。我的样子告诉他，我对他们之间的故事一点兴趣都没有。

算了——不说了吧。老娄忽然停下了。这种故事，老套得很。我不说，后面你也能猜出来。老娄自嘲地笑了笑。这是我们今天见面以来，他第一次露出微笑。有点苦涩，好像也有那么一丝怅惘，甜蜜的怅惘。

太阳底下无新事。我惊讶于自己声音里的嘲讽意味。但我不想掩饰。

她是一个单纯的人。老娄说。我跟她之间，什么都没有。我审视地看着他。他避开我的目光。你肯定不相信吧。真的，什么都没有。我们之间，干干净净的，什么都没有。我心里冷笑一声。爱都爱了，还这么不担当。

当然，我喜欢她。是不是爱，我不知道。但我知道，我什么都给不了她。我不能伤害她。老娄变得有点语无伦次。英子，你是不是很看不起我？老娄依然不看我，只是看着那只纸船。

我们这个座位靠窗，夏日午后的阳光从纱帘缝隙里悄悄溜进来，把木质的长方形桌子分割成两半，一半明亮，一半阴影。那只纸船正好停泊在那条分割线上。

不会啊。我看着那条分割线，它正在随着纱帘的摇曳，微微晃动。但是——我停顿了一下，你打算怎么办，这件事？

我的语调可能过于严肃了，老娄终于抬头看了我一眼。

我不知道。他叹口气。也是邪门儿了。你是女的，你说说看，女人究竟是个什么样的物种？直觉简直太厉害了。老娄苦笑一下，喝口茶。一根茶叶梗子浮在他的右嘴角，他浑然不觉。这阵子，老是找碴儿，找碴儿吵架。今天要检查我手机啦，明天又忽然电话查岗啦。就说昨天，我就是下班后没有及时把口罩扔垃圾桶，就唠唠叨叨个没完。我是忘了，你帮我扔掉不就行了？为一个破口罩没完没了。从这个口罩，说到我的个人卫生，说我钢铁直男，说我自私，不顾及家人健康，这也就算了，毕竟疫情期间，小心没大错。可说着说着，陈芝麻烂谷子，从谈恋爱到结婚，再到现在，这么多年，大大小小的不如意，都要拿出来跟我清算。还逼问我，爱不爱她？到底还爱不爱？这都哪跟哪啊你说？老娄终于觉察到了右嘴角那根该死的茶叶梗，他没有抹掉它，反而卷进嘴里慢慢咀嚼起来。我不说话，等着他继续讲。他慢慢咀嚼着那根茶叶梗，仿佛在品尝其中特别的滋味。你说说，女人是不是都这样？无论说什么，最后都有本事绕到爱不爱这个问题上。我算是服了。老娄终于咀嚼完了，伸手扯了一张餐巾纸，把剩余的渣滓吐到上面。

这很正常。我听到自己声音很冷静，甚至能感觉到冷静的缝隙里满满的冰碴子。女人跟男人不一样。女人就是女人。

老娄惊讶地看着我，好像是刚刚认识我一样。他可能才发现，自己对面这个人，原来是个女的。这么多年了，我总是刻意模糊自己的性别，在男人队伍里厮混，跟他们称兄道弟，大大咧咧，让他们忽略我的性别。我知道，这给了我很大的方便。没有人把我当女的看。在这种学术圈子里，各种会议，各种论坛，各种高大上的公共场合，放眼望去，黑压压都是男人。

这是没有办法的事。我从来不穿色彩鲜艳的衣服。我的衣服永远都是黑白灰，永远都是基础款。我剪短发，不化妆。脂粉香水从来都与我绝缘。我成功地把自己装扮成中性气质的学者教授，只有在那些会议名单上，才能从姓名背后的括号中看出我的性别。我不知道，我究竟是自卑呢，还是自负。

英子，你不懂——

我是不懂。当然，我没有结过婚。可我没吃过猪肉，还没有见过猪跑吗？这么多年，身边的人聚了散了，在情天恨海里折腾来折腾去。我眼见着他们起高楼，眼见着他们宴宾客，眼见着他们楼塌了。

你是城里长大的孩子，你不懂。老娄把那只纸船拿在手里，翻来覆去地看，好像生活的玄机就藏匿在那只小小的纸船里。像我们这样的寒门子弟，靠着念书，从乡下闯出来，要经历多少？道德，责任，义务，牺牲。我们的词典里，这些个都是关键词，日常用语。我跟你说，你知道那种感受吗？一眼望去，四面都是墙，没有门。要想破墙而出，只能是提着自己的脑袋去撞。老娄的脸笼罩在重重的阴影中，逆着光，我发现他法令纹很深、很长。眼睛，像一个标准的括号，这令他看上去有一种说不出的威严。对了，我可能忘了说。老娄不光学问做得好，仕途也很顺畅。新近刚刚提了副校长，主管教学。不得不承认，老娄这家伙，是块材料。

不知道什么时候，茶楼里浮动起琵琶的弹奏，好像是《春江花月夜》。曲子如同一江春水，在月色中缓缓流淌。姑娘们鱼儿似的，自由游弋。不远处，邻座客人的说话声隐约传来，听不大真切。外面是阳光炙烤下的北京。夏日午后，整个城市仿佛盹着了。而茶楼里，凉爽舒适，简直是另外一个世界。

我跟她之间，其实什么都没有。老娄脸上的线条渐渐放松下来，变得柔和。小关，其实就是一个念想，一个梦，白日梦——我知道我这么说你不赞同——人世艰难，有点念想，做做白日梦，这有罪吗？老娄的声音忽然愤激起来。我不过是想让眼下的生活变得容易一些。就说昨天晚上——老娄的声音低下来。昨天晚上，为了个破口罩，跟我闹个没完，歇斯底里地追问我什么爱不爱的——无聊不无聊？

她是不是知道什么了？

不会吧？老娄摇摇头。不会。这个问题，她问了半辈子了。他苦笑。你不知道，她好像是有点自虐倾向。就说昨晚吧，吵着吵着，也没说什么，她忽然就抽起自己耳光来。我吓得赶紧抱住她，求她别这样，别伤害自己。你知道吧，她这一招很见效。每一回，都是以我的认错告终。

我脑子里闪过娄太太的样子，笑容和煦，神情温柔。无论如何，我都无法把这个形象跟老娄的描述联系在一起。

她的这种自虐，既令我害怕，又令我心疼。她知道，我是一个心软的人，耳根子又软。她总是拿这个来威胁我制服我。后来，反反复复，她动不动就抽自己耳光。我先是惊惶，后来是惧怕、厌倦。渐渐地，我的心被她揉搓得冷了，硬了，粗糙了，麻木了。有一回，当她又披头散发啪啪啪抽自己耳光的时候，我居然一点感觉都没有了。我甚至不无恶毒地想，你尽管抽，是你自己要抽，疼的人反正不是我——我是不是挺不是个东西？

我不知道该说什么。老娄把那只纸船摆在桌子上，推过来，推过去。反反复复，反反复复。我发现，他那只大手在微微颤抖。看得出，他在极力克制自己内心的情绪。

对不起——我听见自己声音干涩。我不知道——我还以为——

一个姑娘过来续茶。这姑娘高挑身材，盘着一个圆圆的发髻，右嘴角有一颗美人痣。她手脚麻利地续好茶水，摆好茶楼里赠送的下午茶，一碟自制绿豆糕。她看了我一眼，又看了一眼那只被推来推去不得安宁的纸船，好像是抿嘴笑了一下，又好像是没有笑。

你猜——老娄冲我摆摆手，不让我说下去。她怎么猜测我们的关系？

这个嘛——我没想到老娄会问这样的问题。你猜呢？

不好说。老娄有点心不在焉。他的卧蚕挺大，一绺头发掉下来，软塌塌趴在前额，这令他看起来有一种脆弱无助的小男孩气质。

那么，你打算怎么办呢？我岔开话题。

我不知道。老娄说。其实，她已经走了，回老家——结婚。他说结婚这两个字的时候,声音枯涩,仿佛是在努力吐出难以下咽的东西。她走的时候,跟我发微信,说再见。再见。我想,我们这辈子都不会再见了。

老娄摘下眼镜,那副坏了一条腿儿的眼镜被他拿在手里。白胶布是崭新的,边缘有丝丝缕缕的纤维纷乱地摇摆着。他把脸埋进手掌心里,久久地,一动不动。

《春江花月夜》的曲子已经结束了,现在好像是《十面埋伏》。我觉得有点荒唐。茶楼这种地方,居然放起了《十面埋伏》。从《春江花月夜》到《十面埋伏》,曲调的骤然巨变,叫人一下子无所适从。

没有预告,没有提醒,没有警示,连一个暗示的眼神都没有。命运的跌宕变化,生活的波诡云谲,从来便是如此的吧。

良久,老娄才缓缓抬起头来。他依然看着那只纸船。那纸船变得软塌塌的,不知道是被泪水打湿,还是被茶水浸湿了。老娄却渐渐平静下来。他脸上的细纹变得舒缓,就连那又深又长的法令纹,也好像是不那么明显了。他重新戴上他的眼镜。我不知道该不该提醒他,那条坏了的眼镜腿儿,胶布的边缘应该修剪一下。这并不是一件多么麻烦的事儿。

你——没事吧?我觉得自己这个问题很愚蠢。茶水早已经失去了原来的颜色。而《十面埋伏》的曲子反反复复,叫人心乱如麻。一个姑娘远远地侍立着,不时朝这边看一看。她的豆绿色旗袍,跟这盘绿豆糕的颜色倒十分相配。

老娄摇摇头,长长地舒了一口气,好像是叹息,又好像是如释重负。

手机忽然地响起来。是郑医生。这阵子,他追我追得很紧。我指了指手机,示意我要出去接个电话。

说起我跟郑医生的相识,简直就像是通俗肥皂剧的桥段,充满了戏剧性,荒谬,却真实。这么说吧,郑医生人还不错,但是有一点遗憾的是,他是妇科医生。说实话,我对这个挺抵触的。

郑医生约饭。我说不去,疫情呢,不安全。郑医生约电影。我说不行,疫情呢,少聚集。郑医生说,那咱们去森林公园走路去?我不好再推,硬着头皮答应了。

这家茶楼的洗手间不错。熏着檀香，暗香袭人。我立在镜子面前洗手，整理自己，忽然发现，镜子里那个女的满脸霞光，叫人陌生。我跟那人对峙了良久，心里纳闷得很，镜子里那个人，究竟是谁呢？

《十面埋伏》的曲子还在循环。老娄背对着我，手机举在耳边。

——知道，排骨，小排？尾骨？腔骨？好，腔骨。葱？好。紫皮蒜，独头的那种？明白。还有——卫生巾？老牌子，嗯，日用夜用都要——夫人放心——知道——知道——

我在老娄背后一米左右的地方停下来。他沉浸于他的通话中，竟然没有觉察我的脚步。我不知道，我是不是应该打扰他的通话。忽然间，他转过身来，看着我，怔住了。

电话还没有收线。娄太太的南方普通话清晰地从电话里传出来，软软的，温柔动听。

喂，老娄？老娄？你在听吗——老娄？

（原载《湘江文艺》2022 年第 1 期）

作者简介：

付秀莹，《中国作家》副主编。著有长篇小说《陌上》《他乡》，小说集《爱情到处流传》《朱颜记》《花好月圆》《锦绣》《无衣令》《夜妆》《有时候岁月徒有虚名》《六月半》《旧院》等多部。

体育课

路 内

谁能想到呢，我们化工技校，著名的流氓学校，在 1990 年被称为"戴城十大不敢惹"的单位，与日晖桥派出所齐名的地方——竟然没有操场。

这年 9 月开学，教学楼推平重造了，我们背着书包在楼下看了好一会儿，问明白了才敢进去。化工系统有钱，这些单位长年向运河排放各种污水，向居民区喷射各种毒气，一分钱都不会赔给老百姓，它们当然富裕。它们要做的跟黑社会没大差别，就是交钱给市里、局里。局里觉得化工技校太破啦，影响到局长的形象，终于决定拨下资金，把一排红砖房子推平了，造了四层高的教学楼。进去一看，墙面雪白，钢窗锃亮，每层楼都有男女厕所。我们感动得不得了，跑到阶梯教室的电视机前看世界杯的录像，踹开每间教室门往黑板上乱写老师的名字，我们发现目前只有三个班级的学生在上课，而教室有二十四间，一楼以上完全没人；于是我们又跑进顶楼的女厕所里看了看，把大飞反锁在了那里。那一整个下午大飞就在一个很高的位置上向远处挥舞着汗衫。

但这个鬼地方仍然没有操场，因为地皮不够。教学楼后面有一块很小的空地，一个只剩半块篮板的篮球架，其他啥都没了。这对我们来说太过狭窄、乏味。门房老乌龟一激动，还种了很多蓖麻，傻逼也不收蓖麻籽，就种着，图个开心。那里面有蛇！

我们的体育老师姓汪，50多岁一个秃头男人，开学以后，他看到这操场就发出了一声娇喘。这意味着他仍然不用带我们做任何球类运动，非常省力。这是一个没什么自尊心的体育老师，他打乒乓球不如黄毛，打羽毛球不如花裤子，打桌球不如我，跑步跑不过我们大部分人。我们顺便问了一句，有没有室内运动场所，造这么大的房子给弄间乒乓球室总可以吧？老汪说他们忘记了，造楼花费很大，没余钱买任何体育器材了。

亚运会要开，化工局觉得钱太多，也想搞搞，把各单位喊到一起说咱们弄一场田径比赛吧。这消息传到我们学校，校长特别重视，让老汪带着我们去街上跑圈，选几个能跑的，长跑短跑，跑不死的可以马拉松，老汪只得照办。我们上了街可就不再是池中之物，沿着运河，铁三角一马当先跑出去，他还穿着皮鞋。老铁是区田径队的，因为打架被开除了。由于老铁跑太快，我们不得不狂奔着紧跟，老汪不知道我们想跑到哪里去——按路线应该在城东大桥转弯，然后绕回来，但老铁钻进了涵洞，一溜烟往火车站去了。我们也全跟着。老汪急啦，他想吹哨让我们回来，一摸胸口发现哨子没了，哨子在阔逼手里呢。老汪不得不发疯一样追我们，如果我们成群地跑丢了，那确实会对社会造成很大危害。可是他一个50多岁的秃头老男人，跟我们比跑步，那不是跟比性功能一样吗？他可能赢得下来吗（除了猪大肠这样极个别的超肥怪胎）？跑到纺工职校那儿，我们还停了一下，因为我们有一半人的女朋友都在那里，打个招呼还是应该的。大飞一回头看见老汪扑倒在地上。

"老汪摔啦。"

我们哈哈大笑，等着看老汪爬起来。等了好长时间，我们的女朋友全都从学校里出来了，缠着我们去买冷饮。我们买了冷饮，女朋友们舔起了冷饮，猪大肠从街道远处气喘吁吁跟上来——老汪他妈的还是没爬起来。贱男春稍微有点医学常识，他老妈是护士，他说坏了，老汪可能挂了，这病叫马上风。我们跑上前,把老汪翻过来,他面色发紫,气息全无,一只手还打在我脚背上,让我起了一层寒栗。接下来我们一群人抬着老汪往医院狂奔,后面跑着我们舔冷饮的女朋友,再后面追着几个警察,警察后面跟着一群看热闹的老百姓。

我们就这样把体育老师给跑死了。

老汪去世以后我们才意识到,他挺好的,他的体育课尽管没有球类运动,但也不会安排太多的队形操练,让我们在蓖麻丛里愚蠢地晒着。他喜欢给我们讲人生哲学:你们将来做工人,做工人要学会偷懒,不然你会累死。这类朴素的道理被我们深深地记住,尚来不及实践,他就把自己累死了。

体育课必须上,还有那个化工局的田径运动会。第二任体育老师是我们的机械制图老师,他能胜任这个教职据说是因为他老爸当年做过体育老师,但他本人,结巴、瘦弱、近视、迂腐,看上去是他老爸质量最差的那颗精子制造出来的。为啥质量最差的那颗跑赢了其他的?连他自己都说不清楚。他给我们安排的唯一的运动,是跑楼梯。老天,这学校终于有楼梯了,可以用来跑了。

这项运动确实锻炼耐力,但它让我们所有人发疯并失去耐性。这么上去下来的,跑一节课,到头来他发现我们班40个男生全都躲进了各楼层的女厕所,在里面抽烟骂街呢。对的,我们班没有女生,40个,全男的,每次我都得把这件事说上三遍别人才能理解。如果你不理解,你可以去监狱里体会一下那滋味。这件事最后的结果是:老师跑上跑下,反复不停地把我们从四个楼层的女厕所里揪出来,第二个星期他膝盖积水了,他给自己报了个工伤,连机械制图课都没人上了。

后面连续两个星期,我们校长无耻地让门房老乌龟来代课。不得不说,老乌龟是能镇住我们的,他会武术,他还有两个儿子也会武术。他的下盘功夫不错,马步一扎连200多斤重的猪大肠都推不倒他,然后他一脚就把猪大肠蹬进蓖麻丛里去了。昊逼曾经跃跃欲试想拜他为师,因为昊逼有点瘦弱,他希望自己能强壮起来,追得上纺工职校那个跑得贼快的芳芳。后来大飞一脚把昊逼踹进了蓖麻丛,他就断了这个念头,专心做大飞的小弟了。

我们班 40 个人并不齐心协力。纺工职校的芳芳经常对我说,女人多的地方,是非多。她将来会进纺织厂,那地方女人很多很多。然而事实是,全是男人的地方气氛也很尴尬,男人喜欢拉帮派,认小弟,吃豆腐。我们班主要三派人:一派是团干部,可以不用提他们,他们将来会分配到效益最好的硫酸厂,在一堆腐蚀物和腐蚀性气体中享受光荣;一派是以大脸猫为首的黑脸帮,他们的主要战绩是打平过第八中学(俗称野八中)、烹饪职校、园林技校、轻工中专,他们极其蛮横,极其无知,在面对美好的事物时会茫然;最后一派,当然就是我、大飞、花裤子、飞机头组成的白脸帮,有时阔逼和黄毛也会加入进来,有时还捎带上刀把五和昊逼这种不成器的东西,我们的主要特点是长得白,不爱被晒黑,我们的战绩是进了纺工职校以后——女生会掏钱请我们吃冷饮!

老乌龟的体育课上得有声有色,他太沉醉于这一工作、这一额外的奖励,居然要求每星期三下午的固定休假也调整为体育课,让我们跟着他扎马步,校长居然同意了。太阳炽热,到 9 月底我的脸已经被晒成了咖啡色,很快将是褐色。同志们,那是"做六休一"的年代,我们所有的欢乐都指着星期三下午去纺工职校约女生玩,我们不可能在星期天冲到她们家门口去,她们的爸爸和哥哥会打死我们,因为我们来自该死的化工技校。总之,我们得把半天的假期夺回来。

我们的基本原则是不能在上课时打老师,请记住,这是天条,朝他脸上吐唾沫也不行,这种肢体冲突会把警察招来。老乌龟在上体育课时就是我们的老师,没人敢动他,等到下了课,他就是一个低贱的门房。在接下来的一星期里,他先是发现自己小间里的枕头不见了,又发现起夜用的痰盂被人扣在了床上,最后,他新买不久的一套运动服,居然是白色的,他还不知死活地晾在食堂边上,被人用红色粉笔画了个大乌龟。尽管粉笔很容易洗掉,但他心里应该知道,我们只是给他留了点面子。

老乌龟的老婆是一个讲话谁都听不懂的外地大娘,星期三下午她提着那套白色运动服,已经洗干净,似乎变大了些,她骂骂咧咧地坐在篮球架下面，一边晾衣服，一边看着我们扎马步，还有她丈夫。我快累昏过去了，过了一会儿老乌龟站直了身体，走过去劝他老婆回家。于是我们全都喊了起来，老乌龟你不要偷懒！他老婆听不得这个绰号，从地上爬起来，照着我们轮番扇耳光，打得又准又狠。我们四散而逃，并且意识到，老乌龟这身功夫可能是跟他老婆学的。后来老乌龟自己都看不下去了，冲过来拦腰抱住他老婆，企图将其搬出学校，他老婆使了个鞭腿，一脚把他掀到蓖麻丛里去了。

他种的这一大片蓖麻终于救了他，但即便这样他也没有悔改。星期三下午，我需要这半天的休假。

我 17 岁的时候，天天觉得饿，但这不是国家造成的，是我发育了，无论吃多少，两三个小时必能消化干净，我是一个强壮的工人阶级的儿子。当时我妈心脏病住院，我每天放学直奔她的病房，就为了吃医院里提供的下午餐，有时是面包，有时是袜底酥。我妈对我挺好的，坐在病床上看我吃完，会在心里默默告诉自己不能死，要是她死了，我的营养就跟不上，身高就会停在一米七二，而我爸的秃头也会从前额蔓延至颅顶。作为一个时髦、正派、有志气的工人阶级的妻子，这是她不能承受的痛。

还有一个对我很好的妹子是纺工职校的芳芳，前面说过，跑得贼快，她有一双匀称的大长腿，肺活量惊人，短跑能和我打个平手，长跑我们没比过，主要原因是我讨厌长跑这种神经病一样的运动，我跑着跑着会做白日梦，看见饭岛爱。大飞他们经常嘲笑芳芳，因为她长得不够好看，黑黑的，因为她单方面喜欢我，而他们都认为我喜欢的是财经中专那个美艳不可方物的姗姗；更因为芳芳曾经失恋过，她爱上了第一中学长跑队的周志亮，而周志亮跑着跑着就跟第三中学的黎丽娜勾搭上了。

爱情这种事情，我爸讲不清，我也讲不清。那时因为我妈病着，我只能在学校食堂吃午饭，我爸给了我每餐两元的预算，而我每餐必须吃掉四元才够饱。我校食堂是校长亲戚办的，他们搞了一套复杂的价格体系，老师一个价，团员一个价，轮到我这种人，菜价贵到天上去了，一份豆芽两元，一份饭一元，我吃上了饭就吃不上豆芽，吃上了豆芽就吃不上饭，全都吃上了又当如何？一片肉都没有。有一天中午我吃得实在太不爽了，冲到蒸饭间打开蒸柜，顾不得烫，随便拿了个搪瓷杯子揭开就吃，后来被机械制图老师揪住。那是他带的菜，他也挺可怜的，一碗红烧豆芽，也没有肉。我感到非常绝望，去食堂赔了老师两份豆芽，然后吃光了他的豆芽。中午骑车乱逛，我在纺工职校门口遇到了芳芳。

"你好像不开心？"她说，"失恋了吗？"

"我没有肉吃！"

她把我带进了纺工职校，在操场边的一棵大树下，让我安静地坐着等，并提醒我不要抽烟，抽烟会被赶走。我说不用担心，我和我爸最近都穷得买不起烟了，我爸在家找烟屁股抽，结果他发现我已经抢先一步抽光了所有的，我们爷儿俩商量着今后每天只吃一顿，余钱用来买烟，我们不这么干的一个重要原因是怕我妈心脏病发作。我这么絮絮叨叨，芳芳已经跑远了。我在树下找了根枯枝放在嘴里吸了两下，过了一会儿，她跑了回来，手里端着一个饭盒、一个搪瓷茶杯。她走到围墙边掰了两片蓖麻叶子，铺在地上，打开餐具。我看到米饭和红烧肉，还有一个鸡蛋。我快昏过去了，她递给我叉子说："吃吧。"

"你吃什么？"

"我吃你吃剩下的。"

老天做证，周志亮你应该去死。我蹲在树下吃了两块肥肉，感觉自己又开心了起来。我是个有志气的人，不能吃光妹子的午餐。"你妈做菜手艺真好，就像我妈一样好。"我赞美道。

"这是我自己做的，你再吃一个鸡蛋。"

我是个没志气的人，我吃下了鸡蛋。她捧着饭盒在树下吃，我看着她，帮她赶蚊子。过了一会儿她从耳朵后面拔出一根弯弯曲曲的香烟给我。"我课桌里就剩这一根了，"她说，"少抽点，出去了再抽，你的肺，迟早有一天跑不过我。"

我就这么爱上了她，我忘记了财经中专那个美艳不可方物的姗姗，事实上，我从没跟姗姗搭上过半句话。

9月的最后一堂体育课，一场细雨落下，没完没了。这种天气没法再扎马步，我们应该早点散场回家，但这天老乌龟被校长通知，立即选拔出800米、200米、100米以及跳远、跳高、跳绳的选手，因为，化工局那场倒霉的运动会，国庆节之后就要开始啦。老乌龟完全蒙了，他毕竟只是一个门房，领会不了文件精神，经他调教之后这个班上有40个能扎马步的男生，而运动会并没有扎马步这项比赛。

这天下午老乌龟让我们举手，谁愿意参加，立即报上名来。我们全都对着他奸笑，只有铁三角举手，他要参加马拉松。老乌龟松了口气，后来他发现也没有马拉松这项，局里不想再发生跑死人的事故，他让铁三角去参加800米，那看起来也挺远的。老铁摇头说去你的吧，800米我才不想跑，我就想跑马拉松，过瘾。老乌龟没办法，跑去楼上请示校长，过了一会儿跑下来说："校长说了，没有人报名就一个都别想回家。"

坐在我身后的大飞已经极其不耐烦，在1990年的9月，我们这位嚣张跋扈的大飞变成了一个浪漫而沉默的人，有时会突然发情。他正在经历一场恋爱，对象是旅游中专的明明，一个明眸皓齿会讲几句英文的长发少女，她几乎是白脸帮的女神，不过6个月后大飞将会栽在沟里，被她永远抛弃。当时他并不知道这一结局，他将自己的每个星期三下午都许给了她，并发誓在毕业后一定会离开化工系统，到酒店系统去陪着她刷浴缸。大飞坐在我身后，双手在桌板上做着一串刷浴缸的动作，晃得我前后乱抖。我一回头看见他眼中的火焰，左眼是明字，右眼还是明字。我知道他绷不住了。

"星期三下午应该休息！"大飞跳了起来，"我要回家。"

"他是要去旅游中专找那个叫克里斯蒂安娜的女人。"大脸猫在教室另一边大声嘲笑，克里斯蒂安娜是明明的英文名字，但这个名字并不应该从黑脸帮嘴里说出来，它是一个秘密。这个城市里没有其他女人有英文名字。大飞很是惊愕，花裤子比他反应快，立即指出，是昊逼投靠了黑脸帮，泄露了我们所有的心事。

"是的，"大脸猫把昊逼搂了过来，用胳膊夹住了他的少白头，"因为你们抢了他的女人，那个叫芳芳的，跑得贼快。现在昊昊是我的小弟了。"

昊逼横着脑袋冲我笑了笑，冲花裤子挥了挥手。我猜想花裤子前阵被丹丹给吻了这件事，也已经传到别人耳朵里。

"上课不要讲话！"老乌龟拍讲台。

大飞站了起来。"你知不知道自己只是个门房？他妈的你只是个门房你知不知道？"他走向老乌龟，飞机头拽了他一把，没拽住。"我们在讲什么你听得懂吗？"大飞指着老乌龟的鼻子。我替他捏把汗，手快点的捏住他的食指就能把他掰得跪下。老乌龟果然出手了，不过大飞更快，他的手只有克里斯蒂安娜能握住，其他人休想。他及时地缩回了手指，让老乌龟抓了个空。我们鼓掌。"我要去找妹子。"大飞扭脸走出了教室，又撂下半句话，"星期三下午应该休息！"

"我应该怎么处理他？"老乌龟问。

"旷课，"大脸猫回答，他还夹着昊逼，后者已经翻白眼了，"一学期累计旷课三天就可以开除了。"

"旷课半天呢？"

"那就是旷课而已。"

老乌龟被我们绕晕了，也就是说我们每个人，在这个学期里，都拥有五次拂袖而去的机会。这当然不是事实，但如果我非要这么干，他也拦不住。这当口有一个化工局的干部敲门，后面还有两个警察，问校长室在哪里。以往这种级别的干部都应该是老乌龟开路引道，但他现在不是在上课吗？他不得不撂下我们，带着干部去找校长。干部对老乌龟很不满意，说你们学校怎么这么乱，门房是个女的，还在跟学生打架。这么一说，我们听到大飞从校门口传来的惨叫，因为下雨，窗都关了。我打开窗，大飞的叫声变得连续、凄厉，好像还在喊我和花裤子去帮忙。

我们冲到校门口。这天下午全校就我们一个班在上课，老乌龟代课后，他就让他老婆来充当门房，也就几小时的工夫。他老婆把大门锁得紧紧的，抱着胳膊守在信件柜那儿，大飞没废话，要求她开锁，她要求大飞拿出她老公签署的出门证，说了三遍大飞没听懂，校门还是锁着，大飞急了。克里斯蒂安娜在雨中等他，在雨中，等他。我要缓慢地讲出如下这句话——没有一个男人能受得了这种煎熬。他扑进门房，打开抽屉找钥匙。钥匙当然在那婆娘手里，他翻了很久，一回头看见干部和警察走了进来，婆娘又锁上了门。大飞在原地待了片刻，只等警察走远，又扑过去抢钥匙，老乌龟的老婆往他下体踢了一脚。我们的大飞，他仍然躲开了，除了克里斯蒂安娜没有人可以踢中他的下体，但他被激怒了，他还了一个鞭腿，因下雨地滑，踢出去半脚就摔倒在地，老乌龟的老婆立马骑到他肚子上，往他脸上乱打。大飞朝这婆娘连连吐口水，然后他像摔跤运动员一样翻过身，用屁股拱翻了老乌龟的老婆，往抽屉那儿爬去，后者虽然倒地，一只手还拽着大飞的裤带。大飞往台阶上爬了三层觉得屁股很凉，昂头一看，雨水正落在他的内裤上，臀部还有两个洞。大飞惨叫起来。

"如果你去约会，你应该穿条好一点的内裤。"花裤子抱着胳膊说。那当口大飞正在哭，他的裤子一半在腿上，一半在老乌龟的老婆手里。

后来发生了什么我已经不知道了，那天太乱，我还看见我们校长爬到了窗台上，然后被警察拖了下去。我趁这工夫翻墙出去，连自行车都不要了，徒步跑向纺工职校。细雨落在我眼睛里，那滋味就像我有很多伤感的情绪无处倾诉。在化工技校，如果你表达这种情绪，你会被笑死，但当你踏进纺工职校，你会被它包围。

我看到芳芳在操场上奔跑，我看到了一个从未看到过的她。假定在此后失散的岁月中我会忘记她，那么只要我走在细雨中，闭上眼睛，就会看到一个穿田径服的妹子从我眼前跑过。她短发，长腿，黝黑，脸上沾满汗水和雨水。她在1992年进入某纺织厂做女工，三年后工厂关门，人们散去，她以这一姿态跑出了我的世界，再也没有回来。

"你为什么要练跑步？"我对着她喊。

"我们纺织单位，也要举办运动会。"她喊道。

"你参加哪项？"

"800米。"她沿着跑道又跑了一圈，来到我眼前，回答我。

"有奖金吗？"我跟着她跑了起来。

"如果跑出纪录，他们说，我可以去市田径队。"她说，"虽然是业余的,虽然还要做女工,但也许还有别的机会呢?"

"你他妈的真的是个进步女性。"

她停了下来。她有点伤感,是的,我曾经在她面前说过,那个将要去涉外酒店上班的克里斯蒂安娜是进步女性,我从未将这一用词送给其他任何妹子。"你呢?"她问,"你打算参加哪项?"

"我不想参加任何一项陪着傻逼跑跑跳跳的运动。"我说,"这件事你做有意义,我做的话可能正好相反。"

"你应该参加,做进步男性。"她天真地说。

"世界上从来没有进步男性这种说法。"我说,"把我当一个瘫子看待吧。"

"饿了?"

"还没跑就饿了。"

她就穿着这身田径服,披着件衬衫,带我走出学校,沿街找了个小摊吃馄饨。雨落在馄饨汤里,9月末的天气正在变凉,到了10月,你又能去哪里?我吃完了馄饨,她一口没吃,看着我。我从裤兜里找出香烟给自己点了一根,把烟灰随意弹在湿漉漉的街道上。摊主走过来收碗,对她说:"你怎么穿着胸罩出来?"

"这是田径服。"我说,"全世界都是这么穿的。"

"你怎么这么黑?"他又多嘴。我把一截烟屁股扔进他手中的碗里,我当然不能回答他全世界的女人都这么黑,或者世界上还有比她更黑的女人。这他妈的都是什么屁话?"你觉得我一个人打不死你,是吗?"我拉起她离开。

在陪她走路的时间里,我说起1990年世界杯,巴西队压着阿根廷打了80分钟,马拉多纳晃过三个巴西队员传球,"风之子"卡尼吉亚一蹴而就,然后,大半夜的,我所在的农药新村远近发出一阵欢呼,我爸激动得把我妈给摇醒了,我妈激动得尖叫起来:啊,那个长头发的。卡尼吉亚,我也想留这么一头长发,给自己取个绰号叫作风之子。我讨厌跑步,但我喜欢足球场上的奔跑,告诉你为什么——在足球场上,你可以匀速跑、变速跑、向前跑、侧身跑、跳着跑、微笑着跑、扭过头跑、挥舞着双手跑。只有这样你才配叫风之子。

"你根本不理解跑步。"她说。

"无所谓，等我技校毕业了，我就给自己留一头长发。"

"像个硬汉？"

"像个内心软弱的人。"我想起克里斯蒂安娜对大飞的评价，我借来用用总是可以的。

我们直走到化工技校门口，这时我才想起应该换条路走，不过无所谓。我们班的人散落在各处，有些在墙头，有些在窗台，有些在门口。"校长被抓走啦！"飞机头高兴地对我喊，"造房子贪污钱了！"

"大飞呢？"

"他还在为裤子哭。"

我向他挥挥手，也向墙头另一边的昊逼。黑脸帮居高临下看着我，过了一会儿他们全都笑了起来："你找了个黑妹。"

我没理他们，继续带着她往前走。然后我觉得有人拽了我一把，老乌龟从学校里跑了出来。"回去上课！"他对我喊道。我叉了他的脖子，老乌龟朝我腰里撞了一膝盖，这老东西疯了，接着他老婆又冲了出来。我把芳芳拽到身后，顺手从旁边甘蔗摊拽了把刀过来，指住这对"雌雄双煞"的鼻尖。花裤子和飞机头跑了出来。

"你不再是人民教师了，"花裤子对老乌龟说，"你从来也不是教师，只是门房。你的课结束了，星期三下午我们应该放假。"

我不去看老乌龟失落的眼神，到了10月，你又能去哪里？我扔了刀子，带着芳芳向远处街道走，细雨仍未停。他们还在喊她"黑妹"。

"你知道吗？皮肤黑的妹子，在我家那片街上，人们都会喊她'黑里俏'或是'黑珍珠'，她身边应该是一条浑身雪白的汉子，最好是长发，有浪里白条那么白，胳膊上再刺一朵牡丹花。到了夏天，妹子穿一身肚兜，汉子赤膊，肩并肩走在街上那叫一个好看。"

"如果是很黑的汉子呢？"

"那他妈不就像两个乡下来的傻逼吗?"我脱了汗衫,光膀子走在她身边,"怎么样?"

"好看。"她把衬衫也摘了。我们沿着街道走去,接着我听到后面一阵脚步,是花裤子和飞机头。"脱。"我招呼他们。这两人也脱了,白花花三条赤膊汉子,我想起还有大飞。

"不要喊他了,如果他也脱了,只穿一条三角裤在街上走,我们真的会被人耻笑的。"花裤子说。

"我被你说服了。"我说。

(原载《花城》2022 年第 1 期)

作者简介:

路内,1973 年生,著有《少年巴比伦》《慈悲》《雾行者》等。

最小的海

叶昕昀

一

  李早提起她父亲去世前的情景：是个傍晚，他让李早取来他的老花镜，说想看看这几天的新闻。
  过期的报纸堆在医院的床头柜，他一张一张地翻阅。
  "怎么没人告诉我？"他说。
  "什么？"李早问他。
  "曼德拉死了。"他说。
  "谁？"
  "南非前总统，"他把那串长长的名字一个字一个字念得非常清楚，"纳尔逊·罗利赫拉赫拉·曼德拉。"
  李早说自己不看这些新闻。
  "你们女人从来不关心政治，"他说，"你把李江给我叫来，我问他知不知道。"

"李江不在。"李早说。

"去哪了?"他取下老花镜,仰着脖子问她。

"不清楚。"李早说。

他把老花镜摔在床沿,背朝她躺下。过了很久,她听见他嘟囔着说:"我知道了。"

李早弯腰捡起他的老花镜,问他:"知道什么?"

他没有说话,她走过去,发现他已经睡着了。

当时李早和何毅坐在车里,挡风玻璃正对着夜晚的海面。那天晚上天气不好,几乎看不到月亮,只有灰蓝的海浪片刻不停地从山脚一遍一遍翻涌过来,渐渐逼近他们,击打在岸边的防波堤,再重新退回去。

"他睡着了,"李早说,"但我其实希望他是死了。"

何毅没见过李早的父亲,王阳说那老头是个浑蛋。有点文化的浑蛋,王阳的原话。

"但他只是睡着了。"李早说。那时候她感觉自己可能是有些醉了。

几个小时前李早跟王阳还有朱莉待在一起,他们吃过晚饭,坐在旅店的壁炉旁喝酒。一个假的壁炉,里面的火焰用鼓风机吹起来,看上去很逼真。李早蜷腿窝在沙发里,靠着王阳,朱莉坐在他们对面,隔着一张木制圆几。大厅的光调得很暗,方便客人们夜间观赏窗外的海景。

那片海其实是高原上一个巨型淡水湖,当地人把它称作海。"最小的海,"朱莉说,"翻译成汉语就是这个意思。"李早和王阳下午到的时候天气晴朗,朱莉带他们到海边转了转。朱莉告诉他们,他们在海的东岸,海景其实是西岸更好,那边的海紧邻环海公路,望出去无边无际。不像东岸这样民居密布,岸边筑着高高的防波堤和青石护栏,对于观赏海景是一种损害。

朱莉是何毅的新女友,比何毅大六岁,他们不久前一起接手了古镇这家临海的旅店。"何毅一直喜欢比他年长的女人,"王阳说,"刘茵是个例外。"

刘茵是何毅的前妻，也是王阳和李早大学时期共同的朋友。

王阳认为何毅的这段新恋情或许会长久，李早见到朱莉的时候，大概明白了王阳"能长久"的判断。朱莉跟何毅之前众多的女友不同，她不张扬，无论是外貌还是个性，都透露着内敛和平稳。她身上有生活的力量，王阳这么形容朱莉。王阳说他期望朱莉会是何毅的归宿，希望朱莉的乐观和包容能让何毅学会放下，从早年不幸家庭的痛苦和前一段婚姻的阴霾中走出来。李早知道，王阳是真心希望何毅能过上一种更好的生活，至少是他价值意义上更好的生活：稳定的家庭，和睦的关系，人人充满希望。

朱莉自己先喝了一口酒，向王阳和李早表示祝贺，询问他们什么时候办婚礼。王阳说年内，具体时间还没定。朱莉笑着说何毅听到这个消息肯定会为他们高兴。王阳问何毅什么时候回来。朱莉说快了，他现在应该折回机场高速了。那是几个挺重要的客人，朱莉解释，何毅得亲自送他们到机场。

王阳坐了一会儿，说自己头有些痛，想先回房间躺一下。白天他开了一整天的车，几乎没怎么休息。李早问他要不要自己陪他上去，或者去给他买点药，朱莉这里没有缓解头痛的药。王阳说不用，他躺一会儿就好了。"何毅回来的时候叫我，"王阳说，"他一杯酒也别想喝。"朱莉笑着应和，这个惩罚很好。

"何毅说你们从大学开始就一直是很好的朋友。"朱莉看着李早，那时剩下她们面对面坐着。

李早知道，何毅原话肯定不会用"很好的朋友"这样的字眼，他内心好像从来不觉得谁是他的朋友，但她还是点点头："对，何毅，王阳，我，还有刘茵，我们大学时期就认识。"

"王阳和何毅住一个寝室，刘茵当时还是何毅的女朋友。"李早说，"我和王阳是支教时候认识的。"

"我看到过你们四个人一起拍的毕业照。"朱莉说。

"是吗？"李早说，"我都不记得我们一起拍过毕业照。"

朱莉说："何毅保存得很好。"

"他很喜欢保留东西，"朱莉又说，"高中时候穿的湖人队球衣现在还留着。"

李早看着窗外："那时候我们还很年轻吧。"

"你们现在也很年轻。"朱莉笑着说。

她们听着窗外不间断的海浪声，轻轻举杯，把玻璃撞击的清脆融入海浪。那是一块横贯整个旅店大厅的落地窗，从窗内看出去，视线的尽头是一片绵延的群山，亮着散落的点点灯火。正对旅店的那座山，朱莉指给李早看，在山顶最亮的地方，是禅寺的佛塔。"叫楞严塔。"朱莉说，"当时有好几间海边的旅店要出手，何毅最后选择了这间，说这个位置看楞严塔最好。"有几只晚归的红嘴鸥从海面跃起，在空中上升、旋转、滑落，然后迅速消失在夜空之中。

李早把杯子里的酒喝完，站起来，身体轻轻晃了一下，像是在配合刚好拍打过来的浪潮。"我还是出去给王阳买些药。"李早说。

朱莉说："我陪你。"

"不用。"李早又说，"我想一个人走走。"

李早出门的时候天只是有些擦黑，等她转到海边的时候，天已经完全黑下来了。

手机地图显示海边广场附近有一家药店。那是一个很大的广场，沿着海边一直延伸到远处密集的民居。广场中央有一群学滑板的小孩子，正屈膝准备勇敢地越下两级楼梯，但最后成功落地的居少，大部分都接二连三地摔倒。李早经过他们，向海边沿岸的人行道走去，那里有几个正在饭后散步的当地人。李早走到差不多广场尽头的时候，看见了广场内侧药店的招牌。药店关着门。很多商铺都是这样，大概是冬季游客少，没什么生意。李早那时也感到有些累了，她看见不远处有一座石亭，便朝那边走过去。

石亭算是广场真正的尽头，再往前就只剩一人宽的小路，沿着小路可以进入民居内部，一部分是当地人的住所，但大部分是租当地民居改造的客栈、餐厅、酒吧和咖啡馆。李早倚靠着石亭的护栏，倾听海浪击打她面前的防波堤,有规律地、不间断地击打,那声音有种叫人安静的力量。在更远处的海面,闪烁着一层密集的不断移动的光斑,那是一座连接两块陆地的跨海大桥,车辆在桥上无休止地穿行。即使有那些光亮,海面还是显得孤寂而宁静。

何毅找到李早的时候,她已经移到了海边的圆柱护栏,她觉得坐在那上面更能接近海的静谧。

何毅从她身后走过来的时候,她吓了一跳。

"这样很危险。"何毅说。

李早指了指绑在岸边那排橙色的救生圈。"没事。"她说。

"意外的发生就在一瞬间,"何毅说,"你根本没有机会碰到它。"

"你还是一如既往的悲观。"李早说。

何毅耸耸肩:"这是事实,和悲观无关。"

李早没说话。

"你给王阳回个电话,"何毅说,"他正准备出来找你,说你电话打不通。"

"我手机没电了。"李早说。

这时候王阳刚好打来电话,何毅接起来,说他找到李早了,让王阳不用担心。李早听见王阳问他们在哪里,她朝何毅摇摇头。何毅说:"我们现在就回来。"然后挂掉了电话。

"你怎么知道我在这儿?"李早问何毅。

"朱莉说你出来买药。"何毅说。

"药店有很多。"李早说。

"我猜你会来这里。"何毅说。

"你刚回来吗?"李早说。

"刚到。"何毅说,"你药买了吗?"

"药店关着门。"李早说,"你车停哪?"

"路边。"何毅指了指前面。

"还有别的药店吗?现在还没关门的药店?"

"镇上有一家，"何毅说，"二十四小时营业。"

"远么？"李早问。

"不算远，"何毅说，"开车十分钟能到。"

"还有更远一点的吗？"李早说。

"怎么了？"何毅问。

"我不想那么快回去。"李早说。

车子开出古镇，开始沿着环海公路匀速行驶。公路边上设置有专门给游客拍照的装饰巴士和玻璃秋千，李早和王阳白天过来的时候走过这段路，那时还有一些游客在排队拍照，如果是夏天，排队的游客数量应该会再翻好几倍。

白天李早和王阳在高速路上行驶了五个多小时，驶出高速后还要再开一个小时才能到达古镇。那是下午两三点左右，虽然是冬天，但阳光很好，加上长时间路途的劳累，他们显得倦意十足。导航提示快要到达古镇的时候，公路两侧的山峦和农田渐渐隐去，车子开始走一段长长的下坡路，当农田在他们眼前彻底消失的时候，远处阳光下粼粼的海面突然在他们眼前显现。这片山体绵延的高原上暗藏的广阔海面让他们瞬间倦意全消，王阳说这是自然的力量。

此时这片海面被夜晚所笼罩，显示出和白天全然不同的样貌，沉静，安宁，甚至有一种被吞噬的可怖。"我更喜欢湖。"何毅说。他放缓车速，把车窗放下。他让李早仔细听浪涛的声音，比海柔和，他说："但并不缺乏力量。"

何毅说这是他选择这里的原因，这片蕴藏在高原群山间的湖泊与海洋不同，无论是它在夜晚与生俱来的清寂，还是它更为缓慢与收敛的力量。李早却说何毅爱上的是这里不被日常生活所规整的放纵与狂欢。"这里到处都是酒吧，"李早说，"算得上你的天堂。"

这时他们开始远离环海公路，朝内陆驶去，那个方向有一片更繁华的古城，也有李早想去的更远一些的药店。在他们即将离开海面的最后时刻，何毅踩下油门，车子在空荡的公路上疾驰，海风和李早的长发一起向他吹拂过来。

"你以为你很了解我？"何毅说。

李早说："我不了解你，我只是在说我看到的事实。"

何毅问："什么事实？"

"酗酒，纵欲，"李早语气平静，"毁灭，还有绝望。"

"这像是王阳会说的话。"何毅说。

"如果是王阳，"李早说，"那他会说你正在毁掉你自己的人生，并为他没有把你引入更具期望的生活而自责。"

"而不仅仅只是罗列这些词语。"李早补充。

"这些词已经足够具有杀伤性了。"何毅说，他摇头笑了笑，"王阳一直觉得我在过一种堕落的生活。"

"他只是觉得你在挥霍你自己的才华，"李早说，"他觉得你本来可以在某些方面有所成就。"

何毅笑："王阳觉得每个人都独具才华，我以前跟他开玩笑，说他可真是个菩萨。他也想拯救你来着，是吧？"

李早没说话。

"他怜悯你，想拯救你，给你想要的生活，"何毅说，"但你现在退缩了。"

他转头看着李早，车子急速地穿过前方闪烁的黄色指示灯。

"你以为你很了解我。"李早说。

何毅说："我不了解你，我只是在说我看到的事实。"

李早转头看了何毅一眼，他们对视，沉默，然后笑了起来。

李早在药店等店员给她拿药的时候，何毅正靠在车门边抽烟。陆续有人走进来，几乎都是深夜刚从古城出来的游客，高反、呕吐、胃痛、眩晕，一身酒气。李早拿完药出来，何毅灭掉烟头，她走上车，他按下启动键，车子准备离开。

这过程快得出奇，从他们离开海边广场，一路驱车至三十公里外的古城，买药，然后踏上归程，时间流逝得飞快。李早想要慢一点，再慢一点，慢到她有足够的时间去想明白自己到底在渴望些什么。她甚至希望听到何毅向她提议，问要不要进古城去喝一杯，里面有一家他常去的酒吧。"真他妈的不错。"他会这么说。她不会像他想象的那样拒绝他，说她今晚已经喝得够多了，说她并不想看着一个酒鬼当着她的面酗酒。她会同意的，那天晚上她会跟他走进去，去酒吧再喝上几杯，谈谈他们大学时候的事儿，谈谈他们如何成为今天这个样子。但何毅没有这么提议，他甚至一句话都没有说。

车子驶入归程，车速比来时快很多，他们很快就能到达，回到那间海边旅馆，回到他们各自爱人的身边去。完全不是李早想象中的"逃跑"，她现在承认这是一场逃跑，一场可笑的逃跑。她希望何毅能做点什么，但他什么都没做，或者说他什么都不想做。那他为什么要同意呢？当她说还不想那么快回去的时候，他为什么会同意带她来更远的药店，成为她的盟友，和她共同达成这次逃跑的契约？她不明白何毅在想些什么，她承认，她从来就不明白他在想些什么。

车子重新驶进他们来时的那条岔道，蓝色指示牌显示环海西路。

"我有点犯恶心。"李早说。

何毅看了她一眼，把车速降下来。

"前面找地方停一下吧，"李早说，"我想透透气。"

如果这次逃跑不只是一种情绪上的闹剧的话，李早想，她或许该试图做些什么。

何毅保持着低速行驶，直到前方出现一片观景台，他开始缓缓打方向盘。消失的海面重新在他们眼前显现，广阔、混沌、沉静。

观景台设计独特，叶片形状，从外向内逐渐收缩，最窄处悬空于地面，像是一座悬崖，那里是观景的最佳位置，只容得下一辆车的宽度。他们的车停在"悬崖"边，整片海面就在他们眼前，所有的岛屿，所有的边界，比想象中更小，更有限。

"这只是一片湖,"何毅重新放下车窗,海浪声涌进来,"用海的标准看待它肯定要失望。"他看出了她在想什么。

"我没见过真正的海。"李早说。

何毅问她什么是真正的海。李早想了想,说:"没有边界?没有尽头?"何毅说:"不存在那样的海,就算太平洋也是有边界的。"李早说:"是吗,那什么没有边界呢?"何毅说:"什么都是有边界的。"

"人呢,"李早问,"人的边界呢?"

"是死亡吗?"李早说。

"死亡是实体的边界,不是人的边界。"何毅说。

"所以人不是实体,"李早说,"那是什么,思想?"

"也许吧,"何毅说,"在你说的边界意义上,人是思想。"

"这么说的话,"李早说,"人的边界取决于思想的边界?"

"我喜欢这句话。"何毅说。

"那思想的边界呢,"李早问,"思想的边界又是什么?"

"这个你恐怕要去问哲学家。"何毅说。

李早笑了笑,何毅也不再说话,他们沉默着,倾听海浪如何将他们围绕,直到几辆轰鸣的摩托从他们身后飞驰而过。

"你平时也这样吗?"李早说,"像他们这样不要命地做这种速度游戏?"

何毅愣了一下,似乎在回想李早问了他什么。

"不,不会。"何毅说,"嗯。偶尔也会。偶尔。"他毫无意义地重复让李早明白,他没听进去李早在问他些什么。

"你在想什么?"李早问,"边界?"

"还是酒?"李早看着他。

何毅笑了起来,他把天窗打开,从口袋里拿出烟。

他的答案不言自明。

"要是没有跟我出来,你现在应该正坐在窗边喝酒,"李早说,"边观赏佛塔边喝酒,是吧?那塔叫什么来着?"

"楞严塔。"何毅认真地告诉李早。

李早的讽刺在他身上完全落空，她自己都忍不住笑出来。

"但我没逼你出来。"李早又说。

"对，"何毅说，"我是自愿的。"

"你后悔了？"李早说。

"有一点。"何毅说。

"后悔是你的常态，"李早说，"是吧？"

"是吧。"何毅说。

"离开刘茵以后有后悔吗？"李早说。

何毅沉默，然后说："你喝多了吧？"

"不多，"李早说，"朱莉的白葡萄酒，只喝了半杯不到。"

"不是，那是我的酒。"何毅说，"味道怎么样？"

"还行，"李早说，"所有的酒我喝来都一个样。"

"可惜，"何毅说，"应该挑最便宜的招待你们。"

李早看了他一眼。"记得李江吗？"她说。

"你弟弟？"何毅说。

"对，"李早说，"李江是喝假酒死的。"

何毅看了李早一眼："虽然有些冒犯，但我怎么觉得你像在讲什么劣质笑话。"

"好笑吧，"李早说，"人死得像个笑话一样。"

何毅没说话。

"挺有意思的，"李早说，"这种死法挺有意思。我跟你讲过我爸爸怎么去世的吗？"

何毅说没有，然后李早提起了她父亲去世前的情景。

"我以为他死了，结果他只是睡着了。"李早说。

"后来我以为他只是睡着了，结果他死了。"

何毅终于点起了他的烟。

烟雾从天窗升腾上去，月光倾泻下来，一片正好落在何毅的鼻峰上，像黑夜海上浮着的冰山。

二

李早让王阳和儿子去麦当劳等她,她拿完检查报告就去找他们。

儿子多多坐在后排的儿童座椅上拍手,说要吃麦旋风。王阳说:"你一个人哪行,我得陪你去。"李早说:"不用,要真检查出什么我还得反过来安慰你。"王阳动了动嘴,没说出话。"医院细菌多,"李早语气柔和下来,"多多感冒刚好,别又感染了。"王阳点点头。"待会儿从建设路岔过去。"李早又说,"别走主道,堵。"

"好。"王阳说。

几周前李早在左侧乳房发现了肿块,她刚洗完澡,往身上抹身体乳的时候摸到的,蚕豆大小,很硬。她当时没有在意,后来发现肿块在变大,晚上睡觉的时候她告诉了王阳,王阳伸手摸了摸,吓得不轻,责怪她怎么不早说,李早说她当时没想那么多。王阳那晚一夜没睡,第二天一早请了假带她去市医院做检查。

医生摸了摸,说像纤维瘤。他问了李早的家族女性病史,比如她的母亲是否患过乳腺癌等。李早说她不清楚,母亲很早就去世了。医生又检查了她腋下和锁骨处,摸了摸那边的淋巴结是否肿大。

"会是癌症吗?"李早问医生,"我没想过会这么严重。"

医生开单子让李早去做核磁和肿物穿刺。"不要紧张,"医生从打印机里取出单子递给李早,语气平静,"先去缴费做检查,到时根据结果才能确定。"

李早今天来医院取检查报告。

昨天晚上李早没太睡好。白天她把多多送去王阳母亲那里,让她周末帮忙照看两天,说这几天公司要加班应对巡视整改,没提明天要去医院的事。晚上十点左右,王阳的母亲打电话过来,说多多在她那边一直闹,非要找妈妈,怎么哄也不听。王阳把多多接回来的时候已经快凌晨了,李早又花了一些时间哄多多睡着,然后才回卧室,但躺下没多久就醒了。她看了看手机，三点十分，王阳不在卧室。她下楼走到客厅，看见王阳站在院子里，关着玻璃门在外面抽烟。她重新回到卧室躺下来，睁着眼睛看墙上的壁纸花纹，数一块壁纸上有几只蜜蜂。后来她听见王阳上楼的脚步声，她闭上眼睛装睡，但王阳一直没进卧室。第二天她起床的时候，王阳还躺在楼下客厅的沙发上。

有时李早会想，婚姻所具有的意义，就是此刻对方比她更惧怕自己的死亡。她和王阳恋爱四年，结婚七年，孩子四岁，他们人生共同的十一年就这么过去了。一起度过的所有日日夜夜都将他们连成了一个整体，一个不可分割的整体。是真的不可分割吗？李早想，还是仅仅因为他们彼此都没有找到必须分割的充分理由？他们和睦，友爱，相互尊重，生活中没有出现别的意外，那种令他们必须分割的意外，或者说，那种意外还未到来。它们会到来吗？不仅仅死亡，李早想的不仅仅是死亡那种意外。

医院里的停车位已经满了，王阳把车停在了路边。下了车，李早让王阳和儿子直接去麦当劳，她往反方向走去医院。"不用送，"李早说，"我自己走过去。"王阳说："你把口罩戴上。"李早点点头，转过身去戴上口罩，往前走了几步，听见儿子在她背后喊："妈妈，快来找我们哟。"她回头向他们挥了挥手。

置身于医院的喧哗和骚动中时，很难不想到人的苦难和死亡。救护车、呻吟、防护服、感染、急诊室掉落的手指，红灯手术中，恸哭、刚被清扫的血迹、求救、黑色垃圾袋里的皮脂和内脏。人们匆忙或是神色紧张地在每一处穿梭，停留，等待。也不是没有欢乐，如果等待的结果令人惊喜，人们会欢呼，但还是会无法抑制地哭泣，欢乐地哭泣。

李早说不清楚她此时的等待掺杂着什么样的心情。她当然在暗自祈祷只是身体上的小毛病，也许最终会被证明只是虚惊一场。但她也想着最坏的结果，生命的倒计时，突然降临的死亡。算是恐惧的一种吗？也许吧，但她更好奇到时候身边的人会对她的死亡抱有什么样的反应。父亲临终前，在医院照顾他的那段漫长日子里，她见过很多种对于死亡的反应。一个中年男人凌晨脑溢血死了，过了两个星期他的家人才来认领尸体，缴清欠款。肾衰竭的老人刚进手术室，他的儿子女儿、儿媳女婿为了遗产分配问题在楼道里吵得天翻地覆。也有的人去世以后，他的儿女过来有条不紊地收拾着他的东西，把水果分给病房里的其他人，握着医生的手说："谢谢，我知道你们已经尽力了。"父亲去世的那天夜里，她只是叫来了护士，确认死亡后她签了字，然后感到了前所未有的轻松。那天晚上她站在住院部院子里那棵合欢树旁，轻轻地呼了口气，她也哭了，但不包含悲伤，即使有的话，那也很少。李早不知道自己的死亡会让周围的人感受到些什么，但如果他们想起她时，带着更多的遗憾和怀念，那就不算是坏的死亡。

挂念。她当然会有所挂念，她的孩子，她的丈夫。孩子会健康地长大吗？会幸福吗？快乐吗？会忘记她吗？丈夫呢，需要多久走出这场阴霾？又会在多久以后再次成家？所幸的是，她了解王阳是什么样的人，也会相信和尊重他此后的选择。他会处理好一切。一直以来，他都是一个称职的丈夫和父亲。

遗憾，李早捕捉到这个词，有遗憾吗？也许吧，李早想，但她想不出什么具体的遗憾。但如果，她是说如果，在她还能够选择的时候，她选择了另一种生活，一切又会是什么样？

在她很年轻的时候，她就渴望步入一种安全的生活，稳定、舒适、无须为金钱发愁。她厌倦了曾经那些今天担心明天的日子，担心交不上学费，担心父亲无由来的毒打，担心李江鬼混闯祸，担心他们各种意外的死亡，担心她最终不得不辍学去供养这个家庭，担心自己最终将过上令她恐惧的生活。所以她又常常觉得自己算是幸运的那一个，在完全被轻视的家庭和动荡的环境里还算正常地长大，没有被拐卖，没有被强奸，没有辍学，没有走入歧途。考上不错的大学，找到一份稳定的工作。或许更重要的是，她遇到了王阳，并在他那里看到了一种对她而言极具诱惑的人生。

李早认识王阳的时候就知道，他会是一个好丈夫，以后也会是一个好父亲。他从他的父母那里接受了足够的爱和富足的生活，他也能够把他的富足和爱释放给每一个需要的人，如同七年前李早在婚礼上给宾客读她写给王阳的信中所说的那样："他是一个善良的人，懂得如何去爱一个人的人。他懂得如何尊重别人，尤其是尊重女性，这是周围大部分男性所真正缺乏的。他从不站在更高的位置看人，尽管他拥有着比同龄人更加优渥的生活条件。他总是能够看到那些被忽视的人群，带着悲悯但不俯视的姿态接近他们，怀着最大的善意和期望去帮助他们，希望他们过上一种美好的生活。这些都是我爱他的理由。"

王阳说他是在去支教的那趟列车上爱上李早的，李早问他具体是什么场景。"列车穿过贵州境内最后一条隧道，"王阳说，"看到尽头的时候。"

那是一列从北方直抵云贵高原的列车，整个旅程严格依照着地理课本中地形和植被带的划分。列车起初在一望无际的平原上行驶，铁路两边的房屋和农田一闪即逝。当平原和天际衔接的直线逐渐被起伏的山峦所取代的时候，列车就开始频繁驶入狭长幽暗的隧道，喧杂的人声也随着渐暗的背景色突然沉寂下来。

王阳坐在紧挨过道的位子，他转头看向漆黑的窗外，借由车厢内的灯光，看见了自己隐隐反射在玻璃窗上的脸庞。和他的脸庞同构成一幅完整画面的，还有坐在对面靠窗位子，一个正在低头看书的女孩儿。

从上车开始他就注意到这个女孩了。她有很好看的下颌线，齐肩发，耳廓很小。她在一页书上要停留很久，即使翻了页，也还会不断回头去看前面的内容。有时候女孩很久都没有翻页，他猜想那一页是不是格外精彩。

阳光再次照进车窗，由暗渐明转换的瞬间，女孩抬起了头。她在看他，觉察到这一点的时候，他有些尴尬。他不知道那一刻自己的目光该不该从窗户上移过来，是该直视她，还是装作在看窗外的景色。他感觉到自己肩膀的肌肉都在紧绷着。

是女孩主动跟他说的话。"你东西掉了。"女孩说。

他转头，确定她是在同他讲话，然后低头去看，是他的卡包，应该是刚才坐下的时候从兜里掉出来的。

他把卡包捡起来，对她说了谢谢，又觉得自己还应该再说些什么，然后他问:"你在看什么书?"

女孩把书本合起来,然后朝他抬起,展示封面。"《玫瑰之吻》。"她说。

"小说?"他问。

"不是,"她说,"植物学丛书,讲花的。"

"花?"他问。

"对,"她说,"花。很有意思。"

"是吗?"他说。

"比如莲花。"她说。她比他想象中开朗和热情得多。

她迅速翻到折了一角的书页,指着文字念起来:"每朵莲花都有自己的恒温器。莲花开放时,即使空气低到五十华氏度,它也能够产生并维持超过八十华氏度的温度。"

她阅读的时候很专注,为了压住火车经过轨道的声音,她提高了音量,念完后又觉得自己影响到了其他同学,于是不好意思地笑了笑。但他们周围并没有人在意她,在意他们。

王阳觉得这样呈对角线的交流并不方便,他想换到离女孩更近一点的位子,但没有同学愿意。女孩这时站起来,提出跟坐在王阳对面的男孩换一下位子,男孩同意了。

"靠窗的位子更吸引人。"女孩眨着眼睛对王阳说。

王阳感觉自己的耳后正微微地发烫。

"还想再听吗?"女孩问他,"比如花如何凋零?"

王阳点点头。

女孩继续翻到另一面折角的书页:"日本樱花是'大爆炸战略家',它开花时间十分短暂,但成千上万朵樱花中每一朵都可提供微量的花粉和花蜜。樱花树吸引了多种不同的'机会主义'昆虫,这些昆虫寿命较短,关注的范围也不大,但它们会成群结队扑向花团锦簇的樱花树,寻求短暂的回报。"

王阳认真地点头,表示他学到了这些知识。

女孩接着念:"对于'多年生但只结一次果的植物'来说,青春期是致命的。植物用尽其所有细胞分化来生成花枝，为了生产果和种子，它们等于燃尽了多年来储存的能源。性对于'多年生但只结一次果的植物'来说是一种代价极大的胜利。"

"比如龙舌兰和竹子。"女孩说。

王阳还是点点头。

"是不是很像人类不同的生存方式？"女孩问他。

原来她想说的是这个。

王阳想了想，然后问她："那你呢？你属于哪种生存方式？"

"不知道，"女孩说，"这两种方式我都喜欢。一种热烈，一种坚韧。"

他喜欢她的形容。

"但我们大部分人应该属于另一种方式。"她又说。

"什么方式？"他问。

"从墨西哥到哥斯达黎加低地森林中的十字架树，一年中大部分时间里都在开花，它的老枝和树干上都会产生许多花苞，但这些花苞寿命都很短，而且每晚只开放少许。较大的深紫色花朵会吸引种类不多的蝙蝠前来吸食花蜜，这些蝙蝠每晚造访同一片小树林。这种'稳恒态'植物更倾向于锁定食性比较专一化、体格强壮并且寿命较长的动物，这些动物有很好的记忆力，并有到处流浪的习惯，动物愿意每天奔波很远的距离以获取有限但可持续的回报。"女孩读完，抬起头看王阳。

王阳点头，表示赞同，沉浸在植物对于人类生存方式的启迪之中。过了很久，他听见女孩合上书，问他："你是哪个系的？"

"经济系。"他说。

"我是中文系，"女孩说，"我叫李早，你呢？"

"王阳。"他说。

然后她问他为什么来支教。

王阳想了想，说："想来体验另一种生活。"

李早的表情严肃起来。"'体验'这个词有问题，"她说，"有居高临下的姿态。"

王阳想说他不是那个意思，但他一时不知该如何辩驳。

"难道你不就在生活里吗？"李早说，"你想体验什么？"

王阳有些不知所措，他不明白只是简单的一句话为什么会让面前这个女孩突然变得咄咄逼人。

"我不是那个意思，"王阳说，"我是说感受，感受别人的生活，然后尽可能地帮助他们。"

"帮助他们？"李早说，"你觉得自己有能力去改变别人？"

"尽可能，"王阳说，"尽可能带给他们一些有益的影响。"

"影响？"李早说，"如果他们并不觉得自己需要被影响呢？或者说，他们并不觉得自己过的是一种不好的生活？"

"那我就去向他们指出什么是好的生活。"王阳说。

"你太自大了，"李早说，"非常自大。"

王阳当时是有些生气的，他不知道为什么自己要无故地受到她的指责。剩下的时间他们都没有再说话，当列车穿越最后一条隧道的时候，王阳开口，他跟李早说自己思考了她刚才的那些话，他说他并不是觉得别人的生活不值一提，他只是觉得完全可以让他们看到更好更广阔的生活。

李早抬起头："你还是没懂我的意思。"

王阳看着她。

"我想说的是，"李早说，"你没有资格站在更高的位置去看待甚至指引别人的生活。"

"我没有。"王阳说，但他知道争辩下去再没什么用。"好吧，"他说，"那你为什么来支教？"

李早看着他，挑了挑眉："为简历增加一条实践经历。"

王阳无可奈何地笑了起来。"好吧，"他说，"实用主义赢了。"然后李早也笑了起来。那时候隧道刚好抵达尽头。

但王阳其实骗了李早，他根本不是在火车上爱上她的，真正爱上她是在之后。支教结束的时候，他想跟她进一步发展关系，提出了恋爱的想法。她答应了，甚至没有犹豫，但却给他时间让他再回去考虑考虑，她说她的家庭状况不好。

"我妈妈很早就去世了。"她说,"我爸爸精神有点问题,时好时坏。坏占大部分时候。"

"我还有个弟弟,"她说,"很早就辍学了,已经很久没跟家里联系。"

王阳当时认为李早过于认真,他只是想谈恋爱,李早其实没必要告诉他这些。但她的坦诚还是打动了他,他被她讲述生活时毫无怨言的神情所吸引,在她身上并未展现出那些生活的困苦带给人的怯懦。她和别的女孩儿不一样,即使他当时没有意识到,但不久后他也会明白,这是他爱上她最重要的原因。

他身边有很多同龄的年轻女孩儿,她们虚荣,凌空于生活,以一种生硬的姿态让自己与本身的生活相隔离。李早不一样,他看到了她的不同之处。即使后来他向她求婚的阶段,他也依然认为她其实完全可以找到更好的伴侣,比他更成熟,也更有前途,只是需要一些时间。但他还是想要娶她,因为他觉得当下她再没有更好的选择。她还要在她贫困的生活里挣扎许久,甚至比他想象中更久,才能真正让别人看到她的不同。他不忍心看她挣扎,有可能一蹶不振。没人说得准。所幸,是他比其他人更早一步看到了她,至少在这段时间里,他能够给她一种他认为她应当拥有的生活。

但李早犹豫了,当她一直渴望的那种生活置于她的眼前,邀请她进入的时候,她犹豫了。

三

王阳和朱莉面对面在大厅坐着,夜间的温度很低,即使喝着酒身体也是冷的。不只身体上,王阳想,他不知道朱莉有没有这种感觉,意识上的眩晕和颤抖。不过朱莉应该比他好很多,因为她还能腾出多余的精力安慰他,说何毅和李早也许只是手机都没电了所以联系不上,又或许是车子在路上出了一点状况,需要些时间来处理。"生活中多多少少会遇上些出乎意料的情况,是吧?"朱莉这样说。朱莉给他倒上酒。"不用担心,"她说,"他们很快就会回来的。"

"他们",王阳想着这个词,"他们",这真是一件"出乎意料的情况"?有一天晚上,当你睡醒一觉后发现,你的未婚妻和你最好的朋友一起消失了。"消失"这个词或许用得有些重了,"失联",可以用"失联"这个词。他们没告诉你他们去了哪,他们也不接你的电话。你只能猜想他们现在在哪,在做什么。你也可以更戏剧性一些,去猜想他们是遭遇了重大的连环车祸,甚至遇到了匪徒,这样才会被迫和你失联。

但王阳理智尚存,还能在合理的框架里进行思考,他知道自己唯一能做的只有等待,并在等待中不断回想,这种端倪是何时出现的,难道一直毫无察觉吗?如果他从未把何毅和李早放在一起想过,一直认为他们三个人的关系是一条线段,他才是中间的那个连接点,线段的两个端点怎么会发生关系?如果是这样,那他此时怎么可以如此理智地等待着一切可能发生的结果。

如果不是毫无察觉,那么一切不加指明或阻止的顺其自然,是一种超常的信任,还是蓄意的放任?难道只是为了能够站在原地,颤抖着却同时怀有期待去观看那一点端倪能够造成多大的灾难,能在多大程度上摧毁他一手建立起来的生活?如果是这样的话,王阳想,自己或许才是他们三个中最适合被"毁灭"一词形容的那个。

无论结局如何,他知道,一切都已不同。

他想过最坏的结果就是失去她,或者,也不一定,也许那恰恰是更好的结果,他失去她,然后在不久以后遇到一个更好的女人,什么意义上的更好呢?更年轻,更美貌,更温顺,更加爱他?那时候如果他跟后来的妻子说起,他也许会说现在的失去是一种幸运。

但生活不是那些浅俗的连续剧,遵循的不是它们的逻辑,不是娶了更好的人,过上了更好的生活,就可以说他终于战胜了那些伤害过自己的人,他从此就成了胜利者。不是这样的,生活遵循的是生活的逻辑,他所爱的女人背叛了他,这种痛苦永远不会被其他更好的东西所抵消和替代,那一刻他成了失败者,并且此后生活里的每分每秒都会提醒他不能忘记这一点。

而李早对此一无所知。

她此时在做什么？在想什么？她会跟何毅接吻吗？甚至做爱？她会像对自己那样，用嘴让他快乐吗？会吗？她会感到愧疚吗？或者悔恨？

只有夜晚是永恒的，王阳看着窗外，夜晚永远像现在这样笼罩着他。而李早将永远，永远对他此时内心发生的一切一无所知。

"你就没有什么想对我说的吗？"李早说。

何毅抽完了他的烟，又重新点上一支。

"说说你的童年，你的家人，"李早说，"或者是，你为什么这么绝望。"

何毅没有说话。

"王阳说你妈妈是自杀去世的，"李早说，"但从来没听你提起过。"

何毅没有说话。

"可以不要抽烟了吗？"李早说，"我讨厌烟味。"

何毅把烟头掐掉。

"说说吧，"李早说，"说说你的妈妈。"

"你们夫妇是专门赶过来要给我做什么心理疏导吗？"何毅说，"还是你也觉得你想拯救我？"

"我和王阳还不是夫妇，至少现在不是。"李早说，"我也没对你产生拯救的想法，难道是你觉得女人们都热衷于去拯救一个绝望的男人？"

何毅笑了出来。

"我只是想听你说说话。"李早说，"我还不想回去，所以换你来说说话。而不是我一直在说。"

何毅看了李早一眼。"是，我妈妈是自杀死的，在我出生后不久。"他说，"她把自己吊死在客厅的房梁上，那个空出的位置原本准备装一盏水晶大吊灯，灯装上以后我们就可以搬进那幢新房子去住。"

李早说："是产后抑郁吗？"

何毅说："不知道，那个年代哪有什么产后抑郁的说法，他们只会说她是撞了邪。"

"所以你对她毫无印象?"李早问。

"毫无印象。"何毅说。

"但我觉得她对你肯定有所影响,"李早说,"比如潜在的抑郁一类?"

何毅没说话。

"但王阳说是大学时候你在酒吧做兼职的那段时间毁了你,"李早说,"你觉得呢?"

"你这是访谈还是审问?"何毅说。

"聊天。"李早说。

"他说你在那里不只是染上了坏习惯,比如酗酒。酗酒还只是小事,"李早说,"更严重的是你从那里回来以后彻底丧失了抱负。"

"那只是王阳的臆断,"何毅说,"我从来就没有什么抱负。"

"但你曾经想组一个乐队,"李早说,"你为此做过努力不是吗?听说你在酒吧的那段时间积累了不少听众,有乐评人称赞你是一个诗人。"

"努力?"何毅说,"也许吧。"

"为什么放弃呢?"李早说,"现在你连吉他都不碰。"

"那你呢?"何毅看向她,"你又为什么放弃?你以前也写小说,王阳说你有那个才华,为什么不写了?"

"小说家不是离我最近的目标。"李早说。

"最近的目标?"何毅问。

"对,"李早说,"最近的,我伸手就能够到的目标。"

"是什么?"

"有一个家,"李早说,"一种安稳的生活。"

"也许以后会有机会,在最近的目标实现之后,有机会的话我也许能再写点小说。但,"李早笑了笑,"并不是谁都能有机会成为艾丽丝·门罗。"

"你想要的目标现在就在你眼前,他就坐在那里等你,"何毅说,"但你却待在这里,说你还不想回去。"

"别岔开话题,"李早说,"我是在问你,问你为什么放弃?"

何毅看了李早一眼。"不是谁都能有机会成为艾丽丝·门罗,"他说,

"也不是谁都能有机会成为鲍勃·迪伦。"

李早沉默了一会儿，然后说："一定要成为鲍勃·迪伦吗？成为有几十个听众的何毅不也很好？我以为你只是在享受音乐。"

"那为什么不干脆回归为一个听众？"何毅说，"如果你已经确定自己没有更高的才华。"

"这就是你的原因？"李早说。

"这就是我的原因。"何毅说。

"这也是你背叛刘茵的原因？"李早说，"也是你酗酒，是你绝望的原因？"

"因为你没办法成为自己最渴望的那种人，所以你连最基本的生活都要摧毁，包括别人的生活？"李早说。

"不要用这种教训的口吻跟我说话。"何毅说。

"如同刘茵所说，"李早说，"你最大的才华就是你无与伦比的极端。"

"极端的冷漠，极端的自私，极端的懦弱。"李早又说。

何毅笑了出来。

"你跟我是同一类人。"何毅说。

李早看着何毅。

何毅说："你跟我是同一类人。"

他看着她。

"自私、冷漠、懦弱，却想找一个好人来承担我们的生活。但你比我更无耻，你自私冷漠，却还装作热爱生活。你明明想要更多，但又不舍得安稳的生活。你如果跟我一样坦诚，就应该懂得放弃，像我一样，把希望留给有希望的人。你就应该放开王阳，就像我放开刘茵一样。"

李早沉默了很久，然后她说："你不过是个生活的懦夫罢了。"

何毅说："你不过是个虚伪的利己主义者。"

李早却笑了出来："谢谢你告诉我。"

"不用谢。"何毅把含着的烟头吐出来。

"你今晚是希望我做点什么，是吧？"何毅说。

李早看向他。

"你对你笃定的目标迟疑了,"何毅说,"所以你希望我做点什么,好让你暂时逃离甚至逃脱原本的生活。你希望那些让你生活发生改变的力量来自于外在,以确保你发生失误的时候可以让自己全身而退,你那个时候会说,你与此无关,因为你没主动做过什么。"

李早没说话。

"那你现在希望我做点什么,"何毅转向她,扳过她的肩膀,"做到什么程度?"

李早没有挣扎。

"你看着我的眼睛告诉我,"何毅说,"你想要什么?你一步步激怒我,然后想从我这里得到些什么?安慰?建议?讽刺?"

"还是性?"

李早没有说话。

"你告诉我,"何毅说,"看着我的眼睛告诉我,你眼里有对我的欲望吗?"

李早看着他。

"有吗?"何毅说。

"没有,"何毅说,"一丝一毫都没有。"他将李早推开,放开自己扳着她肩膀的手。

"我承认我对你有,"何毅紧握着方向盘,"你早就察觉到了,是吗?所以你在给我机会。引诱?放任?激怒?你想得到什么?"

李早没有说话。

"你冷漠自私,虚伪疯狂。"何毅说。

"而王阳自以为是,"何毅说,"他是个自以为是的白痴,用廉价的善良掩盖内在的空虚。"

"但他也不至于得到这样的惩罚。"

"我也不至于为一点欲望而毁了这一切。"

王阳听到门外汽车喇叭声的时候,他的身体像被再次拧紧了发条。朱莉先跑了出去，她去给他们开门。王阳坐在位子上没动，或者说，他没办法动。他透过那扇玻璃门，看见车子开了进来，然后朱莉关上了院子的大门。王阳看不清车子里的人，他甚至怀疑何毅和李早到底有没有在里面。

然后他看见他们走了进来，李早一个人走在前面，何毅和朱莉跟在她的身后。他们穿过月色，穿过院子里的三角梅，穿过脚下的绿绒蒿丛，一步步朝他走来。

她似乎是微笑着，像是什么也没有发生。她把手中袋子里的药递给他，告诉他镇上的那家药店关门了，他们只好去更远的药店，一直到了古城。她没有再解释别的，好像这样的理由已经足够了，她并不在乎它够不够严密、够不够真实。只需要听的那个人愿意相信，那它就是可信的。"你头还痛吗？"她问他，"赶紧吃一颗，还有冲剂，一起喝下去。"她伸手摸了摸桌上的凉水瓶，然后说她去热一点开水。

朱莉走过来，接过李早手里的水瓶。"我来吧。"朱莉说。

然后王阳抬起头看着李早。"我以为你不会回来了。"他说。李早看着他，先是迷惑，然后即刻恢复如初。她感觉到，或许王阳早就从那些蛛丝马迹里看到了他们之间的另一种结局。但她的内心没有忐忑，没有恐惧，什么也没有。她只是走到他身旁，把身体倾向他，然后抚摸着他的头发。"怎么会呢。"她说。

生活再次接续，一切看似如常，但已完全不同。

它的暗面向他们翻转了过来，那些谎言、闪躲、心猿意马，甚至是背叛，开始汇聚成细流融入他们的生活。

四

他们在夏天举办了婚礼。宴会酒店坐落在市区北侧的半山腰，紧邻一片近千亩的玫瑰种植园。负责酒店宴会的经理告诉王阳和李早，玫瑰园每年预计产出食用玫瑰一百五十吨，向全市供应，可供制作一千八百万个美味的鲜花饼。他们站在宴会厅窗前看向远处已经盛放的玫瑰园，听经理向他们解释食用玫瑰和观赏玫瑰的区别，仿佛参与的是一次玫瑰园科普展览，与他们自己的婚礼全然无关。经理的科普知识介绍完毕后，非常遗憾地告诉他们，两个多月后他们婚礼举行的时候，玫瑰园的玫瑰基本已经采摘完毕。

那天他们从酒店出来，车子路过玫瑰园的参观入口，王阳问李早要不要进去看一看，李早摇了摇头。王阳说："确实，食用玫瑰没什么可看的。"李早没说话。王阳又说："日期太仓促，只有这个酒店规格还可以。"李早说："没关系。"王阳说："我妈只是觉得这个日期更吉利，没有催你的意思。"李早说："我知道。"王阳没说话，等车子下了山，他才说："那就好。"

那些日子仿佛和从前没什么两样。他们仍旧一周约会三次，偶尔在她的住处过夜，周末会选一天跟他的父母吃饭。饭后，他们会坐在一起商量婚礼的细节，王阳的母亲事无巨细，王阳的父亲则置身事外。常常是他们三个在核对宾客名单或者确定宴会菜谱，王阳的父亲就坐在一旁看战争纪录片。马恩河、凡尔登、珍珠港、中途岛、诺曼底，这些战役一一作为他们讨论的时间标记。他们互相提醒："诺曼底登陆那次我们说过要加这道凉菜……偷袭珍珠港的时候我们说过要再给同事加五桌。"有时战争场面巨大的音效总是将他们的声音掩盖，王阳的母亲就耐心地等待，并且教他们也学会等待，同时教给他们什么叫作婚姻。她说："婚姻是一场时针与分针的耐心角逐，等待彼此不同的步调在每一次整点时刻的会合。"然后战争的音效停息，他们的讨论继续。最后，王阳的母亲都会用"井然有序"作为结束语。

一切都在井然有序地进行，一切都朝着令所有人满意的方向发展。而不久前他们彼此内心的波动都被这些井然的日常所暂时地抚平，除了一些时候。比如当王阳瞥向父亲认真注视的纪录片，屏幕上正在讲述那些战后士兵的生活，他们从战争和灾难中走出来，在和平的生活面前展现出巨大的迷惘。王阳想到他和李早一起读过的海明威，想到《太阳照常升起》，想到他自己。那些在他们内心发生过的战火与灾难构成了他们的战后生活，他们要在废墟之上重新铺平日常生活的轨道。他们需要遗忘，需要让一切如常。如常地牵手，吃饭，散步，聊天，也如常地亲吻和做爱，但却总是在进行的时刻突然中止，即将攀上顶峰的瞬间闪现出那些灾难的画面，他们都心知肚明地等待，等待彼此在整点时刻的重新会合，等待爱意的重现，等待生活的再建。他们都竭尽全力。

战争纪录片又从头开始播放的那个晚上，他们的讨论也宣告终止，婚礼不久以后就将举行。那天晚上他送她回公司宿舍，到她楼下的时候，王阳说：“婚礼何毅来不了，他说有些急事。”

李早点点头。

"不过朱莉会代替他来。"王阳说。

"刘茵会来。"李早说。

"所以何毅不敢来。"王阳接上李早的话。然后他们一起笑了出来，那一刻他们好像听到了时针与分针的重合声。他吻了吻她，然后放她走。

但他最后还是拉住她。"何毅给我们寄了礼物。"他说。李早看着他。"一个小盒子。"王阳说，"还有一封明信片。"

"是什么？"李早问。

"不知道。"王阳说，"我还没拆。"

"就在后备厢。"王阳说，"你可以去看看。"

李早关上车门，站在车窗旁，跟他说再见。

"你不想看看吗？"王阳说。

她俯下身来，从车窗里看他。他也看着她。

他们僵持着。最后她走到后备厢，去拆开礼物和明信片。

盒子里是一对昂贵的手表，明信片上印着"最小的海"。

她拿给他看，他问她明信片上写了什么。

"新婚快乐。"她看着海的背面，把文字念给他听。

"没有别的？"王阳问。

"没有别的。"李早说。

王阳看着她。

"你失望吗？"王阳说。

李早看向他。

"我不知道。"她说，"已经不重要了，对吗？"

"都过去了。"她说，"不再想了，好吗？"

她探过身子，帮他把衣领折下去。

"好。"他说。

王阳带儿子从麦当劳出来，给李早打了两个电话，她没有接。过一会儿再打过去，李早关机了，那时天已经开始黑了。他给李早发了一条微信："多多想坐摇摇车，我们现在去超市，在超市外边的彩虹喷泉等你。"

多多坐在摇摇车上，指着广场上的喷泉，说："彩虹。"王阳说："对，彩虹。"多多说："妈妈会沿着彩虹找到我们。"王阳说："对。"李早给多多讲过一个童话故事，她告诉多多，天上的小仙童如果迷路了，只要找到彩虹，沿着彩虹桥一直走，就能找到他们的妈妈。多多问李早："如果是妈妈迷路了呢，也可以走彩虹桥吗？"李早想了想，说："可以的，大人也可以走的。"

"这个彩虹有点小，"多多说，"看起来不够结实。"王阳说："没事，爸爸昨晚加固过了，加了很多很多的水泥，所有缝隙都填得满满的，你妈妈踩在上面没事。"多多点点头，说："加了像多多一样多的水泥。"王阳说："对，像多多一样多的水泥。""多多"是李早取的小名。李早怀孕的时候，王阳最大的乐趣就是对着腹中的胎儿唱歌，他喜欢唱《哆来咪》，后来每次一唱到"哆，是一只小母鹿"这句，李早都能感受到腹中明显的胎动，于是她给婴儿取名叫"多多"。

多多说不坐摇摇车了，王阳问他为什么。多多说："我们还是去喷泉旁边等妈妈吧。"王阳说："想妈妈了？"多多别开头，说："我想检查检查你修的彩虹桥怎么样。"王阳说："行，你去视察视察。"

王阳站在远处注视着多多，又给李早打了两个电话，还是关机。失联。这次又是为了什么？检查报告的结果不好吗？哪种程度的不好？她还是不

247

愿意第一时间告诉他吗？他没办法再往下想。他走到多多身后，和多多一起仰头看彩虹喷泉。那是一个波光喷泉，水柱沿着拱形的轨迹喷射，喷泉下有各色光源，光沿着喷射的水波显现出不同的颜色，形成彩虹。

多多伸手去碰水柱，王阳还没来得及阻止，多多已经被水压打得哭了起来。王阳把他拉过来，检查他的手，问他是不是痛。多多哭着摇头，说："这彩虹是假的，一碰就消失了。"王阳抱着他，轻声说："对不起。"多多抽泣着说："妈妈呢？妈妈也消失了吗？"

消失。多多不久前才学到这个词，李早教给他的。李早刚做完检查的那几天，他们坐在客厅里陪多多看动画片，不过专心看动画片的大概就多多一个。王阳时不时地看手机，李早更多时候在想事情。动画片放到一半，李早用腿踢了踢王阳，轻声说："我想起一句话。"王阳问什么话。李早说："博尔赫斯说的，'人死了，就像水消失在水中'。"王阳放下手机没说话，多多却转过头来，问："妈妈，什么是消失？""消失就是东西和人突然不见了。"李早想了想，又说，"你的乐高汽车找不到了，就可以说它消失了。"多多点了点头。

王阳抱起多多，说："妈妈刚才打电话了，让我们再去坐一次摇摇车她就到了。"王阳给儿子擦干眼泪，然后走回摇摇车旁，把游戏币投进去，金属掉落的清脆响声经过短暂沉默的空隙，音乐再次响起来。

消失。

她已经消失过一次了，在海边旅馆的那个夜晚。朱莉坐在他对面，让他不要担心。

"你会慢慢习惯的。"朱莉说，"在这方面，我经验比你丰富。"

王阳问她是哪方面。

朱莉说："失去。"

广场中央的喷泉全都开启了，水流交错着冲向天空，完美的抛物线。迄今为止，他的生活如同这一条条抛物线一样，遵循着近乎完美的轨迹，即使中间可能暗藏着某些打破完美轨迹的意外，但也都被一一克服。不是被他，而是被生活本身所克服。会继续完美吗？继续遵循完美的物理轨迹，不被任何意外所打破？不被那些突如其来的失去所中断？失去，他想，无论经历多少次，他还是不能说自己在这方面经验丰富。

空中落下的水滴四散着落入水面，然后消失。

但至少上一次过后，他想，经过了那么多年，他知道，她会回来的。

从门诊部旁的侧门穿出去距离超市更近。李早计算着从医院出发，沿着种满滇边蔷薇的围墙走到侧门，然后穿过一片居民区，进入马路，右转，一个红绿灯，两条岔路，然后到达，这一共需要十五分钟。但她始终没有起身。

她坐在医院角落被凤仙花丛所围绕的幽绿的人工湖旁，看不远处几个孩子在空地上学习颠足球。一下，两下，三下，最多五下，球就落下来。孩子们渐渐失去耐心，开始练习传球。

结果不算严重，但也算不上乐观。比最好的结果差，但也比最差的结果好。球被踢起来，径直飞进湖里，孩子们跑了过来。她想着该用怎样的语气把消息告诉王阳，才能不显得过分担忧，也不表现得盲目乐观。她制止住孩子们想要伸手去水里够足球的想法，她让他们去找保安，她会在这里帮他们看着。在面对王阳之前，她想，她需要一点属于自己的时间。风吹起来，足球往湖里漂得更远。她站起来，沿着足球漂远的方向走过去。夜渐渐暗下来，已经开始有蛙声。她站在树下，看湖面上的涟漪随着风一层层起伏。不过这一次，当结果向她呈现的时刻，她什么都没有想，没有想着死亡，没有想着意外，没有想着遗憾，也没有想着另一种生活。

她听见孩子们跑回来的声音。保安在后面大叫着让他们停在岸边，往里面去危险。她抬起头来，保安巡逻的手电照在她脸上，她抬手挡在眼前。孩子们站在远处问她："我们的球漂去哪了，阿姨？"

保安带来一根捞落叶和垃圾用的长竿网兜，沿着水边往湖里探进去，天太黑，湖边的灯很暗，看不清球的准确位置，球在一次次的搅动中漂得更远。保安最后只好放弃，答应孩子们明天白天再给他们捞。孩子们站在岸边叹气，但不一会儿就重新恢复活力，决定回家去玩别的游戏。孩子们临走前跑到李早身边,对她说:"谢谢阿姨,阿姨也早点回家。"李早摸摸他们的头,说:"好。"

孩子们吵闹的声音逐渐远去,李早开始沿着岸边往回走。她重新打开手机,王阳和多多还在彩虹喷泉旁等她。她知道,他们会一直等待,直到她再次出现。王阳的母亲说,这是一场耐心的角逐。一切被打乱的步调和间或的波动最终都将融入整点会合的钟声。

如果说现在她要比以前懂得更多,那就是,她知道哪里才是她的生活。

(原载《收获》2022年第4期)

作者简介:

叶昕昀,1992年生,云南曲靖人,小说见《收获》《作家》《安徽文学》等刊。小说《孔雀》入选"2021年收获文学榜短篇小说榜"。

火车来了

第代着冬（苗族）

鹤游坪有两个银匠：一个叫满满，一个叫长河。满满十五岁那年去王官岭学艺，除了背着被褥、粮食，还揣着两颗九岁时换下来的乳牙。按照鹤游坪的习俗，换下的乳牙应该放在虚楼木柱的孔洞里，据说这样有益牙齿生长。满满等牙齿长出来后，把乳牙从孔洞里拿出来揣在身上，不时掏出来看上一眼，仿佛在看另一个自己。

王官岭离鹤游坪二十里地，除了逢年过节，满满平时不回家，吃住在师父家里。满满的师父是个名声很响的银匠，传说他能打制出比蝉翼还薄的银片、比鸟声还悦耳的响铃、比真花还迷人的花朵。满满见到师父时，发现他没有那么厉害。师父长得尖嘴猴腮，喜欢斜眼看人，脾气很暴躁。每天早晨起来，他眼角挂满眼屎，仿佛哭了一夜。师父一边洗脸，一边斜着目光，看满满从怀里掏出乳牙玩耍，他说："乳牙不是应该放在木柱上的孔洞里吗？"

"是呀，后来我把它带在身上了。"

"找个地方埋起来吧。"师父说，"你快要当银匠了，不能像孩子那样只顾玩耍。"

满满到王官岭学会的第一件事，不是烧炉子，也不是使用小铁锤，而是学会不要玩耍。他按照师父的要求，找了只竹筒把乳牙装进去，拿着一把小挖锄，一本正经地到虚楼后面的桃子树下去埋好。路过堂屋时，师父唯一的儿子天赐坐在板凳上看太阳。天赐有先天性眼疾，对着太阳，能看见一束五颜六色的光；如果看其他地方，只能看见一片黑暗。满满往外面走时，天赐听到了他的脚步声，歪过头来问："弟弟，你到哪儿去？"

"我去埋我的牙齿。"

"好，"天赐握着点竿站起来说，"我也要去。"

天赐平常的活动范围很窄，到了虚楼外的大路上，他像一只出门的兔子听到狗叫，胆怯地折回来。这一次，有满满牵着，天赐走得远一些。他们穿过虚楼的楼廊，走上菜园边的大路。过了水渠，上几步土坎，到了桃子树下。黄昏，初秋的王官岭布满了红绸般的流云，远处的山脚泛起一片清幽的暗影。几只归巢的斑鸠飞过深绿色的树梢，静悄悄地越过了山冈上的丛林。

满满把最后一抔泥土撒到竹筒上，突然觉得自己有一部分身体被埋在了王官岭。他牵着天赐往回走时，不断回头去看那棵桃子树。桃子树谢叶了，一只花蜘蛛在黑色的枝丫上牵了一面蛛网。银色的蛛丝在空中动荡着，不断溅起细密的夕阳光芒。

回到虚楼，师父让满满坐在炉子前看他打制银器。师父先在铁砧上敲打一块银片，他想用那块银片做一个坐佛。当小锤落在银片上时，空中响起好听的叮当声，那些声音从树梢落下来，像浮土似的堆积在秋虫鸣叫之上。透过越来越浓的暗影，满满看见远处的天赐微笑着，把耳朵侧向父亲，仿佛他完全听懂了那些丰富的敲打银子的声音。满满把目光从天赐身上收回来，问师父："师父，我什么时候才能成为银匠呢？"

"等你的手艺超过我，就成为银匠了。"

"我等不了那么久，"满满往小泥炉里加上一块木炭，轻轻扯着风箱说，"学得差不多就行了。"

"不行。"

"为什么?"

"既然给我当徒弟,"师父严肃地说,"手艺超不过我就别想出师。"

之后,满满不敢贪玩了。他知道自己要想早点出师回鹤游坪,手艺得超过师父。可是,师父是很难超过的。在触摸师父的工具前,满满先是漫山遍野地认识植物:洗银藤、锁银草、马奶叶……他把这些东西采摘回来,放在铁锅里煎煮,直到成为能够擦除银锈或保护银饰的汁液。煮汁液的火候很难掌握,只有经过师父验收,满满才能带着天赐去楼廊上玩一会儿。

站在楼廊上,满满看见,空荡荡的屋檐下,师父独自一人坐在小泥炉前,把腰弯成直角,看上去又老又旧,跟佝偻着踱过田野的其他老人没什么两样。但满满知道,那个挂着眼屎的老人身怀绝技,屋檐下除了一地鹀声,还有人们看不见的奇妙手艺。

洗了一段时间旧银器,满满终于有机会摸到师父那把小锤子了。那是一把极小极小的漂亮铁锤,牛筋木做的长柄经过师父反复摩挲,镀上了一层桐油般的亮光。满满快乐地把它握在手里,等待师父给他一块银子敲打。师父说:"你不知道铁锤的轻重,我怎么敢把银子交给你?"

"没银子我敲打什么呢?"

"铁砧呀。"

"我为什么要敲打铁砧?"

"练习手劲的轻重呀,动手吧,把一块银子打成薄片。"

"银子呢?"

"徒弟,你记住,你心里已经有一块银子了。"

满满按照师父的要求,用小锤子在空铁砧上敲打。尽管他开始时用力很轻,第一锤的声音还是把他吓了一跳。他赶快把手劲往回收了收,第二锤下去,还是响得像敲锣。满满尴尬地回望了一下,看见师父站在竹林边,歪着头,假装没听见。师父背后,是空旷的田野。田野之上,天幕如同被洗染过一般,海蓝色的天穹深处,几只南迁的候鸟落下喑哑的鸣叫,奋力飞过了山冈。

满满敲打空铁砧那段时间，声音显得莽撞、粗鲁、混乱，连他自己都不好意思。只有天赐对他充满了信任。天赐坐在板壁前，像向日葵那样转动脑袋，不时对铁砧前的满满露出干净的笑容。天赐的笑容激励了满满，他手中的小铁锤渐渐有了节奏，声音很均衡地落满了虚楼外的树梢。

过了寒露，空中已经有了很深的凉意。随着虚楼外第一片黄叶凋零，山冈次第出现了一抹抹明黄和暗红。那时，满满不仅能够从锤声中辨识出空铁砧上那块虚拟银子的形状，还能在脑子里勾画出铁锤下的银饰模样，响铃、坐佛、鸟翅、花朵、字符。等他的锤声像鼓师的鼓点那样自如时，师父说："徒弟，你手里的铁锤可以跟银子见面了。"

"师父，"满满放下小铁锤，心里怦怦跳动着，像有一只出洞的兔子正用力往外撞，"我什么时候可以出师呢？"

"你出师容易，可要当一个好银匠很难。"

"什么是好银匠呢？"

"能够打出'百鸟醉'的银匠。"

"'百鸟醉'是什么？"

"'百鸟醉'吗？"师父咽了咽口水说，"我给你讲讲吧。"

那是个月圆之夜，师父、满满、天赐，三个人围坐在小泥炉边，温暖的火光照亮了天赐的笑容和他跳动的眼皮。师父看了看天幕上银盘似的月亮，给满满讲了"百鸟醉"的传说。传说很久以前，一个年轻银匠爱上了一个姑娘。银匠暗暗发誓，他要集天下绝技，给姑娘打制出一个冠状头饰。为了挣到打银饰所需要的大量银子，年轻银匠出门给马帮做了两年苦力，又做了两年水手，才回到寨子里。经过六六三十六个月精心打制，想象中的冠状银饰打成了。据说，银饰上的响铃会像百鸟鸣啭，发出清脆的、天籁般的声音。可当年轻银匠带着"百鸟醉"去寻找姑娘，姑娘却成了别人的新娘。年轻银匠郁郁而终，他的手艺失传了，后来人们认为，只有打制出"百鸟醉"的银匠，才是了不起的银匠。

"师父，你为什么不打制'百鸟醉'呢？"

"我不行，"师父看了一眼天赐说，"我要照顾天赐，他把我的专注带走了。"

"那就没人能打制出'百鸟醉'了。"

"你呢?"

"我也不行,"满满遗憾地说,"鹤游坪在修铁路了。人们说等到鹤游坪通了火车,大家就不需要银匠了。"

"瞎说,"师父愤怒地说,"徒弟,你答应我,你学了我的手艺,就好好当个银匠。"

"师父,我答应你。"

"弟弟,"天赐插话说,"火车像个什么样子呢?"

"像条蛇。"

"蛇又像个什么样子呢?"

"像你手里的点竿。"

"我明白了,"天赐快乐地抖动眼皮说,"弟弟,你也得答应我,等到鹤游坪的火车来了,你得带我离开王官岭,去听听火车累了吐气的声音。"

满满答应师父和天赐后,觉得自己的人生有了方向。白天,当天赐像向日葵那样看太阳时,满满跟师父下地,或者坐在小泥炉子旁边,用微火修补一些旧的银饰;到了晚上,他就在师父指导下敲打新银饰。那时,疲倦的月光在地上摊成一张薄饼,像水一样发亮。两个敲打银子的声音在王官岭你追我赶,它们攀上树梢、月亮,然后又跟着月光的汁液从天上落下来,在安静的土地上流淌。

从睡梦中惊醒的人们听得出来,两把小锤,一把是师父的,从容、安稳、张弛有致;一把是徒弟的,慌张、凌乱、时快时慢。没多久,两把小铁锤的娴熟程度已经很接近了。到了第二年秋天,人们已经无法靠声音分辨师父和徒弟的手艺了。

满满在王官岭待了五年。五年时间里,他学会了一个银匠应该拥有的所有技艺。把一块银子用铁管拉扯成纤细如发的银丝,再把银丝盘成花朵;在炉子里化开各种老银子,将它们打制成薄如蝉翼的银片,然后用银片做成各种各样的响铃、雀鸟、坐佛、胸佩、首饰和围腰链。到了满满二十岁那年春天，师父觉得教不动他了。那时，王官岭的桐梓花开了。到了炒爆米花的季节，师父把剩下的玉米种子炒成爆米花，说："徒弟，我教不动你了，你吃了爆米花回家吧。"

"可我还是打制不来'百鸟醉'。"

"那得靠你自己想办法，师父教不了你了。"

春天的早晨，当第一缕阳光照临王官岭，满满已经登上了山冈。从栎树的阴影里回过头来，他看见师父牵着天赐站在水渠上，像两根一动不动的木桩。他们身后，那棵桃树的枝头已开满桃花，正像一朵粉红色的云朵悬停在空中。桃树下，埋着装有满满乳牙的竹筒。想到这里，满满的脚步失去了回家特有的欢快，仿佛空气给他带来了很大的阻力。

满满回到鹤游坪，长河也回来了。长河是去菖蒲塘跟师父学的银匠手艺。菖蒲塘是个开化之地，他不仅学到了银匠手艺，还学到了推销术。长河家的后面有一条去乡场的公路，长河出师回来后，做了一块白色三合板广告牌竖在公路边。广告牌上用红色字体写着：承揽银器来料加工，出售所有银饰制品。字的下面是一个箭头，指向公路下方长河家的虚楼。

长河的广告给他带来不少生意，人们知道鹤游坪有个承揽银器来料加工的银匠，那些有女儿出嫁的人家，卖了耕牛，加上母亲从娘家带来的旧银饰，来请长河打制新银饰。实事求是地说，长河的手艺并不差，他打出的器物给他带来了很好的名声。人们发现，满满跟长河不同。长河来者不拒，满满只接头饰。一旦接下的银活儿够做一段时间，满满就不再接了。大家认为，满满纯粹只是个银匠，还没学会当生意人。

春天过去不久，人们盛传火车快来了。老人们留下一路喘息，像几把弯刀走过田野，到小山冈外去看快要完工的铁路。坐在长满针叶松和映山红的小山冈上，可以看见两根铁轨像两条游蛇从隧洞里钻出来，上面闪烁着乌梢蛇身上特有的黝黑光芒。

在老人们相约去寨外看铁路时，满满想起自己答应过天赐，也想跟着去看看即将通车的铁路。那天黄昏，他放下银活儿，走过梯田，来到山冈上。此时的天空正是被夕阳照得最亮的时候，东边的云团像松脂一样晶亮。在发亮的云影下，两条铁轨静卧在土地上，如同主人正在等待客人。

当夕阳将满满所在的山冈照亮时，他听见一个姑娘银铃般的笑声。循声望去，满满在稀稀拉拉的老人们中间，意外见到了一个长相俏丽的姑娘。从满满的位置看过去，她的鼻梁有些低，但却与五官配合得很好，使她的面容显得十分娇艳。姑娘看见满满在看她，笑声和身姿都变得更加活跃了。她迈着富有弹性的步伐，朝通往寨子的小路跑去。满满目不转睛地看着她小鹿般跳跃的身影，一时间感觉自己的心轻如柳絮，跟着她的步伐离开了自己的身体。满满问身边一个眯着眼睛看铁轨的老人："她是谁呢？"

"你不认识了吗？香草呀，刚刚高中毕业回来。"

"不认识了，她爸爸漆匠还好吗？"

"不怎么样，没生意，漆匠手艺没什么用啦。"

夜晚降临了，满满躺在床上，心脏像蛙鼓似的一下一下地往上蹦弹。他睁开眼睛，视线在如墨汁般的黑暗里摸索。他记得自己见过的香草还是个小学刚毕业的小姑娘，没想到五年后，她已经变成一个十分迷人的大姑娘了。

随着火车通达时间的临近，鹤游坪对火车带来的结果有两种说法。一种是以银匠长河为代表，他们认为，只要火车来到鹤游坪，人们的心就会跟着火车变野，再也看不起鹤游坪的土地和银匠手艺。

对长河一派的悲观言论，满满不以为然。他认为，火车给鹤游坪带来现代化的同时，也会把鹤游坪古老的手艺带到外面。到那时，一个了不起的银匠将像大熊猫一样稀少。满满像做最后陈述的辩论高手那样，常常对着小泥炉子高声发问，连野猪都被政府保护起来了，难道银匠不会吗？他问完，像获胜的选手似的，往沟谷对岸长河家的虚楼看上一眼，得意地自问自答说，长河，政府没有那么傻。

满满想明白了，更加坚定成为一个好银匠的信心。为了训练自己的手艺，在银活儿不多时，他买回一批白铜，供自己试做各种物件时使用。白铜虽然价格便宜，但打制时的手感跟银子差不多。唯一的区别是，敲打白铜的声音听上去很沉闷，仿佛有个傻瓜夜以继日地在月光下敲打簸箕。

满满的坚持让一些已经开化了的人又回心转意，有几对准备新婚的年轻人尽管进城照了婚纱照，最后还是买了一批银子，让满满打制一套新娘的佩饰。有段时间，满满家的虚楼里又响起敲打银子的声音，它们像春天寻偶的鸟鸣，在空旷的土地上东奔西走，又跟着炊烟在空中消散。

"听听吧，银匠的炉火又燃起来了。"

"也不一定。"

"什么叫也不一定？"

"你们难道没听说吗？"说话的老人把嘴往长河家歪了一下说，"长河已经不干银匠啦。"

"他不是专门到菖蒲塘学当银匠的吗？"

"听说斗牛挣钱，他改行养斗牛啦。"

人们议论得没错，虽然长河竖在公路边的广告牌还在，但上面的内容已经变了。广告牌仍是那块白色三合板，上面的红字却写着：斗牛后起之秀，重金求购秘方。红字下还是联系电话和箭头，箭头将人们的视线引到长河家的虚楼。

鹤游坪的老人们很快见到了源源不断来给长河提供秘方的陌生人。他们有的自称秘方来自祖传，有的自称兽医，甚至还跟着来了几个算命先生。长河并不好欺骗，他听了陌生人提供的秘方，别说斗牛，连斗鸡都养不好。长河软硬兼施，连哄带骗，把那些企图借斗牛发上一笔的陌生人劝离了鹤游坪。他们从广告牌下的公路上离开时，每个人都像没吃饱就被撵下宴席的食客，脸上全是依依不舍的表情。

鹤游坪的人们很快见到了长河的斗牛。那真是一条漂亮的水牛啊，紧腰、短腿、宽鼻、弯角，一看就力大无穷。据长河说，斗牛叫铁头，是他从一个专养斗牛的年轻人手里买的。铁头已经训练了四年，眼见可以上场了，年轻人的女朋友却进城打工去了。年轻人怕因为斗牛失去女朋友，只好把牛儿贱卖给长河，自己跟在女朋友后面进了城市。

长河买下铁头前，听说乡政府将斗牛比赛冠军牛的奖金涨到了五万。长河算了一笔账，假如找到一条好的斗牛，精心喂养，连续打上五年比赛，至少有二十万的纯利进账，这可比当银匠划算多了。那段时间，他像一个骟牛匠到处乱逛，对全乡的斗牛了解了一番，最后决定投入一笔钱，把铁头买回来。长河预计，只要经过一段时间强化训练，一定能拿下当年的斗牛比赛。

鹤游坪有两个银匠，一个叫满满，一个叫长河，可长河不当银匠了。他成天按照铁头的前主人教给他的方法，在鹤游坪训练铁头。每天早晨，朝霞刚刚把鹤游坪的炊烟照亮，长河就牵着铁头出门了。他赶着铁头沿公路慢跑，两公里后，又带着铁头返回，到沟谷里去挑战一个土包。长河在土包里预埋了别的公牛的气味，铁头红着眼睛扑过去，用它的两盘大角顶、撞、挑、挤、压，长河则像铁头的忠实粉丝，站在一旁替它加油。

挑战完土包，长河才去公路后面山林里放牧。人们陆续离开鹤游坪后，山林里草叶茂盛，青草丰肥，铁头可以惬意地吃上一天。到了晚上，长河用一把橡皮锤，像给有钱人按摩那样，轻轻捶打铁头的头、颈、前腿以提高铁头的抗击打能力。别看长河没干过按摩，银匠手艺把他的手劲训练得细腻而有分寸，每次击打由轻到重，由快到慢，几乎不差分毫。捶打完，长河还会给铁头加食精饲料，米糠、玉米、豆渣，偶尔还会拌上几个鸡蛋。据不慎透露出来的秘方上说，临战前几天，还应该给铁头加食几次腊肉和猪边油。

在长河训练铁头时，满满的手艺也日益精进。经过练习打制白铜，满满仿佛找到了打制传说中"百鸟醉"的窍门。他觉得要不了多久，师父托付给他的梦想就能实现了。这个消息传到长河的耳朵里，令他十分好奇，长河把铁头放在林子里，跶过沟谷，到满满的虚楼里一探究竟。

"满满，听说你要打出'百鸟醉'了？"

"是呀。"

"可火车就要来了，你打出个老古董又有什么用呢？"

"你背着光，就不认识光的道。"

"我没背着光，不信我们打赌。"

"赌就赌，你赌什么呢？"

"我输了把铁头给你，你呢？"

"我输了把打成的'百鸟醉'给你。"

"一言为定。"

长河刚跟满满达成打赌的约定，外面有人喊起来，说铁头吃了漆匠家的玉米苗。长河跑过沟谷，在漆匠家后面的竹林里找到铁头。长河找到铁头时，它正勇猛地往竹子身上使蛮，铁头用两只弯角，把竹子撞得"哗哗"乱响。在它旁边，拴着漆匠家发情的母牛胖丫。长河一看就明白了，铁头之所以从树林里跑回来，全是漆匠家的胖丫惹的祸。

长河觉得这段时间的努力全白费了。眼看还有几天斗牛节就要开始，铁头已经吃了两天腊肉和猪边油，却因为他的一时疏忽，让铁头跟漆匠家的胖丫进行了交配。这条淫棍别说得冠军了，能够不让别的对手打成半身不遂就算不错。长河痛苦地抱着脑袋蹲在竹林边，直到漆匠跑过来，他才想起漆匠跟这件事脱不了干系。长河站起身，一把抓住漆匠说："漆匠，你赔我的损失。"

"你怎么倒打一耙？"漆匠被长河搞蒙了，愣了一会儿才说，"是你家铁头吃了我的玉米苗，是你赔我的损失。"

"漆匠，我问你，请公牛交配，母牛的主家是不是要给钱？"

"是。"

"那我恭喜你，你这次请了一条冠军牛，有点贵。"

"铁头可以继续当冠军呀。"

"你不懂吗？铁头把精力花在了胖丫身上，别说冠军，上场都很勉强。"

"不管你怎么说，我没钱给你。"

漆匠和长河的争执很快在鹤游坪传开了，甚至传到了附近几个村寨。那些养了斗牛的男人听到这个消息，很高兴胖丫帮他们除掉了一个可怕的对手，竟然有人来鹤游坪参观胖丫，给漆匠送来精饲料，以表达对胖丫的感谢。他们的举动进一步刺激了长河，他坚持要漆匠赔他五万元，一分不少，否则他将去法庭起诉漆匠，让他成为被告。

鹤游坪的老人活了一辈子，已经有了很丰富的人生经验，但也没有办法解决长河和漆匠的纷争。有人觉得长河的说法有道理，根据铁头的实力，它确实有可能得到冠军。也有人觉得长河的说法没道理，铁头毕竟是可能得冠军，并不是真的得了冠军。

在长河跟漆匠争执时，满满开始着手打制他心目中的"百鸟醉"。春天的太阳像一个训练有素的护士，亮出大捧金针，给大地泛青的植物注射了一大片光芒。在那片光芒里，响着一些细密的敲打银子的声音，它们仿佛是从天上降落下来的，也像是从地里冒出来的，很轻很脆地在空中交织，发出嘤嘤声。

春天没结束，满满已经打制出了一些"百鸟醉"的配件，有画眉、杜鹃、喜鹊、锦鸡、白鹤。所有的雀鸟都栩栩如生，充满了灵性和银子的质感，似乎只要轻轻抖动一下，它们就能活过来，对着鹤游坪歌唱。香草被她爸爸和长河的纠纷搞烦了，离开家，来看满满打制"百鸟醉"。她说："满满，你是个了不起的银匠，可你知道怎么解决长河和我爸爸的纠纷吗？"

"不知道。"

"又有谁知道呢？"

"香草，你放心吧，他们自己知道。"

"真的吗？"

"真的，就像我见到了你，就知道自己能打出'百鸟醉'一样。"

香草害羞地把头低下来，像一株饱满的稻子。

满满说对了，长河和漆匠经过争执，在举办斗牛节前几天，他们达成了和解协议。对他们来说，这个协议是个机密，除了长河和漆匠，所有细节不为外人所知。协议是漆匠提供的，他建议不给长河赔钱了，条件是他让胖丫跟别的斗牛耍流氓，帮助铁头得到冠军。

听完漆匠的建议，长河用很佩服的目光看着他，仿佛在研究一个人被逼到绝境时能够展示出何等的聪明。漆匠的主意像一团黏合剂，迅速把两个人黏合到一起。他们决定让长河出面去场上找兽医买水牛的催情药，比赛前一晚，再由漆匠给胖丫灌药后，亲自把它牵到临时关养斗牛的栅栏里耍流氓，以保证第二天铁头的冠军手到擒来。

乡场已经很繁盛了，随着铁路建设的开工，来了很多大型机械和外地人，也来了不少供货商和小贩，以及一批批的手艺人和江湖术士。有人在乡场上出售食物，有人在乡场上出售手艺，更多的人则在人山人海中闲逛。长河穿过人群，来到兽医站，用一百元买了两竹筒水牛的催情药。

等长河带着催情药回到鹤游坪，火车就来了。作为乡政府庆典活动之一，斗牛节提前举行。训练有素的铁头像个行家，耀武扬威地来到乡场上，踏上了它的夺冠之路。长河知道胖丫的阴谋，借故晚上要给铁头打磨一下四蹄，把它带到了离乡场不远的亲戚家。夜里，当他睡在牛铃摇响的虚楼上时，紧张得心脏都快要从胸口跳出来了，但他又不敢跑到栅栏处观看。

这时的漆匠牵着胖丫神不知鬼不觉地来到被乌云隐藏了的栅栏里，见了全乡威名远扬的几头斗牛，伏虎、神兽、猛龙、哮天。也许太久没近女色了，那几个家伙急不可待地，被漆匠骗上了胖丫的背脊。月亮和星星在乌云后面藏起来，一场人们期待的旷世打斗就这样消解了。

第二天，阳光登上山冈，乡场上响起喧闹。人们从四面八方赶来，有人掏钱买一碗酒，给自己助兴；有人掏钱买一只银手镯，准备作为斗牛后的相亲礼物。可跟人们兴奋相反的是，原本亢奋异常的几头斗牛像梦游者似的来到斗牛场，一脸茫然，摇摇晃晃，别说打架了，它们连站稳都很不容易。

除了鹤游坪的银匠长河和漆匠，这场为庆祝火车来了的斗牛比赛出乎所有人的预料。原本有希望夺冠的伏虎、神兽、猛龙和哮天像未痊愈的中风患者，被铁头打得全身乱抖。有人失望地说："怎么会是这样呢？难道火车来了它们不开心吗？"

通过作弊，铁头披上了红绸，长河得到了五万元奖金。为了宣传，赞助比赛的商人印了一张比门板还要大的支票，很好地遮住了长河的脸。站在台下的漆匠认为，那张巨大支票有一半应该归功于胖丫，但因为不太光明正大，他没敢出声，只是不好意思地把头转向一边。漆匠看见远处的山冈上，一只雪白的羊子在林边掀开发红的嘴唇，采摘新发出来的马桑叶。

一列列火车像惊蛰后的游蛇，日夜不停地从鹤游坪山冈下穿过，空中传来它们响亮的鸣笛声。没出过门的老人用竹筒带着水，到山冈下的草地上看火车。他们上午看来的火车，下午看去的火车，他们想研究清楚，火车是怎么在两根铁轨上把屁股掉过来的。

"我看清楚了，它们可以两头开，不用掉头。"

"不对，如果可以两头开，又怎么在路上错开身子呢？"

"不信我们打赌。"

"那就算了，让它们两头开吧。"

火车通达鹤游坪后，还没到立夏，香草和长河先后跟着火车走了。香草是去北京打工，长河则是作假的事情败露，逃出了鹤游坪。本来，长河认为他的事情做得很机密，没想到漆匠从中发现了商机，酒后到处宣称，只要跟他和胖丫合作，谁想得冠军就能得冠军。冠军的奖金既可以五五分成，也可以四六分成。

漆匠的酒话传到乡政府，一场令人羞愧的比赛之谜被迅速破解。乡政府到派出所报案，长河闻风而动，连夜坐火车出逃。等派出所的警察在鹤游坪找到漆匠取证时，长河已经乘火车过了长沙。他在火车上给满满打了一个电话，就把手机关了。有人说长河的电话是跟满满取消赌约，他承认自己可能赌输了。

长河出逃没多久，满满家的虚楼里再也听不到敲打银子的声音了，仿佛那些欢快的声音已经被时间锈住，空中只有火车的日夜鸣响。有人猜测，满满不再敲打银子，是因为他已经打出了传说中的"百鸟醉"。信者言之凿凿，说那只冠状银饰像漂亮的鸟窠，上面布满了百鸟、百花、响铃、坐佛。即使在黑夜里，"百鸟醉"也像灯盏一样闪闪发光，能够替回家的人照亮脚下的道路。

关于"百鸟醉"的闲话出现没几天，满满也在鹤游坪消失了。这一次，所有的老人都认定满满是坐新来的火车出远门了。他们认为，连满满都进城了，鹤游坪再也留不住年轻人了。"满满会回来的。"满满的一个邻居说，"他是带师父的儿子天赐坐火车去了，等天赐听够了火车的喘息，满满就回来了。"

"那么香草呢?"

"放心吧,香草得到了'百鸟醉',不会忘了回家的路。"

"我真想让火车把年轻人带回来啊,要不然鹤游坪就老了。"

"年轻人快回来了。"

"你怎么知道?"

"我听村主任说,现在开始搞乡村振兴了,要不了多久,年轻人就会跟着火车回来了。"

这个好消息引发了老人们的笑声。他们笑过之后,依然稀稀落落地坐在小山冈上,很认真地看火车。在他们前面,一列列火车鸣着尖锐的笛声从隧洞里钻出来,又像冬眠的蟒蛇隐入另一个隧洞。隧洞之上,一轮夕阳正悬在大片乔木的树梢之巅,金色的光芒照亮了远处的一条小河。

鸣笛声再次响起,火车又来了。

(原载《民族文学》2022年第4期)

作者简介:

第代着冬,男,1963年生,重庆武隆人。1983年开始发表作品,作品被《小说选刊》《小说月报》《新华文摘》《中华文学选刊》《长江文艺·好小说》等刊物转载。入选《中国年度短篇小说》《21世纪年度小说选》《中国当代文学经典必读》《中国短篇小说100家》等选本及教辅读物。曾获《中国作家》"年度优秀短篇小说"奖,《民族文学》"年度优秀短篇小说"奖等奖项。中国作家协会会员。

玉兰花瓣

朱 辉

天很热。午后的阳光下，院子里的青砖地明晃晃的，有一些砖头竟像脱落的小镜子。厨房边有一片阴凉，玉兰花开得旺盛，绿叶森森，白花朵朵，在燠热的空气中散发着幽香。

远处的大街上，有市声隐约传来，小巷深处的院子更显幽静。没有风，花叶纹丝不动。除非你看见厨房外墙上的水龙头还在滴水，半晌一滴，落在水盆里，眼前的景象就像是一张照片，一个已经死了的院子。

莲香坐在西房里，不紧不慢地做着针线。头顶上是一个微风吊扇，吹得头发不时耷拉到眼前，她抬手捋捋，把针插到手里的衣服上，站了起来。这是一套棉衣，靛蓝色里杂着一些白色的碎花。布料是她自己挑的，里面的中空棉是她在街上买的。她开始准备料子没人知道，自己动手裁、缝，个把月的工夫也就差不多完工了，直到现在也没人知道。她把棉袄和棉裤摆在床上，摆成一个人的样子，恍惚中她已经穿了进去，躺在里面。

这是莲香最后一套衣裳，是寿衣。她不想麻烦别人。幸亏她年轻时在服装厂做过，落得了全套手艺，虽有些手生，但还拿得起来。寿衣都是棉衣，不管什么季节用上，都是冬衣，难不成那边总是百花凋零的寒冷冰窟吗？

不知道是不是这个理由，总之这是规矩，自古以来就是这样。除了棉衣，其他的衣裳，内衣、棉毛衫、毛衣等等，莲香也备好了，都是新的。她专门腾了一个小箱子摆好。不用明说，到时候女儿自然能够看懂。

太静了。耳朵里有幽远的嗡嗡声，仿佛是蝉鸣，却没有蝉鸣的那种断断续续。耳鸣的毛病已经很久了，自从马老师去世，她的耳朵里就钻进了蝉的鬼魂，一边耳朵一只。这倒也好，至少有两只虫子一直陪着她，还不用喂，也不担心它们冬天会死。

想到这里，莲香脸上露出了一丝笑容。她笑起来是很好看的，年轻时像一朵花，招人喜欢；老了的笑容也不难看。她很少大笑，只要眉头稍稍舒展一下，嘴角翘起来，笑容就像水波那样漾开来。此时她的笑容有点苦涩，木木的，像玉兰花临近凋谢的样子。

她喜欢花。这里的人都喜欢花，老早还没有指甲油的时候，小女孩就用凤仙花染指甲；长大一些，她们高兴起来就会在头上簪花，栀子花、月季花、蔷薇花；结婚成家当妈妈了，一般就不再在头上戴花，只别在衣襟上，玉兰花，三两朵并成一朵，好闻还又好看。莲香家原本种了好几种花，马老师走了后，莲香精心侍弄着，但第二年，还是悄悄死了不少。只剩一丛玉兰花，大概因为那里阴凉好，倒长得更盛了。

莲香也是这么过来的，染指甲，簪花，别花。花开花谢，慢慢就老了。也不算很老，也才过六十，可是马老师走了后，她一下子觉得自己彻底地老了。玉兰花每年初夏就开，一直到秋天还零零星星地绽花。去年，莲香以为花期已经过去，却在早晨刷牙时突然看见又一朵玉兰花从绿叶深处探出头来。她又惊又喜，回头喊：马老师！这一声喊出，突然愣住了。她把最后一朵玉兰花摘下来，摆在一个水碗里，放在家神柜上。家神柜上是马老师凝固的笑脸。

玉兰幽幽。屋子里显得阴凉，外面依然火辣辣的。莲香跑出去，摘了几朵花，添在水碗里。马老师的笑容在玻璃里闪烁了一下。莲香掐一朵花，别在衣襟上，镜框里的玻璃里出现了她的身影。她轻轻骂一声：笑，你就知道笑！好看吗？

好看。真好看。莲香似乎听见了马老师的声音。当年她参加镇上的文艺宣传队，马老师负责辅导，第一次排练，莲香有事去迟了，马老师一眼看见她，上下打量了她一下，自己脸倒先红了。莲香耳鬓插了一朵玉兰花，马老师笑道：真好看。他声音不大，但莲香听见了，其他姑娘也听见了。她们起哄，要莲香问清楚，他是夸人好看，还是花好看。莲香也想问的，但终于不好意思。

马老师是镇上中学的老师，英俊挺拔，吹拉弹唱样样精通，莲香能跳能唱，身材又好，也是宣传队一枝花。先是，马老师指导莲香格外用心，以表扬为主，领唱，独唱，领舞，马老师扬着嗓子，举起右手一扬一扬地教她唱，又低下身子纠正她的腿姿。莲香簪的花掉了下来，落在他面前，他随手捡起，抬手就要给她戴上。莲香一把就推开了，抢过花自己胡乱插好。他怔在那儿，周围不少姑娘吃吃地笑。至此，他们就好上了。后来，就结婚了。

他弯腰捡花的时候，莲香看到他白衬衣的领子里有点黑。他们好了后，他的领子就总是洁白的。那时候男人穿不起白衬衣，戴假领子。假领子小，几把一搓就好了，莲香把他的假领子和自己的胸衣一起洗，两人的身上就有了一样的味道，是莲香用的是玉兰花味的香皂。现在想起来，她自己也奇怪，怎么就没有问他一下，他们第一次见面，他脱口而出的"真好看"，究竟是夸人还是夸花。

一直没有问。现在已没处再问了。

家神柜上摆着一碗菜，红烧排骨，是马老师喜欢吃的。早前拮据，难得吃，后来宽裕了些，莲香每星期总要做个一两回。不知道是不是因为营养太好，马老师后来很胖，突然有一天睡下后就没有醒过来。不到七十，真是早了。可莲香现在倒羡慕他有福气，没有受罪。除了清明、中元、寒衣和冬至供饭，莲香时不时也会在马老师照片前摆上一碗红烧排骨。不再管他是不是要降脂减肥，既然已经成了鬼，还是随他的口味吧。

莲香做排骨很拿手。做姑娘时，她不怎么会做家务，只看母亲做过，轮到她自己了,她不知道要焯水,腥气;收汤常常过了火,焦了。试了几回才掌握了窍门,还无师自通地用老抽加点冰糖上色。莲香的耳朵里一直有蝉鸣占着,嗡嗡的,她其实听不见苍蝇飞,可苍蝇不知道,它躲在排骨上一动不动,看见有手伸过来,才吓得腾空而起。莲香的手挥一下,端起碗,撩开门帘往厨房去了。

她没有胃口,但饭总还是要吃。

爬过苍蝇,必须热透。莲香刚把排骨倒进锅里,院门那里有了动静。抬眼一看,毛豆已经站在厨房门口,哈哧哈哧地摇着尾巴。它是从围墙下的狗洞进来的。紧接着院门一响,门开了,小宝进来了。毛豆是家里的狗,马老师走了后莲香捡的。小宝是巷子对面邻居的小孩,毛豆是他的玩伴。这一人一狗也不怕热,头上都沾着树叶,小宝手上抓着一把蝉蜕。厨房里灶头燃着火,很热,莲香让小宝去堂屋里待着。小宝去了,毛豆蹲在地上不肯动,眼巴巴地看着莲香。莲香懂了,假装做一个揭盖起锅的架势,毛豆嗖地窜了出去,头在纱帘上一顶,进了堂屋等着,还探出脑袋朝这边看。

纱帘下面早被它顶坏了,苍蝇就是这么进来的。莲香第一次看到毛豆时,它还有点奶憨憨的,看不出品种,正在翻一堆垃圾。莲香给了它一根火腿肠,就跟着走了。莲香加快步子,假装赶它离开,可它一直跟到了家。跟到家莲香也还没有决定养,直到看出它是只母狗。她是个寡居女人,养个公狗会被人笑话的。

毛豆长得很快。也看出来了,是土狗。土狗也不能不养了,有感情了。莲香请人在院墙上开了个洞,毛豆就能随时进出了。土狗性子野,关在家里是养不成的。独居的莲香养个狗看家,也能解闷做伴。毛豆一般待在院子里,东转转西嗅嗅,无聊了就趴在厨房外的狗窝边睡觉。但一不留神就会跑出去,不是有狗洞嘛。它跑出去莲香也不操心,到时候它自己会回家。小宝家只隔一条巷子,毛豆到了放学时间,耳朵就会竖起来,小宝家门一响,它嗖地就钻出去了。再回来时,常常后面就跟了个小宝。

毛豆很聪明。莲香并没有教它握手作揖之类的把戏,但莲香说话它好像全懂。小宝是真喜欢这只狗，常常会带东西给它吃。还买了小球、假骨头之类的几样玩具逗狗。他把球远远地扔出去，毛豆乐颠乐颠地捡回来，交到他手上。这把戏人和狗总也玩不厌，乐此不疲。

莲香听说小宝功课并不太好。他憨乎乎的，是个小胖子，未见得很聪明，见他老夸毛豆聪明，莲香忍不住想笑。也亏得有了毛豆，这院子才有了一丝活气。毛豆单独在家，院子是半死不活，小宝来了，这院子才像活了过来。

小宝在学校的时候，毛豆有时也悄悄跑出去，不知道到哪里去晃荡。它出去时一声招呼也不打，回来时却一定要找到莲香，在院子里叫，四处找，围着莲香摇尾巴，又蹦又跳。有一年春天，它回来后却不找莲香，自己钻到狗窝里睡觉。后来发现，毛豆怀孕了，四个月后生了三只小狗，虎头虎脑的，跟毛豆被捡回来时差不多的样子，只是身上多了几块白色，不知道是哪个白狗下的种。小狗满月后，莲香悄悄把小狗全送了出去。她只想养一只狗。小宝也想要一只，被他奶奶骂了一顿。小宝奶奶和莲香不怎么来往，莲香听见她在巷子对面说：你去玩玩还不够啊，带回家，想都别想！

也说不上有什么矛盾。小宝奶奶一直跟莲香是同事。镇上先后办过许多镇办厂，磨刀石厂、文具厂、服装厂等等，后来都倒掉了。原因很多，主要是因为产品好，实用，镇上家家户户都有办法免费使用，源源不断，还能惠及四乡八舍。最后一家镇办厂做的是橡皮筋，这下子女人们阔绰了，头发上扎着，手腕上还戴着，小男孩们几乎人人一把橡皮筋弹弓，树上的鸟儿遭了殃，厂子当然也倒掉了。莲香在几个厂里都做过，最后在供销社落了脚，直到退休。小宝奶奶也几乎同一个轨迹，莲香在供销社站糖烟酒柜台，小宝奶奶卖布。本来也没有竞争的，但就是不怎么亲热。还是邻居哩，这就更亲热不了。这不奇怪，镇上的女人们大多是这样的。

但小宝到莲香家玩，他奶奶并不反对。他把橡皮筋套在毛豆脖子上，毛豆用爪子又拨又扯，啪地一弹，吓得一愣一愣的；再一扒拉，皮筋崩断了，不知飞到了哪里，毛豆还要在地上找，小宝笑道：我多哩。他手腕上果然还有好多，还想给毛豆套上一根，毛豆头一歪，跑开了。莲香热好了排骨，做好了饭，端到堂屋里来，小宝说：好香。却不肯吃。莲香皱皱眉，自己吃饭。她夹起一块排骨，还没送到嘴边，一阵反胃。胃里像翻江倒海。她忍住，放下了筷子。小宝奇怪地看着她，问：马奶奶，你怎么啦？

莲香苦笑道：没怎么，这排骨变味了。她一点小宝的额头说：难怪你不吃。

倒说得小宝咽了咽口水。莲香喊一声：毛豆！

哪里要喊呢。毛豆早就急不可待。它扒在条凳上，尾巴摆得像个扫帚。莲香捏一块排骨往前一送，毛豆头一点，进嘴了。咬得咯嘣咯嘣的。

莲香说：小宝，你来喂毛豆好不好？

小宝说好。左右手各拿一块排骨，蹲在地上，左右开弓地逗毛豆。莲香说：小宝，我把毛豆送给你养，好不好？

小宝迟疑一下道：我奶奶不让养狗。

莲香说：毛豆还住在这院子，还睡它的狗窝，你过来喂它好不好？

小宝说：这好呀！又迟疑道，马奶奶，你为什么不喂它？

莲香说：奶奶老了，喂不动啦。

这话小宝不怎么懂。喂狗需要力气吗？不好懂的话小宝是不深想的，况且毛豆也不允许他想，它吃完了两块排骨，把地上的骨渣子都舔干净了，抬起爪子又去挠小宝。小宝问：都给它吗？莲香说：不。留一点。狗也会吃撑的。

小宝奶奶在巷子对面喊他吃饭了。

莲香说，她喂不动了。当然不是喂不动，是她知道自己喂不久了。她得了治不好的病。医生看着报告单说：你家里人呢？我想跟你家里人说说。莲香说：家里人来不了啦。医生似乎明白了，歉疚地苦笑一下，不知道说什么才好。莲香拿过单子说：我明白了。我回去想想再来找你。实际上她没有再去医院。活到这么大，她有什么不明白的？她只是羡慕马老师命好，抢先走了，还一点罪都没受。

出了医院她在台阶上坐了很久。想给女儿打个电话，想想还是罢了。不难受到那个份上，她也不会去查，这报告其实只是个印证。这样的检查，人家都有儿女陪着，莲香从来没有想过要女儿陪。她这辈子最大的遗憾就是没有能够生养。起先，还认为是自己的问题，马老师也认为问题出在她身上，有一阵子，态度都不好了，最后竟摔锅打盆的。他那么个斯文人，赌气起来是很可怕的。后来悄悄去医院查了，她一切正常，只能是马老师的问题。莲香有了底气，劝他也去查。不肯，就逼他，逼了也没用，她就激将他。从医院出来马老师就蔫了。这一蔫就是好多天。莲香心疼了。她有点后悔逼他去医院检查了，如果不查，就让马老师认为是她的问题好了，他也就是个赌气，她习惯了也就罢了。现在这样，还是个不能生，倒把个男人逼成了蔫货，有什么好呢？

这事外人不知道。娘家人终于还是晓得了，劝莲香离了算了，莲香想都没想一口拒绝。不能生养也不就是无路可走，他们可以抱一个。马老师心情郁郁，莲香就老扯着他出去散步。他们走在高高的河堤上，野风飒飒，莲香老觉得听到堤边的茅草里有孩子啼哭。其实不是的，是野猫。野猫嗖地窜远了，还回头望望他们。回到家，却接到个电话，说镇医院有个女婴没人要，一生下来她妈就跑了。莲香就这么着得着个女儿。

跟亲生的一样，除了没有奶。莲香喂她喝奶瓶，忍不住，解开衣襟羞羞地把奶头送到女儿嘴边，女儿一口就叼住了。痒痒，还疼，莲香忍着，嘴里还一吮一吸替女儿使劲，奶头居然被吸出了血。

莲香心里快快的，很内疚，顿时觉得自己很没用。马老师看见这一幕，笑话她，话里还带着点讽刺。但慢慢也喜欢上了这个女儿，取个名字叫马莲。

莲子长大了。会叫爸爸妈妈了，会走路了，上幼儿园了……很幸福。但半懂不懂事的时候，也耍过脾气，怪爸妈不给她生个哥哥，要是有个哥哥，她在幼儿园就威武了；识字后很喜欢自己的名字，还喜欢"莲子莲子"地自己喊自己。莲香怎么也不会想到，有一天莲子竟会嫌自己的名字不好，土气，她说：马莲，马莲，还不如叫我马蹄莲！她嚷着要去派出所把名字改了，叫马莲子，至少还有点日系风。当然没有真改，但莲香意识到出问题了,从莲子的眼神里就能看出,她知道了自己的身世。不知是哪个缺德的,告诉了她。

这父母做得小心翼翼地,可管教时又会忍不住表现得理直气壮。终归,莲子还姓马,没有叛出家门,也长大了,但总觉得不那么亲。马老师突然离世,莲子哭也哭的,但却没做到每年清明都回来祭扫。理由是很多的,她说出了一些,还有一些莲香都代她想好了,知道她以后会说。想到自己的病,莲香心里有点冷。

她没有再去医院看。不是信不过医院,不信她就不会先把寿衣备好。她是对医院有点怕。像马老师那样多好呢,不去医院,一觉就睡过去了,居然还白白胖胖的。莲香知道自己会瘦,会枯萎,寿衣她就故意做小了一些,到时候才更合身。换内衣寿衣终究还是要麻烦莲子了。这也是该当的,她的乳房毕竟被吸出过血。

马老师的照片左上方,挂的是一个镜框,里面整齐地排列着他们一家的很多照片。有一张是莲香和莲子的合影,两个人的衣襟前都戴着玉兰花,莲子的头上也插着。照片是黑白的,雪白的玉兰花反倒成了最真实的颜色。莲子在上海工作,莲香相信她如果把病情告诉莲子,莲子会让她去上海看病——肯定的,她一定会这么做。但万一她不接话呢?所以莲香还是不开口的好。

等莲香去镇北的墓地与马老师团聚了,不知道莲子会不会去扫墓。清明时节,她会不会还那么忙?

莲香强忍着反胃,扒了半碗饭。这算又多吃了一顿人间的饭食。

刚把剩下的排骨放进冰箱,毛豆就在院子里叫了起来。这狗精得很,莲香以为是自己收排骨的动作被它看见了,不是的。是一只猫,小宝家的,站在围墙上虎视眈眈,毛豆愤怒地朝着猫吼,在院子里飞奔。它在花丛里钻进钻出,身上沾了不少树叶花瓣。猫不敢下来,狗也上不去,这局面维持了不久,猫尾巴一闪,倏忽不见了。毛豆得意扬扬地又在院子里叫几声,回到了堂屋。

毛豆蹲在莲香面前，舌头伸得老长，这是热的。它蹲了一会儿，不见主人有它期待的动作，失望地打了个哈欠。莲香撩开门帘，到花丛那里掐了两朵玉兰花，别在衣襟回来了。她站在马老师的照片前，站直了身体，挺挺腰肢，相框里出现了两个人奇异的合影。莲香说了句什么，毛豆听不懂。它心心念念地惦记着那碗排骨，也知道是摆在冰箱里，但它不会开，会开也不敢擅自动爪，只能在冰箱前乱转，蹦蹦跳跳的想引起注意。主人今天很笨，什么也不懂，毛豆颠颠地跑出去，钻进了花丛。

莲香的遗像挑好了，也放大了，照片比现在年轻得多，跟一点也不显老的马老师很般配。镜框也做了，等着那一天莲子把照片装进去，这件事不作兴自己动手。莲香似乎看见自己已与马老师并排而立，她怔怔地坐着，直到感到毛豆在抓她的腿。她奇怪地问：你干什么？

毛豆哈哧哈哧伸着舌头，看看她，又看看地上。它的面前，摆着一朵玉兰花。这是毛豆叼来的，不用拿起来她也知道，上面肯定沾了不少它的口水。这没什么，难得的是，花朵一点没破，半开的玉兰花，每一朵花瓣都是完整的。

地上印着凌乱的狗足迹。隔着纱帘看出去，玉兰花点点如星，看不出少了一朵花，但显然，这朵花是毛豆从花枝上咬下来的。拿起来，你能看见新鲜的断茬，微有叶汁。莲香大喜过望，兜起它的两只前腿，在它脑门上亲了一口。让它学会叼花就不容易，学会自己从枝丫上咬下一朵花就更难了。虽然排骨对毛豆有无与伦比的吸引力，但它会偷懒，总是会偷偷捡落在地上的花。排骨扔在地上和拿在手上，它都是一样吃，它怎么能理解人不喜欢凋谢的花呢？今天算是误打误撞吧，莲香高兴极了，她立即从冰箱拿来排骨，挑一块往毛豆鼻子前一送。毛豆期待已久，脑袋闪电般一抖，哈喇子甩了莲香一手。

毛豆吃得嘎嘣嘎嘣的，还抬起头看看，奇怪怎么这一块里面一点硬骨头都没有。这是寸金骨，没有硬骨，毛豆今天配得上这个待遇。它趴在地上，抬起头，又要。再给。莲香看见毛豆的爪子缝里夹着不少青苔。马老师走后，莲香也一直给花浇水，常去侍弄，但院子里的青苔还是渐渐多了，从围墙下向中间蔓延。她不愿意沤臭肥,只会浇水,顶多有时埋一点鱼肠子。玉兰花的最后一次底肥还是马老师施的,那天突然停电,冰箱里十几个鸡蛋坏了,马老师把它们全部埋在花根下。这玉兰吃的还是马老师施的肥,但旺盛得很。

寸金骨算是奖励,再给是为了复习。莲香捏起一块排骨,走到玉兰花边,指着枝丫上的一朵玉兰花说:摘下来,才有的吃。

太阳稍稍弱了些,但还是热。毛豆抬眼看看别处,朝围墙上张望。没有猫。莲香摇摇手里的排骨,还在它鼻子前绕绕,毛豆半懂不懂的。莲香抱起它,把它的嘴凑到花枝前,用手捏着它的嘴用力一合,一拽,花枝断下来了,可是掉到了地上。莲香指着地上的花说,给我!毛豆迟疑一下,一口叼了过来。莲香往后退退,毛豆朝前跟跟。莲香接过花,立即把排骨托到它嘴边。

它吃得那么香。莲香干呕了几下,压住了反胃。刚才这一阵子折腾,她累极了。这样的训练早已开始,明显地,她的体力日渐衰弱。面前的毕竟是只狗,她几乎可以肯定,它基本学会了叼花换肉,但难保它每次都从花枝上折花。只能这样了,走到哪里算哪里吧。

确知了自己的病情后,莲香反复思量,也曾向女儿提出了一个要求。女儿秋天时回过家一趟,跟莲香话不多,却喜欢逗毛豆。也许,逗狗恰好可以减少跟母亲谈心的时间。莲香不敢询问她几年清明为什么没回来,也不敢问她什么时候再回家,只试探着问莲子:你这么喜欢毛豆,你把它带走吧。莲子很诧异,说它不是正好跟你做伴吗?又说他们两口子都上班,没法子养的。还说,这是土狗,土狗耶,土狗城里就没见人养过。见母亲讪讪地,连毛豆好像都不高兴了,又解释道:土狗一个人在家是待不住的。自己笑道,不是一个人,是一只狗。莲香微笑道:一只土狗。

毛豆蹲在两人中间,看看这个,又看看那个。见她们不再说话,扑通趴在莲香脚边,不时抬起眼皮,看看莲子。莲香叹口气道:不知道你爸在那边穷不穷?她这话没头没脑的,莲子有些发愣。莲子说:四时八节我都没少给他烧纸,可我昨夜还是做梦了,他说他手头有点紧。莲子说:那他还手紧啊，我爸他是不会管账吧。话一出口自己被吓住了，立即闭嘴，但说出去的话收不回来了。她故作镇定地看着母亲。莲香脸上看不出波澜，像无风的玉兰花。她知道这不是诅咒，莲子只是嘴快，而且也不信烧纸。果然莲子说：妈，你相信活人烧了纸，亲人能收到吗？

莲香还没搭话，毛豆霍地站了起来，是小宝来了。他已在门边站了一会儿了，正朝毛豆打手势。毛豆欢快地钻出去，就着台阶人立起来，双爪搭在小宝手上。小宝有点认生，轻轻朝莲子喊了声阿姨。他进屋找个小杌子坐下，毛豆摇着尾巴跟在他身后，一起身，双爪又搭在他肩膀上。莲香接着刚才的话茬，看看莲子说：我信，我要给你爸多烧点，让他存起来。

小宝突然说：我也去烧过纸的。我奶奶说，火堆上起了旋风，就是爷爷来拿钱了。我一点也不怕。

莲子笑道：你那么大胆？吹的吧？

小宝还要争辩，莲香伸手摸摸他的头说：你看毛豆跟你这么好，你还要对它再好一点哦。

毛豆见莲香摸着小宝的头，双爪落地，挨过来，也把头伸向莲香。莲香摸摸毛豆的脑袋，使劲抓挠了几下，笑道：你也就是个土狗！心里苦笑着对自己说：总要分开的，终有这一天的。

莲子在家住了两天就走了。毕竟是自己的女儿，莲香打起精神做饭，还做了一顿红烧排骨。莲子边吃边夸，却也没有吃几块，她怕胖。莲子在家的时候，莲香忍住咳，躲着咳。莲子走了她才没有顾忌，但也不想声音太大，还是收着一点，痰在极深处，她没有力气咳出来，直到咳出血丝。

日渐枯槁。自己都觉得身子在缩小。日子越来越快了，但每个日夜却都漫长。毛豆常常倚在她脚边，她咳得那么厉害，腿一抖一抖的，毛豆都习惯了，倚着她抖动的腿，很舒坦的样子。

太阳西斜了。厨房的影子蔓延开来，半院阴影。莲香起身，撩起了门帘，毛豆一闪就出去了。

院子里还热，但有了一丝凉风，与热气混杂了，像热水刚兑上了凉水的样子。才半天工夫,玉兰花似乎又长高了些,顶上又一批花蕾绽开了。这院子终究要留给莲子的,连同这丛玉兰花。玉兰还能开多少年?她不知道。总归比她更长久。

莲香朝毛豆扬了扬手。毛豆显然注意到她手里的排骨,它兴奋了,开心得一蹦一跳的。莲香指着玉兰花朝它示意,毛豆歪着头,似乎在思考。它好像明白了,朝玉兰花那边凑了过去。

莲香等待着,眼巴巴地看着它,那眼神很像当年注视着莲子吮吸自己的乳头。莲香把排骨凑到一朵玉兰花上,等着毛豆来咬。这笨狗,终于还是明白了,它飞快地朝花一咬一扯,花朵被叼到了嘴上。莲香站起身,左手捏着它的嘴,右手举起排骨朝院门一指,径直出了院门。

小巷里没有人。再晚一点出来,下班回家的人影就会杂沓地在青石板路上晃动。毛豆跑在前面,时不时地站下,回头等待莲香。它嘴边的白花让莲香安心。可是她走不快,虽瘦了,身子却沉重。拐上北大街的时候,毛豆犹豫了一下,莲香不理它,继续向北。毛豆终于想起了什么,飞跑着往前去了。

一座小桥连着一条大堤。一只狗,领着一个人。

墓地阒无人迹。按老风俗,除了清明节和前后半个月,一般不去墓地。别人家的墓地这会儿没人来,不代表就没人祭奠。莲香和毛豆已经来过许多回,毛豆早已认了路。果然,莲香沿着墓间的大路一排排看过去,一眼就看见了毛豆正蹲在马老师的墓前。玉兰花已被丢在墓前的小祭台上。祭台上有些斑驳,那是莲香清明来供饭时留下的痕迹。

莲香有些发怔。微风在墓道间穿行,一阵凉,一阵热,转到某个角度,耳边才会掠过些微的风声。莲香掏出毛巾,打算把墓碑擦一擦。毛豆忽然叫了一声,蹦跳着仰头看她。莲香明白了,打开手里的塑料袋,拿出一块排骨送了过去。毛豆大嚼,半闭着眼睛,很享受的样子。

这是重复了很多次的程序。莲香把那朵玉兰花摆摆好,动手擦墓碑。碑上齐头刻着马老师和莲香的名字，只不过马老师的名字填了黑色，而她的还是石头的本色。这真不好看，但只是暂时的。莲香知道，不久以后的某一天，那个镇上专做这行生意的老张，会来把她名字涂黑。

风大了些。天色向晚，晚霞满天。蚊子聚拢过来了。无数的蠓虫聚成一团团云，在周围飞舞。毛豆吃完了排骨，无聊地在小径交叉的墓地里乱转。莲香抚了抚祭台，石板温温的，比人的皮肤还热一点。玉兰花已经萎了，耷拉着，颜色也泛了黄。莲香看着墓碑上马老师塑封着的照片，想说什么，却什么也说不出。恍惚中，穿着寿衣的她已经缩小了，成了灰，装进了匣子，也封在了墓穴里。

一钩明月，淡淡地挂在天边。

立秋了，天还是热，小镇被晒得蔫巴巴的。但毕竟已是秋天，太阳下山后也有了一丝凉意。做生意的人家打起精神头，吆喝起来。傍晚时分，他们又能迎来一波生意。

一只大黄狗轻快地走在街道上，它毛色糟乱，机警地避开一根根移动的人腿，悄没声地从一个个恨不得摆到大街中央的摊子前跑过去。有人认出来了，这是莲香家的狗。毛豆！毛豆！有人喊它，它回回头，继续跑。喊它的人说：你看你看，这狗又叼了花！顾客听不懂，老板解释道：它会叼花，它嘴边是白的！那顾客确实看到了狗嘴边的白色，他笑道：哪是花呀，那是狗嘴里的象牙嘛！

毛豆听不懂这些，它在众人的视线中拐向北街，一眨眼不见了。通往墓地的小桥很窄，桥面的缝里都望得见水，毛豆走惯了，轻快地窜了过去。墓地很拥挤，像个迷魂阵，毛豆甩着大尾巴在里面拐来拐去。它找到了目的地，仰头嗷呜了几声，低下头嘴一松，一朵玉兰花落到了墓碑前。

它有点累了，张着嘴喘气，没人搭理它，它快快地又汪了几声。有人看到过这样的场景，看到它撩着大尾巴在墓地间穿梭，一道黄光一闪，不见了。

都知道了，这只狗通人性。狗很瘦，肋条都露出来了。有人看了可怜，会扔根火腿肠给它，但除了看到它叼着花在大街上跑，平时它很少出来，它似乎只在小镇与墓地间往返。如此过了半年多，有一天这狗忽然不见了。好几天没看到，好长时间都没看见。莲香家同一条巷子的那个小宝委屈地告诉人家，他天天往狗食盆里倒饭的，他说我天天都喂，有的时候一天喂两回哩，可它还是跑了。

都奇怪这只狗到哪里去了，正如他们奇怪这狗怎么就会叼花。只有做殡葬品生意的老张知道一点端底。半个月前，前村一个老头死了，也葬在镇上的墓地里。人家供了饭，那狗冷不丁不知从哪里钻出来，当着众人抢了一嘴排骨。那家刚死了人，气不过，几个愣头青操起棒子砖头就围着打。要不是老张出来阻止，说这个日子杀不得生，那狗就没得命了。那黄狗跛着一条腿，嗖地窜进了草丛里，草丛分开一条线，很快就合拢了。

那黄狗钻入草丛时，最后消失的是一条黄尾巴，像只黄鼠狼，本地叫"大仙"。老张这行当有个规矩，东家的事绝不对西家说，尤其是怪事，为鬼神所忌。老张明面里守着这行当的所有规矩，但私底下百无禁忌，还惯吃狗肉。他舔舔嘴唇，想起了红烧狗肉，看起来糟乎乎的，其实比红烧猪排美味得多啦。他咽一下口水，继续守口如瓶。渐渐地，没有多少人记得这只黄狗了。小宝想起毛豆曾生过几只小狗，他去抱了小狗的人家看过，并没有发现毛豆来看它的小孩。他无聊地在街巷里闲逛，右手不断扯着左手腕的橡皮筋，啪，啪，很疼。他忍住怕，悄悄去了墓地。墓地四周的杨树风声呼啸，小鸟在草丛中啁啾，可他连毛豆的影子也没有看见，祭台上光溜溜的，比他的课桌还干净。祭台下散落着很多玉兰花，都是毛豆叼来的，有的还能看出曾是一朵花，更多的已成了枯叶。玉兰花萎了枯了轻了，风乍起，像有一只无形的手圈着枯花打起旋来，小宝一怔，也不怎么怕，有杨树顶上的喜鹊嘎嘎大叫着在给他壮胆。大街上还时常有黄狗出没，小宝看到黄狗就会喊——毛豆，毛豆！那狗理也不理。其实小宝知道，黄狗跟黄狗不一样，每个狗都有自己的长相和表情，他只是看见黄狗就忍不住要唤。小宝奶奶见孙子有点魔怔，给他买了只小泰迪。

清明节到了。有人在马老师夫妻的墓前看见了一束玉兰花。细雨清晨，玉兰花洁白欲滴。镇上人说，是那黄狗又来了。小宝的奶奶说：你们不要瞎三话四的，狗会在花枝上缠皮筋吗？

（原载《钟山》2022年第6期）

作者简介：

朱辉，江苏省作家协会副主席，《雨花》杂志主编。著有长篇小说《我的表情》《牛角梳》《白驹》《天知道》，中短篇小说集《红口白牙》《我离你一箭之遥》《要你好看》《和辛夷在一起的星期三》《看蛇展去》《夜晚的盛装舞步》《午时三刻》等多部。曾获得第七届鲁迅文学奖等文学奖项。

哐当哐当

学 群

　　五号这天来到××站的时候，莫扬在睡觉。七点整闹钟把他叫醒的时候，一个叫郑大洛的大学生已经在省城走出了校门。郑大洛将要乘坐的那列特快车还躺在站里一动不动，前面那趟慢车的车轮已经哐当哐当响起。火车一动，铁路沿线的站点就会依次动起来，一些人将搭上这趟车，也有些人会因为穿错了鞋，或者因为麻袋因为猪崽之类跟它错过。这个世界上有那么多事和人，莫扬不需要知道这么多。他只要知道这天上午有一列慢车和一列快车打××站经过。自打分配到这里，差不多每天都是这样：七点起床，穿衣上厕所刷牙洗脸，连水喝进喉咙的咕嘟声都是一样。出门时他心里怦然一动，想起刚买的传呼机。传呼机把不明缘由的不安压了下去。他把传呼机别到腰间的皮带上。文字机跟数码机不一样，买下的那一天，他跟传呼台说了一声"我是长江，我是长江"，他说的话飞过天空，随即就变成文字到了他的传呼机上。

　　他反手关上门，走出去一段又折了回来。他知道门已经锁好，但仍不放心。他有些生自己的气，你只是去吃早餐，吃了早餐到铁路上去上班而已。

街口子上，右边那家面馆他常去。到那里什么都不用说，只要往桌子边一坐，老板就会把辣椒爆肚条罩在面条上送过来。醋和酱油就在桌子上，要多要少自己加。他喜欢那种有头有脸的感觉。往左转，前面有一家新开的米粉店。吃面条还是去吃米粉？去老地方简单便宜，难道老子就不能换一下口味？!他把手一挥，挥的是右手去的是左边。没有人知道，要是这天吃早餐他去的是右边会怎样，去那个老地方就会一切如旧？一些要发生的事情好像注定要发生，就像有东西在牵引着他，把他牵离了昨天前天一直走的那个方向。

米粉店装修得不错，服务员长相和穿戴都有模有样。没想到会遇到高中同学阿龙。不只是阿龙，阿龙还带着阿米和阿豆，手里还把着一只大哥大，他管它叫"猪脚"。早就该往这边来！阿龙问他阿米好看还是阿豆好看，他说都好看。阿米阿豆一起叫起来，簇过来就往他两边脸上啃。他血往上涌，胃里腾起一阵灼烧感，连吃猪肚猪蹄都走了味。阿龙说中午吃饭谈一笔生意，到时候你来捧一下场。他说你谈生意我能做什么。阿龙说什么都不用做，只用穿上这身铁路制服往那里一坐，问你在铁路上干吗，说一声搞货运就行了。看他往阿豆身上看，阿龙说放心吧，跟我干，面包牛奶、阿米阿豆都会有的。阿龙以前不这样说话，那时候阿龙说把你的作业给我抄一抄。看到那两个女子都在扭着身子拿眼睛往他身上抛，他发现起身有些难。他留下了传呼号。临出门，他往阿豆身上摸了一把，动作有些生硬突兀，阿豆把一声"哎哟"拖得长长的，拖得他身上有些软。阿米在一旁嚷，原来你也是个坏蛋。阿龙笑，说是不是坏蛋到时候就知道了。

他像换了一个人，兴冲冲往铁路工班上赶，路上老有人朝他笑。他迟到了，老远看见谭工长在朝他嚷。一看到这家伙他就烦了，刚才的快活劲一下子枯萎了。这家伙突然指着他的脸哈哈大笑起来，狗日的，比老子还行啊！闹半天才知道，他两边脸上各有一枚口红印。他说，工长，等下有事我早点走。工长说你有个鸡巴事，把岔道检测完了你爱上哪儿上哪儿去。他嚷起来：为什么我就一次都不行！哎呀，都敢跟老子叫板了！有本事留在机关里，跑到工班来干啥？工长说完转身走了。这王八蛋，动不动就捏他的痛脚。他一拳砸在桌子上，痛的却是自己的手。一只茶杯居然也像个大人物，顶着帽子大模大样坐在那里。他一巴掌把杯子扇下去，那声碎响算是让他透了一口气。过了一阵儿，他从抽屉里摸出一把钥匙，穿过站台往南边的岔道门走。卖烟的老婆子推着装了轮子的玻璃柜，似乎想问他要烟钱，他把头一扭走了过去。

五号来到××站的时候，也到了南面汤哥所在的那个小镇子。汤哥正在别人家里打麻将。汤哥其实应该叫汤嫂。她身粗腿壮嗓门大，说话做事都像一个壮汉，家里家外杀猪宰羊做藕煤扛气罐样样都干。打架骂娘她也冲在前头，她扯开喉咙一声吼，连菜市场旁边的工商所都要抖上两三抖。她男人正好相反，尖尖的嗓门尖尖的手指头，十指不沾阳春水，只有那只喉结蹿上蹿下表明他还是个男人。

这一阵汤哥打麻将手气出奇的好。她缺二坨，人家一发牌就发过来一只二坨。到后来，她都不想吃人家送上门来的盒饭了。就不吃，没想到手一伸来了一个自摸。打牌的人都说，汤哥现在成了一只大汤锅，黄鳝甲鱼一锅炖。好些人都不敢跟她一张桌子上坐了。这天，她换了一个场子，头两轮打下来，竟然输了。她不想输，天一亮她就要进城去看姨妈，顺便搬一台彩电回来。她在打牌，她老公在旁边看。她要出白板，老公叫她出幺鸡，连唾沫都喷到她脸上了。就听他的出幺鸡，没想到人家七对正缺一只幺鸡。这下输了个大的。汤哥鼓起牛眼睛朝她老公剜了一眼：你连一片鸡毛都出不了，还出鸡！她老公怕了，赶紧起身，拖鞋换皮鞋一溜烟出了门。

一个通宵打下来，输出去的赢回来，跟着又赢了不少。回到家往厕所里一蹲，噼里啪啦把要放的东西全放了，三下五除二刷了牙，抹一把脸，唤起卧室里的男人准备出门。上午八点多，有一趟火车会在这里停五分钟。就是这五分钟造就了这个小集镇。一些东西和一些人要集结到这里往车上去，另外一些人和物从车上下来，要从这里散布到四周的村子和田地里去。汤哥跟她老公要搭这趟火车到北边城里她姨妈家去。那座城比××还要大。这几天打牌赢下的钱，足够她从那里买回一台大彩电。出门就有早餐摊子，一根油条几个包子，正好在去车站的路上把肚子填饱。

火车不会等人，人只能在站里等着火车。可是她老公一直在磨蹭，听声音就拖泥带水，不响亮也不利索。一股火气从她身子里蹦出：

怎么啦！

半天才弄明白，她老公昨天晚上从打牌的地方出门，一慌神穿错了一只鞋，两只皮鞋一只棕色一只黑色。她突然就觉得烦得不行，还累。她很少觉得累，可她现在觉得累，觉得肚子饿，想倒下睡一觉……要不就不去了，胡乱吃点什么再好好睡一觉？她抽了一根烟，接着又抽上第二根。老公要去敲人家的门，换回他的那只鞋。她把手一挥：

算了，你别去了！

男人站住不动，眼巴巴看着她往门外走，那样子就像一条挨过骂的狗。出门时她心里一动，绷着的身子柔软了许多。她不知道今天怎么了，出来了还要回头看一看，没想到那个没用的老公也站在门口朝她看。

汤哥进站的时候，一个老头正在月台上抓他的猪。两只小猪崽，他把它们装在麻袋里。他怕猪在里面闷，在麻袋上剪了一个洞。麻袋拎在他手上的时候，两只猪崽只能在麻袋底上望着那个洞。麻袋搁到月台上，一只猪崽从洞里探出鼻孔来，他没在意。那家伙先是钻出头，后来就把身子从里面挣了出来。猪崽撒开四只小蹄子在人群中乱窜，搭车的人打着哈哈看老头子追他的猪。末了还是一个小伙子捉住一条后腿，拎出一串叫声，把小猪交到他手上。火车就要进站了，他正要把这只小猪往麻袋里放，另一只小猪又从麻袋洞里冒了出来。等到他把两只猪崽装进去，扎好麻袋，开车的哨声响了。上车的踏板已经盖上，他求列车员让他上车，列车员一声不吭就把门关上了。老头很生气。骂列车员？列车员穿着铁路制服，不是随便给他骂的。骂麻袋？麻袋上的孔洞是他剪的，他好像也不能骂麻袋。汤哥开着车窗从月台边移过时，老头正在骂他的猪。汤哥说，老人家，我们先走了，你搭后面那趟车过来。后面那趟车要到明天了，好几个人望着车窗外面笑起来。汤哥想起母亲去世前，姨妈来看她老人家就是这么说的。她不知道自己干吗要这么说。她不是个多愁善感的人，大概是这一阵打牌没睡好。她把两只手往肚子上一搭，那就睡觉吧。

汤哥打完牌往家里走的时候，始发站所在的那座省城里，郑大洛正从校园往外走。出寝室时路灯还亮着。他想起在他长大的山里边，你要是什么都不亮，世界就会大到星星那里去。只要亮起一只手电筒，世界就会缩小到前面那一块。在这里，每一块地都有路灯看着。一路往前走，后面的路灯把你的影子往前送，前面的路灯把影子接过去。

郑大洛就读的大学在一条河的西边，火车站在城东边。坐公交车，中途转一下车，他其实用不着这么早出发。可他早早醒了，将往异地的兴奋劲让他躺不住。他打算走出校园，一直走过那座跨河的大桥，在河东吃点东西，再坐公交车去火车站。他想去郑州。去年九月上大学，他生平第一次到了省城。现在他请了假，打算出省去另一座省城。之所以去郑州，因为他姓郑，攒下的钱刚好够他跑这么远。读万卷书行万里路，他准备去迎接外面的世界即将给予他的一切。

他没有理由要知道那个叫汤哥的女人，汤哥也不会知道他。他乘坐的快车到达汤哥所在的小镇时，汤哥已经上了前面那趟火车。他坐的快车到达××站时，汤哥那趟火车会等在那里。他的快车从汤哥的车窗外面一晃而过，他们各是各的来和去，各有各的时间表。

郑大洛跟××站的莫扬也不会发生关联。莫扬来到车站南头的岔道口时，按谭工长说的，他得等那趟快车开过去才能开始检测。郑大洛乘坐的那趟快车一路飞奔而过，车里车外谁也不知道谁。

郑大洛跟他那趟快车九号车厢的列车员倒是关联上了。他背着背包从八号车门上车，穿过八号车厢，在九号车厢最后一排看到一个空座位。座位上搁着两只穿袜子的脚，脚是从旁边伸过来的。一个身穿铁路制服的中年男子背倚车窗，弯起双膝，占去两个人的座位。他问那个人可不可以让出一个座位。那人说不可以。他说你为什么一个人占着两个人的座位？那人半睁着眼望了他一下，不为什么，我累我想这样！他没想到会是这样，山里的规矩和大学里念过的书都不是这样的，他站在那里一时不知道说什么好。他想伸手扒开那两只脚，把自己搁到上面，或者坐上去往那边挤。他个头不是很高，可他像山里的石头一样结实。要是在山里碰上这样的事，他就这么干了。可这是在火车上，这个人穿着铁路制服。他想吞下这口气，往十号车厢去。可是在山里，溪涧里的水急了都会往石头上跳，风一生气就会在树梢上叫。山里边不显山却露着水，有风也不掖着藏着。他就这么立定了，望着那两只脚。那两只脚似乎有些搁不住了，想回座位底下找它们的鞋。脚上头那一身铁路制服依旧撑在那里，抽着他的烟。

列车员对面的座位已经坐了三个人。三个人挤出一条缝隙，拉郑大洛坐到上面。四个人挤在上面，靠窗的那一个尽量侧起身，中间两个向外凸出，一个伸出一只手撑住小桌板，另一个紧靠着那一个。郑大洛坐外面，两只脚支住地板，尽量不让自己往外滑。四个人坐成一组雕像，像在表达一股凝到一起的力。对面那个列车员一定感受到了。他若无其事，这是他的地盘。他本来坐一阵就要走的，现在他不打算走了，车到下一站还长着呢。他要是这时候起身走，好像他架不住了只能放弃似的。他继续原来的样子，坐在那里抽他的烟，顺手把烟灰弹到搁了八只脚的地板上。两只脚在座位上搁久了有些累，那就忍一忍。

汤哥坐的那趟慢车哐当哐当在往××站这边开。离××站十几里地时，四十几岁的老贵已经坐上了表弟的摩托车。早在几个月之前，他就在为搭火车进城做准备。猪栏空了，犁田的牛也卖了，田和地都已经转给别人，他先搭车往北边那座城里去，老婆迟一点就会跟过来。他们要在那里摆一个早餐摊子。他其实一点也不想到城里去。待在家里，地里的庄稼认得他，打地头上过的天气他也认得，他养的牛养的狗和猪就更不用说了，连握到手上的锄头把镰刀把都是亲的。到了城里，没有一张脸是热的，你只能用热脸去挨人家的冷屁股。还有什么呢？还有就是那些发了疯乱撞的车。可是两个孩子一天比一天大，要吃饭要穿衣还要读书，地里再刨也刨不了这么多……一棵树在地上长了几十年，随便伸一下根须都会碰上一两个表亲，这根拔起有些难啊……他扛着蛇皮袋往摩托车那里走，那条大黄狗簇着他的裤脚哼哼唧唧不肯放他走。他摸了摸狗，它摇着尾巴倒腾得更疯了。他呵斥了它一下。他不知道自己怎么变得这样绵，平时骂狗还少吗，这一次呵斥起来好像不是个味儿了。摩托车开过来不是好好的吗，怎么发动不着？

开车的表弟在那里捣鼓，他去上了一趟茅厕，摩托车后头连放几个屁，终于发动了。车子开动时，一只搪瓷缸子从蛇皮袋里掉下去，一边滚一边叫。它不想跟他到城里去。掉在自家的地坪上不是掉在别处，他懒得再管它。城里缸子多得是，他得赶上那趟火车。

老贵坐着摩托车往火车站赶时，汤哥正在火车上打瞌睡。她仰在靠窗的座位上，听着车轮在铁轨上哐当哐当响。车到了桥上，铁轨下面连着响出一圈圈空洞来。后来火车一头撞进隧道，哐当哐当的声音包着车厢滚到了车顶上。汤哥头一歪，世界从她的周围暗下去。哐当哐当的声音搓成一根绳，绳子牵成一根线，线又断成了屋漏水……挤挤攘攘挤挤攘攘，夜挤到桶里成了幽暗的水。水在桶里荡，幺鸡和二条荡出了水桶边……她似醒似睡，背竹篓的阿婆不见了。叽叽喳喳，那不是竹篓里的鸡仔……鸡仔不往××站那边去，鸡仔跟阿婆一起下了车，一些鸡仔会下蛋，一些鸡仔会阉掉，一些鸡仔会烂在汤锅里。新上来的人像是远处的动画片，只看到他们在动，不知道他们从哪里来，怎么就跟她坐同一趟车。那个扛蛇皮袋的家伙拿了蛇皮袋就往她的座位底下塞，好像那下面就是他们家的马槽。汤哥一股火气直往上面冲。那男人倒是挺会来事：大姐，前世修来同车渡，借光。一个乡干部模样的人拎着一个公文包，二话没说就坐到她旁边的座位上。乡干部在抽烟。汤哥一点也不掩饰，抬起巴掌就把烟往他那边赶。乡干部笑了一下，坚持把烟抽到烟蒂上。

哐当哐当，先从省城出来的慢车在前面跑，那列快车在后面追。小伙子就在后面的快车上，姑娘在前面的火车上什么也不知道。两个人约好一起到姑娘的家里去，小伙子误了点。他到火车站时，姑娘坐的火车已经开出站。姑娘一直在望他，先是在候车室，后来在月台上。最后她犹豫了一下，独自上了车。小伙子明白，他无论如何得赶上那趟车。他怕一错过就会错过一辈子。他在车次表上找到后面这趟快车。她不知道，他将在××站赶上她，然后，他会在姑娘家的那座城市等着她。

哐当哐当，哐当哐当，火车在铁路上跑，莫扬在往南边的岔道口上走。前面的慢车已经到站，他想赶在快车到达之前把岔道检测完。动作要快！掏出接线盒的钥匙时他的手有些抖。快车道的绿灯已经亮了，南来的快车正在朝这里飞奔。他犹豫了一下，传呼机响了，他又看了一下传呼，阿龙说他们在车站外面等，叫他快点。电线连上去，导引轨正在往慢车道这边移。一切都迟了，他已经听到快车开过来的震动，他的手和他的身子跟着一起在颤……

没有人知道岔道口那里发生了什么。先进站的慢车上了人之后就停在站台边上等。老贵喘着气在关门之前上了车。没有座位，他把蛇皮袋垫上，坐在过道里他长长地舒了一口气——再也不用赶了，车会把他带到要去的地方。汤哥把头歪在乡干部的肩膀上，她只想睡，乡干部抽烟她也不管了。快车上那个小伙子追赶的姑娘就在前面的那节车厢里，她不知道等着她的是什么。

快车就要进站了。占着两个座位的列车员早就坐累了，手里的杂志也翻烦了。郑大洛已经从那组雕像里起了身，手撑着行李架站在座位边。开特快的司机看到放行的绿色信号灯，接着看到停在前面的那趟车——没错，它就停在他们这条车道上！刹车在钢轨上冒出一串火星，发出让人牙酸的尖啸。刚刚起身的列车员突然摔倒顺着过道往前滑，接着一下贴到车窗边，像衣服似的飘了出去。郑大洛两只手抓住行李架，身子在后面飞了起来，那三个坐着的人不知道什么时候已经散开了……

地面上的事物冲天而起，烟尘和巨大的撞击声，××站像是突然扔进来一个集束炸弹。空气中弥漫着浓烈的烟尘和血腥味，脱轨的火车扭折着身子僵硬地躺在地上，一些车厢翻侧一些车厢往上耸起一些车厢扁了一些车厢断开了。快车车头到了北边的仓库那里，车尾扫过南边的站台嵌进了候车室。没怎么看到人，一些衣物还有玻璃碎片和金属块在流血。卖烟的婆子大张着嘴，眼睁睁看着玻璃柜往侧翻的火车上撞，好像她叫的那一声全都到了玻璃上震得玻璃全碎了。有一阵整个世界都搁浅在一堆杂乱的钢铁上，没有一点声音。声音从车站外面潮水一般涌入，一到这里就趴下了……

郑大洛从朝天的窗洞钻出来，以为钻进了一个荒凉的梦。他摇了摇头，碎片残屑沿着他的身子从上往下爬。他耳朵突然一亮，满世界的响动灌了进来。那些穿军装的人把他放到担架上，他突然爬了起来，没有看到那个列车员。过了好久才想起那几个跟他共过座位的人，他没有再看到他们。

两列火车装载的许多事物都被卡车拉走了。追女孩的小伙子只是追上了女孩那趟车，女孩没有见到他。在医院里她遇上了郑大洛，没想到同一个学校的两个人会跑到这里来相识。在这里比在任何地方印象都要深刻。穿错鞋的男人没能等回汤哥和她买的电视机，她跟那个乡干部一起走了。老贵的床底下有一双他穿过的旧拖鞋，踩进鞋底的脚印看久了好像会响起趿拉声。没有搭上车的老头逢人就说搭帮那两只猪仔，搭帮那个破麻袋……

这以后，火车站没有了。铁轨倒是有，也就那两条铁轨，没有岔道，没有信号灯，也没有工班。该消失的都已经消失，钢筋水泥在往这边膨胀。莫扬先是进了监狱，后来进了精神病院。他不要跟人说话，不要看那些拉菜的车，素菜荤菜都不行。蔬菜一到他那里就会流血。他喜欢一列列火车那样的叙事，喜欢把过去的时间把躺在地上的人和事物装进一节节车厢，把穿制服的男人把秀色可餐的女人跟她们的裙子一起装进去。他只要摇动身子，房子就像火车一样开动起来。一些跌倒的砖头和轮子不肯走，他会给它们念一些句子和标点。一些句子会发电，哐当哐当，哐当哐当。

2022 年 11 月 15 日

（原载《西部》）

作者简介：

　　学群，湖南岳阳人。主要作品有：《坏孩子》《好孩子》系列小说，长篇小说《西西弗斯走了》《水来了》等。出版散文集《牛粪本纪》《生命的海拔》等。

泰山石

王新梅

一开始,他不知道那个声音从哪里发出来的。他并无寻找的意思。只是确认,这从车厢后面传来的音乐很好听。

他每四年来一次泰山。第一次就是个计划盘算了几天的旅行。第二次爬也是个偶然。几天前,他爬门口那座山时,忽然想起又是个四年。门口的山他爬得已经没有感觉了,心不跳气不喘。他就这样计划了,四年爬一次泰山,爬不动了就不爬了。

第一次那年老婆在。第二次是他一个人了,他并没有觉得少了什么。他和老婆感情不好,年轻时就不好,像个顽固的伤疤,到晚年了也没有办法愈合。她死之前,不甘心地瞪着眼睛说,你好喽,再去找一个了。

他一直没有找。村里像他这样死了老婆的,有找的,也有没找的。那些人的儿女们多是不希望找。不过,他的儿女倒无所谓,他是村里学校的老师,有固定的收入。他也无所谓,一年三百六十五天,除了教课忙活,剩下的时间种菜种花爬山写字。日子照常地进行着。

这次是儿子要跟来。儿子一家,一家三口齐动员说是陪着他来。威海、蓬莱……他们跟了个团，儿子打算带着一家人把附近的景点游完。可到泰安的时候，儿子变卦了。儿子变卦是因为孙子变卦了，六岁的孙子被导游说的什么太阳岛给迷住了。同一个时间段，两个地方只能选一个。太阳岛有迷宫、探险王国……导游还没说完，孙子就缠着要去。"门口不都是山？山有啥爬的？"孙子小大人一般嚷嚷着。

在服务区，儿子一家和其他几家下车上了另一辆车，那是去太阳岛的车。空下去的座位很快被新上来的人填满了。好了，这一车都是去爬泰山的了。车门关上后，年轻的导游喘口气说。我现在开始给每组报名家庭编号，一号家庭、二号家庭……导游手指一下一下戳着空气。车厢里坐着的是来自不同地方的十三个家庭五十五个人。他这个光棍户是五号家庭。

车向前驶去。导游简单说了泰安市概况后卧倒在座位上。车里安静下来。许多人都拿着手机在玩，旁边一个女人低声数落着她的孩子，后边一个老太太和对面的几个人在说政治——美国的、日本的，那些大人物的名字被偶然相逢的南腔北调评头论足着。他不感兴趣，闭着眼睛养神。他就是在那个时候听到好听的声音的。他屏住呼吸细听，滤过周围那些噪音，他辨出是轻音乐，是后排一个座位传过来的，是笛子和钢琴的合奏曲，好听。有时他在家里练字也放点曲子。音乐若有若无地飘来，他继续闭了眼睛，还有几小时的路程呢，他打算就在这轻音乐里养养神。

三个小时后，车停了下来。到了，有人着急着下车。大约赶着上卫生间，仿佛要赶火车一样往前挤。也有人不急不慢，等别人下了再说。

导游去买票了。下车的人买水、上卫生间。男同志们站在荫凉下抽起烟来。伏天还没过去，知了不休不止地叫着，加剧着空气中的焦虑急躁。导游临走时说，大家互相认识一下，万一走散了好找。他喝了口水，很快找到和他一样的另外两个光棍汉，一个是胖小伙子，也不是小伙子了，凸起的肚子有了中年人的臃肿。还有一个八号家庭也是一个人，是个女的，就是刚才最后下车的那个女人。

跟着导游往里走。拥挤中如导游所说，他们这一车人很快被冲散了。

能看到有两个家庭携儿带女开始往上爬了。一看就没有爬山的经验，脚步太快了……会把心气很快用完的。那个胖小伙子向他走过来:"我们搭伴吧。"他笑了,算默认。"把我也算上。"身后又出来个声音,是那个女孩,不,应该说是女人,不算年轻的女人了,不过脸上有一种少女才会有的清爽活泼气息。漂亮女人一般自带骄矜,她干脆大方:"听说有八千多个台阶呢,我们三个光棍汉做个伴,一起爬吧。"女人毫无戒备的样子,好像他们是她知根知底的同事或者邻居。他和胖子都笑了。"好。"他们说。

女人和胖子一左一右地跟着他。到底不熟悉,三个人沉默的时候多,要不就说点旁边的花草。他边走边打量,山还是那些山,山上的树,有的有变化,有的看不出变化。那棵杉树长粗不少。他记得那个拐弯处有一棵树,他专门留心找了一下,却没有了,原地修了个凳子供客人休息。

一会儿响起来音乐声。他才知道,刚听到的轻音乐是从哪来的——女人手机里的。胖子话多点,左顾右盼后调侃美女真多呀。过了一会儿,胖子喘起了粗气,就省着力气不说话了。女人看上去还算轻盈,兴致高昂地拿着手机东拍西拍。他用手机拍山壁上的刻字。他的字写得也不是多好,就和爬山一样,只是个习惯。胖子和女人很快发现,这里面最能爬的不是他俩,而是最年长者。她说:"叔叔,你爬得很轻松呀。"他说:"嗯,家门口有山呢,经常爬。"他比画了一下,爬家门口的山,他都是小步跑上去的。"啧啧,厉害呀。"女人的赞叹带着惊诧的表情。胖子已经跟不上了,女人还可以。他说:"这个小伙子还不如你呢。"她说:"是呀,看他的肚子,就知道他是个懒人,平常不运动。"女人带着熟络的口气打趣那个胖子,"我可常常运动呢。"女人小得意起来。

爱运动的人总会看起来比别人年轻。他想起老婆,那是个不爱动弹的主,生完孩子后,除了家务活,一点都不愿多动弹,三十多岁时,身体就敦实得像个面包,四四方方。

爬过泰山的人都知道,游客通向泰山顶除了索道,就是这条青石台阶的路了。前面两次,他都是一阶一阶地,身心放空地爬。这次大约是因为和这泰山算老相识了,目标在哪,哪坡度最大,有什么风景,一切皆在意料中。总之,他爬得很轻松,也没有感觉到自己和以前有什么不同。

他喝了口水,也打量着对面山上的刻字,拿起相机拍了照。他看字的专注引起了女人的注意。她问:"叔叔,你喜欢毛笔字?"他说嗯。"我一直想学毛笔字呢,就是没有坚持下来,不过我更喜欢画画。"女人大方地说,"当然也画不出来啥了,都这个年纪了。"女人说这话时,脸上显露了一种中年人才有的平和坦然。他随口问:"你多大?"女人说四十一。哦,他对这个数字有点意外。她看上去比实际年龄要年轻好几岁呢。"小呢,小得很呢。"他说。他这样说还有个意思是,女人学书法或者画画这样的年纪都不算迟。女人以为说她相貌看上去很小,或许习惯了别人对她这样的评判,她淡淡地笑了一下。也许女人心里想的是,和你比我当然年轻呢。他呢,是有点显老,头发白得早不说,脸上早早地就和他父亲一样,清瘦的脸颊上括号似的三道皱纹——家族里男人共有的特征。女人把他当六七十岁的老头都有可能。女人问:"叔叔,您今年……?"他好像知道她会反问呢,很快接过话说:"五十六。"果真,女人啊一下捂住了嘴巴。看吧,她真的以为我六十多了呢,他想。"您这么年轻呀,怪不得您爬山爬得轻松……"女人有些不好意思。她眨巴着眼睛再次打量了他全身。他习惯了别人这样猜他老几岁,也习惯了别人知道他年龄后的吃惊。有人这样说过,他脖子以下的状态看上去像四十多岁的男人,个子高,腿长,人精瘦挺拔。年轻时考过公安,人家就看上了他的个头。

爬了十几分钟后,胖子渐渐落在后面了,女人也累得涨红了脸。他提出边休息边等不见影子的胖子上来。不管怎么样,都是光棍汉,互相照应一下是应该的。光棍汉,他琢磨着导游说的这三个字,不过自己是没有老婆,是名副其实的光棍汉。女人不都是和老公、孩子一起旅行,自个来的可不多见。要不就是感情婚姻出问题了?可女人的样子好像不像呢,倒有一种从容和平静的气息在她身上散发着。现在的女人都注重保养,谁知道呢。他突然发现自己在揣摩这个女人。惶惶之中,他又想起往事。上中学的时候他喜欢过一个女孩,是村里裁缝家的女儿。不过是懵懵懂懂的一厢情愿。上学时,他基本是个傻小子,他几乎忽视了班里女生的存在,晚熟,就像他家那棵桃树一样,别人家桃子可以吃了,他家的还又涩又硬。二十三岁那年，父亲的战友给他介绍了对象，很快就结了婚。婚后，他才算开化，发现女人和女人的区别原来很大。自己的女人不尽如人意，长得不好看，还粗俗，不刷牙不洗澡，活脱脱一个农村妇女。其实那时候，他们村子已经是城市的一部分了，城市西扩，就扩到他家门口了。发现自己心里有过一个女人，是同学聚会上的事情。裁缝家的女儿也是三十多岁的人了，但上了学有文化的女人到底是不同的，举手投足带着雅致。她不喝酒时，像正楷字体端庄秀雅，喝了点酒后这女人像行楷，浪漫潇洒。聚会回去后，他为此给老婆买了几件漂亮衣服。老婆穿了几天，后来嫌它们不实用——真丝的，穿要注意，洗要小心，难伺候。

那次同学聚会他才知道，这个漂亮的女同学曾经也喜欢过他。不过都是结过婚的人了，他们最终没有再联系。

胖子还没有来。女人说："我们走吧，我看那个胖子早呢。"回头看去，依旧是密密匝匝的爬山队伍，每个人像只小虫一样慢慢蠕动。确实没看到穿酒红色T恤的胖子。等不等胖子他其实是无所谓的，只要女人不觉得和他一前一后地爬山尴尬就好。他说："好，我们慢慢爬，也许他后面会赶上来。"

越来越难爬了，"十八盘"前后的台阶几乎要接近垂直了。爬了没几步，女人就扶着膝盖艰难地移动。他等了一下她，说："你不要往下看。看上面，爬起来就不那么难受。"女人听了不再看脚，抬起头来。"往前面看。"他又提醒。女人试着走了几步："真的，是要好许多，叔叔，哦……大哥很有经验呀。"他听到女人改口喊他大哥，心底顿了一下，迈出去的脚就跨了两个台阶。他一点也没觉得累。真的。他觉得自己每天爬门口的山没白爬。不一会儿，他就比女人多爬了好几个台阶。山边有个卖拐杖的，他过去买了一根。女人快要爬到他那一层的时候，他把拐杖递了过去。女人抓过拐杖后走了两步，说："这拐杖真是雪中送炭呀，谢谢你哦，我那会没买，看来失策了，这可比华山和峨眉山难爬。"

"山东真好，哪都绿绿的。"拄了拐杖后女人明显气顺畅多了，或许知道他并不是那么老的长辈，她的话也多了起来。女人是新疆的，在市区上班。"我们那不行，缺水，我喜欢海。"女人还说自己一直有个想法，等退休了，在青岛买个房子。他不知道女人是不是真心话。他就是青岛人，熟悉的地方无风景，他没觉得青岛有她说得那么好，倒觉得新疆是个好地方。女人休息时也不闲着，拿着手机到处拍，石缝里的草、天上的云，还有路边顾不得姿势躺在一边喘气的路人。她偷偷指着几个坐在石头上的人："你看你看，他们像不像八仙过海。"他顺着看去，原来是几个男男女女各占一个石头，有的盘着腿，有的吊着两腿，有的靠着石头发呆……累得一律蔫头耷脑失魂落魄的，看上去怪滑稽的。他心想，不像"八仙"倒有点像"八大怪"呢。不过"八大怪"的恶俗想法他没好意思和女人说。相比之下，他的体力比这些年轻人还好，他得意地想。

他一个跨步，再一个跨步，从石阶边下去。要是别人在这样的坡度跨步是挺危险的，对他来说就不算啥了。他之所以绕过来，是想往下走走，想去看看有没有泰山石可以捡。泰山石现在已经升格为风水石，有吉祥之意。他倒不迷信什么风水，捡回去，放到写毛笔字的桌子上算个纪念。之前。他带回过宁夏的黄河石、松花江的松花石，还捡过新疆赛里木湖边的石头。泰山石第一次来捡到过，让儿子送人了。

那些大大小小的字下面，挤挤挨挨的人们摆了各种姿势，照完相就走了。他抬头琢磨着那些字的间架结构、章法布局。多练了几年，这次再看，和上次的感觉又不一样了。"别人可不会研究石头上的刻字，他们只是把它当照相的背景。"女人有明显的赞扬口气。老婆活着的时候很少夸他，挖苦他是常有的事，说他不像村里那些男人想办法挣钱，整天练毛笔字，除了过年给人写个对联，有啥用。

会赞扬男人的女人才是聪明女人，他想起了这句话。

他又去下面找石头，他感觉到上面有一双眼睛在看。是女人坐在台阶边看。偶尔，她会指向某个方向："看那个是不是……"

胖子看来追不上了，他们渐渐习惯了胖子不在。一起爬，成了他们默认的状态。女人说："人这么多，我真怕自己走糊涂了，我是个严重的路盲。"她不掩饰对他的依赖。他其实早就看出来了，女人怕和他走散，一直拼力跟着他。旁边好几个女孩，或者老大不小的女人累得不成样子了，就地一坐，呼天叹地的。女人也累，她喘着粗粗的气，衣服裤子被汗浸透了大半，脖子上一直淌着汗，但她再累也不说休息，不让自己太拖后腿。这让他有了责任等着她。他们在拥挤的人群中始终超不过七八个台阶的距离。总之，那种默契，好像他们不是几十分钟前才认识的。他隔几分钟休息休息。女人发现了——她就是个聪明女人。"别休息了，都是我拖累了你，要不您不等我了……您自己使劲往上爬吧！"她说。"不着急，我不是第一次爬了。"他就说了自己每四年爬一次。女人睁大了眼，眼里满是惊讶和敬佩。

过会儿，他听到女人在和一个人说话，是个年轻女孩，他认出来了，是一个团里的。女孩喊她姐姐。他站在原地等她们跟上来。走近后，女人给女孩说："我们跟着这个叔叔……哦，大哥……"她停顿了一下说，"跟着这个大哥一起爬。"

他建议她们将脚掌的七八成部分用来踩台阶。女孩试了，果真节省力气。他听到女人对女孩说："这个大哥很厉害，爬得可轻松了……我脸上的妆都没了吧。"女孩说，姐姐没妆也好看。他没回头，眼前是女人涨红了的脸。

女孩是个上大四的学生，后劲很足，轻轻松松地就跟在了他后面。相比，女人是越来越艰难了，把手都用上了，几乎是爬了。说起来，到底是四十往上的人了，她擦汗时，能看到她两鬓潜伏的白发。可她不娇气不做作，透着的那股憨劲，却让人忍不住生起疼惜之心。他回头看的次数增加了，有时候会正好碰上她抬头找他。人群中，说话是听不见的，每每她都在用目光回应，意思好像是别担心我，谢谢你的关心。有时她摆摆手，意思应该是："没事，我能跟上来。"女人长得算秀丽，有双大大的眼睛，目光笃定。经过几次目光的摩擦后，他才发现，这种和一个女人心神感应的感觉似乎从未有过。再回头看，他的目光不由自主地柔和下来。

因为热，她把长袖的防晒衣脱了，只穿了T恤。他想提醒她山风很厉害，对身体不好。好几次都想说。最后还是没有说出口。他提出休息的次数越来越频繁——怕女人累坏了。他在女人休息的时候就跨到台阶外去找石头——好让女人安心地休息一会儿。他每次都找，就是没有，哪怕一小块。他看出来，女人对泰山石也很感兴趣。他想找一块给女人。别人找不到，或许自己有这个运气。想起"运气"这两个字，他倒真能翻出自己过往倒霉的经历：小时候，被送到大伯家寄养，过着寄人篱下的生活；代课教师转正差点没转成；考公安也被突然光顾的心脏病给耽误了；娶的女人也不称心如意。那年车祸也是死里逃生，不过现在看也无所谓了，也许这就是老天爷的安排。但有热衷钻研《周易》的人，看过他的面相，说他的福气在后头，在晚年。他本不信这些"诳语"，但冥冥之中，也期待着命运给他兑现个大福气。

他掏出包里吃的喝的给女人，她怎么都不要。后来拗不过他的热情，拿了沙琪玛吃。他能看出来，这个看似随和的女人其实是很矜持的。他曾主动说，我来给你照相吧。她拒绝了，说，我觉得要累浮肿了，照了也不好看，照点景就行了。运动之后的人会更美，女人现在的脸红扑扑的。哪有女人不爱照相的，她是不想麻烦别人。

到玉皇顶的时候，又只剩他们两人了，大学生彻底不见了人影。他们索性不再惦记她了。山上的雾气很大，几米之外就什么也看不到了。没有预想中居高临下的感觉。山风凉爽，有一些仿古建筑，他们没急着登山，打算转转，照照相，也恢复一下体力。

没有去那个挤满人的标志处凑热闹，女人选择的是山顶的一棵松树边照相。后面的雾和云，白蒙蒙一片。镜头里的她很帅气，笑容明亮，露出一口整齐的白牙齿。这样细细一端详，他拿手机的手抖了一下。忽然，她为自己将棍子戳在地上的样子笑起来："我这个样子是不是很像喜剧大师卓别林呀！"

再登就是往山峰边走了，有好几个峰头，他们选择了往天烛峰爬。山坡平缓开阔，轻松许多。但许多人也会放弃往前走，前面大量的运动，膝盖和腿都处于僵硬状态。女人说要继续爬，她指着前面说："您看那个老奶奶，七十岁了吧，我可不能输给她。"台阶上果真坐着个老人，满头的银发，瘦小而佝偻的身躯。老太太借助一个小凳子，一个台阶一个台阶艰难地往上爬着。

路过那个老人身边，女人叹了口气说："有时候人类会把贪婪说成执着，执着就不是个褒义词。"她转过头："您说呢？"定定地望着他。他愣住了，因为女人伤感的口气和瞬间如暮色般苍茫的眼神。他好像忽然明白了女人为什么看上去和别的女人不一样了。他想再说点什么，又一时想不出。女人已经被裹挟在人群中往上爬了。

登天烛峰的过程，因为有大功即将告成的喜悦，人们会很快忘记之前登山力不从心龇牙咧嘴的痛苦。台阶间，又有一块一块的平台可以缓解爬台阶的辛苦，也可以就地在平台上休息补给。一时悠闲许多。他拍山上那些刻字，女人在拍山边一些小花小草。在拥挤的人群中，有一瞬间他看不到女人了。他就站在原地扭头四处找。女人会忽然把棍子举在半空招呼他。有时候是女人找他，他赶紧挥手。他们一直没有走散。

终于到山边了，再没处可爬了。和所有人一样，成功的喜悦激荡在他们心中，令人豪情满怀。女人有些激动，对着大山啊啊地呐喊着。他被女人爆发的叫声惊了一下，不过很快理解了。他也曾在家门口的山上，无数次对着空旷的远山大喊。

雾气小了很多，各个山头匍匐在脚下，有着绵延到天边的渺茫。上方是成群结队的云彩翻滚着。登高望远的感觉真不错！这就是登顶的魅力。登山看似单调无聊，其实是身体和心灵百般冲突的过程。身体时刻处于煎熬中，内心有两个不同的自己在较劲。这种矛盾而又和谐的奇妙感觉唯有登顶的人才能享受和回味。说服和妥协，有艰辛，也有幸福——人生不也是这样。即便第三次登顶了，他的喜悦和哲思一般的体验依然隆重。他让女人也给自己照了两张相。女人说："以前单位的人说自己是爬到泰山山顶的，很了不起似的。"她停顿了下笑了："是很了不起。"她喘着气，掏包里的水喝，没掏出来。她四下瞅，找卖水的地方。他拉开包拿出一瓶水递过去。这次她不再坚决拒绝了，说声谢谢接过水拧开瓶盖，倒出来半瓶，把剩下的给他："这些是你的。"不知道从哪一句对话开始，女人不再用"您"称呼他了。

他没喝，装进了包里。他带的茶杯还有水，他估算女人还得喝水，她出了太多的汗。

要下山了，他建议坐索道，下山很费膝盖，不经常爬山的人突然爬这么长时间，下山时腿会发软的。再说时间来不及了，一点半是他们旅行团集合的时间。女人同意了他的建议。

坐索道时，他们碰到了一个团的好几人。好像同甘共苦了一次，大家明显熟络起来。那个胖小伙子和另外一个姑娘亲密地交谈着，有时头凑到一起，两人的头发在半空里拉了手，好像一对恋人。

上了缆车后，女人挨着他坐了下来。他几乎是第一次和老婆以外的一个女人坐这么近，女人身上淡淡的香味丝丝缕缕地弥漫在空气中，像轻音乐一样包围了他。索道滑行着，有几秒钟，速度挺快的，剧烈地抖了几下。他们的身体会忽然紧紧地挤着，女人身体的温度他都能觉察到。对面的小孩吓得叫了起来。他是第一次坐索道，也害怕，但有一瞬间，他真的冒出一个念头，即便现在掉下去，好像也不太坏。他闭上了眼睛，耳边是寂静的风声。在这风声里，他想起刚才发生的，也奇怪地想起年轻时候，放电影一般，许多镜头刷刷刷地滑过。

迅疾地，他好像又经过了一生。很快到头了，出了索道，他们到了停车场。再过半小时就是集合的时间。到处都能看见他们一个团的人，三号家庭、六号家庭……导游站在高处清点着下山的人。他和女人走散了。好像是女人先走开，和另一个家庭的人说话，然后，一个人去上卫生间。他看看女人的背影，又几步跨到山上。他不死心，想再去找找看。也许，泰山石这儿会再有呢。

他往山上爬了又爬，除了树木花草，就是一些废弃的垃圾。就是有石块，也是建筑施工时遗留下来的边角料，鸡蛋大的泰山石都看不到了。他空手而返。

下来后，看到大家围着导游说话吃东西，就剩他了。没有人找他。女人和另外几个家庭的女人说着什么，有时替别人照个相。偶尔他们目光相遇了，女人会友好地抿嘴一笑。

集中后，导游领着大家往外走。车停在外面了，上车后，每个人都坐到了自己的位子上。他打开包，看到了那半瓶子水。他站起来找女人。女人头侧向窗外看着，一秒，两秒，他没有放弃。过了片刻，女人终于回过了头，就和他的目光相遇了。他注视着女人笑着，女人也淡淡地笑了一下，继而仿佛觉察并立即想表示出什么，垂下了眼睑。接着，他正要示意手里的水，女人又把头扭过去，继续看窗外。好像是被窗外的什么吸引了，她不由得地要去看个究竟。

再也没有回头。

他只好坐下来。呆了几秒，不知道自己还要干什么。空调的风从四面八方袭击过来，凉意钻进他的身体。他想起在天街门前，女人在给一家三口照相时，他去找石头了。等他回来，不见了女人，他站在他们分开的地方四处打量。女人说她是个路盲。他着急地站到一个坡上瞅。他终于看到女人了。十几米外的女人身体在那里转转转，显然也正在找他。当他们的目光相遇时，女人隔着那么多的人，惊喜地微笑，挥舞手里的棍子。好像他们早都认识，又好像他们是失散了多年的好朋友。这笑容使他的心脏急速地跳动起来，那咚咚跳动的节奏，仿佛几年前上山突然远远看到个獾时的紧张。当然，在这泰山上，与心跳相伴的还有一种说不出的感觉，什么感觉呢，有感动，他不知道自己为什么感动。他的眼角渗出了泪水。然后许多说不清楚的感觉交杂在一起。竟然从未体验过。

他回忆着山上女人的笑容。

导游这时候开始说话了：大家捡到泰山石了吗？没有。声音此起彼伏。导游不怀好意地笑了，泰山石早就被别人捡光了，就是有，也要看缘分呢，不是每个人都有那么好的运气的。

他三心二意地听着这些话。前后座的人在互相加微信，他们都是刚刚认识的。他反应过来了，咋没要她的电话呢。女人不是说喜欢青岛吗？自己可以像别人那样说句客气话——像那些年轻人一样说，再来青岛，打电话联系呀，请你吃饭啊什么的。他真是糊涂，为什么不问问呢？像年轻时候没问问裁缝的女儿一样。他好像又白白地耽误了什么。

女人说不定真的是一个光棍汉。他想起山上她忽然伤感的眼神和山顶忘我的呐喊，揣测她也许真的就像许多人一样不幸福。

车行驶到一个地方停下后，儿子一家上来了，坐在他旁边和前面的空位上。他盯着一个个下车的人。确定女人没有下车。

模模糊糊地，他似乎又听到音乐声传过来，带着些伤感的那种调子。他又回头，不死心——像那些没找到的泰山石的人。爬山把人累坏了，行驶的车像个大摇篮，许多人都精神涣散下来，瘫在座位上小寐。女人也是，靠在靠背上，闭着眼睛抱紧胳膊仰过头去。他定定地望了两秒。女人闭着的眼睛和她的身体一动不动，只有额前的一缕发丝随着空调的风呼吸般起伏。或者真的睡着了。现在，她的脸上既没有了爬山时的倔强和执着，也没有了登顶时的兴奋和喜悦。和车上许多女人一样，表情木然，似乎还带着一丝冷漠。

之前爬山所耗费的精气神好像在这个时候才一泄而光，深深的疲惫感袭击了他。他结结实实地陷在了座位里。

导游趁更多人睡着之前，又说了些话："再走五个多小时，我们就到达青岛。大家还在早晨上车的地方下车，第一站是青岛胶南，第二站是……"

胶南是他上车的地方。他的家就在那里。他每天早晨六点起来爬山，回来吃了饭写毛笔字。写累了，就去院子里。院子里是他种的花和菜。年年都是那些花和菜。这么多年，它们会在相同的时间里开花，结果，成熟，然后，等秋天来临了，一个个凋零，离去。他忽然觉得自己的生活好乏味呀！

车不紧不慢地走着，车窗外，大小差不多的樟树一棵一棵重复出现着，然后闪过去消失不见。像那些旧日子。孙子"爷爷爷爷"地喊着，说着太阳岛的趣事。他再也没有听到音乐声。

（原载《芳草》2022年第2期）

作者简介：

王新梅，女，70后，中国作家协会会员，有中短篇小说发表在《作品》《芳草》《广州文艺》《湖南文学》《朔方》《西部》《绿洲》《清明》《安徽文学》《飞天》等杂志。有小说被《小说月报》《长江文艺·好小说》选用。出版小说集《夏天》《博格达峰下》。现居新疆乌鲁木齐市。

梁园遗老

张　凯

　　古玩鉴赏大师畅快做梦也没想到,他的亚圣斋一开业就如日中天,让所有的人更没想到的是淮源的大街上突然多了一位身着西装、口出狂言的疯子。

　　亚圣斋的开业典礼上了电视访谈节目。电视里,当代著名书法家李大明挥毫,海南花梨木制作的鎏金对联牌匾"鉴赏夏鼎商彝,斋藏秦砖汉瓦"格外醒目。斋主畅快坐在价值百万的红木大班台前,手持潘天寿画的雄鹰折扇,风流倜傥,一副傲视群雄之气概。办公室悬挂着范曾的《老子出关》和李苦禅的《松鹰图》等精品国画,大班台右方摆放着定州白瓷孩儿枕,左边置明代紫砂大师供春的龙蛋壶,面前还摆了几件价值不菲的古董。开业典礼主持人的言辞,已被编导处理成浑厚的画外音:畅快,畅老板的亚圣斋,在江淮之间,乃至中原大地,绝无二家。看!这傲气,这霸气,颇具我中华大地舍我其谁之雄气。

　　畅想的好友蒙岫看了电视访谈节目,打来电话:"我说老哥啊!畅快这孩子锋芒太露,他这步棋走得太险了,大有贬低其他店家,抢别家生意之嫌啊！长江以北搞鉴赏的难道就他独此一家？这地盘已是大半个中国了，俺不说上海、北京、武汉等这些大地方，就拿苏、皖两地来说，也是藏龙卧虎啊。覃大炮、农无为、房三拐子等文玩大佬，不敢说个个是名满华夏，最起码也是名扬大江南北的吧，他们谁又敢夸下如此海口？畅快是我看着长大的，乃聪明混世之人，为何要犯众怒呢？"

畅快的老爷子畅想，在文玩界也是个实实在在的大腕。一九五四年畅想就与自号"壶叟"的顾景舟大师一起被招进无锡蜀山陶业合作社，壶艺与顾景舟不分伯仲，人称"壶艺圣手"。畅快在老爷子的熏陶下，总算不辱父名，不惑之年就成了文物鉴定研究所的研究员，当属凤毛麟角。在文物鉴定行业，研究员很多，但大多都是花甲之后，可畅快不同，不惑之年就是研究员，为此他有点目空一切。

畅想接了好友的电话，气得直摇头，说："老弟，畅快这败家子，刚开始学艺的时候我就教他，学鉴定先修心，唯人格与鉴已相统一才能达到最高境界。这不，刚刚长点本事就不知天高地厚，把这些全忘到脑后勺去了。我早就告诫他，再不收敛，早晚要吃大亏，可他就是听不进去。"

畅快敢想敢说更敢做，不但会虚张声势，更精于自我包装。为打造亚圣斋的知名度，竟在开张前一个月就在卫视台、各种自媒体做起电视广告。说八月初八亚圣斋开业那天，文物鉴定研究员、一级鉴定师畅快将与藏家面对面交流，并免费为藏友鉴定藏品，愿出售者由亚圣斋高价收购。此举不但足足吊起淮源文玩界玩家的胃口，也激起了湖北、山东、河南、江苏、上海、武汉等省市文玩界玩家的兴趣。

八月初八，天刚蒙蒙亮，亚圣斋门前，手持各种藏品的人群就排起了长龙。

排在前面藏友的藏品，畅快一一做了精辟的概评，藏友无不满意地竖起大拇指。临到一位古稀老者，他手持精致的锦盒，要畅研究员、畅大师鉴定他的藏品真假。畅快小心翼翼打开锦盒，取出一把名家紫砂壶，双手持壶，左转一圈，右转一圈，瞧瞧壶盖，翻看底款，再伸两手指摸摸壶内，前后不足两分钟，然后掷地有声地说："赝品。"

老者说："畅大师，你可要看清楚了啊，这可是我二十年前花三千美元从香港买来的呀！"

畅快毫不迟疑地说："你这把时大彬款扁壶，外观有大度之气，看似雄浑古朴，泥料、形状、大小、字款都有时大彬的风格，虽刻有'源远堂藏、大彬制'七字。但该壶世间仅存一把，现藏于上海博物馆，你这把壶是时大彬那把壶的高仿，不过还是有一定的使用价值、观赏价值和收藏价值，好好收藏。"老者一阵脸红，收了壶，匆忙地离开。紧接着，畅快连着识破高仿仇英的山水画《桃源仙境》，汴京官窑的瓷樽、新石器时代红山文化的玉猪龙等数十件古玩。此时，畅快有所发现，就抱拳施礼，朗声对大家说："承蒙各位方家抬爱，畅快今若有不周之处，容改日登门拜谢，今乃亚圣斋开张之日，就饶恕畅快一回。"此话一出，众人惊愕，但见几位原本排在前面等待鉴定藏品的藏友匆匆离开。

接下来的鉴定亦无打眼之件。持有藏品的藏友，经畅快鉴定，心里踏实了。畅快在评价藏友的藏品时旁征博引，口若悬河，书画古籍，无所不晓；青铜瓷器，亦无不精；翡翠玉件，全知全能。听得藏友连声叫绝，说今生今世总算亲身领教什么叫满腹经纶、通晓古今、博闻强识、才高八斗啊！

亚圣斋开业庆典那天，就连最偏僻的角落也被畅快一炮打中。这一炮给亚圣斋，也给自己打出了响亮的名号，报纸、电视、网络、微博、微信、抖音、快手等媒体大肆传播，一时间名声大振，被誉为收藏鉴赏界顶级人物，怕是要笑傲江湖，开香堂，纳弟子了。

果不其然，开业不到一个礼拜，畅快的藏友，江苏收藏家协会副主席杨丞琳打来电话，说："今受好友无锡古董商吴西炗委托，出面请老朋友你前往无锡做客，一来他想和你洽谈合作事宜，从亚圣斋进些货；二来是吴西炗大姨夫家祖上是清朝乾隆帝养心殿御膳房的庖人，二十世纪九十年代翻盖祖屋时得了不少老货，已经请了好几位鉴定专家掌眼，都有点拿捏不准年代和真假，特通过我请你屈尊前来定夺。"杨丞琳与畅快不但是挚友，而且畅快至今还欠着他一份不薄的人情，又听他说吴老板还要进货，就答应到无锡走一趟。

中等偏胖的吴西苁吴老板，长着一张弥勒佛般的笑脸，温文儒雅，特具亲和力，对畅快是毕恭毕敬，言出必是"大师、专家"之类，显出对畅快顶礼膜拜的样子。

畅快握着吴老板的手说："吴老板，你过奖了，畅快不敢当，不敢当。"

"大师您不必过谦"。吴老板说，"当今鉴定专家中，有您这样鉴真辨伪、独具慧眼的乃凤毛麟角，往后鉴定界泰斗非你莫属。"

当晚，吴老板在五星级的梁鸿湿地丽笙度假酒店，摆了两桌豪华野味宴，为畅快接风洗尘。吴老板很重视畅快的到来，特请来江淮大地的"五山"：瓷器收藏鉴定专家李玉山、陶器巨贾黄青山、书画收藏鉴定专家袁石山、陶器仿古高人泵淮山，还有宜兴紫砂制坯大师胡发山等人作陪。席间，各位大佬对畅大师奉若神明，奉承他乃当今鉴定界之楷模，必将名留史册，并连带恭维老爷子畅想，说令尊当年和顾景舟老爷子一起名震华夏，不愧是当今"壶艺圣手"，收藏鉴赏界泰斗，真是虎父无犬子啊！

第二天早餐后，吴西苁老板请畅大师去他的通谷斋。无锡历史千年悠长，是一座在江南蒙蒙烟雨中孕育出的太湖明珠，街道虽然不算宽阔，但两旁的古建筑随处可见，使得这座亮丽、厚朴的江南名城散发着一股厚重的人文气息。通谷斋在南禅寺内，古色古香的仿古装修，与吴老板的温文儒雅十分相称。斋里摆挂着各种古董、文玩、字画、明清家具、名家紫砂，令人目不暇接。

一方根雕茶案，平添了通谷斋的幽雅之境。藏友依次落座，赏茶品茗。明前龙井晃晃悠悠地在杯中伸着懒腰。看色，澄清碧绿，茸毫细嫩，仙姿翩翩；瞧形，一旗一枪，交错相映，上下沉浮；闻香，清新醇厚，无浓无烈，沁人心脾；品茗，啜之淡然，齿颊留芳，甘泽润喉。顿觉龙井其色绿、香郁、味醇、形美"四绝"之盛誉绝非空穴来风，大有"一杯春露暂留客，两腋清风几欲仙"之感叹，有一种太和之气，弥沦于齿颊之间，此无味之味乃至味——让人置身于一派浓浓的春色美景里，生机盎然，心旷神怡。

正品茗赏茶间，吴老板徐徐展开仇英的一幅《修禊图》。

吴老板说："畅快大师，这画可是祖爷爷早年花五十两银子购得，请人鉴定，有说是真品，有说是赝品，还有的说是高仿，弄得我糊里糊涂，不知该信谁说的，请畅大师您给把把关。"

畅快缓缓地，缓缓地一手握杯，一手掀杯盖，半开半掩，鼻孔靠近杯沿轻轻地嗅，反复闻，嗅后随即盖上，笑笑，便说："清香高爽，久留鼻尖，幽雅而文气，缓慢而持久，好茶！好茶啊！至于这仇英嘛，还是收了吧，难道吴老板——你连老干部的画也能打眼？不至于吧？"

吴老板一怔，暗暗佩服，连连说："惭愧！惭愧！"转身从壁橱里取一瓷器说，"这可是我的镇店之宝，明宣德景德镇御窑烧造的青花海水蕉叶纹尊，请畅大师鉴定鉴定，是真还是假。"

畅快左瞧右看，答非所问地说："明代青花以其古朴典雅的造型、晶莹艳丽的釉色、多姿多彩的纹饰而闻名于世，堪称开一代未有之奇呀。你这尊呢，哈哈哈，说到，你心里也别激动，说不到，你心里也别不快哦！"

吴老板说："大师你尽管说，我洗耳恭听。"

畅快再呷一口茶，清清嗓子说："你这尊有相当的年份，包浆自然，典雅古朴，用料有浓有淡，墨势浑然而庄重，胎质精密细腻，坚硬洁白，但白中泛青不足，釉面过于平滑，在高倍放大镜下看不到大大小小的气泡，与宣德朝无论什么品种的瓷器釉面都不符。后来，宣德瓷器在清朝被大量仿制，你这尊是康熙年间景德镇官窑仿制品，但也十分珍贵，价值不菲，值得珍藏。"

吴老板听了，依然垂绅正笏，不动声色，若泰山之安，随之一笑说："畅大师不愧是顶级专家，我吴某佩服至极！佩服至极呀！"

畅快听吴老板这么一说，不再言语，心想这吴老板如此城府，看来真是修炼到家了。

一上午，品龙井，鉴藏品，游鼋头渚，赏蠡园，后至酒店午饭。稍事休息，吴老板又陪着畅快到他大姨夫家看那些老货。

一路观景赏花，来到家住老城内的吴老板的大姨夫家。进了客厅，落座红木椅子上，主人招待甚是热情。吴老板隆重介绍后，大家一番寒暄，相互问候后，吴老板大姨夫咸老先生从屋里床底下拉出两只旧木箱，打开一看，里面都是灰头灰脑的老物件。畅大师一一做了鉴定，很快一箱子物品鉴定完了，结果无一赝品。鉴定另一箱时，畅快抓住其中一件紫泥圆壶，暗暗称奇：通体气格高古，韵致清绝，包浆自然，开门到代老货无疑。细看：泥色浓紫，恰如猪肝，腹圆而丰，圈底内凹，口内设堰圈，盖之如合符，底镌"陈和之"三字楷书，旁钤"和之"篆文印章，字法具晋唐遗风；此壶乃温润如君子，豪迈如丈夫，风流如词客，丽娴如佳人，葆光如隐士，潇洒如少年，短小如侏儒，朴讷如仁人，飘逸如仙子，廉洁如高士，脱俗如衲子。正所谓"素瓷传静夜，芳气满闲轩"者。难道这把壶就是奥兰田在《茗壶图录》里记载的"梁园遗老"不成？畅快边看边想，到底是清朝养心殿御膳房的庖人后代啊！畅快极尽克制着内心的激动，极力表露出一副平静的心态。

吴老板还是从畅快平静的心态中瞅出他几乎要失神的状态，心中不禁自喜，便轻描淡写地问："畅大师，你看这件破玩意能值几个钱？"

吴老板的大姨夫咸老先生忙插话道："怎么是破玩意，你懂吗？家父临终前嘱咐我，就是到了万不得已的地步，也不得出手这把从日本回流的'梁园遗老'紫泥圆壶。它可是陈和之的传世孤品，在上海都可以换一套高档住房呢。"

"大姨夫，你着哪门子急呀？有畅大师在，埋没不了你的宝贝。"

"好好，那就请畅大师多多费心，怎么也得给估估价，日后山穷水尽出手的时候，俺心中也好有个数。"咸老先生显得十分虔诚。

正说话当口，吴老板的手机响了，他看一下来电显示，并没有应答，笑着走到院子里，一会儿回来说："畅大师，失陪，失陪。我先告假一会儿，有点急事要回店铺一趟。"说罢点头哈腰，毕恭毕敬退步出了房间。

奥兰田在《茗壶图录》里有关陈和之"梁园遗老"紫泥圆壶的记载，如闪电般掠过畅快的大脑，他急忙起身走到院内，对着太阳，里里外外看了五六遍，偷偷摸出电子秤将壶称量，又掏出卡尺，上下左右，测来量去，但却不回屋落座，而是站在院子里，微闭两眼，胸口隐隐痉挛，脑海里再次印出《茗壶图录》里的记载："右通盖高二寸五厘，口径一寸五分七厘，腹径二寸八分二厘,深一寸六分;重四十二钱弱,容一合强,流直而仰,錾环而纤;腹圜而丰,底着而凹,口内设堰环,盖之如合符,的成乳形。流下镌书三字曰:'陈和之',字法晋唐遗风。泥色浓紫,或曰猪肝色。试以指摇盖,铿作金石之声,涤拭之久,自发暗然之光,非所谓和尚之光可比也。通体气格高古,韵致清绝,令予心醉忘餐,可称茶寮之珍玩也。"暗想,凭自己多年的经验判断,确信这把就是陈和之的"梁园遗老"紫泥圆壶真品无疑。

畅快的心都快蹦到肚皮外面了,但暗暗地告诫自己,不能乱了方寸,切记贪为业障,否则就惊了咸老先生。他若无其事地回到红木椅子上坐下,慢慢品一口茶,猛吸一口烟,硬硬地把惊喜的脸、激动的心、颤抖的手逼回去,这才对咸老先生说:"我说咸老爷子,凭我的经验,我敢断定,你这把壶是清朝末制壶高手仿明陈和之的紫泥圆壶,尽管是仿品,但也足够珍贵,算得上是一把难得的好壶。老爷子,实话对你说吧,我很喜欢这把壶,我喜欢不是说这把壶多值钱,多珍贵,就是喜欢而已;不过要论市场价格,顶多就是七八万块钱的样子。老爷子要是想卖呢,我出八万块钱带走,放在我的亚圣斋,唬唬外行人。"

咸老先生连连摇头说:"畅大师,这可不行,这家伙计可是家父留下的。家父临走时拉着我和二弟的手说出这把壶的来历。他说抗战期间,他奉命从日军本部被派驻蚌埠郎公馆,任宪兵大队副队长和谍报队的副队长,其实那时已经是新四军的联络员。一九四二年冬,奉皖北地下党之命刺杀日本的南京大使馆驻蚌督导处头子洪山一四郎,当他潜入洪山一四郎家时,发现茶几上摆放着这把壶,一看是明代陈和之的紫泥圆壶,喜欢得心都要蹦出。成功刺杀洪山一四郎后,就顺手占有了这把壶。那天日本鬼子全城戒严,缉拿刺杀盗窃凶手,发誓挖地三尺也要找到刺杀凶手和被盗的壶。当时他怕败露,就偷偷把壶沉到郎公馆的一口老井里。抗战胜利后,又趁黑夜从井里捞上来。老爷子再三交代,他走后,要我们兄弟俩舍命保管好这把壶,别当败家子!"

畅大师听得入神,插话道:"咸老爷子,这故事还真够传奇的,是你临时编的吧！"其实他心里明镜似的，早知道这把梁园遗老紫泥圆壶回流中国的传奇历程，做梦都想得到的这把"梁园遗老"，它现在就在眼前，没想得来全不费功夫，天意啊！缘分啊！

咸老先生生气地说："历史事实，还能瞎编？不信你去查一下蚌埠抗战历史资料，或翻翻《安徽革命史》，看看是不是家父刺杀了督导处头子洪山一四郎！畅大师，你不买壶也没有关系，买不起更没有关系，但你这话说得就有点对抗日英雄的不敬，更不能否认家父的抗战功劳啊，大家说是不是？"说罢，甩手转身直奔门外。

畅大师赔笑拦住道："好好好，咸老先生，都是我的错，都是我的错，我一平头百姓，哪敢否定令尊的抗战功劳啊！不过老爷子，话又说话来，我是真的喜欢这把壶。"

"老爷子临终说的那些话，我家老二当时也在场，早就知道这壶值钱，一天到晚跟我要，硬是说能值两三百万，我要是八万给你，那可就说不清喽。"咸老先生说，"还有我那个弟媳是个鬼不缠，一点点都不懂人情世故，还尽是歪理一大堆，到时候还以为卖的钱被我蒙了呢。"

畅快双手抚摸着壶说："我不否认"梁园遗老"紫泥圆壶重回中国的历史，但这把壶的的确确是一把高仿壶，虽说年代有了，但毕竟不是真品，哪能值那么多的钱，老爷子你看这样，我出十五万！"

咸老先生若有所思地说："畅大师，你是知道的，这把壶放在我这里，就是待在床底下，我哪敢让它露面啊？好东西就应该到它该去的藏家那里，你要是真的喜欢这把壶呢，正好我孙子结婚要买房，也急等着用钱，你我就各让一步，八十万你拿走。"

这时吴老板回来了，就说："我大姨夫，你怎么不懂行情呀！畅大师给人家鉴定古玩，不分真品赝品都是按照百分之十收费的，畅大师要是和你计较起来，鉴定费不低于十万了吧？"

畅快脑子在訇然飞驰，想要把壶淘得，再搞一方古砚，顺带一幅清末秀才的字，就是多出个十万八万的也值。畅快兴奋得血液都要井喷了。

畅快说："咸老先生，那就二十万。不过我得捎上你的这方砚台和这幅字，这两件东西也就值个万把块钱。成就成，不成和你老的交情还在。"说着畅快放下茶杯，起身欲走。

咸老先生坚定地说："送你那两件无所谓，但少于六十八万，我再等钱用也不卖。你刚刚不是说了嘛，生意不成，人情在。不过多少价格卖是次要的，主要的是我要通知一下二弟和弟媳，这种事情他们俩一定要在场，免得事后麻烦。"说着咸老先生就让吴老板给他二弟和弟媳打电话，让他们过来一下。

"咸老先生，你还真怕你弟媳不讲理啊！"畅快狠狠心说，"老爷子，我什么都不说了，四十八万，谁让我喜欢呢。"畅快盘算着，若四十八万能拿下，就等于没有白来一趟，真真切切捡了一个大漏。

咸老先生似乎没有听到畅快的四十八万，毫无表情地说："四十八万我是觉得马马虎虎，但二弟弟媳那……"

"我大姨夫，你怎么也婆婆妈妈的，难道你做不了主不成？"吴老板在一旁打圆场道，"我给你做证卖多少银子，还不成？"

说话间，二弟和弟媳就到了。还没有进门，弟媳就大喊大叫："他大爷，不管你卖多少，我们家都得分八十万，少一个子都不成！"

"我说二婶子唉，男人的事，你一个女人家跟着搅和啥呀？"吴老板冲他婶子说，"有你大侄子在，人家畅老板、畅大师亏不了你们。"

畅快满脸是笑地说："就是的，我做的是凭良心的事，你放心，我不会亏你们。"

"嘴上说得好，谁知道你们安的什么心，说不定你们和他大爷串通好的呢。"

吴西茨说："我的婶子啊，再怎么说，我也是你大侄子呀，胳臂肘子也不会往外拐。"

"那……好吧。都别说了，二弟、他婶子，我今天就做个主，这么吧，畅大师，我看在外甥西茨和你交情的分上，五十八万成交，另外再送你那方砚台和那幅字，不是这层关系，我怎么也不卖。"咸老先生很不情愿地说。

畅快抱拳施礼道："咸老爷子,我咬咬牙,狠狠心,成全。待会儿把你的银行卡号给我,现场给你转账,让你亲眼看着五十八万跑到你的卡上。"畅快急于付款,是怕他二弟和弟媳再节外生枝,要赶在他们俩再没有说话前,拿货走人。

回酒店的路上,吴老板对畅快说:"畅大师,我真为你淘得"梁园遗老"绝世珍品而高兴啊!你看,这个佣金?"

"好说,好说。来,我用微信面对面付款给你。"

吴西夾打开微信,找到面对面付款。畅大师也打开微信,拿手机扫一扫吴西夾手机上的二维码,滴的一声响,一万七千多的佣金进了他的账户。

回到酒店,畅快激动地给淮源收藏界的朋友打电话说,明天下午三点,到他家里来看宝贝,不到可要后悔一辈子啊!

回到家,畅快见客厅只有老妈一人在,就问:"老妈,老爸呢?"

"他呀,在书房校对《茗壶鉴赏》呢。"

畅快打开箱子,神神秘秘地对老妈说:"老妈,你猜这是什么物件?"

"你小子能倒腾出什么稀罕物?"

"老妈,你别小看我这趟,这可是奥兰田在《茗壶图录》记载的'梁园遗老'紫泥圆壶。五十八万捡来的漏,外加这两件宝贝。"

畅快老妈也是文化人,也被熏陶得爱壶如子,《茗壶图录》也读过两遍,却没有记住这件"梁园遗老"紫泥圆壶,惊呼:"妈呀!五十八万?你也舍得出手啊!真够大方!"

畅快说:"老妈,区区五十八万算得了什么?这把壶不光是孤品,这壶的来历,还是一件记录抗日历史的文物,收藏价值、经济价值和历史价值都是不可估量的,要是老爸见了说不定一百万都给人家了呢。"

说话间,畅快的几个藏友已经到了。

畅快把藏友让进书房说:"大家知道我今天为何急急地把你们请来吗?"

"是呀,我们正要问你呢。不会是淘到什么稀世珍宝了吧!"

"还别说,正是!"说着从书架上拿下一本《茗壶图录》,"看看吧,稀世珍宝就在这里!"

几个藏友懵得一头雾水，丈二和尚摸不着头脑。

"大家看看《茗壶图录》第一个记载的是啥？"畅快激动地说。

"谁都知道是明陈和之的'梁园遗老'紫泥圆壶。难道你得到了不成？"大家更疑惑了。

"那当然！"畅快打开绸缎布包，"各位请，看一看，饱饱眼福，开开眼界，长长见识。"

畅快喝口茶，清清嗓子，手舞足蹈地把如何得到这把壶的过程演绎一遍，特别强调："这把'梁园遗老'紫泥圆壶，今五十八万得之，乃我畅快与之缘分，乃我亚圣斋之吉兆，更是我畅快的机遇和眼力啊！也不辱我研究员、鉴定大师的名头。"

正值畅快得意忘形之时，忽听门口一声响，惊得大家回首，循声而望，但见畅想老爷子坐在轮椅上，呼哧呼哧地喘着粗气，眉毛胡子直抖，身后是神色慌乱的畅大妈。

"老爸，你这是怎么了？"畅快纳闷地问。

"听你妈说，你五十八万在无锡淘得陈和之的'梁园遗老'？"

"是的，老爸，我正要向你报喜呢。"

"好，拿过来，我看看。"

畅快春风得意地双手将壶递到老爷子面前。

畅想老爷子根本没有去接壶的意思，连瞟一眼都没有，扬起他的龙头拐杖，从右到左，狠劲一扫，只听啪的一声，"梁园遗老"便成七零八落的碎片，畅想气愤地说："畅快呀畅快，让我怎么说你呢。"

畅快扑通跪在碎片跟前，大呼："我的壶啊！五十八万啊五十八万！"畅快被老爷子这么反常的举动吓蒙了，醍醐灌顶地吼，"老爷子啊老爷子！你疯了啊？五十八万啊——五十八万啊——"

畅快一边吼，一边冲到大街上。

老爷子沉稳一下，脸色如蜡地说："我——今天之所以坐在轮椅上，全是因这把'梁园遗老'紫泥圆壶啊！"老爷子稍稍缓口气，接着说："我父亲的好友，咸守清老先生，将他冒死刺杀日本督导处头子洪山一四郎时偷来的这把'梁园遗老'交到我父亲手里。一九六八年腊八的那天，无锡的古玩商打听到这把壶的下落，纠集几个地痞，恩威并施逼我交出来，我咬定绝无此物，结果差点丧命棍棒之下。后来带着全家，从无锡逃命来到淮源，一天到晚胆战心惊。改革开放后，我们一家才过上安稳日子。如今，他……他……他栽了大跟头呀！"

老爷子稍作平静，说："畅快他娘，打开盒子，给他们瞧瞧。"

随着盒盖慢慢打开，众人不由惊呼起来，锦盒里平躺着一只气格高古、韵致清绝、浸润着厚重岁月气息的紫砂壶。

此物，正是奥兰田《茗壶图录》记载的"梁园遗老"紫泥圆壶。

（原载《红豆》2022年第8期）

作者简介：

张凯，安徽怀远人，山东师范大学作家研究生班毕业。已发表中短篇小说、散文二百余万字，诗歌六百余首。部分作品被《小说选刊》《小说月报》《散文选刊》《散文·海外版》《海外文摘》《诗选刊》等多家刊物转载，多篇作品入选多种选本及年度选本，其中《赌王》等三篇小说入选高等院校"十一五"规划教材《大学语文》。曾获《小说选刊》、广西作家协会等举办的多种文学评奖活动的奖项。